SON
CONTACT
MORTEL

OUVRAGES ÉCRITS PAR LISA REGAN

En français

Jeunes disparues

La Fille sans nom

La Tombe de sa mère

Ses Ultimes Aveux

Les Ossements qu'elle a enterrés

Son Cri silencieux

Reste calme

Retrouvez-la vivante

Sauvez son âme

Ton Dernier Soupir

Chut, ma puce

Son Contact mortel

Les Jeunes Noyées

En anglais

Detective Josie Quinn

Vanishing Girls

The Girl With No Name

Her Mother's Grave

Her Final Confession

The Bones She Buried

Her Silent Cry

Cold Heart Creek

Find Her Alive

Save Her Soul

Breathe Your Last

Hush Little Girl

Her Deadly Touch

The Drowning Girls

Watch Her Disappear

Local Girl Missing

The Innocent Wife

Close Her Eyes

My Child is Missing

Face Her Fear

Her Dying Secret

Remember Her Name

Husband Missing

LISA REGAN

SON CONTACT MORTEL

Traduit par Vincent Guilluy

bookouture

À la mémoire de l'être humain le plus merveilleux que j'aie jamais connu, mon père, Billy Regan. Ils auraient pu me dire non, papa, mais ils n'en ont rien fait.

1

Le bus était déjà plein mais Wallace, sa petite sœur Frankie et la super énervante Bianca, qui était dans la même classe que lui, étaient encore assis le long du mur extérieur de l'école. Il avait un peu mal au cœur, à cause des gaz d'échappement. Frankie le tira par le poignet.

— Allez, viens, Wallace. Il faut qu'on monte dans le bus, sinon on va rester coincés à l'école. Je n'ai pas envie d'être bloquée ici. C'est mon pire cauchemar, presque.

Bianca se mit à rire.

— On ne resterait pas coincés ici. Quelqu'un finirait par venir nous chercher et nous ramener chez nous.

— Qui ? Ta mère ? dit-il. Pff, elle travaille tellement qu'elle n'a même pas le temps de te conduire à tes rendez-vous.

Bianca lui donna un coup sur le bras. Il eut un peu mal, mais ne le montra pas.

— Ne parle pas de ma mère.

— Et pourquoi pas ? ricana-t-il. Tu vas m'en empêcher, peut-être ?

Frankie se leva d'un bond, faisant tressauter sa queue-de-cheval brune, et rajusta les bretelles de son sac à dos rose vif.

— *Arrêtez, vous deux. Ne vous disputez pas !*

— *Je n'ai pas d'ordres à recevoir d'une CM2, rétorqua-t-il.*

— *Mais tu dois obéir aux miens, jeune homme, fit une voix de femme sévère, dans leur dos.*

La directrice. Gêné, Wallace se retourna en affichant un faux sourire, tout en se demandant ce qu'elle avait entendu de leur dispute. Mais elle ne le gronda pas, se contentant de leur dire, avec un geste de la main :

— *Allez, tous les trois. Montez dans ce bus.*

Bianca se mit debout.

— *Mais aujourd'hui, on était censés...*

La directrice l'interrompit.

— *Vous êtes censés prendre ce bus. On me l'a dit. Maintenant, vous montez, et sans vous disputer !*

2

Le cabinet de la docteure Paige Rosetti était conçu pour être apaisant. Les murs étaient peints en beige, le divan et les fauteuils étaient gris, confortables. Des tableaux représentaient des endroits exotiques, qui paraissaient trop beaux pour être vrais. Josie compta au moins quatorze plantes en pot, alors même que la grande baie vitrée à gauche de son siège donnait sur un jardin bien entretenu. On était en août et elle avait du mal à s'arracher à la contemplation de toutes ces fleurs aux couleurs luxuriantes, tout en se tortillant, gênée, sous le regard patient de sa psychologue. Elle n'arrivait pas à se sentir à l'aise. Elle ne s'était jamais bien sentie lors de ces séances, même si elle ne venait que depuis deux mois.

— Josie, dit doucement la thérapeute.

Du talon, Josie battait une mesure assourdie par la moquette ; son genou montait et descendait frénétiquement.

— Josie, répéta Paige Rosetti.

Lentement, Josie releva les yeux vers elle. Des pattes d'oie étaient visibles au coin de ses paupières. Elle était assez âgée pour être sa mère et, d'ailleurs, Josie avait été dans la même classe que sa fille, au lycée. Mais ses longs cheveux blonds ondulés et son attitude la faisaient paraître plus jeune que son âge.

— Ça ne marche que si tu me parles, tu sais, lui fit-elle remarquer en souriant.

Elle disait ça à chaque séance.

— Tu paies pour venir ici, ajouta-t-elle. J'aimerais que ça te soit aussi utile que possible.

Elle disait *aussi* ça à chaque séance.

— Désolée, dit Josie en se penchant en avant, coudes sur les cuisses, pour essayer d'arrêter les mouvements de sa jambe. Que... De quoi parlait-on ?

La psychologue sourit une fois de plus, mais Josie remarqua une tension au coin de ses lèvres. Elle commençait à s'impatienter.

— Je te demandais comment tu te sentais à l'idée de reprendre le travail, demain. Tu es suspendue depuis près de quatre mois.

— Ah, oui...

Josie était inspectrice de la police de Denton, en Pennsylvanie. C'était une ville petite mais animée du centre de l'État, nichée entre des montagnes, sur les rives du fleuve Susquehanna. Sa population, qui grâce aux étudiants augmentait beaucoup pendant l'année universitaire, était assez importante pour occuper constamment la police municipale. Sa dernière enquête avait concerné un double homicide qui s'était produit le jour de son mariage, sur les lieux de la cérémonie. Josie et son mari, Noah Fraley, lieutenant dans la police de Denton, avaient été précipités au cœur de l'affaire quand ils s'étaient aperçus que Josie connaissait les victimes. Et au cours de l'enquête, sa grand-mère, Lisette Matson, avait été assassinée. Ensuite, alors qu'elle était censée faire le deuil de sa grand-mère chez elle, Josie était partie, sans son badge et sans son arme de service, à la recherche d'une personne disparue liée à l'affaire – sans dire aux autres policiers, pas même à Noah, où elle allait ni qu'elle avait deviné où se trouvait cette personne.

— Josie ? relança Paige.

Le lendemain, le chef Chitwood l'avait suspendue pour ne pas avoir averti son équipe de ce qu'elle était allée faire. Le rapport officiel parlait d'insubordination. Le chef l'avait suspendue bien plus longtemps qu'elle ne s'y attendait. Josie le soupçonnait d'avoir voulu lui accorder plus de temps pour se remettre de la perte de Lisette.

— Ça ne m'inquiète pas plus que ça, finit par murmurer Josie tout en reportant son regard au-dehors.

Un cardinal d'un rouge éclatant voletait d'une branche basse à l'autre, à l'extrémité du jardin.

— Tu n'es pas du tout inquiète alors que tu vas retourner au commissariat après quatre mois d'absence ? reprit Paige. Tu n'as pourtant jamais arrêté de travailler pendant une si longue période depuis ton entrée dans la police, si ?

— Non, effectivement.

La vérité était que ces quatre mois de suspension ne lui avaient pas été désagréables. Pour la première fois de sa vie, son travail ne l'intéressait plus. Plus rien ne l'intéressait, en réalité, en dehors de son mari et de son chien, Trout[1]. Le monde sans Lisette, qui l'avait quasiment élevée, était vide et gris. Sans joie. Josie se sentait engourdie, au-dedans comme au-dehors. Comme si elle était enfouie sous un kilomètre de vase, et trop épuisée pour chercher à remonter à la surface.

Du coin de l'œil, Josie vit Paige consulter sa montre. Elle lui fut reconnaissante de ne pas soupirer. La médecin changea de sujet.

— Et tu dors bien ?

— Comme d'habitude.

— Mal, donc.

---

1. *Trout* signifie « truite » en anglais.

Josie haussa les épaules.

— Je fais toujours le même cauchemar.

— Celui dans lequel ta grand-mère se fait tuer ?

Josie releva la tête.

— Oui. Enfin, je pense que c'est un souvenir, pas un cauchemar. Mais, maintenant, je sais ce qui va arriver. J'essaie de me jeter devant elle, de recevoir la balle à sa place, mais j'ai les pieds collés au sol. Je n'arrive pas à bouger. Et puis les coups de feu retentissent, et je...

Elle se tut. *Je me réveille en hurlant, en pleurant et trempée de sueur,* acheva-t-elle en silence.

Noah la serrait alors dans ses bras, pendant que leur Boston Terrier se mettait à gémir. « Elle n'aurait pas dû se trouver là », hoquetait Josie avant de se remettre à pleurer abondamment, pendant que Noah la berçait comme on berce un enfant. C'étaient les seules fois où elle se laissait aller à pleurer, et encore, seulement parce qu'elle était déjà en larmes quand elle se réveillait. Hélas, elle ne pouvait contrôler ni ses rêves, ni sa réaction physique à ceux-ci.

— Josie, il va bien falloir qu'on parle vraiment de tout ça à un moment, dit Paige. Il faut qu'on aille au fond des choses. Ce bureau est un lieu où tu es en sûreté. Tu peux pleurer, hurler, crier, craquer même, ici, avec moi ; je ne te jugerai pas. Je n'aurai pas peur. Je ne serai pas déstabilisée. Ça ne me blessera pas, et je ne le répéterai jamais à personne.

Josie évita de nouveau le regard de Paige pour se tourner vers la fenêtre. Le cardinal avait disparu. Elle posa les yeux sur les fleurs. Certaines commençaient à se faner dans la lourde chaleur d'août.

— Je sais, dit-elle.

Le siège de Paige grinça. Josie tourna la tête à temps pour la voir se lever et la rejoindre en contournant le bureau, où elle déposa son carnet. Une fois de plus, il était resté vierge.

— Je crois que notre temps est écoulé pour aujourd'hui, Josie.

Celle-ci se leva.

— Même heure la semaine prochaine ?

Paige baissa le menton et laissa enfin échapper le soupir qu'elle retenait, Josie le savait, depuis le début de leur séance de quarante-cinq minutes.

— Josie. Je suis contente que tu viennes. Sincèrement. Et je veux t'aider. Je pense que la thérapie te ferait énormément de bien. Je suis très contente de continuer à te voir mais, une fois encore, je ne suis pas sûre que tu en retires le moindre bénéfice.

— Est-ce que je suis en train de me faire larguer, docteure ? dit Josie en souriant pour la première fois de la matinée.

Paige la dévisagea et se mit à rire.

— Non, pas du tout. Simplement, je...

Elle n'acheva pas sa phrase, affichant le même pauvre sourire que Josie semblait lui arracher à chaque séance. Puis, au bout de quelques secondes de silence embarrassé, elle reprit :

— Bon, voici ce qu'on va faire : pour la semaine prochaine, je voudrais que tu me dresses une liste.

— Quel genre de liste ?

— Une liste des choses qui te font...

— Pleurer ?

— Perdre le contrôle de toi-même.

Josie sentit un picotement désagréable dans la poitrine.

— Perdre le contrôle ?

— Oui, dit Paige. Trois choses. Au moins. Quand tu reviendras, on en discutera.

Josie déglutit, la bouche sèche.

— Entendu, dit-elle.

Elle partit sans un mot de remerciement. Jusque-là, elle avait réussi à éviter ce que Paige Rosetti appelait « le sale boulot » de la thérapie. Elle savait qu'elle voulait lui demander pourquoi elle continuait de venir si elle ne s'engageait pas pleinement dans ces séances. La vérité, c'était que Josie ne venait pas pour elle-même. Elle venait à cause d'une petite fille qu'elle avait secourue lors de sa dernière enquête et qui avait perdu autant, si ce n'est plus, qu'elle-même dans l'affaire. Et pourtant elle avait affronté le traumatisme avec une volonté farouche, inébranlable. Comme elle l'avait expliqué à Josie, elle laissait toujours « ses sentiments s'exprimer, jusqu'à ce qu'ils s'épuisent ». Elle l'avait même fait à la fin de l'enquête, lorsque Josie lui avait demandé de se rappeler des moments particulièrement pénibles. Depuis, la petite fille était partie vivre chez une parente éloignée, mais Josie se sentait coupable d'avoir demandé à cette gamine d'affronter ses démons pour résoudre une enquête alors qu'elle n'arrivait même pas, de son côté, à voir une psychologue pour affronter et accepter toute une vie de traumatismes et, plus récemment, le meurtre de Lisette.

Josie avait donc entamé une thérapie avec Paige, pour être en paix avec elle-même. *Au moins, j'essaie*, ne cessait-elle de se répéter. Et quand elle parlait à la petite fille, ce qu'elle faisait une fois par semaine via Zoom, elle pouvait au moins lui dire que oui, elle voyait toujours sa psychologue. Qu'elle tentait encore de trouver le courage de laisser totalement s'exprimer ses sentiments, même si, au bout de deux mois, elle n'avait pas versé la moindre larme dans le bureau de Paige Rosetti.

— La semaine prochaine, marmonna-t-elle pour elle-même en montant en voiture et en faisant démarrer le moteur.

Elle poussa la climatisation au maximum et mit la radio le plus fort possible, en espérant noyer ses pensées dans de la musique. Mais elle tomba sur l'animatrice de la station de radio locale qui lisait le bulletin d'informations, comme toutes les heures :

« La police de Denton recherche toujours Krystal Duncan, secrétaire juridique de trente-deux ans, qui a disparu il y a trois jours. L'employeur de Mme Duncan a signalé sa disparition en constatant qu'elle n'était pas venue travailler, la semaine dernière, et qu'elle ne répondait pas au téléphone. Les autorités demandent à toute personne disposant d'informations de contacter la police de Denton. Vous trouverez une photo de Krystal Duncan sur notre site internet. »

Josie changea plusieurs fois de station, jusqu'à trouver une radio qui passait de la musique des années 1980. À la maison, Noah avait évoqué Krystal Duncan mais Josie ne lui avait posé aucune question. Ils avaient vu ensemble les infos locales mentionnant sa disparition, et Josie avait étudié sa photo lorsqu'elle était apparue à l'écran. L'image était tirée du site internet du cabinet d'avocats pour lequel la jeune femme travaillait. Krystal Duncan y portait un tailleur décontracté et posait derrière un grand bureau d'acajou, ses longs cheveux bruns tombant en cascade sur ses épaules. Elle avait des yeux marron, rapprochés, et une petite bosse sur le nez, comme s'il avait été cassé et mal remis. Son sourire était mince, forcé. Josie avait en tête ce visage depuis trois jours, mais elle n'avait posé aucune question à Noah. La sensation d'engourdissement, d'éloignement, ne l'avait pas quittée depuis le meurtre de Lisette. Elle savait qu'elle aurait dû s'intéresser à la disparition d'une femme à Denton. Avant la mort de sa grand-mère, cette affaire l'aurait obsédée et, puisqu'elle était suspendue, elle aurait sûrement passé tout son temps à éplucher internet pour apprendre ce qu'en disait la presse pendant que la police de Denton travaillait dessus.

Mais elle chassa Krystal Duncan de son esprit. Elle savait que ses collègues étaient en train d'enquêter, et que c'étaient les meilleurs. Si Josie elle-même devait disparaître, elle voudrait que ce soit eux qui la recherchent. Et on la mettrait au courant du moindre détail dès le lendemain, quand elle reprendrait son poste. Pour l'instant, elle voulait ne penser à rien et simplement s'enfoncer encore un peu plus profond dans la vase mentale et émotionnelle qui la protégeait de la souffrance inutile de la vraie vie.

Une perle de sueur roula le long de sa colonne vertébrale. Elle voulut augmenter la puissance du climatiseur, mais il était déjà au maximum. En soupirant, elle s'éloigna de la maison de Paige Rosetti, qui abritait son cabinet, et s'engagea dans les rues de Denton. Noah était au travail et, même si elle savait que leur Boston Terrier, Trout, serait fou de joie de la retrouver, elle n'avait pas envie de rentrer immédiatement à la maison. Elle prit la direction du cimetière où était enterré son premier mari, Ray. Lisette avait demandé à être incinérée et ses cendres étaient désormais dans une urne laquée, posée sur une étagère de leur salon. Mais là, Josie allait voir Ray, comme souvent lorsqu'elle avait l'impression que sa vie lui échappait totalement.

— J'imagine que je devrais mettre ça sur ma liste, marmonna-t-elle en se garant et en descendant de voiture.

Elle se demanda pourquoi elle avait cette sensation de perdre le contrôle, à cet instant précis. Mais elle n'avait aucune envie de creuser le sujet. Ce dont elle avait envie, c'était d'un shot brûlant de Wild Turkey. Elle avait pourtant cessé de boire depuis longtemps déjà parce que, quand elle buvait, elle faisait de mauvais choix, et si l'alcool atténuait temporairement sa souffrance émotionnelle, il ne les faisait jamais disparaître.

Elle se faufila entre les pierres tombales jusqu'à celle de Ray sous le soleil assommant. La légère brise qui la caressait n'était qu'un piètre soulagement dans cette chaleur et cette humidité oppressantes. Le temps qu'elle arrive à la tombe, sa chemise était humide de sueur au niveau du col. Ray s'était fait tuer six ans plus tôt, et les choses s'étaient mal terminées entre eux, même avant sa mort, mais Josie le connaissait depuis l'enfance. C'était son premier amour. Il avait été, une bonne partie de sa vie, son repère, son étoile Polaire, un peu comme Lisette. Josie se sentait souvent apaisée en venant ici. Paupières closes, elle laissa son corps osciller lentement dans la brise. Alentour, les oiseaux pépiaient, et le seul autre son qu'elle percevait était le faible murmure des voitures qui passaient sur la route bordant le cimetière.

Puis il y eut un hurlement.

3

L'esprit de Josie n'eut pas le temps de réagir que ses pieds la propulsaient déjà en avant, vers le cœur du cimetière, d'où provenaient des cris perçants – des cris de femme. Elle zigzagua entre les tombes jusqu'au sommet de la colline, où les cris se firent plus forts encore. Ce n'étaient pas des pleurs de deuil ou de chagrin, mais des hurlements saccadés de choc et de terreur. En descendant le versant opposé, ses baskets dérapèrent sur la terre meuble, molle, d'une tombe récente. Elle perdit l'équilibre, battit des bras et se rattrapa à une autre stèle, derrière elle. En se redressant, elle découvrit la source de tout ce tumulte : une femme en short kaki et en t-shirt mauve se tenait au milieu des tombes, les mains enfoncées dans sa chevelure brune, de part et d'autre de sa tête. Debout, elle se recroquevillait sur elle-même, comme pour se protéger d'un agresseur invisible. Un bouquet de fleurs colorées gisait à ses pieds.

Josie reprit sa course. La sueur perlait à son front. La femme se tourna vers elle quand elle la rejoignit.

— Au secours ! cria-t-elle. Quelque chose ne va pas ! Aidez-la !

Josie suivit son regard et vit une seconde femme, adossée à

une pierre tombale. Elle avait les jambes repliées sous elle, les bras resserrés autour de la taille. Josie ne comprit pas tout de suite ce qui alarmait tant la première femme. Elle fit un pas de plus et vit le visage de la femme agenouillée. Elle inclinait la tête vers la droite. Une partie de sa chevelure brune collait à sa joue gauche, le reste flottait mollement sur ses épaules, mal peigné, emmêlé. Sa peau était rose mais elle avait le regard fixe, vide, dirigé droit devant elle. Un frisson parcourut Josie tandis qu'elle essayait de comprendre la scène. La femme paraissait vivante, normale, à l'exception de ses yeux. Comme si elle s'était endormie dans cette position, la tête penchée, ou comme si elle méditait – mais elle était en tenue de ville : chemisier de soie crème à manches courtes, jupe grise légère, collant déchiré et chaussures noires à talons plats. La petite bosse caractéristique de son nez était à peine visible, mais Josie voyait ce visage aux informations télévisées depuis trois jours maintenant.

Krystal Duncan.

Elle était là, vêtue comme si elle sortait du bureau, alors même que Josie savait qu'elle était portée disparue depuis trois jours. Si elle avait eu le moindre doute sur son identité, un bref coup d'œil à l'inscription gravée sur la pierre tombale aurait suffi à le faire disparaître : « À Bianca Duncan, ma fille adorée. »

Des mains se posèrent sur les épaules de Josie, la forçant à se rapprocher.

— Aidez-la ! cria l'autre femme. Elle ne va pas bien ! Vous ne voyez pas ?

Josie avança en titubant, sachant déjà qu'elle ne pouvait plus rien pour la femme agenouillée face à elles. En tant que policière, elle avait vu suffisamment de cadavres pour savoir qu'il était trop tard. Mais pour calmer l'autre femme qui devenait hystérique, dans son dos, Josie se pencha et posa deux doigts sur la gorge de la morte. Comme elle s'y attendait, pas de pouls. Josie essaya délicatement de déplacer un de ses bras. Rien ne bougea. La rigidité cadavérique avait commencé, ce qui signifiait qu'elle était morte depuis deux heures au moins, plus peut-être. Et il y avait quelque chose sur ses lèvres. *De l'écume ?* se demanda-t-elle. Elle se pencha un peu plus pour mieux voir. Non, pas de l'écume. C'était autre chose.

Le cœur de Josie lui parut s'arrêter un temps avant de s'emballer.

— Elle est morte, c'est ça ? dit la femme dans son dos. Mais pourquoi a-t-elle cette... cette apparence ?

Josie se releva et l'emmena à l'écart du cadavre. Elle sortit son téléphone de la poche de son short. Elle appuya sur les touches 9, puis 1, avant de s'arrêter. Si elle appelait les secours, ou même le central du commissariat, l'appel passerait par le scanner de la police, que la presse locale espionnait régulièrement. La disparition de Krystal Duncan avait suscité une grande couverture médiatique, non seulement à cause du sinistre passé de Denton en ce qui concernait les disparitions de femmes, mais aussi parce que Duncan était la mère d'une petite fille morte dans un tragique accident de bus scolaire, deux ans auparavant, et que le procès du conducteur du bus devait s'ouvrir dans quelques semaines. Josie effaça les deux chiffres et appela Noah.

— Il faut que tu m'envoies des unités, dit-elle lorsqu'il décrocha. Au cimetière Vincent-Williams. Il y a un cadavre. Je suis presque sûre que c'est Krystal Duncan. Une femme d'une trentaine d'années. Circonstances suspectes.

Elle regarda autour d'elle et tenta de se repérer pour pouvoir dire à Noah où elle se trouvait exactement. Après lui avoir fait la description des lieux, elle ajouta :

— Envoie-moi l'équipe d'identification criminelle, une ambulance pour le transport, et Anya.

Anya Feist était la légiste du comté.

— On arrive dans dix minutes, répondit Noah.

— Ne te sers pas de la radio, lui enjoignit-elle. Sauf si tu veux que la presse envahisse tout le cimetière.

— Compris.

Josie raccrocha et rempocha son téléphone.

— Madame, dit-elle à l'autre femme, nous devons nous reculer un peu.

— Qu'est-ce qu'elle a ? Pourquoi reste-t-elle assise comme ça ? Comment... comment est-elle morte ? Qu'est-ce qui lui est arrivé ? Et qu'est-ce que... qu'est-ce qu'elle a sur la bouche ?

— Comment vous appelez-vous ? demanda Josie au lieu de répondre à ses questions.

L'espace d'un instant, la femme parut totalement hébétée. Elle cligna deux fois des paupières et se tourna vers Josie.

— Je m'appelle Dee. Dee Tenney.

Josie prit Dee Tenney par un coude et l'attira quelques pas plus loin, la détournant de la scène. La sueur perlait à sa lèvre supérieure. Elle verdissait légèrement. Josie regretta de ne pas avoir emporté d'eau. Tout ce qu'elle put faire fut de l'entraîner à l'ombre d'un grand chêne voisin.

— Bon, Dee, on va attendre ici l'arrivée de mes collègues.

Dee s'adossa au tronc et essuya d'un revers de main la sueur sur son visage. Elle étudia Josie de pied en cap.

— Vos collègues ? Vous êtes la policière, n'est-ce pas ?

Denton était une petite ville, et Josie s'y était forgé une sorte de notoriété grâce à son rôle capital dans la résolution d'affaires assez scandaleuses pour avoir fait la une des journaux de tout le pays. À cause de ça et de sa propre histoire familiale turbulente qui avait fait l'objet de plusieurs épisodes de *Dateline*, une émission de télévision, les gens la reconnaissaient souvent dans la rue.

Elle ouvrit la bouche pour répondre mais Dee reprit :

— Non, attendez, vous êtes la journaliste. C'est forcément vous, la journaliste, sinon, qu'est-ce que vous feriez ici ?

Josie leva une main.

— Votre première hypothèse était la bonne. Je suis inspectrice de la police de Denton. La journaliste est ma sœur jumelle,

Trinity Payne. Elle vit et travaille à New York. Dee, mon équipe va arriver dans quelques minutes. Vous ne voulez pas me dire ce qui s'est passé ?

Dee regarda par-dessus l'épaule de Josie, vers le cimetière, puis ferma rapidement les yeux. Elle parla d'une voix haut perchée, très vite, sans espacer ses mots :

— Il ne s'est rien passé. J'étais là, je l'ai vue. J'ai cru qu'elle était simplement assise, près de la tombe, vous comprenez. Mais il y avait quelque chose de bizarre. Elle n'était pas face à la tombe. Je l'ai appelée mais elle ne m'a pas répondu. Je me suis approchée pour lui toucher l'épaule et c'est là que j'ai vu sa figure. Elle paraissait vivante, mais morte en même temps. Je ne sais pas comment expliquer ça.

— Vous n'y êtes pas obligée.

Dee garda les yeux fermés mais secoua vivement la tête.

— C'est sa couleur. Elle a l'air vivante, mais c'est impossible. Elle ne l'est plus, si ? Vous avez cherché à sentir son pouls. Elle est vraiment morte, hein ?

— Oui.

Josie tendit la main, lui effleura doucement l'avant-bras.

— Dee ? Est-ce que vous pouvez ouvrir les yeux ?

Dee inspira profondément et, en soufflant, s'exécuta.

— Regardez-moi, Dee. Concentrez-vous sur moi, OK ? Vous vous en tirez très bien.

Les bras de Dee, puis son torse se mirent à trembler. Elle serra les bras contre sa poitrine, mais garda les yeux sur Josie.

— Bien, lui dit l'inspectrice. C'est très bien.

Elle prit de lentes inspirations exagérées pour donner l'exemple, inspirant par le nez et soufflant par la bouche, gonflant et dégonflant sa poitrine à un rythme régulier. Au bout de quelques secondes, Dee entreprit de l'imiter. Lorsque Josie sentit qu'elle s'était un peu reprise, elle lui demanda :

— Vous étiez venue voir la tombe d'un proche ?

Dee acquiesça.

— J'allais sur la tombe de ma fille. J'avais apporté des fleurs, un bouquet de dahlias jaunes, cette fois-ci. Elle les aimait beaucoup. Enfin, bref. C'est là que j'ai vu Krystal. C'était si étrange. Je savais que tout le monde était à sa recherche. J'ai d'abord été soulagée, vous voyez ? Je l'avais retrouvée. Jusqu'à ce que je m'approche, et... Mon Dieu !

Des larmes roulèrent sur ses joues, mais elle gardait les yeux rivés à ceux de Josie.

Josie jeta un bref coup d'œil alentour et remarqua une Honda Civic grise garée sur le bas-côté de la route qui bordait le cimetière.

— C'est votre voiture ?

Dee fit oui de la tête.

— Je sais bien qu'il y a un parking à l'entrée du cimetière mais il fait beaucoup trop chaud pour venir à pied depuis là-bas. Je me suis dit que ça ne gênerait personne si je me garais là. Je ne devais rester que quelques minutes. Je ne m'attendais pas à croiser des gens, en fait. En tout cas, pas Krystal.

— Vous la connaissez ? Ou vous l'avez reconnue à cause des infos ?

— Je la connais. Enfin, je la connaissais. Mon Dieu... Elle habite la même rue que moi. Et nos enfants... Oh mon Dieu !

Dee finit par rompre leur contact visuel, baissa les yeux. Lentement, elle se laissa glisser à terre, se retrouvant assise, dos au tronc. Josie vit les sanglots la secouer. Elle fouilla dans ses poches et en sortit un mouchoir plié, qu'elle lui tendit. Elle ne l'interrogea pas plus avant. Le temps des questions viendrait plus tard, après l'arrivée des autres policiers et le début officiel de l'enquête. Elle n'était même pas censée reprendre le travail avant le lendemain.

En attendant ses collègues, elle se retourna vers Krystal Duncan, l'estomac en pelote, en essayant de nouveau d'analyser la scène. Il y avait un décalage troublant entre le buste droit et le rose sain de la peau du visage de cette femme et ses yeux morts, cette substance sur ses lèvres, dont quelques gouttes s'étaient solidifiées sur son menton. En se retournant vers Dee, Josie tira sur le col de sa chemise. Chaque centimètre carré de tissu lui collait à la peau, humide de sueur. Même à l'ombre, la chaleur était étouffante. Josie se positionna dans le champ de vision de Dee pour l'empêcher de voir le cadavre. Qu'est-ce qui pouvait donner cet aspect aussi vivant à la peau après la mort ? Josie fouilla dans les souvenirs de ses enquêtes précédentes, à la recherche d'une explication, mais elle avait du mal à se concentrer. Par cette chaleur, la décomposition devait plutôt s'accélérer. Et pourtant, Krystal Duncan donnait l'impression de s'être simplement assise au sol, genoux repliés sous elle, ce qui voulait dire qu'elle n'était pas morte depuis très longtemps. Mais elle avait disparu depuis trois jours. Où était-elle durant tout ce temps ?

Josie entendit juste avant de les voir les véhicules de police arriver au sommet de la colline, sur la route qui faisait le tour du cimetière. Elle baissa les yeux vers Dee, qui avait enfoui la tête dans ses mains.

— Dee ? Vous pouvez rester ici quelques instants ?

Un « oui » étouffé lui parvint.

— Je reviens tout de suite, lui dit Josie.

Elle se faufila entre les tombes pour rejoindre la route et fit signe à ses collègues de s'arrêter. Une voiture de patrouille et une ambulance menaient le cortège, gyrophares éteints. Puis elle vit Noah dans sa voiture, accompagné de Gretchen Palmer, son amie et inspectrice comme elle, sur le siège passager. Suivait le SUV de l'équipe d'identification criminelle de la police de Denton. Josie aperçut, à l'avant, le chef de l'équipe, Hummel, et sa collègue Jenny Chan. Fermant la marche, une camionnette blanche cabossée que Josie reconnut comme étant celle de la docteure Anya Feist, la légiste du comté. Tous se rangèrent sur le bas-côté, derrière le véhicule de Dee Tenney. Ils descendirent de voiture et se regroupèrent en un vague cercle au milieu de la chaussée. Josie les mit rapidement au courant de la situation et Gretchen prit les choses en main, donnant instruction aux agents en uniforme d'établir un périmètre protégé autour de la scène de crime, pour empêcher un éventuel visiteur de s'approcher. Elle demanda à Hummel et à Chan de commencer à relever indices et empreintes.

Tandis que ceux-ci sortaient leur matériel du coffre de leur SUV, Anya Feist déclara qu'elle allait les accompagner avant de préciser à Hummel avec un sourire sombre :

— Ne vous en faites pas, je ne viendrai pas me fourrer dans vos pattes avant que vous soyez prêts.

Josie les regarda s'éloigner, chacun traînant une valise marquée « Équipe d'identification criminelle – Denton ». Elle sentit le regard de Noah peser sur elle.

— Tu rendais visite à Ray ?

Elle hocha la tête, gênée d'avouer à son mari actuel qu'elle était venue sur la tombe du précédent, la veille de reprendre le travail. Ils savaient tous deux que la journée du lendemain allait être une grosse épreuve pour elle. Mais, avant même qu'ils ne sortent ensemble, Noah avait été la seule personne à savoir qu'elle allait parfois visiter la tombe de Ray. Elle n'en parlait pas, parce qu'elle pensait qu'on ne pouvait pas la comprendre. Ray était mort dans le déshonneur – corrompu, malhonnête et lâche –, mais il était mort en essayant de la sauver d'un homme bien pire encore, et Josie n'avait jamais pu cesser de pleurer l'homme qu'il avait été au temps de leur mariage, et le garçon qu'elle avait connu durant sa jeunesse. Il avait été bon, autrefois. Avant de changer de camp.

Noah lui sourit et tendit la main pour repousser une mèche de cheveux de son visage. Son contact était si apaisant qu'elle eut l'impression de fondre sur l'asphalte.

Gretchen regardait dans la direction d'où ils étaient venus.

— J'ai demandé à une patrouille d'aller au bureau du gardien pour le prévenir de ce qui se passait, lui demander si quelqu'un avait vu ou entendu quelque chose et s'il y a des caméras ici.

Elle sortit un carnet et un crayon.

— Tu es sûre qu'il s'agit de Krystal Duncan ?

— Sûre et certaine, dit Josie.

Gretchen se gratta le menton de la pointe de son crayon.

— Merde. Bon, allez, on s'y met.

4

Gretchen parla plusieurs minutes à Dee Tenney avant de la faire conduire par Noah au commissariat pour enregistrer sa déposition. Les relevés sur la scène de crime allaient demander plusieurs heures et Josie savait que Gretchen voulait que Dee reste dehors le moins longtemps possible par cette chaleur. Elles regardèrent cette dernière tendre les clés de sa Civic à Noah, qui s'installa au volant et la ramena au commissariat.

— Je crois qu'elle est en état de choc, dit Josie.

Gretchen se dirigea vers la Rubalise qui délimitait la scène de crime.

— Noah va s'occuper d'elle. L'installer comme il faut, dans une pièce climatisée, et vérifier qu'elle va bien avant de la renvoyer chez elle. Tu veux rester ici ou rentrer chez toi ?

Josie lui avait emboîté le pas.

— Je ne sais pas, dit-elle avec sincérité.

Gretchen s'immobilisa, se protégea les yeux du soleil avec son carnet.

— Tu es sérieuse ?

Une goutte de sueur glissa sur la joue de Josie, longea la cicatrice qui allait de son oreille à son menton. Elle l'essuya.

— Oui...

Hors de l'ombre du grand arbre, la chaleur se faisait encore plus écrasante. Les cheveux noirs de Josie, humides, lui collaient à la nuque. Elle avait une conscience aiguë des auréoles qui tachaient sa chemise au niveau des aisselles. Elle en souleva une fois encore le tissu pour le décoller de sa poitrine, tandis que Gretchen continuait à la dévisager. Celle-ci était en jean et en polo de la police de Denton mais, si l'on exceptait la mince pellicule de sueur à la naissance de ses cheveux, la chaleur ne semblait pas l'atteindre.

— Quoi, qu'est-ce qu'il y a ? finit par dire Josie, incapable de supporter plus longtemps cet examen silencieux.

— Demain matin, tu seras de retour au commissariat, et je vais devoir te répéter tout ce qu'on aura appris ici aujourd'hui. Fais-moi gagner du temps, tu veux ? Reste dans les parages. Et puis, tu es un témoin, après tout.

Sur ces mots, Gretchen fit demi-tour et s'approcha d'un des agents qui gardaient la Rubalise, un porte-bloc à la main. À côté de lui, Anya Feist attendait l'autorisation de s'approcher, une combinaison et des surchaussures de protection à la main. Elle avait déjà enfilé la charlotte sur ses cheveux blond argenté. Elle adressa un signe du menton à Gretchen et à Josie. L'agent voulut inscrire Gretchen sur son porte-bloc, mais celle-ci leva la main.

— Pas tout de suite, lui dit-elle. Attendons que l'identification criminelle nous donne le feu vert.

Josie la suivit tandis qu'elle longeait la Rubalise pour essayer de mieux voir le corps de Krystal Duncan. D'où elles étaient, Josie voyait des mèches brunes de la morte voleter dans le vent. De nouveau, cette vision d'une mère agenouillée près de la tombe de sa fille, qui paraissait vivante mais était assurément morte, ajoutée peut-être à la chaleur dérangeante, déclencha chez elle un frisson de malaise. De l'autre côté de la Rubalise, Hummel et Chan faisaient des croquis, prenaient des photos, déposaient des marqueurs d'indices matériels. Une tache de couleur vive attira l'œil de Josie. Les fleurs que Dee Tenney avait laissées tomber flétrissaient au soleil. Elle allait les déposer sur la tombe de sa fille, avait-elle dit. Mais Dee était très jeune. Elle devait avoir à peu près le même âge que Josie, autour de trente-cinq ans. À quel âge était morte sa petite fille ?

— Dee connaissait Krystal, dit Josie. Elle dit qu'elles habitaient la même rue. Que leurs enfants...

Gretchen s'arrêta, remit son carnet et son crayon dans sa poche et, s'avançant jusqu'à toucher la Rubalise, tendit le cou pour mieux voir le corps de Krystal Duncan.

— Leurs filles sont mortes dans l'accident de bus de West Denton, il y a deux ans.

Comme tout le monde en ville, Josie avait entendu parler de l'accident. Cinq jeunes élèves de West Denton étaient morts en revenant de l'école. Le chef avait envoyé Gretchen diriger l'enquête. À près de cinquante ans, elle était plus âgée que ses collègues mais, surtout, elle avait passé quinze ans à la brigade criminelle de Philadelphie avant de venir à Denton. Elle avait vu plus de morts horribles que tous les autres policiers municipaux réunis. Et dans leur métier, les morts d'enfants étaient les plus difficiles à supporter. L'impact émotionnel pouvait être terrible. Gretchen, elle, avec son stoïcisme caractéristique, avait mené l'enquête sur l'accident avec grâce et équanimité.

— La probabilité que Dee Tenney vienne ici et trouve le corps de Krystal Duncan était...

— Assez forte, compléta Gretchen. Les gamins morts dans l'accident sont tous enterrés ici. Mais je vérifierai quand même son emploi du temps de ce matin et des deux jours précédents.

Josie hocha la tête.

— Qui a vu Krystal Duncan vivante pour la dernière fois ?

Gretchen gardait les yeux tournés vers les tombes.

— Son employeur. Elle est restée tard jeudi pour boucler un argumentaire concernant une de leurs affaires. Il a fermé le cabinet derrière elle quand elle est partie. Elle devait revenir le lendemain matin et n'est pas venue travailler. Son patron et une de ses collègues ont essayé de la joindre plusieurs fois, le vendredi, en vain. Le patron a appelé le central et demandé qu'on aille voir s'il ne lui était rien arrivé.

— Sans même laisser passer vingt-quatre heures ?

Gretchen hocha la tête.

— Krystal vivait seule. Elle était mère célibataire. Jamais mariée. Pas de petit copain. Pas de famille proche. N'a jamais connu son père. Sa mère vit à plusieurs heures de route d'ici. Elle n'avait ni frère ni sœur. Selon ses collègues, elle avait perdu tous ses amis les uns après les autres, après la mort de sa fille. Bien sûr, elle fréquentait régulièrement le groupe de soutien psychologique des parents des victimes de l'accident. J'ai téléphoné à quelques-uns d'entre eux, ce week-end, pour savoir quand ils l'avaient vue pour la dernière fois. Ils disent tous la même chose : ça remonte à leur dernière réunion, le lundi qui a précédé sa disparition. Selon eux, elle était bouleversée, mais ils le sont tous, parce que le procès du conducteur du bus doit commencer bientôt. Les collègues de Krystal disent qu'elle était très émotive depuis deux ou trois mois. En proie à des sautes d'humeur. Souvent au bord des larmes. Quand elle n'est pas venue au cabinet le vendredi, ils ont pensé à une tentative de suicide.

— Et donc le central a envoyé quelqu'un voir s'il ne lui était rien arrivé, dit Josie.

— Oui. Sa porte d'entrée n'était pas verrouillée. Sa voiture était au garage. Sac à main, téléphone et clés de la maison étaient sur la table basse, au salon. Rien n'a été dérangé. C'est comme si elle était sortie un moment et n'était jamais revenue.

Sauf que plus personne ne sortait sans son téléphone.

— Les voisins n'ont rien remarqué ?

Gretchen secoua la tête.

— Deux d'entre eux disent l'avoir vue rentrer chez elle

jeudi soir, mettre sa voiture au garage, relever son courrier, mais c'est tout. Quelques-uns ont des caméras de vidéosurveillance, mais personne n'a rien relevé. Et aucune caméra n'a vue sur sa maison, de toute façon.

— Son téléphone a donné quelque chose ?

— Non. Rien d'anormal. Des appels de et à ses collègues de travail. Deux échanges de coups de fil avec les services de la procureure. Je les ai appelés : elle était d'accord pour témoigner au procès, donc ils l'avaient contactée pour vérifier qu'elle était réellement prête à le faire. En dehors de ça, il n'y a que des appels pour des rendez-vous médicaux, des choses de ce genre. Le seul élément inhabituel, c'est qu'elle s'est connectée à la base de données de son cabinet, samedi soir, d'après son patron.

— Tu veux dire qu'elle était au bureau ?

— Non, elle s'est connectée d'un autre endroit, selon lui. Ils ne savent pas pourquoi ni ce qu'elle y a fait. Il y a un accès à distance, au cas où les employés aient besoin de travailler à domicile. Donc ils peuvent ouvrir une session depuis chez eux et accéder à tous les dossiers, télécharger ou déposer des fichiers, des trucs comme ça. Le système enregistre qui se connecte et signale s'il y a un ou des dossiers modifiés.

— Mais Krystal Duncan n'a modifié aucun dossier, devina Josie.

— Exact. Elle s'est connectée à 21 h 08, et s'est déconnectée à 23 h 14. On ne sait pas quels documents elle a consultés ni pourquoi elle avait besoin de le faire.

— Est-ce qu'il serait possible de savoir d'où elle s'est connectée ?

— On a fait une requête officielle auprès de la société qui gère le serveur du cabinet, pour voir si elle peut nous fournir cette info. Si on peut obtenir une adresse IP, on pourra sans doute situer à peu près où elle se trouvait quand elle a ouvert sa session. En dehors de ça, on n'a aucune piste sur sa disparition, et pourtant on en a largement fait état dans la presse, comme tu sais.

— Oui. Impossible d'allumer la télé ou la radio sans entendre parler d'elle. Les appels à la population n'ont rien donné ?

— Rien de sérieux. Quelques personnes ont cru l'apercevoir vendredi mais, à chaque fois, ça s'est avéré être d'autres femmes de taille moyenne avec de longs cheveux bruns.

Josie soupira.

— Personne ne l'a vue depuis jeudi soir, mais elle était visiblement vivante il y a encore quelques heures.

— Maintenant qu'on a retrouvé son corps, je vais demander à son patron sur quelles affaires elle travaillait, annonça Gretchen.

Elles se retournèrent vers la route en entendant un crissement de pneus. Une seconde voiture de patrouille se rangea derrière la camionnette d'Anya Feist. Un jeune officier en descendit et les rejoignit au petit trot. Josie le reconnut avant de lire son nom sur son uniforme : Brennan.

— Inspectrice Palmer, dit-il en se présentant devant elles. Inspectrice Quinn.

— Vous avez parlé au gardien ? demanda Gretchen.

Il hocha la tête, retira sa casquette, s'essuya le front du revers de la main avant de la remettre en place.

— Il a dit qu'on pouvait prendre tout le temps qu'on voulait. Il est arrivé ici à 6 heures pour ouvrir le portail principal. C'est l'heure d'ouverture habituelle, et il ferme à 22 heures. Quatre employés sont arrivés à 6 h 30 et il leur a demandé de préparer une tombe, mais c'était de l'autre côté du cimetière, et ils n'ont rien vu d'inhabituel. Ils n'ont rien vu du tout, en fait. Même pas une voiture. Et il n'y a pas de caméras de vidéosurveillance dans le cimetière.

— Même pas à l'entrée ? demanda Gretchen.

Il secoua la tête.

— Il n'y a jamais eu de problème, ici, dit Josie. Même de simple vandalisme. C'est pour ça qu'on a choisi ce cimetière pour Ray. Cette partie de West Denton est la plus sûre de toute la ville. Les caméras sont inutiles, ici.

En soupirant, Gretchen regarda, par-dessus son épaule, Hummel et Chan au travail.

— Bon, dit-elle. Brennan, conduisez-nous au bureau du gardien, si vous voulez bien. Il va nous falloir sa déposition officielle, et celle des autres employés, avec l'heure de leur arrivée sur place, celle de leur départ, et la confirmation qu'ils n'ont rien vu de particulier.

Josie fut heureuse de monter dans une voiture climatisée pendant quelques minutes, le temps du trajet jusqu'au bureau du gardien. Le cimetière Vincent-Williams était le plus grand de Denton. En longeant les ondulations de son terrain couvert de stèles, elle comprit qu'il était tout à fait possible que des ouvriers qui creusaient une tombe à l'autre bout du cimetière n'aient rien vu du tout. Le corps de Krystal Duncan était assez proche de l'entrée principale. Il avait dû être relativement facile d'entrer, de le déposer près de la tombe de sa fille et de repartir sans être vu, surtout si on avait fait ça tôt le matin, avant l'arrivée des premiers visiteurs.

Dans le bureau du gardien, un grand bâtiment de pierre sans étage, quatre hommes attendaient dans le hall. De nouveau, Josie fut soulagée quand elle constata qu'il était climatisé. Gretchen et elle prirent les dépositions de chaque ouvrier et du gardien. Josie savait que, dès leur retour au commissariat, Gretchen entrerait leurs noms et leurs coordonnées dans différentes bases de données, pour voir si rien n'était à signaler dans leur passé, ou s'ils n'avaient pas un lien quelconque avec Krystal Duncan.

Gretchen achevait de prendre la déposition du gardien quand Josie sentit son téléphone vibrer dans sa poche. Voyant que c'était Anya qui l'appelait, elle décrocha.

— J'essaie de joindre Gretchen mais elle ne répond pas, déclara la légiste.

— Elle est en train de prendre des dépositions, répondit Josie. Qu'y a-t-il ?

— On est prêts à emporter le corps à la morgue, mais il y a quelque chose que vous devriez venir voir avant qu'on l'embarque.

5

Anya Feist les attendait sous l'arbre où Josie et Dee Tenney s'étaient réfugiées après avoir découvert le corps de Krystal Duncan. La Rubalise délimitait encore la scène de crime et des agents en uniforme étaient toujours en faction pour la garder. Sur le bord de la route, Hummel et Chan rangeaient leur matériel, ainsi que plusieurs sachets de preuves. Anya agitait sa charlotte devant sa figure, éventail improvisé pour lutter contre la chaleur. Quand Josie et Gretchen la rejoignirent, elle se dirigea vers le cadavre. Elles lui emboîtèrent le pas. L'agent au porte-bloc nota leurs noms et souleva la Rubalise pour les aider à la franchir.

Deux ambulanciers se tenaient à proximité du corps agenouillé de Krystal Duncan, un brancard posé à leurs pieds, et attendaient de l'emporter. Josie fut soulagée de voir qu'aucun des deux n'était Sawyer Hayes. Ce dernier, qui travaillait aux urgences de la ville, était le petit-fils de Lisette, mais n'avait pas de lien de parenté avec Josie qui était, elle, sa petite-fille adoptive. Le soir où Lisette s'était fait tirer dessus, et plus tard à l'hôpital, il avait dit à Josie qu'il la tenait pour responsable de sa mort, et il lui en voulait énormément. Josie ne l'avait pas revu depuis l'enterrement, même si elle avait plusieurs fois essayé de lui téléphoner pour prendre de ses nouvelles. Il ne l'avait jamais rappelée. Elle fut soulagée de ne pas avoir à l'affronter ici, dans ce cimetière brûlant comme une fournaise, à côté du cadavre d'une femme agenouillée.

Quand elles furent face au corps de Krystal Duncan, Anya dit :

— Chan pense que c'est de la cire qu'elle a sur les lèvres. Elle en a recueilli un peu pour la faire analyser, et je vais mettre le reste de côté en faisant l'autopsie, en tant qu'indice matériel.

— Quelqu'un a versé de la cire fondue dans sa bouche ? demanda Gretchen.

— Je ne sais pas encore, dit la légiste. Il faut que je la mette sur la table d'autopsie, mais on dirait bien, en effet.

— Mais pourquoi sa peau a-t-elle une couleur aussi normale ? dit Josie. On l'a trouvée ici il y a un moment déjà, et elle devait y être quelques heures plus tôt encore.

Anya fronça les sourcils.

— Cette couleur, l'apparence rose clair de la peau, alors que le corps n'est pas conservé au froid, fait penser à une intoxication au monoxyde de carbone, ou à un empoisonnement au cyanure.

Gretchen prit un air perplexe.

— Je fais ce métier depuis vingt ans et je crois que je n'ai encore jamais vu un empoisonnement au cyanure. Le monoxyde de carbone correspond plus souvent à des suicides ou à des accidents.

— Ce n'est pas un suicide, intervint Josie. Il n'est pas possible que cette femme se soit versé de la cire fondue dans la bouche avant de s'agenouiller à côté de la tombe de sa fille.

— C'est sûr, répondit la légiste. La rigidité cadavérique s'est installée alors qu'elle était dans cette posture.

— Tu dis qu'elle est morte comme ça ? À genoux, dans cette position ?

— Bon, je ne peux pas le dire avec une certitude absolue, et il faudra attendre l'autopsie pour que je vous fasse part officiellement de mes conclusions, mais c'est très vraisemblable. Même si quelqu'un l'avait mise dans cette position avant que la rigidité ne s'installe, il y a peu de chances que son corps soit resté ainsi. Mais si elle est morte dans cette position et qu'on ne l'a pas déplacée avant que la rigidité se produise, ça expliquerait sa posture.

— Et l'autopsie pourra nous dire si elle a été empoisonnée au monoxyde de carbone ? demanda Gretchen.

Anya hocha la tête.

— Je pense que oui. Si c'est le cas, alors les muscles, les tissus internes et le sang auront une couleur rouge cerise, qu'on retrouve en général dans ce type de décès. Même quand on retire et qu'on embaume ces tissus, la couleur ne disparaît pas. Et il devrait y avoir des lésions dans certaines régions spécifiques du cerveau, caractéristiques de cette intoxication.

Josie réfléchit aux implications de cette découverte potentielle. Krystal Duncan était chez elle jeudi soir, puis avait quitté son domicile. Personne ne l'avait vue partir. Personne ne l'avait vue se faire enlever. Elle était partie sans ses effets personnels. Et pourtant elle était encore vivante samedi soir, et sans doute aussi lundi matin, quelques heures avant que Dee Tenney ne la découvre. Ce qui voulait dire qu'on l'avait enfermée quelque part. Quelqu'un l'avait-il volontairement empoisonnée au monoxyde de carbone, ou était-ce un accident ?

Un nouveau regard à la bouche scellée de Krystal Duncan lui rappela que sa mort ne pouvait pas être un accident.

— J'aurai une meilleure idée du moment de sa mort quand j'aurai mesuré la température interne et fait quelques calculs en prenant en compte la température extérieure d'aujourd'hui. Mais je dois dire que, par cette chaleur, je me serais attendue à une décomposition plus avancée, maintenant ou même au moment où on l'a découverte.

— Tu penses qu'on l'a enfermée dans un endroit plus frais avant de l'amener ici ?

— C'est ce que je suppose, oui.

Gretchen prit des notes dans son carnet et Anya Feist s'agenouilla près du corps de Krystal. De la poche de sa combinaison, elle sortit des gants de latex qu'elle enfila.

— Et j'aurais pu attendre d'avoir procédé à l'autopsie pour vous en parler, mais je me suis dit que vous voudriez voir ça immédiatement.

Josie la vit écarter avec précaution l'avant-bras de la morte de sa hanche. La rigidité cadavérique lui compliquait la tâche, mais elle parvint à l'écarter assez et suffisamment longtemps pour que Josie et Gretchen puissent voir pourquoi elle les avait fait venir.

L'intérieur de l'avant-bras était beaucoup plus blanc que le reste de la peau du cadavre. Comme si elle lisait dans l'esprit de Josie, la légiste expliqua :

— Cette absence de coloration est due à un contact, une pression. En gros, quand les lividités cadavériques commencent, le sang du mort migre vers les zones basses du corps, en fonction de sa position. C'est ce qui donne, en général, les taches violacées sur la peau, une fois que ces lividités se fixent. Si le mort est sur le dos, on retrouvera ces taches le long du dos et à l'arrière des jambes. S'il est sur le ventre, le sang descendra alors vers l'avant du corps. On voit ici où les lividités ont commencé — même si les taches sont plutôt rouge cerise que violacées, ce qui me fait également soupçonner une intoxication au monoxyde de carbone. Quoi qu'il en soit, cette coloration est absente quand certains endroits du corps sont comprimés et que le sang ne peut pas s'y déposer. D'où la couleur blanchâtre.

Mais ce n'était pas pour leur montrer la pâleur de l'intérieur de l'avant-bras de Krystal Duncan qu'Anya leur avait demandé de revenir voir le corps. Sur cette zone de peau plus claire, quelqu'un avait écrit quelque chose au marqueur noir.

— C'est un nom ? demanda Gretchen en lâchant son carnet et son stylo pour dégainer son téléphone et prendre quelques photos.

— Je ne sais pas, dit la légiste en lâchant le bras de Krystal. Mon travail, c'est de vous en dire le plus possible sur la manière dont cette femme est morte. Mais ça, c'est un mystère qu'il vous appartient de résoudre.

Josie étudia les lettres, essayant de trouver un sens à ce qui semblait n'en avoir aucun. En grosses majuscules, on avait écrit : « GÉMON. »

6

Josie et Gretchen, à proximité de la tombe de Bianca Duncan, observaient les secouristes embarquer avec difficulté le corps agenouillé et raide de Krystal Duncan dans leur ambulance. La rigidité cadavérique pouvait se combattre en forçant sur les articulations, mais Anya s'en occuperait avant de procéder à l'autopsie. Pour l'heure, il faudrait transporter le corps dans sa posture actuelle. Une fois qu'ils furent partis, Josie se tourna vers Gretchen.

— Ça te dit quelque chose, ça, « Gémon » ?

Gretchen feuilleta son carnet.

— Non, rien du tout. Il faudra que je cherche dans le fichier des personnes disparues, mais je ne vois ni lieu, ni personne, ni rien qui porte ce nom-là.

— Est-ce que ce serait le début d'un mot ? hasarda Josie. « Gémonies », peut-être ? Et celui qui a écrit ça n'a pas eu le temps de finir ? Ça peut aussi être Krystal qui l'a écrit, en essayant de nous mettre sur la trace de son agresseur, mais sans pouvoir aller jusqu'au bout. Si la rigidité cadavérique avait déjà commencé quand le tueur l'a déplacée, avec ses bras repliés autour d'elle comme ça, il est possible qu'il n'ait pas vu le mot.

Gretchen opina du chef et se dirigea vers la route.

— Ce serait une grosse négligence de la part du meurtrier, mais peut-être. Il est aussi possible que ce soit l'assassin qui ait essayé d'écrire sur son bras après le début de la rigidité, mais qu'il n'ait pas terminé parce que c'était trop difficile de lui écarter suffisamment le bras.

— Tu as raison.

— Je vais retourner interroger son employeur et ses collègues de travail, dit Gretchen. Et peut-être essayer d'accéder aux dossiers sur lesquels elle travaillait, pour voir s'il y est fait mention d'un quelconque « Gémon ». Je peux aussi essayer d'obtenir de son patron quelques échantillons graphologiques pour chercher une éventuelle correspondance. Mais sans parler de ce détail à la presse.

Josie lui emboîta le pas et fronça le nez en sentant sa propre odeur ; elle avait passé presque toute la journée dans la chaleur du cimetière.

— Bonne idée.

Par-dessus son épaule, Gretchen lui demanda :

— Tu viens avec moi au commissariat ?

Josie s'arrêta sur le bord de la route, regardant tour à tour la voiture avec laquelle Gretchen était venue et la sienne.

— Si ça ne te fait rien, je préférerais rentrer chez moi prendre une douche.

Gretchen avait rejoint la voiture de Noah, qu'il lui avait laissée. Elle s'éventa avec son carnet.

— Tu nous rejoins après ? Pour faire ton rapport ?

— Non, je...

Josie se tut. Que lui arrivait-il ? À d'autres périodes de sa vie, elle aurait tout fait pour repartir au travail. Ç'aurait dû être un bonheur de revenir au commissariat un jour plus tôt que prévu. Qu'est-ce qui clochait chez elle ?

À en juger par l'air perplexe de Gretchen, celle-ci se posait la même question. Mais elle n'insista pas, et dit :

— À la première heure demain, alors. Si le chef nous donne le feu vert, tu pourras faire équipe avec moi sur cette affaire. Je suis sûre qu'Anya nous donnera les résultats de l'autopsie dès demain. Et je vais voir ce que je peux trouver sur cette histoire de « Gémon ».

Josie lui sourit faiblement et battit en retraite vers sa propre voiture.

— Merci. À demain.

Elle fit démarrer le moteur avant que Gretchen change d'avis et cherche à la persuader de venir au commissariat le soir même. Elle avait l'intention de rentrer chez elle, mais se retrouva dix minutes plus tard garée devant le *liquor store*, les yeux rivés à la vitrine. Le climatiseur de sa voiture lui soufflait de l'air froid en pleine figure. Et maintenant que la sueur avait séché, elle commençait à avoir la chair de poule. Le souvenir du Wild Turkey, cette brûlure dans la gorge puis dans l'estomac qui apaisait ses pensées confuses, l'appelait. Comme un chant de sirène. Elle n'avait pas ressenti cette envie de boire depuis des années. *Juste un shot, deux au plus !* faisait une petite voix dans sa tête. On en vendait en mignonnettes, maintenant. Elle pouvait en acheter une, la boire et la jeter à la poubelle ici même, dans le petit centre commercial, avant de rentrer. Noah était encore au travail, il avait laissé sa voiture à Gretchen. Personne n'en saurait jamais rien. Elle avait le temps de se doucher et de se brosser les dents bien avant son retour.

Josie gémit. Durant les séances de thérapie qu'elle suivait depuis des semaines, Paige Rosetti parlait sans doute plus qu'elle. Josie lui avait donné une version succincte et sans états d'âme de son enfance douloureuse. Même lorsque la psychologue tentait diverses variantes de la question « Et qu'est-ce que tu as ressenti, à ce moment-là ? », Josie se refusait à décrire les émotions liées aux événements qu'elle relatait. Mais celles-ci ressurgissaient à chaque fois qu'elle évoquait le meurtre de

Lisette, même si elle essayait de toutes ses forces d'enfouir son chagrin, son traumatisme au plus profond d'elle-même. Paige Rosetti répétait alors, encore et encore : « Tu dois accepter l'émotion. Accepte-la. Laisse-la te traverser. »

Avaler deux shots de Wild Turkey n'était à coup sûr pas un moyen d'accepter ses émotions, quelles qu'elles soient. Ce qu'elle voulait, c'était les effacer, les anéantir, les repousser loin de sa conscience. Les phalanges blanches à force de serrer le volant, Josie laissa un tourbillon d'émotions jaillir de l'endroit de son esprit où elle n'osait jamais s'aventurer. Son mal-être devint physique. Un poids lui comprimait la poitrine. Le sang battait à ses tempes. Elle avait la gorge serrée. Elle se demanda si elle pouvait arrêter ça. Si, une fois ses émotions libérées, elle pouvait les ravaler. Ou s'il lui fallait du Wild Turkey pour cela. Paige Rosetti disait toujours que ce n'étaient que des émotions, qu'elles finiraient par passer, mais la tension dans sa poitrine et les fourmillements au bout de ses doigts lui disaient l'inverse.

Les images qui peuplaient ses cauchemars et qui semblaient soudain bien réelles, là, en plein jour, obscurcirent sa vision. Les convulsions du corps de sa grand-mère, touchée par la première charge de chevrotine. Lisette qui tombait et se relevait, prenait une seconde salve de chevrotine en s'avançant devant Josie avec la force surhumaine que donne parfois l'amour maternel.

L'amour d'une mère.

Pendant toute l'enfance de Josie, seule Lisette l'avait aimée avec autant de férocité. Et maintenant, elle était morte. Josie sentit une faille s'ouvrir en elle, sombre et sans fond. Elle ne croyait pas Paige Rosetti quand celle-ci disait que les émotions n'étaient que des émotions et qu'elles ne pouvaient pas lui faire de mal. Les démons qui surgissaient des fissures de son âme allaient la dévorer. En tremblant, elle coupa le moteur et ouvrit sa portière. Que représentaient quelques shots de Wild Turkey face à sa souffrance ?

Elle posa le pied sur le macadam du parking. Se dressa sur ses jambes, mal assurée. Puis elle entendit un bruit. Un léger cliquetis, mais si peu familier qu'elle le perçut immédiatement malgré sa panique. En fouillant le sol des yeux, elle vit le petit bracelet de prière que le chef lui avait donné lorsque Lisette, mourante, était à l'hôpital. Elle se pencha pour le ramasser, referma la main. Le chapelet était fait de grains vert sombre, lisses – il était plutôt joli, en réalité –, avec une médaille de femme vêtue d'une robe flottante et, autour de sa tête, les mots : « Marie qui défait les nœuds. »

Josie n'était pas catholique. Elle n'était d'ailleurs pas très croyante. Entre son enfance et les atrocités qu'elle voyait dans son travail, il lui était difficile de croire à autre chose qu'à la dépravation de l'être humain. Le chef n'était pas catholique, lui non plus. Il n'était même pas gentil. Bob Chitwood avait été nommé par la maire quatre ans plus tôt. Il était bourru, colérique, et, depuis le temps qu'il travaillait à Denton, ne s'était pris de sympathie pour aucun d'entre eux. Mais à sa manière, avec ce bracelet, il avait essayé d'aider Josie, ou de la réconforter, elle ne le savait pas vraiment. Elle se rappela la conversation qu'ils avaient eue devant l'hôpital, alors que sa grand-mère luttait contre la mort à l'intérieur.

« Je ne comprends pas, monsieur. »

Il avait tendu la main vers elle et enroulé ses doigts autour du chapelet.

« Un jour, je vous raconterai comment j'ai obtenu cet objet. Tout ce que vous devez savoir pour l'instant, c'est que même si l'on n'a jamais prié de sa vie, on apprend très vite, lorsque quelqu'un qu'on aime est en train de mourir. Une personne qui croyait profondément au pouvoir de la prière m'a offert ce chapelet, et il m'a été d'un grand réconfort à un moment. Peut-être que ça ne fonctionnera pas sur vous. Je n'en sais rien. Quoi qu'il en soit, si c'est l'heure de Lisette, rien ne la retiendra ici, mais vous ?

Vous allez avoir besoin de toute l'aide possible. Gardez-le jusqu'à ce que vous soyez prête à me le rendre, parce que je tiens à le récupérer, Quinn.

— *Comment est-ce que je saurai que je suis prête à vous le rendre ? » avait demandé Josie.*

Chitwood, qui commençait à s'éloigner, avait lancé par-dessus son épaule :

« Oh, vous le saurez. »

Josie ne savait toujours pas ce qu'il avait vraiment voulu faire avec ce geste, ni comment elle saurait que le moment était venu de rendre le bracelet. Elle avait l'impression que c'était une sorte de test et, comme souvent avec le chef Chitwood, elle craignait d'échouer.

Ce qu'elle savait, en revanche, c'était que le moment n'était pas venu de rendre le bracelet. Pas encore.

— Je ne suis pas prête, marmonna-t-elle en serrant les perles tièdes dans sa main.

— Madame ? Tout va bien ? demanda un homme qui passait non loin et qui s'arrêta à quelques pas d'elle.

Josie, arrachée à ses pensées, regarda autour d'elle. Elle était près de sa portière restée ouverte, dans ses vêtements froissés et raides de sueur séchée, un chapelet de prière à la main. Elle se força à sourire à l'inconnu.

— Oui, ça va, merci, dit-elle. Je... Je dois rentrer chez moi.

Elle remonta en voiture et remit le bracelet dans sa poche. Une fois rentrée, elle laissa Trout, leur Boston Terrier, lui lécher le visage. Elle le caressa et lui accorda toute l'attention qu'il réclamait. Puis elle se doucha et commanda une pizza. Le temps qu'elle s'installe à la table de la cuisine pour se renseigner sur Krystal Duncan sur Google, Noah était rentré. Il salua Trout et alla dans la cuisine, déposa un baiser sur la tête de Josie avant de s'emparer d'une part de pizza.

— Tu as passé une sacrée journée, dit-il.

— Tu peux le dire. Du nouveau dans l'affaire Krystal Duncan ?

— Rien, dit Noah. Gretchen cherche ce que peut bien pouvoir dire « Gémon ». Elle doit retrouver Anya demain à 10 heures pour les résultats de l'autopsie.

— J'y serai, répondit Josie.

7

La morgue municipale se trouvait au sous-sol de l'hôpital Denton Memorial, bâti sur une colline qui dominait la ville. Tous les autres étages offraient une belle vue sur la petite métropole de Denton et sur les montagnes qui l'entouraient, mais le sous-sol sans fenêtre semblait sortir d'un film d'horreur, avec ses dalles jaunies et crasseuses au sol, ses murs mornes carrelés de blanc, grisés par le temps et la poussière. C'était de loin l'endroit le plus silencieux du bâtiment. Les pas de Gretchen et de Josie résonnaient dans le long couloir qui les conduisait à la morgue, composée d'une très grande salle d'examen, d'une chambre froide pour conserver les cadavres et du bureau de la légiste, Anya Feist.

Elles la trouvèrent dans la salle d'examen, penchée sur son ordinateur portable posé sur le comptoir d'inox qui bordait le mur du fond. Elle portait son habituelle blouse bleu marine, ses cheveux blond-argent tirés en queue-de-cheval.

— Mesdames, leur dit-elle en souriant. Entrez.

L'odeur de la pièce, même en l'absence de cadavre, donnait toujours des haut-le-cœur à Josie. Les produits chimiques avec lesquels la légiste et son assistant désinfectaient régulièrement l'endroit ne pouvaient masquer la puanteur tenace de la putréfaction. Josie parvint cependant à lui rendre son sourire.

— Je suis contente de te revoir, Josie, dit Anya.

Josie hocha la tête. Son regard se porta vers les tables d'examen. L'une était vide mais un corps était allongé, couvert d'un drap, sur l'autre.

— C'est elle, dit la légiste. J'ai pu forcer la rigidité cadavérique. J'ai aussi pu l'identifier avec certitude, puisque votre service m'a fait passer ses papiers d'identité – trouvés chez elle, à ce qu'on m'a dit.

— C'est ça, dit Gretchen.

— La cause du décès est bien celle que je pressentais : intoxication au monoxyde de carbone. Les analyses sont assez parlantes. Organes, muscles et viscères étaient rouge cerise, ce qui est typique de ces cas-là, tout comme l'œdème pulmonaire et la congestion des organes que j'ai également relevés. Une mesure de carboxyhémoglobine nous dirait combien de monoxyde de carbone elle avait dans le sang, mais je ne suis pas outillée pour ça, j'ai envoyé des échantillons au labo de la police d'État. Les résultats vont prendre du temps. Je ne terminerai mon rapport que quand je les aurai, ainsi que les résultats de l'analyse toxicologique habituelle. Je peux cependant déjà vous dire avec certitude que cette femme est morte d'une intoxication au monoxyde de carbone. Et que c'est un homicide. Jenny Chan avait raison, c'est bien de la cire qu'elle avait dans la bouche. Comme je vous l'ai dit hier, vos gars en ont envoyé un échantillon pour analyse, mais ça ressemble à de la cire de bougie. La personne qui l'a tuée lui a versé ça dans la bouche.

Josie grimaça.

— Tu as pu découvrir si elle était encore vivante quand on lui a fait ça ?

Anya secoua la tête.

— C'est très difficile à savoir. Il y a des brûlures au fond de la gorge. Il m'a fallu longtemps pour retirer la cire, et je n'ai pas réussi à tout enlever. La luette, l'épiglotte et le pharynx, toutes les parties du fond de la bouche, ont été endommagés, mais les gencives, l'intérieur des joues et les lèvres, beaucoup moins.

Gretchen, qui avait sorti son carnet et prenait des notes, s'interrompit, stylo levé, pour demander :

— Comment est-ce possible ? Elle n'a pas résisté ? Ne s'est pas débattue ? Je ne me vois pas laisser quelqu'un me verser de la cire dans la gorge sans me battre.

— Sauf si quelqu'un te tenait la tête pendant que quelqu'un d'autre versait la cire, avança Josie.

Anya Feist hocha la tête.

— Oui, ce serait une explication mais, au vu des brûlures partielles, il est plus vraisemblable qu'on a versé la cire au moment où elle expirait.

— Tu veux dire au moment exact de sa mort ?

— C'est ça. N'oubliez pas qu'elle devait être totalement désorientée. L'intoxication au monoxyde de carbone déclenche céphalées, nausées, vertiges, faiblesse, fatigue. Si on a versé la cire au moment où elle mourait, il y a des chances qu'elle n'ait même pas compris ce qui se passait, à ce stade. Ce qui expliquerait qu'on ait pu verser la cire avec précision, et brûler le fond de la gorge sans endommager ou presque les joues et les lèvres.

— Y a-t-il un moyen de savoir combien de temps elle a inhalé du monoxyde de carbone ? demanda Josie.

La légiste secoua la tête.

— Ça dépend des dimensions de la pièce dans laquelle la personne se trouve quand elle est intoxiquée, et de la concentration en monoxyde de carbone. Ça peut prendre moins d'une heure ou en demander plusieurs. Il n'y a pas vraiment de moyen de déterminer ça avec certitude. Tous les cas que j'ai pu voir pendant ma carrière étaient soit des suicides, soit des accidents, et la personne était retrouvée sur les lieux de son intoxication et de son décès. Dans le cas de Krystal Duncan, je n'en ai aucune idée.

Gretchen soupira.

— Et le moment de la mort ?

Anya fronça les sourcils.

— C'est un peu délicat. Je ne peux pas m'avancer autant que je le voudrais, mais je peux au moins vous dire ceci : quand on l'a retrouvée, la rigidité cadavérique était à son maximum, ce qui se produit en général entre une et six heures après le décès.

— Ça fait une fenêtre très large, dit Josie.

La légiste leva la main.

— Mais la moyenne est de deux à quatre heures. Les lividités et la rigidité cadavériques vont en général de pair. Comme vous le savez, les lividités cadavériques se produisent quand le sang migre vers les parties les plus basses du corps, ce qui cause cette coloration. Elles apparaissent entre trente minutes et quatre heures après la mort, et deviennent fixes au bout de huit à douze heures. Quand ces lividités sont fixées, déplacer le corps ne modifiera plus les zones de coloration.

— Mais avant qu'elles soient fixées, si on déplace le corps, elles peuvent encore bouger.

— Exact, dit Anya.

— Que s'est-il passé quand on a déplacé le corps de Krystal Duncan entre le cimetière et la morgue, alors ? demanda Josie.

— Les lividités se sont déplacées, dit la légiste.

Elle rabattit le côté droit du drap pour découvrir le bras du cadavre, qui était maintenant allongé le long du flanc, paume vers le bas.

— Là, dit la légiste en levant le bras pour qu'elles puissent voir le mot « Gémon » écrit au creux de l'avant-bras.

La zone de peau, toute pâle au cimetière, était maintenant rouge vif.

— Les lividités n'étaient pas fixées quand Josie l'a trouvée, hier matin. Mais la rigidité cadavérique était bien installée. Elle a donc dû mourir et rester dans cette position un moment, jusqu'à ce que la rigidité s'installe. Selon toute vraisemblance, la ou les personnes qui l'ont transportée au cimetière ont dû rencontrer les mêmes difficultés que les ambulanciers, hier.

— Tu veux dire qu'elle était dans cette posture à genoux quand son assassin l'a transportée.

— C'est ce que je crois, oui. La position dans laquelle tu l'as trouvée au cimetière est celle dans laquelle elle était au moment de sa mort. Le tueur lui a versé de la cire dans la gorge alors qu'elle mourait, puis l'a laissée comme ça entre une et quatre heures, la rigidité cadavérique s'est installée et on l'a ensuite déplacée.

— Donc l'assassin l'a intoxiquée au monoxyde de carbone assez longtemps pour la tuer, a scellé ses voies respiratoires et ses lèvres avec de la cire tandis qu'elle était à genoux, et l'a ensuite laissée comme ça plusieurs heures.

— Oui, c'est ce que je suppose.

— On l'a déplacée après le début de la rigidité, mais avant que les lividités ne se fixent. Ce qui veut dire que, quand Josie l'a trouvée au cimetière hier matin à 10 heures, elle était morte depuis moins de huit heures, dit Gretchen. Ce n'est pas une fenêtre très étroite.

— Je crains de ne pas pouvoir être beaucoup plus précise que ça, déplora la légiste. Même la température corporelle ne m'en dit pas assez pour vous donner une temporalité plus satisfaisante. En général, la température d'un corps baisse de un degré par heure après la mort, mais elle descend plus vite si le corps est dans un endroit frais. En supposant qu'on l'a transportée entre un endroit frais et le cimetière, la température a dû recommencer à monter puisqu'elle était dehors, dans la chaleur. Ça ne sera donc pas un facteur fiable pour déterminer le moment de la mort, dans ces circonstances.

— Des traces d'agression sexuelle ? demanda Josie.

— Non, aucune.

— Y avait-il autre chose ? De la peau sous ses ongles ?

— Je crains que non. Rien qui pourrait vous aider à identifier son assassin. Mais j'ai noté ceci.

Elle prit la main du cadavre, releva le majeur pour le séparer des autres doigts et leur indiqua le côté de la première phalange.

— Je pense que Krystal Duncan était droitière – on peut voir un cal ici, exactement à l'endroit où on poserait un stylo ou un crayon pour écrire.

— Mais j'écris de la main droite et je n'ai pas de cal, objecta Gretchen.

— Tout le monde n'en a pas. Peut-être qu'elle serrait trop fort ses stylos et qu'elle en a développé un, ou qu'elle prenait énormément de notes dans le cadre de son travail. Elle a aussi une cicatrice sur la paume, qui doit être liée à une opération du canal carpien, selon moi.

Anya retourna délicatement la main de la morte pour leur montrer sa paume. Elle était toute rouge, puisque le cadavre était resté à la morgue, paume vers le bas, jusqu'à ce que les lividités soient fixées, mais Josie put voir la mince cicatrice argentée allant de la paume à la jonction du poignet.

— Le syndrome du canal carpien se développe généralement du côté où on écrit.

— Et si elle était droitière, il y a peu de chances qu'elle ait écrit elle-même sur son avant-bras droit, dit Josie.

— Précisément, dit la légiste.

Sa main s'attarda sur le cadavre de Krystal Duncan. Elle secoua doucement la tête.

— Quelle tristesse, murmura-t-elle, comme pour elle-même.

Puis elle se força à sourire et se tourna vers les deux policières.

— Je ne vais pas pouvoir vous dire grand-chose de plus.

— On va voir ce qu'on peut faire avec ces informations, déjà, lui promit Gretchen.

8

Sur le parking, elles restèrent un moment dans la voiture, climatisation poussée à fond, tandis que Gretchen complétait ses notes. La journée serait encore caniculaire. La chaleur et l'humidité étaient déjà presque insupportables, et il n'était pas midi.

— Ce tueur essaie de faire passer une sorte de message, dit Josie.

— Je suis d'accord, dit Gretchen sans lever les yeux de son carnet. La cire pour lui sceller la bouche. Si on verse de la cire dans la gorge de quelqu'un qui est en train de rendre son dernier soupir, ce n'est pas pour rien.

— Mais cet empoisonnement au monoxyde de carbone, c'est étrange, tu ne trouves pas ? Je n'ai jamais vu ça, pas pour un meurtre, en tout cas. Comme tu le disais, c'est d'habitude soit un accident, soit un suicide. La personne qui a fait ça doit disposer d'un lieu étanche où elle peut envoyer du monoxyde de carbone.

Gretchen leva les yeux et tapota sur son carnet avec son stylo.

— Oui. Le plus facile, ce serait un garage, je dirais. On

rentre une voiture à l'intérieur et on laisse le moteur tourner. Mais qu'est-ce que ça nous dit, psychologiquement ? Est-ce que l'assassin a utilisé le monoxyde de carbone parce que c'est moins violent, moins sanglant qu'une arme à feu ou un couteau ?

— Et moins intime qu'étrangler ou étouffer sa victime, ajouta Josie. Ou alors il voulait la voir souffrir et mourir lentement ?

— Très bonne remarque. Vu la cire, le message sur son bras et le fait qu'on l'a déposée sur la tombe de sa propre fille, je ne suis pas certaine que le tueur soit rebuté par la violence.

— Ce qui nous ramène au message qu'il essaie de faire passer, donc, dit Josie. Est-ce qu'il a voulu la faire taire avec la cire ?

Gretchen posa son carnet et son stylo sur la console, enclencha la marche avant et quitta lentement le parking.

— Il y aurait une certaine logique, mais pourquoi laisser un message sur son bras, alors ?

— Parce que le tueur veut qu'on sache ce que savait Krystal Duncan, dit Josie. Il ne voulait peut-être pas la faire taire, mais nous faire comprendre qu'elle cachait quelque chose ? Ses lèvres étaient scellées pour montrer qu'elle cachait un secret ?

Gretchen emprunta la longue rue qui reliait l'hôpital au centre-ville.

— Dans ce cas, pourquoi laisser un indice aussi obscur que « Gémon » ? Qu'est-ce que ça veut dire ? C'est un nom de personne ? De lieu ? Un langage codé ?

— Tu as revu ses collègues, hier soir ? demanda Josie.

— J'ai reparlé à son patron. Les autres étaient déjà rentrés chez eux. Il ne sait pas ce que veut dire « Gémon », mais il a dit qu'il demanderait à un de ses employés de faire des copies des dossiers sur lesquels Krystal Duncan travaillait au moment de sa disparition.

Elle jeta un coup d'œil à l'horloge du tableau de bord avant d'ajouter :

— D'ailleurs, on pourrait sûrement y passer maintenant, interroger ses collègues et récupérer ces dossiers.

— Quand Krystal Duncan a disparu, tu as posé les questions habituelles aux autres employés, j'imagine ?

— Oui, répondit Gretchen. À tous ceux qui la connaissaient : collègues, voisins, les autres parents du groupe de soutien. Est-ce que ça lui était déjà arrivé de s'absenter aussi longtemps ? Non. Est-ce qu'ils connaissaient quelqu'un qui lui causait des ennuis ? Non. Est-ce qu'elle avait des ennemis, des conflits avec quelqu'un ? Amis, anciens petits copains, clients, etc. ? Non. Leur avait-elle dit qu'on la suivait ou qu'on la harcelait, récemment ? Non. Est-ce qu'ils voyaient quelqu'un qui pourrait lui vouloir du mal ? Non. On n'a abouti qu'à des impasses, jusqu'à ce que Dee Tenney tombe sur son corps au cimetière.

— Tu m'as dit qu'elle était mère célibataire, mais est-ce qu'elle avait des contacts avec le père de Bianca ? Pour une pension alimentaire ou quelque chose de cet ordre ? Et des petits copains, ou ex-petits copains, qui lui auraient fait des misères ?

— Rien. Une de ses collègues, Carly, qui était visiblement la plus proche d'elle, nous a dit que Bianca était née après une aventure d'un soir, quand Krystal était en vacances en Floride. Elle n'a jamais prévenu le père pour lui dire qu'elle était enceinte, donc là aussi, impasse totale. Cette même collègue nous a dit que Krystal avait eu deux ou trois petits amis quand Bianca était tout bébé, mais plus depuis que sa fille a eu l'âge d'aller à l'école. Elle n'avait pas le temps, ou pas la patience. Elle ne s'occupait que de sa fille. La seule chose que Carly a ajoutée, c'est que Krystal n'était plus la même depuis la mort de Bianca, et que tous redoutaient une possible tentative de suicide. On a pu accéder à ses mails personnels et professionnels, à ses réseaux sociaux, mais on n'a rien trouvé d'utile. Tu peux voir sa page Facebook. On a accès à son compte, mais il n'y a rien de plus ou presque que ce qu'elle rendait public.

Josie sortit son téléphone et alla sur Facebook pour voir la page de Krystal Duncan. La photo de profil la montrait avec une petite fille que Josie devina être Bianca. Elle était presque la copie conforme de sa mère, même si son nez était plus large et plus plat. Sur la photo, Bianca portait un jean et un t-shirt noir orné du mot « amour », en doré. Elle posait la main sur sa hanche étroite. À côté, Krystal, en pantalon corsaire kaki et chemisier rose à épaules découvertes, se penchait pour être à sa hauteur, joue contre joue. Toutes deux arboraient un large sourire. Josie fut envahie d'une étouffante tristesse. Elle avait perdu beaucoup d'êtres chers et si elle n'avait jamais été mère, elle ne pouvait imaginer pire douleur que de perdre un enfant. Et maintenant, mère et fille étaient mortes.

Pourquoi ?

Josie explora la page Facebook de Krystal Duncan mais ses paramètres de confidentialité étaient configurés de façon à ne pas laisser voir grand-chose ; elle n'en obtint que quelques photos supplémentaires de la mère et de la fille.

— Il n'y a que des vieilles publications, dit-elle. Toutes centrées sur Bianca.

— C'est ça, confirma Gretchen. Bianca était tout pour elle. Quand elle est morte, la vie s'est comme arrêtée aussi pour sa mère. Ah, on arrive.

Josie rangea son téléphone et leva les yeux. Le cabinet d'avocats pour lequel travaillait Krystal Duncan était dans un bâtiment de quatre niveaux en briques grises, au milieu d'autres immeubles de bureaux, à la lisière entre West Denton et South Denton. Josie suivit Gretchen à l'intérieur. Elles prirent l'ascenseur jusqu'au troisième étage et trouvèrent les locaux du cabinet Abt & Defeo. Juste derrière la porte, la salle d'accueil des visiteurs était luxueuse, avec de grands canapés en cuir entourant une table basse en teck. Le long d'un des murs, il y avait un petit bar avec une machine à café, des piles de tasses propres ornées du logo du cabinet et divers thés et cafés à disposition. Une cloison de verre séparait cette salle des bureaux. Une jeune femme aux cheveux courts, blonds, était assise de l'autre côté de la vitre. À leur approche, elle fit coulisser la fenêtre du guichet, et son sourire s'évanouit quand Gretchen lui adressa un signe de la main.

— C'est à propos de Krystal, c'est bien ça ?

— Je crains que oui, malheureusement, répondit Gretchen.

Josie tendit sa carte à la jeune femme, qui la regarda brièvement avant de la lui rendre.

— Je m'appelle Carly Howe, dit-elle à Josie. Nous avons eu une réunion ce matin, au sujet de Krystal. M. Defeo voulait nous en parler avant que la presse le fasse.

— C'est bien qu'il vous l'ait annoncé lui-même, dit Gretchen. Les journalistes sont au courant depuis ce matin. Ils n'arrêtent pas d'appeler notre attachée de presse depuis 6 heures. La nouvelle devrait être annoncée dans le journal de midi sur WYEP.

Carly hocha lentement la tête.

— C'est vraiment terrible. Je ne peux même pas imaginer... M. Defeo dit que vous soupçonnez une agression. Krystal en avait déjà tellement bavé. Je ne vois vraiment pas qui aurait pu lui en vouloir.

— C'est ce que nous aimerions déterminer, dit Josie. Pouvez-vous nous dire si tous les collègues de Krystal sont présents aujourd'hui ?

Carly opina.

— Oui, tout le monde est là. M. Defeo nous a dit que vous passeriez chercher quelques dossiers et que vous voudriez sans doute nous poser des questions. Passez donc de l'autre côté.

Elle se pencha sur sa droite. Josie et Gretchen entendirent un bourdonnement et le bruit d'une serrure qui se désengageait. Gretchen tendit le bras vers la poignée à côté de la vitre et ouvrit la porte. À l'intérieur, de grandes boîtes s'empilaient sur le bureau de Carly. Elle en fit le tour et indiqua les cartons.

— Voilà les dossiers. Je vous aiderai à les emporter jusqu'à votre voiture quand vous repartirez.

— Ce serait super, merci beaucoup, dit Gretchen.

Josie indiqua la porte qu'elles venaient de franchir.

— C'est très sécurisé pour un cabinet qui s'occupe de faire indemniser les victimes de dommages corporels. Vous avez eu des problèmes ?

Carly se mit à rire.

— Rien de sérieux. Mais nous avons beaucoup de clients qui aiment bien débarquer sans prendre rendez-vous et qui veulent rester discuter pendant des heures. Il est plus facile de leur dire que leurs avocats ne sont pas là quand ils ne peuvent pas aller plus loin que l'accueil.

Josie regarda, derrière elle, l'espace ouvert où plusieurs bureaux étaient disposés. Deux seulement étaient occupés, l'un par une femme d'une soixantaine d'années, le second par une autre femme qui avait plutôt autour de quarante ans, selon Josie. Toutes deux étaient au téléphone mais leur jetaient des regards furtifs. Derrière les bureaux, Josie vit plusieurs pièces avec sur la porte la mention de leurs occupants, Gil Defeo et Richard Abt, ou de leur fonction : salle de conférences, archives, salle de repos.

— Je dois pouvoir vous installer dans la salle de conférences, si vous voulez, proposa Carly.

— Oui, ce serait parfait, dit Gretchen.

— L'inspectrice Palmer ici présente me disait que vous étiez proche de Krystal, commença Josie.

Pour la première fois, elle vit la façade joyeuse de la réceptionniste se fissurer. Ses yeux bruns s'embuèrent.

— Oui, c'est moi qui ai dit à Gil qu'il devait prévenir la police quand Krystal n'est pas venue travailler. Ce n'était pas du tout dans ses habitudes de ne pas répondre au téléphone. Je veux dire... Il ne lui restait plus que le travail, après la mort de Bianca. Mais je n'aurais jamais imaginé qu'on puisse lui faire du mal. Enfin... j'aurais pu croire à une tentative de suicide, mais jamais à... Je ne vois pas qui pourrait faire une chose pareille.

— Votre employeur a dit à l'inspectrice Palmer que ses relations avec ses amis s'étaient détériorées, après l'accident de bus.

Carly hocha la tête et s'appuya à une pile de cartons.

— C'est terrible, vraiment, mais je pense que les gens ne savaient pas quoi lui dire, en fait. Comment lui parler. C'est très compliqué. Que peut-on dire à quelqu'un qui perd son enfant ?

— Qu'est-ce que vous lui avez dit, vous ? demanda Gretchen.

Carly cligna lentement des yeux, comme surprise par cette question.

— Rien, je n'ai rien dit. Je l'ai écoutée.

— Elle avait de la chance de vous avoir pour amie, dit Josie.

Carly leva les bras et les laissa retomber le long de ses flancs.

— Pour ce que ça lui a servi. Je n'ai pas pu l'aider au moment où elle en avait vraiment besoin.

— Vous n'êtes pas responsable de ce qui est arrivé à Krystal, lui assura Gretchen.

Carly mâchonnait l'ongle de son index.

— Non, j'imagine que non.

— Si Krystal venait de rencontrer quelqu'un, ou qu'elle avait eu des ennuis avec quelqu'un, pensez-vous qu'elle vous en aurait parlé ? demanda Josie.

— Si vous m'aviez posé la question la semaine dernière, je vous aurais répondu que oui. Mais aujourd'hui, je n'en suis plus si sûre. C'est-à-dire que... je pensais qu'elle me disait tout. Ça avait l'air de lui faire du bien de me parler. Krystal était vraiment toujours tendue, vous voyez ? Même avant le décès de Bianca, elle était très anxieuse. Angoissée. Tout la stressait. Je pensais qu'on était très proches, mais peut-être pas, finalement ? Elle avait d'autres amis, avant la mort de Bianca, mais c'étaient des amitiés plus superficielles. C'est pour ça qu'elle fum...

Carly s'interrompit, porta la main à sa bouche.

— C'est bon, Carly, ce n'est pas grave, dit Josie.

Carly abaissa la main et secoua la tête.

— Je suis vraiment désolée. Personne n'était au courant. Je ne devrais pas... Krystal n'aurait pas aimé que j'en parle.

Gretchen prit un air grave.

— Carly, Krystal n'est plus là, et la personne qui l'a tuée est un monstre. À ce stade, nous ne savons pas ce qui est important ou pas pour retrouver son assassin, donc il faut tout nous dire, même les choses les plus privées. Je vous promets que vous ne faites rien de mal en nous en parlant.

Carly jeta un coup d'œil à ses collègues, mais elles étaient toujours au téléphone. Ses épaules s'affaissèrent, elle serra les bras sur sa poitrine et reprit, en baissant la voix :

— C'est juste qu'ils vont encore parler d'elle dans la presse, vous comprenez ? Entre le procès du conducteur du bus et son meurtre, maintenant, pour les médias, cette info vaut de l'or. Je ne veux pas ruiner sa réputation. Je sais que ça paraît idiot, mais c'était mon amie.

— Nous ferons tout pour que ce que vous nous dites n'arrive pas aux oreilles des journalistes, assura Josie.

— Ils vont la faire passer pour une mauvaise mère, alors que c'est faux. Totalement faux. Le conducteur est entièrement responsable de cet accident de bus. Il avait bu. Mais la presse ne verra pas les choses comme ça. On laissera entendre que c'est la faute de Krystal si Bianca est morte, qu'elle a dû prendre ce bus parce que... Écoutez. Ce n'est pas un crime de laisser son enfant prendre un bus scolaire, quoi qu'on fasse en privé.

— Carly, intervint Gretchen, nous ferons tout notre possible pour protéger la réputation de Krystal, je peux vous le promettre.

Carly soupira, attendit un instant puis se lança.

— Elle fumait de l'herbe, OK ? Beaucoup. Tous les jours. Mais jamais quand elle devait travailler ou s'occuper de Bianca. Elle ne fumait que le soir, une fois que la journée était finie. Elle disait que c'était la seule chose qui l'aidait.

— Du cannabis thérapeutique ? demanda Josie. Prescrit par un médecin ?

— Non, dit Carly doucement.

Josie jeta un coup d'œil à Gretchen, qui secoua très brièvement la tête. Elles parvenaient à communiquer silencieusement ainsi au travail. Josie lui avait demandé sans un mot si on avait trouvé de la marijuana chez Krystal, et Gretchen lui avait indiqué qu'on n'avait rien découvert. Josie s'adressa à Carly :

— Elle prenait d'autres produits ?

— Non, jamais. Un peu de vin de temps en temps, c'est tout. Mais les journalistes verront ça d'un autre œil. S'ils découvrent qu'elle fumait de l'herbe, ils vont monter ça en épingle et ce ne sera plus l'histoire de ces gamins morts dans l'accident ou du meurtre de Krystal ; ça va devenir Krystal, la toxicomane, la mère horrible – ce qu'elle n'était pas.

— Vous avez une idée de qui la fournissait ? demanda Gretchen.

Carly resserra les bras sur sa poitrine.

— Non, je ne sais pas. Un type qui deale sous East Bridge, elle ne m'a rien dit d'autre.

— Merci, Carly, dit Josie. Ça va nous être utile.

Carly ne paraissait pas convaincue. Après une seconde, elle écarquilla les yeux.

— Vous pensez que c'est son dealer qui lui a fait ça ?

— On ne peut rien affirmer à ce stade, répondit Gretchen, mais on va chercher à interroger la personne qui lui vendait sa marijuana et voir où ça nous mène.

— Est-ce qu'elle parlait, se confiait à quelqu'un en dehors de vous ? demanda Josie.

— Non, pas que je sache. Enfin, à part au groupe de soutien

psychologique qu'elle fréquente, celui des parents des enfants qui sont morts dans l'accident en même temps que Bianca.

— Vous m'en avez parlé, la dernière fois, dit Gretchen. J'ai interrogé ces autres parents, mais personne ne l'avait vue depuis leur dernière réunion ni ne savait où elle avait bien pu aller. Je voudrais interroger la personne qui dirige ce groupe de soutien, pour voir si elle n'en sait pas un peu plus. Est-ce que vous connaîtriez son nom, par hasard ? Ou vous sauriez où ils se réunissent ?

— Non, je suis désolée. Mais je suis sûre qu'un des autres parents vous l'apprendra.

— Merci, dit Josie. Ah, une dernière chose avant que nous n'interrogions vos collègues. Est-ce que le mot « Gémon » vous dit quelque chose ?

Carly plissa le front.

— Gémon ? Qu'est-ce que c'est ? Un nom ?

— On n'en sait rien. Nous voulions juste savoir si ça vous disait quelque chose, si vous aviez déjà entendu Krystal parler d'une personne ou d'un endroit appelé « Gémon » - ou quelque chose d'approchant.

— Non, je suis vraiment désolée. Il sort d'où, ce nom ?

— Nous ne sommes pas autorisées à en discuter, répondit Gretchen.

9

Elles passèrent plus de deux heures chez Abt & Defeo à interroger les employés ainsi que les deux avocats. Elles n'apprirent rien de plus que ce que leur avait déjà dit Carly, et personne n'avait la moindre idée de ce que signifiait « Gémon » – cela ne leur évoquait aucun nom de personne ou de lieu, ni même un diminutif. Josie et Gretchen chargèrent une douzaine de cartons à l'arrière de la voiture et elles allèrent déjeuner.

— C'est ton premier jour de retour au boulot, déclara Gretchen en se garant devant le restaurant préféré de Josie. Je t'invite !

Josie lui sourit, elles entrèrent et trouvèrent une table dans un coin de la salle où elles pourraient discuter des détails du meurtre sans être dérangées et sans inquiéter quiconque.

— Tu es déjà passée voir le chef ? demanda Gretchen après qu'elles eurent passé commande.

— Non. Je suis arrivée tôt ce matin, mais il n'est pas sorti de son bureau.

— Il est encore de mauvais poil, affirma Gretchen.

Josie mit la main dans sa poche et sentit sous ses doigts les grains du bracelet de prière.

— Parce que d'habitude il ne l'est pas ?

— Très bonne remarque, dit Gretchen en reniflant.

Elle posa son carnet sur la table, sans l'ouvrir, et planta le regard dans les yeux de Josie.

— Et toi, comment te sens-tu ?

Josie haussa les épaules, la bouche sèche tout à coup. Elle repensa à son hésitation sur le parking du *liquor store*, la veille. *Mais je ne suis pas entrée*, se répéta-t-elle.

— Josie, insista Gretchen.

Josie sut qu'elle était sérieuse, parce qu'elle ne l'appelait presque jamais par son prénom. Elle disait toujours « patronne ». Josie avait été cheffe par intérim de la police de Denton, avant que Chitwood ne la remplace, et tout le monde l'appelait « patronne », alors. C'était elle qui avait embauché Gretchen. Et même si Chitwood était désormais leur chef, les autres l'appelaient encore très souvent « patronne ».

Josie déglutit en espérant que sa voix ne la trahirait pas.

— Je... Je...

— Ne me dis pas que tu vas bien. Ce n'est pas une réponse acceptable.

— Mais qu'est-ce que vous avez tous à vouloir parler de choses graves tout le temps ? rétorqua Josie, agacée, sans pouvoir contrôler son ton.

Gretchen se mit à rire à gorge déployée.

— Je suis sérieuse, dit Josie, voyant qu'elle ne s'arrêtait pas.

— Je sais, finit par dire Gretchen quand elle parvint à cesser de rire, en soupirant. Je sais que tu es sérieuse. Eh bien, c'est simple : on s'inquiète pour toi. Mais si je t'ai posé la question, c'est parce que je crois que, quand on a affaire à des trucs importants, des trucs énormes, pénibles, on ne sait pas ce qu'on ressent vraiment tant qu'on ne l'a pas exprimé à haute voix. Enfin, parfois. Mais je reconnais que te demander comment tu vas après avoir perdu Lisette est une question complètement idiote. Donc je vais reformuler : à quel point te sens-tu mal, en ce moment ?

Ce fut au tour de Josie de se mettre à rire. Depuis la mort de Lisette, quatre mois plus tôt, c'était la première fois qu'on lui posait honnêtement la question.

— Sur une échelle allant de un à dix, tu veux dire ? Si dix, c'est « je ne suis plus capable de rien et j'ai envie de mourir », et un, c'est « j'ai un léger sentiment de mal-être », je dirais six. Mais j'ai l'impression que ça change toutes les heures.

Elles se turent tandis que la serveuse leur apportait leurs boissons. Quand elle fut partie, Gretchen reprit :

— Ça me paraît normal. Mais si jamais tu montais à huit ou neuf, tu m'appelles, c'est compris ? Je sais que tu as Noah, mais je suis là aussi.

— Qu'est-ce que je dois te dire ? demanda Josie, en ne plaisantant qu'à demi parce qu'elle avait du mal à affronter ses émotions. « Hé, Gretchen, je suis montée à huit » ? Ou est-ce qu'il me faut un mot secret, quelque chose comme ça ?

La serveuse revint et déposa leurs plats devant elles. Une fois encore, Gretchen attendit son départ pour parler.

— Mais oui, pourquoi pas ?

Baissant les yeux sur son assiette, elle ajouta :

— Si jamais tu arrives à huit, tu n'as qu'à dire « pasta » et quoi qu'on fasse, où qu'on soit, je te sors de là. Ou je viens te chercher. Selon les circonstances.

— « Pasta », répéta Josie sans pouvoir s'empêcher de sourire.

— C'est ça, dit Gretchen en s'attaquant à son assiette de pâtes.

Josie la regarda manger quelques secondes. Puis elle prit une bouchée de son burger et recentra ses pensées sur leur enquête.

— Le groupe de soutien psychologique dont Carly a parlé, celui des gens dont les enfants sont morts dans l'accident de bus : depuis combien de temps Krystal assistait-elle à leurs réunions ?

Gretchen se tamponna le menton avec sa serviette.

— Dix-huit mois, environ. Un peu plus, peut-être. L'accident s'est produit il y a plus de deux ans. Je me dis que si elle fréquentait ces gens une fois par semaine depuis près de deux ans, il doit bien y en avoir un ou deux qui en savent plus sur sa vie personnelle que ce qu'ils ont laissé entendre initialement. Maintenant qu'on a un meurtre sur les bras, j'aimerais bien leur reparler. En tête à tête, cette fois.

— On pourrait commencer par Dee Tenney, dit Josie. Quand Noah l'a emmenée au commissariat hier pour prendre sa déposition, il n'était pas au courant de cette histoire de « Gémon », donc il n'a pas pu lui poser la question.

— On ira après le déjeuner. Mais d'abord, je voudrais passer à East Bridge et montrer la photo de Krystal à ceux qui traînent là-bas, pour voir s'il y en a un qui reconnaîtra lui avoir vendu de l'herbe ou au moins l'avoir vue dans les parages.

À Denton, deux ponts enjambaient le fleuve Susquehanna. L'un, dans South Denton, était petit, avec peu de passage. L'autre, East Bridge, était bien plus important, avec un gros trafic automobile. Il était plus proche du centre et, sous ses arches, une bonne partie des sans-abri de la ville ainsi que des toxicomanes et quelques dealers s'étaient installés. La police municipale avait beau consacrer du temps et de l'énergie à réprimer le trafic de drogue sous le pont, elle ne parvenait jamais à l'éradiquer. Le soleil était haut dans le ciel quand elles se garèrent à proximité et descendirent sur les berges du fleuve, en évitant rochers, orties, emballages de nourriture et bouteilles de bière vides. Josie repéra aussi quelques seringues usagées et de petits sachets en plastique ayant contenu diverses drogues.

Sur la rive, il faisait plus frais, ce qui soulagea quelque peu Josie. Une légère brise soulevait ses cheveux et caressait sa nuque. Quelques personnes se tenaient au bord de l'eau. Lorsqu'elles aperçurent Josie et Gretchen, elles s'éloignèrent vivement vers le dessous du pont, où quelques tentes et des cabanes en carton se dressaient comme des chicots tordus dans la gueule dessinée par l'arche et la berge. Les silhouettes se dispersèrent entre les abris, et Josie vit des couvertures se mettre à bouger tandis que leurs occupants jetaient un coup d'œil aux nouvelles arrivantes. De l'autre côté des tentes, un groupe se dispersa, remonta la berge et s'éloigna du pont. Comme à chaque fois que la police visitait l'endroit.

Elles passèrent une heure à montrer la photo de Krystal Duncan aux occupants méfiants des lieux. À East Bridge, personne ne voulait parler à la police. Mais avec le temps et après plusieurs enquêtes, une poignée d'entre eux avaient fini par avoir pour Josie une sorte de respect réticent. Une femme l'informa que Krystal venait ici depuis plusieurs années, une fois par semaine environ, et qu'elle s'adressait toujours à un certain Skinny D. Josie envoya un SMS à Noah pour lui demander de chercher dans leur base de données une personne ayant été interrogée, détenue ou arrêtée à Denton ces dernières années et répondant à ce sobriquet. Si ce Skinny D vendait de la drogue à East Bridge depuis un certain temps, il y avait de bonnes chances qu'il ait eu affaire à la police municipale à un moment ou à un autre.

Après avoir obtenu la description de l'homme et fouiné un peu aux alentours, elles trouvèrent Skinny D en haut du pont. Il faisait partie du groupe qui s'était éloigné à leur approche. Comme l'informatrice de Josie le leur avait expliqué, il était tout le contraire de maigre. Il devait mesurer un mètre soixante-dix et peser cent trente kilos. Un débardeur blanc boudinait son torse épais. Son short kaki était froissé et constellé de vieilles taches. Ses cheveux noirs, gras, étaient tirés en arrière en un chignon mal fait. D'épaisses lunettes à monture noire étaient posées sur un nez étroit. Josie ne savait pas si elle lui donnait vingt-cinq ou quarante-cinq ans. C'était difficile à dire. Son visage était sans ride, mais il avait l'air d'avoir beaucoup vécu. Sa petite entreprise sous le pont devait l'occuper à plein temps. Il était accoudé à une des barrières de béton qui séparaient le début du pont du bas-côté. Une cigarette se balançait entre ses lèvres minces. Ses yeux de fouine sombres restèrent fixés sur elles tandis qu'elles approchaient.

— C'est toi, Skinny D ? demanda Gretchen en arrivant à quelques pas de l'homme.

— Peut-être.

— Ton vrai nom ? demanda Josie.

Ses yeux s'attardèrent sur elle un peu trop longtemps.

— Vous êtes flic, hein ?

Josie lui montra sa carte.

— On n'est pas venues pour te coincer, si c'est ce qui t'inquiète, Skinny D.

Il laissa échapper un rire rocailleux.

— Venant de la bouche d'une flic, c'est pas très bon signe.

— Alors donne-moi ton vrai nom, répondit Josie. Je finirai par l'apprendre, de toute façon.

— Vous êtes venues m'arrêter ?

— On est venues pour Krystal Duncan, dit Gretchen.

Il étrécit les yeux.

— Qui ça ?

Josie sortit son téléphone et lui montra la photo de Krystal que la presse avait publiée au moment de sa disparition. Il se pencha sur l'écran, les mains en visière pour se protéger du soleil.

— Oh, merde. Lady K, dit-il.

Josie entendit un message arriver sur son téléphone et le

reprit. C'était Noah qui lui envoyait une photo d'identité judiciaire d'un certain Dorian Kuntz, prise trois ans plus tôt. Sur la photo, Skinny D était considérablement plus mince. On l'avait arrêté pour possession de stupéfiants de classe 2, avec intention de revente. En scrollant, Josie vit que les charges avaient été abandonnées. Il avait trente-huit ans, et s'était fait arrêter près de vingt fois pour possession de stupéfiants. Il n'avait été poursuivi que deux fois, plaidant coupable à chaque fois, et s'en était tiré les deux fois avec du sursis.

— C'est comme ça que tu l'appelais ? demanda Gretchen.

— Oui. Une habituée. Elle venait souvent.

Josie rangea son téléphone et soupira. Là, dehors, rien ne les protégeait du soleil. Gretchen ne transpirait même pas mais, pour sa part, la sueur lui couvrait le front et lui coulait dans le cou.

— On sait déjà qu'elle t'achetait de l'herbe, Dorian.

Il écarquilla les yeux en l'entendant utiliser son nom officiel.

— Hé, pas si fort, OK ?

Il regarda partout autour de lui mais ils étaient seuls sur le bord de la route. Josie jeta un regard à Gretchen, qui se retenait visiblement de rire. Dorian le remarqua aussi.

— C'est pas drôle, ajouta-t-il.

Gretchen pinça les lèvres.

— Personne ne dit que c'est drôle, reprit Josie. Mais tu as raison, ici, Skinny D est sans doute un meilleur nom que Dorian.

— Qu'est-ce que vous me voulez, bande de vaches ?

— Quand as-tu vu Krystal Duncan pour la dernière fois ? demanda Gretchen.

Il croisa les bras sur son ventre proéminent. Josie vit des taches de sueur là où son débardeur s'était pris dans les plis de sa peau.

— La semaine dernière.

— Quel jour ? dit Josie.

— Mardi. Elle venait toujours... Je la voyais toujours dans le coin le mardi. Attendez. En fait, la semaine dernière, elle est venue mardi et mercredi.

— Ça fait combien de temps qu'elle venait ici le mardi ? demanda Gretchen.

Il haussa les épaules.

— Vraiment longtemps. Plusieurs années.

— Plus de cinq ans ? demanda Josie en s'essuyant le front du revers du bras.

— Je crois, oui.

— Tu as dit que, la semaine dernière, elle est aussi venue le mercredi. Tu lui as parlé ?

Dorian ne répondit pas.

— Écoute-moi bien, Skinny D, dit Gretchen. Krystal a disparu de chez elle jeudi dernier, et on l'a retrouvée assassinée hier. On cherche la personne qui l'a tuée.

Il écarquilla de nouveau les yeux.

— Lady K est morte ?

— Tu ne regardes pas la télé ? répliqua Josie. Ni les réseaux sociaux ? On voit sa tête partout depuis quatre jours.

Il désigna le dessous du pont.

— Vous croyez qu'on a la télé, là-dessous ? Vous êtes en train de me dire qu'elle est vraiment morte ? Que quelqu'un l'a liquidée ?

— Oui, c'est exactement ce qu'on est en train de te dire, fit Gretchen. Je me fiche éperdument de t'arrêter parce que tu as vendu de l'herbe à une morte. Mais je veux que tu nous dises tout ce que tu sais sur Krystal. Je veux savoir ce que tu as fait depuis jeudi soir et, ensuite, il faudra que je parle à tous ceux qui pourront corroborer ce que tu me racontes.

Il leva la main et se gratta le menton.

— C'est moche, marmonna-t-il comme pour lui-même. Mais je vous jure, je n'ai rien à voir avec ce qui est arrivé à Lady K. Je suis resté ici tout le week-end, comme toujours. Tout le monde en bas vous le confirmera.

— Parfait, répondit Josie. On ira prendre leur déposition quand tu nous auras tout raconté. Qu'est-ce que tu peux nous dire sur Krystal ?

Il baissa la tête. Il paraissait sincèrement attristé par la mort de Krystal Duncan, mais Josie n'aurait su dire si c'était parce qu'il avait eu une sorte d'affection pour elle ou parce qu'il perdait une cliente régulière.

— C'était une bonne personne, voilà ce que je sais. Elle me traitait comme... comme un être humain, vous comprenez ? Pas comme un mec qu'elle passait voir mais qui n'aurait pas été assez bien pour elle, pas digne de sa conversation.

Josie remarqua ses formulations délibérément vagues – il n'était pas prêt à reconnaître devant deux policières qu'il vendait de la drogue à Krystal. Elle ne pensait pourtant pas que ça en faisait un meurtrier. Il aurait pu la retenir prisonnière quelque part sous le pont pendant plusieurs jours sans que personne en sache rien, mais il n'y avait aucun endroit à proximité où il aurait pu l'empoisonner au monoxyde de carbone.

— Tu as une voiture ? demanda-t-elle en changeant rapidement de sujet, pour le prendre au dépourvu.

Une grosse goutte de sueur roula sur sa nuque et descendit le long de sa colonne vertébrale. Elle résista à l'envie de soulever son polo qui lui collait au corps.

— Nan. Si j'ai besoin d'aller quelque part, je demande à quelqu'un. Il y a un type, d'une église, qui vient ici tout le temps. Il nous apporte à manger, nous emmène voir le médecin, des trucs comme ça.

— Tu dis que Krystal venait le mardi mais que, la semaine dernière, elle est venue mercredi aussi. Pourquoi ? Elle t'a parlé de quelque chose ?

Il haussa les épaules.

— Lady K voulait toujours de l'herbe, d'accord ?

Il continuait à rendre Krystal responsable de tout. C'était elle qui voulait de l'herbe, pas lui qui en vendait.

— D'accord, dit Josie. Elle venait ici le mardi, parce qu'elle cherchait de l'herbe. Elle venait accompagnée, parfois ?

— Non. Elle se la jouait en solo. Toujours.

— Et qu'est-ce qu'elle voulait, mercredi ?

— Elle a dit qu'elle cherchait un truc plus fort.

— C'est-à-dire ? demanda Gretchen.

— Genre des opioïdes. De l'oxy, ou de la kétamine.

— Et elle en a trouvé ? fit Josie.

— Non. Il n'y en avait pas.

En réalité, pensa Josie, il voulait dire qu'il n'en avait pas à lui vendre, et qu'il ne voulait pas l'envoyer vers un autre dealer pour ne pas risquer de perdre une cliente.

— Et puis je ne voulais pas qu'elle se mette à ce genre de trucs. Je le lui ai dit. C'était une nana sympa. Elle avait un bon job. Une belle vie. L'herbe, c'est une chose, mais quand on se met à prendre de l'oxy ou de la kétamine régulièrement, c'est pas bon, vous voyez ?

Il veut se faire passer pour un héros, se dit Josie. Et pourtant, visiblement, il ne connaissait pas Krystal si bien que ça, s'il pensait qu'elle avait la belle vie alors que perdre sa fille l'avait anéantie au point que ses collègues craignaient qu'elle ne se suicide.

— Bien sûr, mentit Josie. Elle avait déjà demandé des opioïdes avant ça ?

— Non, dit Dorian.

— Est-ce qu'elle a dit pourquoi elle en voulait, subitement ? demanda Gretchen.

Il sortit un paquet de cigarettes froissé de sa poche, en extirpa une qu'il glissa entre ses lèvres. En cherchant un briquet dans ses autres poches, il reprit :

— Je ne me souviens pas, en fait. Elle a beaucoup parlé, ce soir-là.

— Parce qu'elle était tracassée ? Ou est-ce qu'elle parlait toujours beaucoup quand elle venait ici ? demanda Josie.

Un briquet apparut dans sa main. Il alluma sa cigarette et en tira une longue bouffée. En soufflant la fumée, il répondit :

— Ce soir-là, elle était chamboulée. C'est pour ça qu'elle voul... qu'elle a demandé s'il y avait des opioïdes. Je lui ai dit : « Non, ne commence pas à prendre ces trucs-là. » Et elle m'a répondu qu'elle était perturbée et qu'il lui fallait plus que de l'herbe, sinon elle allait devenir dingue, ou quelque chose de ce genre.

— Elle t'a dit pourquoi elle était perturbée ? demanda Gretchen.

Dorian pinça sa cigarette entre le pouce et l'index et l'écarta de sa bouche. La fumée lui revint dans les yeux et il cligna plusieurs fois des paupières.

— Je ne sais plus. Elle a dit qu'elle avait découvert quelque chose, un truc comme ça.

— Découvert quoi ? demanda Josie.

Il tira une nouvelle bouffée de sa cigarette, retint la fumée un moment avant d'exhaler. La chaleur de la fumée donnait à Josie la sensation d'être dans un four enfermé dans un second four et elle agita la main pour la chasser de sa figure.

— Je ne sais pas, répéta Dorian. Elle n'a rien dit de plus. Je ne lui ai pas posé la question. Elle a seulement dit qu'elle avait découvert quelque chose, et qu'elle ne pouvait pas le supporter. Qu'il lui fallait quelque chose pour oublier, ne serait-ce que quelques heures. Je lui ai seulement répondu qu'elle ne trouverait pas d'opioïdes, là, en bas. C'est tout.

Gretchen et Josie échangèrent un regard, et Josie comprit qu'elles pensaient la même chose : Dorian Kuntz n'était sans doute pas le meurtrier de Krystal Duncan. Mais elles devaient aller au bout des choses.

— Dorian, dit Gretchen, est-ce que le mot « Gémon » te dit quelque chose ?

Il jeta le mégot de sa cigarette à terre, près du précédent. Avec une petite moue, il plissa le front.

— Quoi ?

— « Gémon », répéta Gretchen. Ça te dit quelque chose ? C'est un nom que tu connais ? Quelqu'un qui est dans le coin ?

— Jamais entendu ce nom-là.

10

Skinny D trouva sous le pont trois personnes pour confirmer ses dires. Pendant que Gretchen notait leurs coordonnées, Josie téléphona à Noah pour obtenir tous les renseignements possibles sur Dorian Kuntz. Il s'avéra qu'il était sans domicile fixe, ce qui rendait encore plus invraisemblable qu'il ait pu kidnapper et enfermer Krystal Duncan du jeudi soir au lundi matin. Il n'avait pas menti non plus en affirmant qu'il n'avait pas de véhicule. Quand elles remontèrent en voiture et s'éloignèrent, Josie dit :

— Je ne pense pas qu'il soit impliqué dans cette histoire.

Gretchen baissa les vitres et alluma le climatiseur, qui souffla d'abord un air chaud dans l'habitacle.

— Moi non plus. Je crois que la question, à ce stade, c'est : qu'est-ce qu'elle a bien pu découvrir pour venir ici à East Bridge chercher de quoi tout oublier ?

— D'après Carly, sans Bianca, il ne lui restait plus que trois choses dans la vie : le travail, l'herbe et le groupe de soutien.

— C'est pourquoi on va aller interroger tout de suite Dee Tenney, répondit Gretchen. J'ai envoyé un message à Mettner pour qu'il m'envoie son adresse.

Il leur fallut plus longtemps que prévu pour arriver dans West Denton à cause des embouteillages. On approchait de l'heure du dîner, celle à laquelle tous les automobilistes rentraient chez eux. Le trajet qui prenait quinze minutes en temps normal leur en demanda presque quarante-cinq. Josie essaya de rester concentrée sur l'affaire, mais ses pensées revenaient sans cesse à Lisette et au soir de son meurtre. Elle tenta de repousser ces visions et se força à retrouver un souvenir de sa grand-mère quand elle était bien vivante. Vive, souriante, les yeux pétillants de malice. Ses boucles grises qui s'agitaient sur ses épaules quand elle menaçait d'écarter ceux qui se trouvaient sur son chemin à coups de déambulateur. Inconsciemment, Josie mit la main dans sa poche et serra le bracelet de prière entre ses doigts. La médaille s'enfonçait au creux de sa paume quand elles se rangèrent devant une grande maison à deux niveaux et à l'enduit beige, avec un garage pour deux voitures et un panier de basket dressé dans l'allée.

Cette partie de West Denton était la plus calme et la plus sûre de la ville. Depuis le temps qu'elle était policière ici, Josie n'y avait été appelée que deux fois, pour un accident de voiture et pour un vol de vélo. Dans la rue qu'habitait Dee Tenney, les maisons étaient jolies, bien entretenues, presque comme dans les magazines. Les familles qui vivaient ici, sans être véritablement riches, étaient un cran au-dessus de la classe moyenne.

Josie suivit Gretchen jusqu'à la porte d'entrée et la laissa sonner. Un instant plus tard, Dee Tenney leur ouvrit, et son mince sourire s'éteignit en reconnaissant les deux policières.

— Je peux vous aider ? demanda-t-elle.

— Madame Tenney, nous voudrions vous parler de Krystal Duncan, répondit Gretchen.

Dee Tenney regarda par-dessus son épaule avant de se tourner de nouveau vers elles, l'air préoccupé.

— J'ai de la visite, dit-elle. Mais ça ne fait rien, entrez.

Elles traversèrent à sa suite une entrée à l'éclairage tamisé pour pénétrer dans une grande cuisine ouverte, avec du parquet massif luisant et des plans de travail en granit. Sur l'îlot central, elle était visiblement en train de faire une salade, vu le grand saladier plein de laitue et les légumes à divers stades de préparation autour. Sur la droite, quatre chaises entouraient une grande table en bois. Une adolescente y était installée devant un ordinateur portable, des écouteurs dans les oreilles. Ses longs cheveux blonds étaient tirés en queue-de-cheval. Lorsqu'elles entrèrent, elle les dévisagea de ses grands yeux bleus pleins de curiosité.

Dee Tenney s'arrêta entre la table et l'îlot central, les mains sur les hanches, l'air gêné.

— C'est que je... j'étais en train de préparer le dîner, dit-elle en indiquant le plan de travail.

— Ça ne sera pas long, lui promit Josie.

Dee Tenney désigna la jeune fille assise à table.

— C'est Heidi. Elle... Enfin, je la garde pour aider Corey. Corey Byrne, mon voisin. Il est père célibataire et il passe beaucoup de temps au travail, vous voyez. Heidi est monitrice junior dans un camp de vacances. Elle vient dîner ici ensuite.

Heidi ôta ses écouteurs pour leur dire bonjour.

— Je suis contente de te voir, Heidi, dit Gretchen.

Josie chercha un moment à comprendre comment elles pouvaient se connaître. Ce fut Dee Tenney qui lui offrit l'explication.

— Heidi est la seule à avoir survécu à l'accident de bus, dit-elle à Josie.

Comme si elle ne voulait pas qu'on raconte son histoire sans elle, Heidi prit la parole :

— Mon père est célibataire, il l'a toujours été, et je passe pas mal de temps chez les voisins. Enfin, plus maintenant, plus depuis l'accident. Il n'y a que Mme Tenney qui veuille encore me voir.

Dee Tenney regarda Heidi, chagrinée.

— Oh, Heidi, ce n'est pas vrai.

Heidi se mit à rire.

— Mais si, madame Tenney. Mais ce n'est pas grave. Je comprends.

Ça ne parut pas apaiser Dee Tenney. Elle continuait à fixer Heidi, un mélange de tristesse et d'effroi lisible sur son visage. Heidi secoua la tête, remit ses écouteurs et recommença à taper sur son clavier. Dee Tenney reporta son attention sur Josie et Gretchen, mais ne leur demanda pas si elles voulaient quelque chose et ne leur proposa pas de s'asseoir. Ce qui n'avait aucune importance. La climatisation, à elle seule, suffisait au bonheur de Josie. Elle se lança :

— Nous voudrions vous interroger sur le groupe de soutien psychologique auquel vous et Krystal apparteniez. Je sais que vous avez déjà parlé à ma collègue ici présente, ce week-end, mais je me disais que vous pourriez m'en dire plus.

— Ah, dit Dee Tenney en se détendant un peu.

Elle se posta devant l'îlot central et se mit à détailler des tomates en cubes.

— Nous ne sommes que quelques-uns, tout le monde ne vient pas. On se réunit une fois par semaine, parfois plus. On a commencé après les enterrements. Pour être honnête, je ne sais pas vraiment si ça nous fait du bien ou du mal, mais cette...

Elle agita son couteau en l'air. Josie devina les larmes qui lui montaient aux yeux.

— Cette épreuve d'avoir perdu un enfant, c'est une chose que les gens ne comprennent pas ; ils ne savent pas quelle attitude adopter. On est très seul après une chose pareille, et nous nous sommes rendu compte que nous ne pouvions en parler qu'entre nous. Faye Palazzo, une des autres mamans, s'est fait suivre par une psychologue, et elle a lancé le groupe avec cette médecin.

— Vous avez son nom ? demanda Josie.

— Paige Rosetti.

Josie sursauta. Elle suivait une thérapie avec Paige Rosetti depuis plusieurs mois maintenant, et n'avait jamais vu aucun des parents concernés par l'accident de bus. Paige ne lui en avait jamais parlé non plus. Elle n'était pas censée le faire, d'ailleurs. La confidentialité était primordiale, dans son métier. De plus, Josie ne la voyait que quarante-cinq minutes par semaine. Elle ne croisait jamais que le patient qui sortait de son bureau juste avant sa séance.

— Vous vous réunissez à son cabinet ? demanda Josie.

— Oui.

Gretchen avait sorti son carnet.

— Redites-moi qui assiste à ces réunions. Vous disiez que tout le monde n'y allait pas ?

Dee Tenney se remit à couper ses tomates, les yeux baissés.

— Bon, évidemment, Corey ne vient pas.

Mais Corey Byrne n'avait pas perdu son enfant, se dit Josie en jetant un coup d'œil à Heidi. Il avait eu de la chance.

— Il y a Nathan et Gloria Cammack. Ils sont divorcés, maintenant. Gloria est venue, au début, mais, depuis leur sépa-ration, elle ne vient plus. Il y a Sebastian et Faye Palazzo. Et Krystal.

— Et votre mari ? demanda Gretchen.

— Miles vient rarement aux réunions.

Elle versa les morceaux de tomates dans le saladier, rinça la planche à découper dans l'évier.

— Nous sommes séparés, ajouta-t-elle par-dessus son épaule.

Josie savait que beaucoup de mariages ne survivaient pas au décès d'un enfant et ne fut pas surprise outre mesure.

— Quand vous réunissez-vous ? demanda-t-elle.

Dee reposa la planche à découper sur le plan de travail et entreprit d'émincer des concombres.

— Le lundi soir. Toujours le lundi soir.

— Vous avez eu une réunion hier soir ? demanda Gretchen.

Dee s'immobilisa un instant avant de hocher la tête.

— Dee, si vous avez raconté au groupe ce qui s'est passé, ça n'a pas d'importance, dit Josie.

Dee Tenney leva les yeux vers elle. Les larmes roulaient sur ses joues.

— Je suis désolée. L'autre policier, le beau garçon qui m'a accompagnée au commissariat, m'a demandé de ne pas parler aux journalistes. Il ne m'a pas dit que je ne pouvais rien dire à mes amis ou à ma famille. Vous devez comprendre, ça m'a fait un choc de voir Krystal comme ça ! Nous avons déjà tellement souffert. C'est dur. Il faut se battre tous les jours.

Elle s'essuya les joues du revers de sa main libre, renifla et, baissant la voix, sans doute pour ne pas se faire entendre de Heidi, elle chuchota :

— C'est atroce...

Josie palpa, une fois de plus, les grains du bracelet de prière dans sa poche.

— Je comprends, dit-elle.

Mais bien sûr, elle ne pouvait pas comprendre. Elle avait perdu beaucoup de proches, mais pas un enfant. Elle comprenait, cependant, comment le chagrin pouvait vous paralyser, vous mutiler, vous faire faire des choses que vous ne feriez pas en temps normal, comment il vous étreignait physiquement parfois, au point de vous empêcher de respirer.

Dee Tenney déglutit, se redressa et se remit à trancher ses concombres.

— J'ai été obligée de leur en parler. Je ne pouvais vraiment pas faire semblant de ne rien savoir. Surtout après la façon dont s'est terminée la réunion précédente.

— Comment s'est-elle terminée ? demanda Gretchen. J'ai interviewé Faye Palazzo ce week-end, et elle m'a dit que Krystal était à cran, mais que vous l'étiez tous.

Dee Tenney fit glisser un tas de rondelles de concombres

dans le saladier et rinça une seconde fois sa planche à découper. Elle l'essuya avec un torchon avant de répondre :

— C'est vrai. Krystal était tendue.

Elle eut un petit rire sans joie.

— Ça a l'air tellement bête. On est tous tendus, tout le temps, et c'est pendant ces réunions qu'on s'énerve le plus les uns contre les autres.

— Mais Krystal l'était plus que d'habitude ? insista Josie. C'est ce que vous êtes en train de dire ?

Dee Tenney fit oui de la tête. Elle reposa la planche à découper sur le plan de travail, mais ne reprit pas son couteau.

— Je ne veux pas trop en dire sur le groupe. C'est une chose privée. Je ne crois pas que les autres seraient d'accord pour que je vous répète ce qu'on y dit.

— C'est bien compréhensible, reconnut Gretchen. Mais Krystal a été assassinée, et nous devons retrouver la personne qui l'a tuée. Une fois encore, tout ce que vous pourrez nous répéter de ses paroles nous serait extrêmement utile.

Dee Tenney soupira en frissonnant et posa les mains sur le plan de travail.

— En gros, je peux vous dire que nous discutions du fait que la procureure nous avait demandé, à chacun, de nous préparer à témoigner au procès de Virgil, le conducteur du bus. Il va avoir lieu dans quelques semaines. Vous le saviez ?

Gretchen grimaça.

— Difficile de ne pas être au courant. On ne parle que de ça aux infos. Et c'est moi qui avais dirigé l'enquête, donc je devrai témoigner aussi.

— C'est vrai. Bien sûr. En tout cas, le fait de témoigner au procès a été le principal sujet de discussion, ce soir-là. Et même si nous attendons avec impatience le moment où Virgil sera condamné, ça nous oblige aussi à revivre le jour de l'accident. C'est très dur, vous comprenez ?

Josie et Gretchen hochèrent la tête à l'unisson.

— Nous parlions de ce que nous ressentions, comme à chaque fois. Mais Krystal ne disait rien, ce qui était inhabituel. Elle est toujours un peu sur les nerfs. Et quand elle devient vraiment angoissée, elle parle plutôt plus, pas moins. Mais il faut dire aussi qu'à la réunion qui avait précédé celle-là, on a appris qu'elle était allée voir Virgil en prison. Ça devait être un peu plus de deux semaines avant sa disparition. Et tout le monde lui en voulait beaucoup. On lui est tous tombés dessus, au début.

— Je suis surprise qu'elle ait eu le droit d'aller le voir, intervint Josie.

Dee Tenney haussa les épaules.

— Apparemment, l'avocat de Virgil l'a autorisée à le faire. Ils ont enregistré la rencontre, pour qu'il n'y ait aucun doute sur ce qui se disait. Je crois qu'il espérait qu'elle lui pardonnerait, en quelque sorte, et qu'il pourrait ensuite se servir de ça au procès pour défendre Virgil.

— Comment le sujet de sa visite au conducteur est-il arrivé sur le tapis ? demanda Gretchen.

— C'est elle qui nous l'a annoncé, expliqua Dee Tenney. Elle craignait qu'on ne l'apprenne autrement, et elle voulait être la première à nous en parler. Avant l'accident, Virgil était notre voisin à tous, et avait de bonnes relations avec tout le monde. C'est pour ça que ça a été si dur d'apprendre ce qu'il avait fait. Bref. Krystal nous a dit qu'elle avait commis une erreur, qu'elle n'avait rien tiré de sa visite à la prison, et donc qu'il fallait oublier cette histoire.

— Pour quelle raison y était-elle allée ? dit Josie.

— Je ne sais pas, elle ne nous l'a jamais dit. Elle n'en a pas eu l'occasion. Tout le monde était si furieux contre elle qu'on a passé la réunion à lui faire la leçon et qu'elle est partie plus tôt. Et puis elle est revenue la semaine suivante – pour sa dernière réunion – et, comme je vous l'ai dit, elle est restée muette.

Jusqu'à ce que, à la moitié de la séance, elle se lève et elle se mette à crier. À nous hurler dessus.

— Qu'a-t-elle dit ? demanda Josie.

Les phalanges de Dee Tenney étaient blêmes sur le plan de travail.

— Elle a dit... Excusez ma grossièreté, mais elle a dit, en gros : « Allez vous faire foutre ! Allez tous vous faire foutre ! Bianca n'aurait pas dû se trouver là, ce jour-là. Elle n'aurait même pas dû monter dans ce bus ! » Quelque chose comme ça. La docteure Rosetti a essayé de la calmer, mais elle était impossible à raisonner. Je ne l'avais jamais vue comme ça. Elle nous a dit qu'on pouvait tous aller se faire foutre – et encore, elle a utilisé un autre mot que « foutre ». Et puis elle est partie, en rage, et on n'a plus eu de ses nouvelles jusqu'à ce qu'on voie sa tête partout aux infos avec l'annonce de sa disparition. Je suis désolée de ne pas vous avoir dit tout ça de moi-même ce week-end mais, comme je le disais, les choses qu'on se dit en thérapie de groupe sont très privées. Je ne devrais sans doute même pas vous le dire maintenant, mais Krystal a été assassinée, et je...

— Ce que vous faites est très bien, lui dit Gretchen tout en prenant des notes dans son carnet.

— En dehors de Krystal, enchaîna Josie, qui était présent à la séance ce soir-là, Dee ?

— Moi, Faye, Sebastian, Nathan. Et Miles était là aussi. Il préfère m'éviter, mais je sais que l'imminence du procès le perturbe beaucoup.

— Vous avez une idée de ce qui a pu pousser Krystal à exploser comme ça ? demanda Gretchen.

— Aucune, répondit Dee Tenney en secouant la tête. J'aimerais bien ! J'aurais bien aimé, plutôt. J'aurais dû aller la voir, essayer de lui parler. Mais on était tous écrasés par ce poids terrible. C'est dur de s'aider les uns les autres alors qu'on est tous... pas loin de lâcher prise, de craquer, acheva-t-elle en chuchotant, avec un regard dans la direction de Heidi.

— Est-ce que vous savez pourquoi Krystal a dit que Bianca n'aurait pas dû prendre le bus, ce jour-là ? demanda Josie.

— Non. Bianca prenait le bus tous les jours. L'emploi du temps de Krystal lui permettait de rentrer chez elle au moment où le bus déposait les gamins au coin de la rue, mais pas de quitter son travail à temps pour aller chercher Bianca à l'école. Ce jour-là était pareil à tous les autres jours.

— Y avait-il quelqu'un dans le groupe de soutien qui aurait été plus proche de Krystal que les autres ?

— Non, pas que je sache. Elle travaillait beaucoup, tout le temps, elle n'avait presque jamais l'occasion de voir du monde, de sortir, même avant l'accident. Après, elle est devenue encore plus solitaire. J'étais contente qu'elle rejoigne le groupe. Je pensais que ça lui ferait du bien d'avoir des liens avec des gens en dehors du travail.

Elle secoua la tête et ajouta, comme pour elle-même :

— Mais qui sait si ça nous fait du bien ? On se contente de continuer à vivre. Que faire d'autre, de toute façon ?

Elle parlait à voix basse, mais Josie remarqua, du coin de l'œil, que Heidi ne regardait plus son écran et s'était tournée vers Dee Tenney. Y avait-il seulement du son dans ses écouteurs ? Avait-elle entendu toute leur conversation ?

— Une dernière chose, madame Tenney, et nous vous laisserons ensuite, dit Gretchen. Est-ce que le mot « Gémon » vous dit quelque chose ?

— « Gémon » ? répéta Dee Tenney, l'air interloqué.

— Oui, dit Josie en épelant le mot.

— Non. Je ne sais pas. Je n'ai jamais entendu ce nom-là.

Heidi intervint :

— Moi, je sais ce que ça veut dire.

11

Toutes trois se tournèrent vers l'adolescente. Celle-ci referma son ordinateur, retira ses écouteurs et les posa sur la table. Dee Tenney la rejoignit et se posta face à elle.

— Heidi ? Qu'est-ce que tu racontes ?

Heidi s'adressa à Josie et Gretchen, derrière Dee Tenney :

— Gémon, c'était le surnom qu'on avait donné à Wallace Cammack.

— C'est un des enfants morts dans l'accident de bus, souffla Gretchen à Josie.

— Gail ne me l'a jamais dit, fit Dee Tenney d'une petite voix.

Heidi eut un sourire gêné.

— Je suis désolée, madame Tenney. On ne répétait pas à nos parents ce genre de choses. Et puis, c'était un mélange de deux mots pas très sympa.

— C'est-à-dire ? demanda Gretchen.

Les joues de Heidi rosirent.

— « Gémir » et « con ».

Dee Tenney porta les deux mains à sa bouche.

— Oh !

Josie s'avança vers la table et regarda Dee Tenney en posant la main sur le dossier d'une des chaises.

— Dee, pourrions-nous nous asseoir ?

Cette dernière tira la chaise qui était devant elle sans quitter Heidi des yeux. Prenant ce geste pour un oui, Josie et Gretchen s'assirent.

— Heidi, quel âge as-tu ? demanda Gretchen.

— Quatorze ans. Vous voulez l'autorisation de mon père pour me poser des questions, c'est ça ?

— Comme on ne t'entend ni en tant que suspecte, ni en tant que témoin, techniquement, nous n'avons pas besoin de son autorisation. Mais il vaut toujours mieux que les parents soient au courant qu'on interroge leurs enfants, dit Josie.

— Je n'ai pas de mère, déclara Heidi sans émotion. Donc vous devez demander à mon père.

— Très bien, dit Gretchen.

— Heidi ! fit Dee Tenney d'un ton de reproche.

L'adolescente leva les yeux au ciel.

— Quoi ? C'est la vérité. Je n'ai pas de mère.

Elle se tourna vers Gretchen et Josie, l'air grave.

— Les adultes aiment bien dire : « La maman de Heidi n'est pas présente dans sa vie », fit-elle d'un ton faussement sérieux. Mais la vérité, c'est qu'elle a eu une histoire d'un soir, elle a accouché alors qu'elle venait d'avoir dix-neuf ans, a décidé qu'elle n'était pas faite pour s'occuper d'un bébé et m'a laissée à mon père. Je ne sais même pas si elle est encore vivante. Donc oui, il n'y a que lui et moi.

Dee Tenney posa une main sur son front et ferma brièvement les yeux. Quand elle les rouvrit, un mince sourire lui éclaira le visage.

— Heidi, je ne pense pas que ce soit le moment de revenir là-dessus. Et si on demandait simplement à ton père s'il autorise ces deux policières à te parler ?

— Très bien, dit Heidi. Je lui envoie un texto.

Elle sortit un téléphone du sac à dos accroché au dossier de sa chaise. Ses doigts voletèrent sur l'écran. Elles entendirent une série de bips puis Heidi fit glisser son téléphone vers Josie pour qu'elle puisse lire l'échange de SMS.

Papa, la police est chez Mme T. pour parler de Krystal. Tu m'autorises à leur parler des enfants que je connaissais à l'école ?

La réponse tenait en une seule lettre :

K.

Gretchen se pencha et nota le numéro auquel Heidi avait envoyé le SMS. Josie savait qu'elle vérifierait que c'était bien le numéro de son père.

— OK ? demanda celle-ci.

— Parle-nous de Wallace Cammack, dit Gretchen.

— On allait à la même école. Il était dans ma classe.

— Tu prenais le bus avec lui tous les jours, avança Gretchen.

— Oui. On était les six derniers à descendre. Moi, Gail, la fille de Mme Tenney, Wallace, sa petite sœur Frankie, Bianca et Nevin. Au moment de l'accident, Gail et Nevin étaient en sixième, Frankie en CM2, et moi, Wallace et Bianca en cinquième. Mais comme je le disais, on prenait le bus tous ensemble, chaque jour. Bref. Wallace était une sorte de petit tyran, on en a eu marre et l'un de nous lui a trouvé ce surnom.

— Gémon, dit Josie.

— Oui. Parce que c'était vraiment un gros con...

Heidi s'interrompit et se tourna vers Dee Tenney, mais celle-ci semblait ailleurs, le regard soudain vide, le corps immobile. La jeune fille reprit :

— Mais quand quelqu'un lui tenait tête, il se mettait à gémir. Il gémissait et était un con. Un gémon.

— Tu dis que c'était un petit tyran, fit Gretchen. Qu'est-ce qu'il vous faisait, par exemple ?

Heidi haussa légèrement les épaules.

— Je ne sais plus. Ce que font tous les emmerdeurs dans son genre. Il nous traitait de tous les noms, il nous disait des méchancetés, il faisait tomber ce qu'on avait dans les mains... Une fois, on a eu une prof remplaçante qui a vu qu'il était inscrit au tableau d'honneur comme élève du mois, ce qui était ridicule, parce qu'il était plus que turbulent. Mais la prof l'a laissé avoir la récompense. Et parfois, il tirait les cheveux des filles.

Dee Tenney cligna des yeux et s'éclaircit la gorge.

— Il a tiré les cheveux de Gail, une fois – vraiment brutalement. Ils se sont carrément battus, en fait. C'était juste avant l'accident. Apparemment, il lui a tiré les cheveux dans le hall, à l'école. Et ce n'était pas la première fois. Mon mari avait déjà dit à ma fille de ne plus se laisser faire par Wallace Cammack, alors elle l'a frappé. Pas fort, juste une gifle, mais il est devenu furieux et il l'a bousculée, l'a envoyée valser contre une fontaine à eau. Elle est tombée et s'est cogné la tête. J'ai dû l'emmener aux urgences. Elle s'en est tirée avec une grosse bosse mais, avant qu'on ait eu le temps de vraiment régler l'affaire, il y a eu l'accident et puis...

Elle n'acheva pas sa phrase, et son regard se perdit de nouveau dans le vide.

— Je sais qu'il est mort, mais c'était vraiment un crétin, reprit Heidi. Je veux dire, bien sûr, je suis désolée qu'il soit mort. Même s'il n'était pas gentil, il n'a pas mérité ce qui s'est passé. Personne ne mérite ça. Mais avant l'accident, il enquiquinait beaucoup de gens. C'est pour ça que plusieurs enfants s'étaient mis à l'appeler Gémon. Il détestait ce surnom.

— Est-ce que des adultes savaient que vous le surnommiez comme ça ? demanda Gretchen.

— Je n'en ai aucune idée.

— Combien d'enfants étaient au courant ? Vous étiez combien à l'appeler Gémon ?

— Tous ceux qui prenaient le bus, je dirais. Et sans doute ceux de notre classe.

— Qui a trouvé ce surnom ?

— Je ne sais pas trop. Je veux dire, ça s'est fait comme ça, c'est tout. Quelques garçons de la classe avaient commencé à l'appeler « Gros con » parce qu'il faisait ch... parce qu'il embêtait tout le monde. Et puis un jour, dans le bus, il a commencé à donner des coups de pied dans le dossier du siège de Nevin, Nevin Palazzo. Nevin s'est énervé, tout d'un coup, il s'est levé et il a crié : « Tu es vraiment un gros con ! » Nevin était tout petit, il ne disait jamais rien et c'était assez drôle de le voir aussi énervé, vous voyez ? Enfin, bref, tout le monde dans le bus s'est mis à se moquer – de Wallace, pas de Nevin. Ils étaient là : « Ouh, le petit Nevin va te mettre une raclée ! » Wallace s'est vexé, tout en disant qu'il s'en fichait. Et puis quelques garçons ont commencé à répéter en chœur : « Gros con ! Gros con ! » Wallace était à deux doigts de pleurer. C'est à ce moment-là que Gail a dit : « Oh, regardez-le, il va encore se mettre à gémir, le gros con. » Et là, quelqu'un dans le fond du bus, je ne sais pas qui, a crié : « Gémon ! » Tout le bus a éclaté de rire, et Wallace n'a plus jamais embêté Nevin après ça. Mais le surnom est resté.

— Et qu'a fait le conducteur du bus pendant tout ce temps ? demanda Josie.

— Il conduisait, répondit Heidi en haussant les épaules. M. Lesko ne faisait pas tellement attention à ce qui se passait dans son dos, du moment qu'on restait assis.

— Il y avait beaucoup de problèmes dans le bus ? demanda Gretchen.

— Non, pas vraiment. Je veux dire, on ne se faisait pas

embêter tous les jours en prenant le bus. À l'école, peut-être, mais, dans le bus, ça allait.

— Wallace a récolté son surnom combien de temps avant l'accident ? fit Josie.

— Je ne me rappelle pas bien. Deux mois, environ ?

Gretchen continuait à prendre des notes. Josie fit glisser sa carte de visite sur la table jusqu'à Heidi.

— Il y a mon numéro de téléphone là-dessus, dit-elle. Si tu as besoin de quoi que ce soit ou si tu penses à autre chose qui puisse avoir un rapport avec Wallace et son surnom, préviens-moi, d'accord ?

Heidi prit la carte de visite et la contempla.

— Bien sûr. Mais comment vous avez appris, pour Gémon ?

Pour la première fois depuis plusieurs minutes, le regard de Dee Tenney sembla reprendre vie. Elle se tourna vers Josie et Gretchen en attendant leur réponse.

— Nous ne sommes pas autorisées à le dire, répondit Gretchen.

12

Le commissariat de police de Denton était un grand bâtiment de trois niveaux en pierres grises. Classé monument historique, c'était l'ancien hôtel de ville, transformé en commissariat plus de soixante-cinq ans auparavant. Il était à la fois imposant et élégant, avec ses fenêtres en ogive à double battant et son beffroi, dans l'angle. Gretchen le contourna pour se garer dans le parking municipal, à l'arrière. D'habitude, la vision du bâtiment réconfortait Josie. C'était sa seconde maison. L'endroit où les choses demeuraient logiques. Où l'ordre établi, le sens de sa mission lui servaient de repères. Où elle avait des enquêtes à résoudre qui lui occupaient suffisamment l'esprit pour l'empêcher de ressasser les démons du passé.

Mais en descendant de voiture et en se dirigeant vers l'entrée, elle sentit l'anxiété croître et se répandre en elle. Gretchen, qui la précédait, était presque à la porte quand Josie s'arrêta. Le soleil était bas et l'heure du dîner était passée. La chaleur était moins oppressante et le parking presque entièrement dans l'ombre. Mais Josie sentit une pellicule de sueur l'envelopper. Elle ne voulait pas entrer. Pourquoi ? Elle était déjà passée au bureau, le matin même, et elle ne s'était pas sentie mal.

Gretchen se retourna vers elle.

— Patronne ?

Josie avala sa salive. Elle voulait avancer mais ses pieds refusaient de lui obéir. Comme si ses semelles étaient soudées à l'asphalte chaud. Elle pensa à ce que Dee Tenney leur avait dit de la dernière réunion du groupe de soutien, où Krystal qui avait craqué. *Bianca n'aurait pas dû se trouver là, ce jour-là.* Josie ferma les yeux, submergée par une vague d'émotion si forte qu'elle tremblait sur ses jambes. C'était ce qu'elle se répétait en boucle depuis des mois. Depuis la mort de Lisette. *Elle n'aurait pas dû se trouver là.* C'était ce qu'elle répétait presque chaque nuit à Noah en s'éveillant de ses cauchemars. Si Lisette ne s'était pas trouvée là, près du bois, elle serait toujours en vie, et Josie ne serait pas en train de reprendre le travail, de continuer à vivre en faisant semblant que tout était normal – alors que rien ne l'était.

— Josie, répéta Gretchen en s'approchant.

Elle rouvrit les yeux et regarda son amie. Elle avait chaud partout et pourtant elle se mit à frissonner.

— Je ne suis pas prête, annonça-t-elle.

Gretchen hocha la tête, revint à son côté et lui serra le coude. Josie n'avait pas besoin d'en dire plus. Elle la comprenait. Josie n'était pas prête à se remettre au travail, à recommencer à vivre comme avant sans Lisette, même si elle n'avait pas le choix. Se jeter à corps perdu dans l'affaire Duncan, remettre tout son cœur à l'ouvrage, revenir à la normale équivalaient en quelque sorte à accepter le meurtre de Lisette. Or elle ne l'accepterait jamais.

À son oreille, Gretchen glissa :

— Ce n'est pas forcément tout ou rien, Josie. Tu es encore en vie. Tu dois avancer. Ça ne veut rien dire d'autre, à part que tu vis toujours. Ta grand-mère avait perdu ses deux enfants, et elle avait continué à faire ce que font les vivants.

Josie hocha la tête sans répondre. Elle ferma de nouveau les yeux. À chaque séance, Paige Rosetti lui faisait faire des exercices de respiration. Josie n'avait jamais cru que ça servait à quoi que ce soit jusque-là mais, en cet instant, cela sembla lui faire du bien. Elle fut quelque peu soulagée de sentir la vague d'émotion refluer et laisser place à une sorte de torpeur. De vase. Elle savait que Gretchen avait raison. Le premier mari de Josie, Ray, avait connu une mort violente. Même s'ils étaient déjà séparés à l'époque, sa mort l'avait anéantie. Pourtant elle avait continué à vivre. Pourquoi était-ce si différent cette fois ?

Gretchen lui serra le bras.

— Et puis on est là pour aider les morts. Il faut attraper l'assassin de Krystal Duncan. Tu me suis ?

Dans ses chaussures, les orteils de Josie remuèrent. Elle recommençait à sentir ses jambes. Elle prit une nouvelle série de grandes inspirations, se ressaisit quelque peu. Dans sa poche, elle serra le bracelet de prière entre ses doigts.

— Je te suis.

Gretchen lui lâcha le bras et repartit vers la porte.

— Bien. Maintenant, allons demander à quelques paires de bras costauds de nous aider à monter tous les cartons du cabinet d'avocats.

Une demi-heure plus tard, tous les cartons étaient dans la grande salle du premier étage où se trouvaient les bureaux des inspecteurs et où les autres policiers pouvaient passer leurs coups de fil et remplir leur paperasse. Josie, Gretchen, Noah et l'inspecteur Finn Mettner y avaient leurs bureaux attitrés, regroupés au centre de la pièce. Sur un côté, le seul autre bureau attribué de façon permanente était celui de leur attachée de presse, Amber Watts. Trois agents en uniforme restèrent dans la salle après avoir aidé Josie et Gretchen à monter tous les cartons. Noah était déjà parti, et Mettner ne travaillait pas ce jour-là. Amber était sans doute rentrée chez elle également. Josie jeta un coup d'œil vers le bureau du chef : la porte était toujours fermée.

Gretchen posa un carton sur le bureau de Josie, et un second sur le sien. Elles se mirent à fouiller dans les documents que leur avait fait passer l'employeur de Krystal Duncan.

— Tout ça, ce sont des dossiers sur lesquels elle travaillait, ces derniers temps ? demanda Josie.

— Oui. Mais je ne sais pas ce qu'il faut qu'on cherche, exactement.

— Je me disais bien qu'on était dans le genre de situation où il faut trouver le truc en question pour savoir que c'était ça qu'on cherchait, maugréa Josie.

Gretchen se mit à rire. Il leur fallut une heure pour faire un premier examen de tous les documents. Elles ne découvrirent rien d'inhabituel ou de susceptible de bouleverser Krystal au point de l'envoyer à East Bridge chercher des produits plus forts que de la marijuana. Il n'y avait que des dossiers d'indemnisation de dommages corporels : accidents de voiture, glissades et chutes, erreurs médicales, produits défectueux et dangereux. Josie et Gretchen ne reconnurent aucun nom dans ceux des clients ou des témoins. Rien ne leur sautait aux yeux.

— Peut-être que ce qu'elle a découvert n'avait aucun rapport avec son travail, en fin de compte, dit Josie.

— Mais dans ce cas, pourquoi s'est-elle connectée à la base de données du cabinet samedi ? Qu'est-ce qu'elle cherchait ?

— Elle ne cherchait peut-être rien de particulier. Elle voulait peut-être seulement faire comprendre à quelqu'un qu'elle était vivante ?

— Mais alors pourquoi ne pas envoyer un message ? Son employeur dit qu'elle n'a modifié aucun dossier. Si elle avait voulu laisser un message, elle aurait pu ouvrir un fichier, y écrire quelque chose, et faire une sauvegarde.

— C'est qu'elle s'est contentée de les regarder, alors.

— Oui, c'est tout à fait possible, dit Gretchen. Mais... ces trucs n'ont rien de très passionnant. Un type qui se casse le poignet au supermarché. Une femme qui se fait emboutir l'arrière de sa voiture pendant qu'elle envoie un SMS... Qu'est-ce que Krystal pouvait bien chercher là-dedans ?

— Peut-être qu'elle ne cherchait rien du tout, que c'est le tueur qui l'a obligée à chercher quelque chose.

— Si c'était le cas, j'aurais tendance à penser que ce que Krystal a découvert était en lien avec le cabinet d'avocats mais, dans ce cas, pourquoi le tueur aurait-il écrit le surnom du fils de Gloria et Nathan Cammack sur son avant-bras ?

— Tu as raison, dit Josie. On devrait demander à Carly de chercher si le nom des Cammack apparaît parmi ceux de tous leurs clients et témoins.

Gretchen le nota dans son carnet.

— Je passerai au cabinet à la première heure demain. Et puis j'irai interroger les parents de Wallace Cammack. En attendant, je vais jeter un second coup d'œil à ces dossiers, au cas où quelque chose nous ait échappé.

— Tu penses qu'il y a un lien entre la visite de Krystal au conducteur du bus en prison et sa disparition deux semaines plus tard ?

— A priori non, mais le tueur l'a déposée à côté de la tombe de sa fille, ce qui nous donne un lien avec les Cammack, puisque leurs enfants sont morts dans le même accident de bus. Je vais laisser un message à l'avocat de Virgil Lesko et lui demander s'il nous autoriserait à l'interroger, et aussi à visionner la vidéo de son entrevue avec Krystal.

L'estomac de Josie se mit à gronder. Elle sourit, un peu honteuse.

— Tu veux qu'on commande des plats à emporter ?

Gretchen la dévisagea un long moment avant de répondre :

— Tu ne veux pas rentrer chez toi, plutôt ? Je peux revoir ces dossiers toute seule. Je suis sûre que Noah et Trout sont impatients de te voir après ta première journée de reprise.

— Ça va, protesta Josie.

Mais elle se défendait trop mollement, même à ses propres oreilles. Au bout de quelques instants pleins de gêne, elle ramassa son téléphone, ses clés, et rentra chez elle.

Trout l'accueillit à la porte, frétillant, alternant entre aboiements et gémissements. Elle s'agenouilla pour le caresser. Il lui sauta dessus frénétiquement, encore et encore, petite boule de poils noir et blanc, en lui donnant des coups de langue. Noah apparut sur le seuil de la cuisine.

— Salut, dit-il par-dessus les cris du chien. Il faut l'excuser, il a passé une dure journée, je crois.

Josie se releva, Trout bondit une fois de plus, lui malaxant la cuisse de ses pattes avant. Noah s'avança et lui indiqua le salon, sur sa gauche. Elle découvrit alors les dégâts. Pendant les quatre mois passés loin du commissariat, elle s'était essayée à diverses choses pour s'occuper : crochet, puzzles, peinture, fabrication de bougies, jardinage d'intérieur. Le produit de tous ces passe-temps gisait désormais, éparpillé, en miettes, sur le parquet du salon.

— Je vais tout nettoyer, je te le promets, dit Noah. Je voulais juste que tu voies le carnage d'abord.

Josie baissa les yeux vers Trout. Comme s'il percevait son changement d'humeur, il s'assit, les oreilles aplaties, faisant de son mieux pour ressembler à un bébé phoque. Ses yeux globuleux semblaient pleins de remords, suppliants.

— Tu es restée à la maison avec lui pendant quatre mois, ajouta Noah. Et aujourd'hui, toi et moi avons disparu toute la journée. Il va falloir qu'il se réhabitue à nos horaires de travail. Il n'a pas encore intégré le changement, c'est tout. Au moins, il n'a pas démoli les meubles. Mais on va peut-être devoir le remettre dans sa caisse à chaque fois qu'on quittera la maison – temporairement, du moins.

Josie plongea le regard dans celui, brun et triste, de son chien, et son soulagement fut si palpable qu'elle eut véritablement l'impression qu'on lui retirait un poids des épaules. Ce petit animal l'attendrissait. Il semblait souvent refléter ses propres sentiments, et aujourd'hui ne faisait pas exception. Elle se laissa glisser au sol et croisa les jambes, laissant Trout monter sur ses genoux. Elle se pencha et entoura de ses bras le petit corps tiède.

— Toi aussi, tu as passé une mauvaise journée, mon gars ? chuchota-t-elle. C'est fini. Ça va aller.

Noah s'assit face à elle, jambes croisées lui aussi.

— Tu as passé une mauvaise journée ? demanda-t-il.

Josie caressa le dos du chien et leva les yeux vers son mari.

— Non. Enfin... Je ne sais pas. Ça a été... dur.

Elle ne voulait pas en parler – mais elle ne voulait jamais parler de rien. C'est ce qui l'avait conduite à aller voir une psychologue. Elle se força.

— Elle me manque, Noah. Elle me manque énormément, et je me sens...

Elle sentit sa gorge se serrer mais poursuivit :

— Je me sens toujours terriblement coupable. Pourquoi est-ce que j'aurais le droit de reprendre ma vie normale alors qu'elle est morte ? Et que c'est à cause de moi qu'elle est morte.

Sur ses genoux, Trout geignit. Josie sentit sa langue chaude sur son avant-bras.

Elle attendit que Noah lui dise tout ce qu'il était censé dire, tout ce qu'il lui avait répété, les premières semaines, à la maison, alors qu'elle était à la dérive, incapable de rien faire. Ce que lui répétaient aussi Gretchen, sa sœur, son frère, ses parents biologiques et la docteure Rosetti depuis quatre mois :

« Ce n'est pas ta faute. »

« Tu n'as rien fait de mal. »

« Tu n'es coupable de rien. »

« C'est le tueur qui est seul responsable. »

Mais il ne dit rien de tout ça. Il lui caressa la joue, ses yeux noisette sombres et pensifs.

— Je sais, dit-il simplement.

En cet instant, Josie le crut. Elle savait qu'il connaissait aussi bien qu'elle cette forme unique de douleur et de culpabilité que l'on éprouvait en perdant un être cher de manière violente. Sa mère avait été assassinée, et Josie savait que, même si plusieurs années avaient passé, Noah se demandait toujours si, en arrivant chez elle dix minutes plus tôt cette fois-là, il aurait pu empêcher sa mort. Et si seulement Josie avait dit à Lisette de rentrer à l'hôtel au lieu de la laisser s'approcher du bois, elle aussi serait peut-être encore en vie.

Comme s'il lisait dans ses pensées, Noah dit :

— C'est une plaie, Josie. Qui ne cicatrise jamais. Mais une croûte se forme, parfois. Je te promets que tu t'y habitueras.

— Mais je ne veux pas que ce sentiment atroce devienne normal, dit-elle d'une voix étranglée.

Trout se remit à gémir. Elle lui gratta le crâne entre les oreilles.

— Je sais.

Noah se pencha jusqu'à ce que leurs fronts se touchent, formant un toit au-dessus de Trout. Ils restèrent ainsi, souffle contre souffle, jusqu'à ce que Josie ne sente plus ses jambes. Elle se demanda si c'était ce que la docteure Rosetti voulait dire quand elle parlait d'accepter ses émotions. Mais ceci n'était pas l'émotion écrasante, atroce et envahissante qui menaçait de détruire physiquement Josie. Ce n'était que de la douleur et de la tristesse. C'était le fait que Lisette lui manquait. C'était la conscience que chaque nouveau jour, désormais et jusqu'à la fin de sa vie, serait un jour béant, vide, sans sa grand-mère. C'était le sentiment de vide qui accompagnait une perte insondable. C'était une lente agonie, la torture d'une nouvelle réalité qui coulait, goutte à goutte. Et c'était un sentiment qu'elle n'arrivait à supporter que parce que Noah n'essayait pas de le faire disparaître. Il n'essayait pas de minimiser sa douleur, de la déplacer, ni de l'en distraire. Il savait que rien de tout cela ne fonctionnait. Mais rester assis près d'elle, avec ses émotions, voilà ce qu'il pouvait faire.

Il allongea le cou pour l'embrasser sur les lèvres.

— Tu veux manger ?

— Oui, répondit Josie. Mais avant, montons dans la chambre.

13

Le lendemain matin, Josie retrouva Gretchen sur le parking municipal, derrière le commissariat, et celle-ci les conduisit à West Denton. Quand elles arrivèrent à proximité de la maison des Cammack, Josie remarqua un petit mémorial là où s'était produit l'accident qui avait coûté la vie aux cinq enfants de West Denton.

— C'est l'arrêt de bus, dit Gretchen. Avant l'accident, il y avait un grand platane dans ce jardin, juste là.

Josie observa la maison à demi-niveaux qui faisait l'angle, en retrait d'une douzaine de mètres par rapport au trottoir. Le platane n'était plus là, remplacé par des pavés dans l'herbe qui formaient un genre de terrasse circulaire, entourée de cinq sièges sculptés dans le bronze. On pouvait s'asseoir sur chacun, et des vases de bronze faisaient office de dossiers. Sur ces vases, les noms des enfants étaient gravés. Gretchen s'arrêta au panneau « stop », à l'angle, et Josie put lire leurs noms : Bianca, Gail, Wallace, Frankie, Nevin. Il y avait des fleurs dans chaque vase, et un ours en peluche sur le tabouret de Bianca.

— Le voisin était si horrifié que l'accident ait eu lieu dans son jardin, expliqua Gretchen, qu'il a fait dessoucher ce qui restait de l'arbre et a fait don de l'emplacement pour créer le mémorial. Les gens du quartier l'ont financé, et un artiste local s'est associé à une entreprise d'aménagement paysager pour le construire.

— C'est beau, murmura Josie.

Elle se demanda si ça faisait du bien ou du mal aux parents, qui devaient passer devant chaque jour, sans doute plusieurs fois par jour. Chacun vivait son chagrin d'une manière différente, qui évoluait avec le temps. Ce mémorial, réalisé avec d'excellentes intentions et plutôt plaisant, pouvait aussi bien être le signe chaleureux qu'on honorait et qu'on perpétuait la mémoire de ces enfants que l'horrible rappel de tout ce que leurs parents avaient perdu. Josie ne put s'empêcher de se demander si tous les parents avaient été consultés. En avaient-ils discuté durant leurs réunions ?

Gretchen redémarra et, deux pâtés de maisons plus loin, prit à droite dans la rue des Cammack. Bordée de maisons à étages plutôt grandes avec des garages pour deux ou trois voitures et de vastes jardins, elle ressemblait à celle de Dee Tenney, un peu plus loin. Toutes les maisons étaient bien entretenues. Celle des Cammack était d'une belle couleur crème, avec des volets blancs. Des arums de différentes couleurs bordaient l'allée menant à l'entrée. Deux grandes jardinières de pierre, vides, encadraient la porte principale. Josie sonna et elles attendirent.

— Je croyais que Dee Tenney avait dit que Gloria et Nathan Cammack avaient divorcé ?

Gretchen sortit son badge de sa poche.

— C'est le cas. Gloria a gardé la maison. Nathan vit dans un appartement du centre. On ira l'interroger plus tard dans la journée.

— Elle sait qu'on vient ? demanda Josie en appuyant de nouveau sur la sonnette.

— Je lui ai téléphoné ce matin.

Plus d'une minute passa et Josie allait sonner une troisième fois quand la porte s'ouvrit. Gloria Cammack apparut, en chemisier rose et tailleur-pantalon impeccables. Ses hauts talons vernis faisaient au moins quinze centimètres. Ses cheveux blonds, coiffés en arrière, laissaient voir un écouteur Bluetooth à son oreille. Elle avait un téléphone dans une main et leur fit signe d'entrer de l'autre. Elle parlait rapidement, d'une voix stridente. Josie en fut déconcertée puis comprit qu'elle s'adressait à quelqu'un d'autre, au téléphone, et non à elles.

— Il faut que ces commandes partent aujourd'hui. Je ne plaisante pas. Je ne veux pas perdre ce client. C'est un très gros client. Tu m'entends ? Très important. Je sais que tu en es capable, OK ? Prends une minute, recentre-toi, et concentre-toi. N'oublie pas, on ne se fixe pas de limites. On s'y met, et on avance. C'est compris ? OK, oui. Non, je ne peux pas. J'ai un rendez-vous ici, chez moi. Je serai là dans une heure.

Elles suivirent Gloria Cammack à l'intérieur. Aux murs du couloir reliant l'entrée à ce qui semblait être la cuisine, il y avait des dizaines de photos encadrées. Josie prit le temps d'en étudier quelques-unes. Toutes montraient les deux enfants de Gloria et Nathan Cammack. Wallace ressemblait à sa mère, grand, blond, avec des yeux bleus. Il avait les cheveux rasés sur les côtés et une touffe de boucles blondes qui lui tombait presque sur les yeux. Un rapide examen des photos montrait que, quelque part entre la petite enfance et le début de l'adolescence, il avait cessé de sourire, en tout cas sur les photos. Dans celles qui devaient être les plus récentes, où il paraissait plus âgé, il arborait un air provocateur, comme s'il défiait quiconque de lui chercher des ennuis. Était-ce une attitude typique de garçon à la préadolescence, ou y avait-il autre chose ?

Sa sœur semblait être tout le contraire. Avec ses cheveux bruns et son large sourire communicatif, Frankie rayonnait sur toutes les photos où elle apparaissait. Partout où son frère prenait un air sombre, elle affichait un grand sourire. Dans certaines, elle tirait la langue ou prenait un air franchement moqueur. Sur une photo, prise devant la maison, elle faisait le poirier et Wallace lui tenait les jambes. Elle souriait, heureuse, tandis que lui levait les yeux au ciel. À chaque nouvelle photo, le cœur de Josie s'alourdissait un peu plus.

La cuisine de Gloria Cammack était étonnamment accueillante, avec des placards couleur chêne clair et des torchons en vichy bleu assortis au rideau de la fenêtre au-dessus de l'évier. Gloria ôta son écouteur Bluetooth et le jeta sur la table de la cuisine, avec son téléphone, en lâchant un grognement d'agacement. Leur tournant le dos, elle alla se verser une tasse de café.

— Ces gens-là viennent vous voir avec un CV qui vous donne l'impression que vous les sous-payez, ils obtiennent le poste, et ensuite il faut leur tenir la main pour tout.

Elle reposa la cafetière si violemment que Josie fut surprise de ne pas voir le verre exploser. Elle observa Gloria Cammack inspirer profondément, regardant le placard droit devant elle comme si elles n'étaient pas là. Presque comme si elle se regardait dans une glace. Elle la vit se forcer à sourire avant de se tourner vers elles.

— Inspectrice Palmer, dit Gloria Cammack à Gretchen. J'aimerais vous dire que je suis heureuse de vous revoir, mais je suis sûre que vous comprenez que ce n'est pas le cas. Sans vouloir vous vexer.

Elle but une gorgée de café, noir et sans sucre.

Gretchen sourit.

— Il n'y a pas de mal. Madame Cammack, je vous présente ma collègue, l'inspectrice Josie Quinn.

La femme fit quelques pas vers elles et tendit la main.

— Gloria Cammack, annonça-t-elle. Je suis propriétaire et gérante d'*All Natural Family & Child*.

Après avoir serré la main de Josie, Gloria Cammack se lissa les cheveux, même si aucune mèche n'était mal placée.

— Je vous prie de m'excuser, j'en oublie les bonnes manières. Vous voulez un café ?

Elles déclinèrent l'offre. Gloria Cammack leur fit signe de s'asseoir mais resta debout, appuyée contre le plan de travail, sa tasse de café à la main.

— Vous êtes venues pour Krystal, je suppose. Je ne vois pas pourquoi vous seriez ici sinon – à moins que vous ne soyez venues m'annoncer que Virgil Lesko s'est fait tuer en prison avant son procès.

— C'est bien par rapport à Krystal que nous sommes là, confirma Gretchen.

Gloria renversa la tête en arrière et rit tristement.

— On ne pourrait pas avoir cette chance, hein ? Que ce salaud meure en prison et nous épargne tout le cirque du procès. Mais avec le meurtre de Krystal...

Elle reposa les yeux sur elles.

— Oui, je sais qu'elle a été assassinée. Dee l'a annoncé à la réunion, et Nathan m'a téléphoné ensuite parce qu'il pensait que je devais être au courant. Je ne vais pas à ces réunions. J'y suis allée une fois, et j'ai pensé que ça ne servait à rien. Je ne sais pas à quoi je peux vous être utile, d'ailleurs. Ou bien vous venez me voir parce que Dee vous a dit que les relations étaient tendues entre Krystal et moi ?

Gretchen et Josie échangèrent un regard furtif. Elles apprenaient quelque chose.

— Pourquoi Dee aurait-elle dit ça ? demanda Josie.

— Oh, allons ! dit Gloria Cammack en levant les yeux au ciel.

Comme ni Josie, ni Gretchen ne lui répondirent, un éclair de fureur brilla dans ses yeux bleus. Elle reposa brutalement sa tasse sur le comptoir, renversant un peu de café. Quelques gouttes éclaboussèrent son poignet, mais elle ne parut pas s'en apercevoir.

— Vraiment ? reprit-elle. Je sais que c'est Dee qui a découvert le corps de Krystal. Nathan me l'a dit. Ce qui signifie que vous l'avez interrogée. Vous devez forcément interroger une personne qui signale un cadavre, non ?

— Oui, dit Gretchen, nous avons parlé à Dee Tenney.

— Et vous pensez que je vais croire qu'elle ne vous a rien dit ? Elle et Krystal étaient les meilleures amies du monde, ou presque, en tout cas depuis le...

Elle n'acheva pas sa phrase et détourna la tête. Une fois de plus, elle parut suivre une sorte de rituel particulier pour se reprendre. Quand elle reprit la parole, ce fut d'une voix plus posée.

— Depuis le décès des enfants.

— Dee Tenney n'a pas décrit ainsi ses liens avec Krystal, dit Josie.

Gloria Cammack balaya la réponse d'un revers de main.

— Peu importe.

Elle alla jusqu'au réfrigérateur, l'ouvrit, en fixa l'intérieur un moment puis le referma. Elle revint prendre sa tasse de café, en but une gorgée avant de reprendre :

— Dee n'a peut-être rien raconté à personne. Elle n'a jamais été du genre pipelette. Ou peut-être que Krystal ne le lui avait pas dit. Si j'avais fait une chose pareille, je n'irais pas m'en vanter partout.

— Quelle chose, madame Cammack ? l'interrogea Josie.

— Krystal a eu une liaison avec mon mari.

Gretchen sortit son carnet et l'ouvrit à une page vierge.

— Comment l'avez-vous su ?

— Parce qu'elle me l'a dit.

— Quand ça ?

— Je ne sais plus. Il y a quelques semaines. Quelques mois, peut-être. Tous les jours se ressemblent, maintenant.

Elle indiqua un tableau de liège sur le côté du réfrigérateur, auquel un calendrier était accroché. Josie vit qu'il était toujours à la page du mois de mai, deux ans plus tôt. Le mois où les enfants étaient morts. Presque toutes les cases étaient pleines de ce que Josie supposa être l'écriture de Gloria Cammack, élégante et élancée. Football, anniversaires, leçons de batterie, softball, rendez-vous chez le dentiste, cours de dessin.

— Mes journées étaient organisées en fonction d'eux, de leurs emplois du temps. Maintenant, il n'y a plus que... le travail.

Elle prononça le mot « travail » comme si c'était une peine de prison. Josie imaginait que vivre en ayant perdu son enfant en était une, d'une certaine façon.

— Comment la révélation de cette liaison est-elle arrivée dans votre discussion avec Krystal ? demanda Gretchen.

Gloria Cammack alla à la porte arrière, qui donnait sur le jardin et dont les carreaux étaient masqués par des rideaux. Elle l'ouvrit en grand. Josie et Gretchen se levèrent et s'approchèrent. Une terrasse en bois avec des meubles de jardin en fer forgé et des jardinières de pierre vides s'étendait jusqu'à un assez grand rectangle de pelouse entouré d'un grillage.

— J'ai fait enlever la balançoire. Je ne supportais plus de la voir. J'ai donné le petit but de football qu'on avait dans le jardin pour que Wallace puisse s'entraîner. Je ne pouvais simplement plus...

Elle se tut. Josie se tourna vers elle et la vit fermer les yeux, la bouche tordue, respirant par saccades, les poings serrés. Elle paraissait sur le point de craquer complètement, mais elle se reprit et rouvrit les yeux, sans desserrer les poings toutefois. Du menton, elle indiqua le jardin juste derrière le sien, de l'autre côté du grillage. Il était presque identique, un simple carré de pelouse, à l'exception d'une grande structure de jeux en bois. Sur un côté, un petit mur d'escalade, avec des prises jaune vif pour des mains et des pieds d'enfant, montait jusqu'à une petite plateforme, d'où descendait un petit toboggan, avec dessous un petit espace en forme de cabane. Une corde à nœuds permettait également de grimper sur la plateforme, de laquelle partaient deux grosses poutres soutenant deux balançoires. Josie pensa immédiatement au petit Harris, le fils de son amie Misty. Il avait presque cinq ans maintenant, et aurait adoré une cabane comme celle-ci.

— C'est le jardin de Krystal, dit Gloria Cammack.

Josie prit un air intrigué, et Gloria explicita :

— Oui, nos jardins sont adjacents. Les cinq malchanceux, pourrait-on dire. Les cinq enfants du tristement célèbre accident de West Denton. Quatre familles en tout, puisque j'ai perdu mes deux enfants dans l'accident, ajouta-t-elle, pleine d'amertume. Nous habitons tous à proximité les uns des autres. Dans cette rue, sept ou huit maisons plus loin, c'est la maison des Tenney. Un pâté de maisons plus loin, les Palazzo. Et vous savez quoi ? La maison de ce salopard de Virgil Lesko n'est qu'à quatre pâtés de maisons d'ici, dans cette direction. Elle n'a pas été vendue. Vous le saviez ? Son fils y vit. Son fils ! Bon, c'est un adulte, mais quand même. Vous vous imaginez rester dans le même quartier, alors que votre père a tué cinq enfants ?

Josie tenta de revenir au premier sujet de la conversation.

— Puisque vos deux jardins se touchent, vous deviez parler souvent à Krystal ?

Gloria Cammack la regarda dans les yeux un moment, puis se retourna vers la petite cabane.

— Non, je ne lui parlais pas. Nous n'étions pas proches du vivant des enfants, et pas plus après. De mon côté, je voulais pouvoir sortir dehors, m'asseoir sur ma terrasse et oublier cinq minutes le foutoir qu'est devenue ma vie, ne serait-ce qu'une fois par jour, ou même par semaine. Mais j'ai cette foutue cabane pour enfants sous les yeux. Je n'ai rien dit, au début. Je n'ai rien dit pendant près de deux ans. Et puis je n'ai plus supporté de voir ce truc. Pourquoi est-ce qu'elle gardait ça ?

— Vous le lui avez demandé ? fit Gretchen.

— Je n'en pouvais plus, donc oui, je lui ai posé la question. Il y a quelques mois. Je lui ai demandé de la faire enlever. Je lui ai même proposé de payer le démontage. Je sais qu'elle n'est pas aussi à l'aise financièrement que les autres familles du quartier.

— Mais elle ne l'a pas fait enlever, dit Josie.

Gloria Cammack secoua la tête, et une rougeur lui colora le cou et les joues.

— Non. Elle m'a dit que Bianca adorait cette cabane. Je lui ai répondu que Bianca avait presque treize ans, bon sang. Qu'elle ne jouait plus avec depuis des années. Je lui ai dit : « Krystal, on vit toutes les deux la même épreuve, et si quelque chose dans mon jardin te gênait à ce point, je m'en débarrasserais immédiatement si ça pouvait apaiser un tant soit peu ton chagrin. » Et vous savez ce qu'elle m'a répondu ?

C'était une question rhétorique. Gloria Cammack était lancée, comme si elle n'attendait que l'occasion de dire à quelqu'un ce qui se passait.

— Elle m'a dit d'aller me faire foutre ! Et c'est là qu'elle m'a tout raconté. Elle a dit que pendant des années, oui, elle avait eu sous les yeux quelque chose qui la gênait, et que cette chose, c'était mon mari qui jouait au papa et à la maman avec moi et nos enfants alors qu'elle avait une liaison avec lui. Alors que chaque nuit, il escaladait le grillage pour aller la retrouver.

— Vous étiez au courant de cette liaison ? demanda Josie.

La fureur de Gloria sembla se dissiper quelque peu, son corps parut se relâcher, elle desserra les poings.

— Non, dit-elle d'un ton résigné. Bien sûr que non. Je ne l'aurais pas toléré. Mais j'étais très occupée par ma société et par les enfants.

Elle se retourna vers elles.

— En fait, apprendre l'existence de cette liaison ne m'a pas contrariée tant que ça.

— Vraiment ? dit Gretchen.

— Si je l'avais appris à l'époque, bien sûr, je leur aurais fait vivre un enfer à tous les deux. J'aurais été dévastée. Mais au moment où Krystal me l'a dit, Nate et moi avions déjà divorcé depuis un an. Ce qui m'a perturbée, c'est qu'elle ne me l'a dit que par méchanceté. Mon mariage est fini. Il est fini depuis longtemps. Pourquoi me le dire maintenant ? À moins qu'elle n'ait été furieuse qu'après le divorce, Nathan ne se soit pas mis avec elle. Je ne sais pas. Il faudrait le lui demander, à lui.

Elle leva les mains et leur fit signe de revenir dans la cuisine. Après avoir refermé et verrouillé la porte, elle leur fit de nouveau face et soupira lourdement.

— Je suis désolée. Je ne vous ai pas laissées en placer une, hein ? C'est pour ça que vous étiez venues ? Pour apprendre que mon mariage était bidon, et que je n'étais même pas au courant ?

Elle laissa échapper un petit rire.

— Madame Cammack, asseyez-vous, s'il vous plaît, dit Josie.

Gloria Cammack ne protesta pas et tira une chaise face à elles. Puis elle arrangea de nouveau sa coiffure, pourtant toujours impeccable.

— Vous pensez que je suis folle, c'est ça ? Je sais que je ne suis pas très cohérente, mais j'essaie de faire tourner mon entreprise, le procès approche et, croyez-le ou non, le meurtre de Krystal me bouleverse vraiment. C'est vrai, je ne l'aimais pas, et ça ne me fait pas plaisir qu'elle et Nate aient été... Vous voyez. Mais j'ai perdu mes deux enfants. Je suis fatiguée de la mort. Je n'en peux plus.

Elle se recroquevilla sur son siège.

— Non, vous n'êtes pas folle, dit Gretchen. Personne ne vous croit folle, madame Cammack. Nous comprenons très bien votre chagrin. Croyez-moi, nous sommes sincèrement désolées de devoir venir ici. Mais nous avons quelques questions à vous poser.

— Des questions à propos de quoi, alors ?

— À propos de votre fils, répondit Josie.

14

Les coins de la bouche de Gloria se relevèrent. Elle regardait alternativement Josie et Gretchen.

— C'est une plaisanterie, c'est ça ? Je suis censée rire ?

— Je crains que non, madame Cammack, répondit Gretchen.

Gloria Cammack se redressa, posa les coudes sur la table.

— Vous savez bien que mon fils est mort, n'est-ce pas ? Vous venez de me dire que vous étiez là pour le meurtre de Krystal. Quel rapport pourrait-il y avoir entre mon fils et ce meurtre ?

— Est-ce que le nom de « Gémon » vous dit quelque chose ? demanda Josie.

Gloria Cammack sembla désarçonnée.

— Quoi ? Quel nom ?

Josie le lui épela.

— Visiblement, c'est un surnom que d'autres élèves avaient donné à votre fils. Vous le saviez ?

Un pli marqua le front de Gloria Cammack.

— Vous me parlez d'un vilain surnom que des gamins avaient donné à mon fils décédé ? Sérieusement ?

Gretchen leva la main.

— S'il vous plaît, madame Cammack. Je sais que c'est perturbant. Nous n'avons pas plus envie d'être chez vous que vous de nous y voir. Le nom « Gémon » a été retrouvé à l'endroit où on a découvert le corps de Krystal Duncan. Nous avons passé au crible sa maison, sa vie de famille, sa vie professionnelle, et n'avons trouvé aucun lien entre elle et le mot « Gémon » en dehors de votre fils. Avez-vous la moindre idée de la raison pour laquelle ce surnom donné à votre fils serait associé à Krystal Duncan ?

Gloria les dévisageait comme si elle attendait la chute de la blague. Et comme il n'y en avait pas, elle se mit à rire.

— Vous vous foutez de moi, c'est ça ? Je veux dire, vous vous moquez *vraiment* de moi ? Vous l'avez vu comment ? Un mot agrafé sur son front, quelque chose de ce genre ? Ou tracé avec le sang de Krystal ? Je pense que Dee en aurait parlé au groupe de soutien si ça avait été ça. Comment ça, ce nom était « associé à Krystal » ? Qu'est-ce que ça signifie, exactement ? Je ne vois pas ce que je pourrais répondre à ça.

— Nous ne rendons en principe pas publics tous les détails liés à un crime. Dee Tenney n'était pas au courant de l'existence de ce mot, parce qu'il était à un endroit qu'elle ne pouvait pas voir. Mais je peux vous garantir qu'il était sur les lieux, et bien visible. Tout était fait pour qu'on le trouve.

— « Pour qu'on le trouve » ? Mais qu'est-ce que ça veut dire, ça ? Quelqu'un l'a écrit ? Sur une sorte de note ? Krystal a peut-être écrit une note. Êtes-vous seulement sûres qu'on l'a assassinée ? Parce que nous avons tous songé au suicide, depuis l'accident, et pas qu'une fois. Quant à Krystal, eh bien, elle se sentait encore plus seule que les autres.

Gretchen resta imperturbable.

— Nous sommes certaines qu'on l'a assassinée, madame Cammack. Nous cherchons à savoir qui, et pourquoi. Pouvez-vous imaginer pourquoi quelqu'un chercherait à attirer l'attention sur votre fils en assassinant Krystal ?

Gloria Cammack secoua lentement la tête, les yeux écarquillés de surprise.

— Je n'en ai sincèrement aucune idée. Peut-être que quelqu'un me veut du mal ? Cherche à me torturer ? Moi ou Nathan, d'ailleurs. Vous l'avez déjà interrogé ?

— Non, reconnut Josie.

— Nous devons le voir un peu plus tard dans la journée, ajouta Gretchen.

— Il y a beaucoup de cinglés dans ce monde. Vous savez, nous avons reçu de vrais messages de haine après la mort des enfants. Des messages de haine ! Vous imaginez un peu ? À cause de la couverture médiatique, j'en suis convaincue. Il y avait des gens pour penser qu'on devait rôtir en enfer parce qu'on voulait porter plainte contre Virgil Lesko. Comme s'il ne devait pas être tenu pour responsable d'avoir bu avant de conduire un bus plein d'enfants. Et il y a aussi eu des gens – de parfaits inconnus – qui nous écrivaient des lettres pour nous dire que si j'avais été moins préoccupée par mon entreprise, mes enfants seraient peut-être encore en vie. Non mais vous y croyez, vous ? Comme si la réussite de ma boîte avait un rapport direct avec l'alcoolisme de Virgil Lesko.

— Vous avez gardé ces courriers ? demanda Josie.

— Non, j'ai tout jeté. Ces lettres étaient horribles. Nathan voulait les montrer à la police, mais elles ne contenaient aucune menace directe. Ce n'était que de la haine. De la haine pure.

— Avez-vous reçu des choses de ce genre, récemment ? demanda Gretchen.

Gloria Cammack secoua la tête.

Josie changea d'angle d'attaque.

— Madame Cammack, dit-elle, nous avons cru comprendre que Wallace avait souvent des problèmes avec d'autres enfants, à l'école et dans le bus. Y a-t-il eu des disputes entre lui et Bianca ?

— Vous osez ? Vous pensez que le fait que mon fils a eu des

problèmes avec quelques autres élèves a un lien avec le meurtre de Krystal, alors qu'il est mort depuis deux ans ?

— Ce n'est absolument pas ce que nous disons, intervint Gretchen. Nous essayons simplement de comprendre pourquoi son surnom apparaît sur une scène de crime. Le lien le plus logique, c'est le fait que vos enfants allaient à l'école ensemble. Y a-t-il eu des problèmes entre Wallace et Bianca Duncan ?

Gloria Cammack fit non de la tête, en soupirant.

— Non. Ils n'étaient pas amis, mais il n'y a jamais eu aucun problème entre eux. Écoutez, Wallace était intelligent, exceptionnellement intelligent même, et il s'ennuyait très vite. Son cerveau fonctionnait toujours deux fois plus vite que celui des autres gamins, et même que celui de ses enseignants. J'ai voulu le mettre dans une école privée où il aurait pu trouver des défis intellectuels à sa mesure, pour une fois, mais Nathan a refusé. Il pensait que ça coûtait trop cher et que les problèmes qu'avait Wallace avec les enseignants et les autres élèves relevaient de sa personnalité, pas de son intelligence.

— On nous a dit qu'il y avait eu un incident avec Gail Tenney peu de temps avant l'accident.

Gloria agita la main.

— Ce n'était qu'un chahut. Une anicroche. Une incompréhension. Dee et moi en avions discuté. Aucun des deux enfants n'a été blessé. Tout allait bien.

— Vous en aviez parlé à Wallace ? demanda Josie.

— Bien sûr. Je devais vérifier qu'il n'avait rien.

— L'école était au courant ?

— Eh bien, oui, c'est l'école qui m'a téléphoné, le jour où c'est arrivé. Mais j'ai accepté de ne pas demander au principal de punir Gail, et Dee a dit qu'elle ferait de même pour Wallace. Ça n'était rien de grave, vraiment.

Ni Josie ni Gretchen ne mentionnèrent le fait que la version de Dee Tenney ne correspondait pas exactement à celle de Gloria Cammack. Dee leur avait dit que ni elle ni son mari n'avaient eu l'occasion de régler l'affaire, ce qui sous-entendait peut-être qu'ils avaient eu l'intention de demander à l'école de prendre l'histoire plus au sérieux.

— Madame Cammack, dit Gretchen, quand avez-vous vu Krystal Duncan pour la dernière fois ?

— Je ne sais pas, il y a une semaine, peut-être ? Ou deux ? Son jardin est contigu au mien. J'essaie de ne pas m'installer dehors si elle y est déjà, mais je la vois à l'occasion par la fenêtre. Elle tond elle-même sa pelouse.

— Pourriez-vous nous résumer où vous étiez et ce que vous avez fait entre jeudi et lundi matin ? demanda Josie.

Gloria Cammack eut un sourire hésitant, comme si elle se demandait si les deux inspectrices essayaient de la faire marcher. Mais quand il fut clair qu'elles attendaient vraiment une réponse, elle secoua la tête et se mit à rire. Elle repoussa sa chaise et se leva.

— Si vous voulez. Attendez, je vais chercher mon agenda. Vous aurez mon emploi du temps complet.

Elle quitta la pièce et revint avec un grand sac à main noir. Elle en tira un agenda à la couverture de cuir noir qu'elle fit claquer sur la table devant elles. Elle en tourna les pages pour arriver au jeudi de la semaine précédente.

— Je n'ai pas de photocopieur à la maison. Vous pouvez le prendre en photo avec vos téléphones ou m'accompagner à la boutique pour que je vous fasse des copies. J'imagine que vous voudrez aussi interroger certains de mes employés pour vérifier que j'étais bien là où je vous dirai que j'étais.

Gretchen était déjà en train de prendre les pages de l'agenda en photo.

— Vous étiez au travail, les journées de jeudi et vendredi, dit Josie.

— Et les deux soirs aussi. Nous avons reçu de grosses commandes, il y a peu, dont il fallait s'occuper, comme vous l'avez peut-être entendu quand j'étais au téléphone tout à l'heure. Mes employés actuels ont besoin d'être constamment supervisés.

— Et ils pourront nous dire jusqu'à quelle heure vous êtes restée, chaque soir ? demanda Josie.

— Bien sûr. Passez à la boutique après avoir interrogé Nathan. J'y serai toute la journée.

— Vous avez fait un atelier de yoga, samedi, de huit à seize ? demanda Gretchen.

— C'est exact.

Gloria Cammack leur épela le nom du studio de yoga, que Gretchen nota.

— Les week-ends sont pénibles, ajouta-t-elle. Avant, je conduisais les enfants partout. Maintenant, je reste ici, seule. Je fais tout mon possible pour m'occuper.

— Mais dimanche, vous êtes restée ici ? demanda Josie.

— Dimanche, je suis allée au cimetière. Et puis j'ai passé un moment à la boutique, mais seule, cette fois. Après, oui, je suis restée ici.

— Personne ne peut confirmer ce que vous avez fait dimanche, donc ? demanda Gretchen.

Elle parut surprise.

— Eh bien... non, en effet, je ne crois pas.

— Et lundi matin ? Vous êtes allée travailler ?

— Oui, j'étais à la boutique à 9 heures. J'y serais allée plus tôt si je n'avais pas mal dormi, dimanche soir. Le procès approche... et tout revient, vous comprenez ? Les cauchemars...

— Oui, je comprends, dit Josie.

Gretchen se leva.

— Merci de nous avoir accordé de votre temps, madame Cammack. Nous allons vous laisser aller travailler, et nous vous recontacterons après avoir interrogé M. Cammack.

15

Frankie grimpa dans le bus en regardant Bianca et son frère se donner des bourrades, juste devant elle, alors que la proviseure leur avait bien dit de se tenir tranquilles. Mais Wallace n'obéissait jamais. À personne. Frankie, arrivée en haut des marches, s'arrêta et sourit au conducteur.

— Bonjour, monsieur Lesko, dit-elle avec un signe de la main.

Il lui sourit. Elle attendit qu'il lui rende son salut. Il lui répondait toujours : « Bonjour, Frankie », en ajoutant le nom d'une célébrité appelée Frankie, ou Frank. La veille, il lui avait dit : « Salut, Frankie Valli ! » et elle avait dû chercher sur Google qui était Frankie Valli en rentrant chez elle. Encore un chanteur. Visiblement, il y avait plein de chanteurs prénommés Frank ou Frankie. Mais celui qui lui plaisait le plus parmi ceux que M. Lesko avait trouvés, c'était Franklin D. Roosevelt, l'ancien président.

— Va t'asseoir, ma grande, dit M. Lesko.

Frankie le dévisagea.

— Monsieur Lesko, tout va bien ?

En s'approchant, elle vit qu'il avait un drôle de regard. Ses yeux ressemblaient recouverts du même glaçage que les donuts. Et puis il avait une drôle d'odeur, aujourd'hui. Pas forte, mais que Frankie pouvait quand même sentir. Elle plissa le nez. L'odeur lui rappelait celle du père de Gail, quand elle le voyait à une fête ou à un barbecue.

— Imp... Impic-cable ! répondit-il.

Il tendit le bras pour tirer sur le levier de fermeture de la porte. Frankie se retourna vers le trottoir et l'entrée de l'école, mais la proviseure avait déjà disparu.

— Vous voulez dire « impeccable » ?

— Frankie, cria Wallace, parvenu au milieu de l'allée. Tais-toi et viens t'asseoir ! Laisse-le conduire.

Frankie se retourna vers M. Lesko, mais il regardait droit devant lui, les yeux plissés comme s'il avait du mal à voir. Le bus bondit en avant et elle tomba à genoux. L'instant d'après, Wallace l'avait rejointe. Il glissa les mains sous ses épaules pour la relever et lui épousseta les genoux.

— Allez, viens t'asseoir à côté de moi.

16

Une fois dans la voiture, Josie demanda :

— On va interroger Nathan Cammack, maintenant ?

Gretchen boucla sa ceinture et fit démarrer le moteur, réglant d'une main la climatisation. Il n'était pas 10 heures et la chaleur était déjà étouffante.

— Je veux m'arrêter quelque part avant ça. L'avocat de Virgil Lesko ne veut pas me répondre.

Josie regardait défiler les rues de West Denton. Le mémorial apparut de nouveau. Elle détourna les yeux et regarda droit devant elle.

— Ne veut pas te répondre ? Tu lui as laissé un message hier soir seulement.

— Exact, dit Gretchen. Mais j'ai rappelé ce matin et sa secrétaire m'a dit de ne pas trop compter sur un coup de fil de sa part. Je ne pense pas que la rencontre entre Krystal Duncan et Virgil Lesko ait un lien avec son assassinat, mais maintenant qu'on m'a dit non, je brûle d'en savoir plus.

— Je pense que dire non à la police est une des premières choses qu'intègre tout avocat qui se respecte, répondit Josie.

Gretchen se mit à rire.

— C'est vrai. Mais Krystal Duncan avait très peu de relations, avant sa mort. En dehors du boulot et du groupe de soutien, il n'y avait rien. Ça ne nous laisse pas un champ d'investigation très large. S'il y a la moindre chance qu'elle ait dit quelque chose à Virgil Lesko qui puisse nous mettre sur la piste de son assassin, il faut qu'on sache ce qui s'est passé lors de cette rencontre. Je ne pense pas qu'il y ait quelque chose...

— Mais tu veux en être sûre, pour éliminer définitivement cette possibilité. Je comprends. Tu crois que Krystal connaissait son meurtrier ?

— Pas toi ?

Josie réfléchit.

— Pas de trace de lutte. Ses objets personnels laissés chez elle. Pas de trace d'effraction... Oui, je pense qu'elle devait le connaître.

— S'il y a ne serait-ce qu'une chance sur cent que ce qu'elle a dit à Virgil Lesko nous soit utile, il faut le savoir. Si elle était allée le voir il y a trois ou six mois, ça ne m'intéresserait pas. Mais il y a quinze jours à peine, c'est trop près de son meurtre.

— C'est assez logique. Qui est l'avocat de Virgil Lesko, au fait ?

Gretchen ralentit pour s'arrêter à un feu rouge. Elle tourna lentement la tête vers Josie et fit la grimace.

— Andrew Bowen.

Josie sentit son estomac se tordre.

— Désolée, dit Gretchen.

— Ce n'est pas ta faute.

— Tu n'es pas obligée de m'accompagner.

— Si tu crois que je vais louper l'occasion de mettre cet abruti sur le gril, tu me connais mal, rétorqua Josie avant de soupirer. En tout cas, ça explique bien des choses.

Le feu passa au vert et Gretchen franchit le carrefour en direction du centre-ville. Le cabinet d'Andrew Bowen n'était qu'à quelques rues de la mairie.

— Comment ça ? demanda Gretchen.

— Virgil Lesko a reconnu avoir bu, le jour de l'accident, pas vrai ?

— Oui, mais il a pris Bowen comme avocat avant même d'être sorti de l'hôpital.

— Malin, remarqua Josie.

Bowen était le meilleur avocat pénaliste du comté. Il vouait aussi à Josie et à la plupart des policiers de Denton une haine féroce depuis qu'ils avaient envoyé sa mère en prison pour un meurtre remontant à plusieurs dizaines d'années.

— Ce doit être Bowen qui a eu l'idée de plaider non coupable et d'obliger à la tenue d'un procès.

— Oui, c'est ce que je crois aussi.

L'accident avait été largement couvert par la presse et avait scandalisé la population. Personne n'avait envie de voir Virgil Lesko négocier une réduction de peine lors d'un procès. Il avait causé la mort de cinq enfants innocents. C'était une manœuvre juridique, Josie le savait, et Bowen était excellent dans ce domaine. Elle ignorait comment il allait plaider mais, d'une manière ou d'une autre, il essaierait de réduire, voire de faire annuler le temps que Virgil Lesko allait passer derrière les barreaux. Bowen pouvait tout à fait négocier avec la procureure avant le procès. Pas étonnant qu'il ait accepté que Krystal Duncan vienne voir Virgil Lesko, quelques semaines auparavant. C'était exactement ce que Dee Tenney soupçonnait. Bowen espérait qu'un des parents se rangerait du côté de Lesko. Si ça n'influençait pas l'accusation, ça pouvait peut-être avoir un effet sur les membres du jury.

Gretchen se gara devant le cabinet d'Andrew Bowen, qui occupait le premier étage d'un vieux bâtiment de briques qui en comptait trois. Une petite plaque, fixée près de l'imposante porte rouge, annonçait : « Andrew Bowen, avocat. » Rien de plus. Même pas un numéro de téléphone. Mais un avocat aussi brillant que Bowen n'avait pas besoin de publicité. Elles descendirent de voiture. Gretchen alla mettre des pièces dans le parc-mètre au bord du trottoir.

— Tu es sûre qu'il est là ? demanda Josie.

— Oui. J'ai appelé le greffier pour connaître son emploi du temps. Il a une audience à 11 heures, c'est-à-dire dans une heure. Il doit être à son cabinet pour se préparer.

Josie la suivit jusqu'au cabinet de Bowen. Un parquet ciré s'étendait devant elles. Il y avait un petit espace d'attente sur leur droite – une table et deux chaises. Ni revue ni magazine. L'avocat ne voulait pas que ses clients s'attardent. Sur la gauche, un grand bureau en bois avec, de chaque côté, deux piles de dossiers bien nettes, hautes de plus de cinquante centimètres, et au centre un ordinateur portable derrière lequel était assise une femme d'une cinquantaine d'années, ses cheveux bruns grison-nants tirés en chignon. Elle les dévisagea froidement par-dessus ses lunettes.

— Vous n'avez pas rendez-vous, leur dit-elle. Vous pouvez en prendre un, ou repartir tout de suite.

— Charmante, marmonna Josie dans sa barbe.

Elle vit que Gretchen réprimait un sourire. Elles s'appro-chèrent du bureau et montrèrent leurs plaques de police à la secrétaire. Celle-ci les examina puis releva les yeux vers Josie et Gretchen, son visage ridé plein d'indifférence.

— Et alors ? Vous voulez prendre rendez-vous ?

Gretchen rempocha sa plaque et indiqua la grande double porte en bois, fermée, qui faisait face à l'entrée.

— Nous voulons parler à Maître Bowen.

— Impossible. Je sais que vous avez appelé plus tôt dans la matinée. Il se prépare pour une audience. On ne peut pas le déranger.

Josie crut entendre des voix étouffées derrière la porte. Des voix d'hommes. Elle tendit l'oreille, essaya d'attraper quelques mots au vol.

« ... M'en fiche... », dit une voix. Elle n'aurait su dire si c'était Bowen ou non. Elle se retourna vers la secrétaire.

— Mais il reçoit quelqu'un en ce moment même, dit-elle.

La secrétaire ouvrit la bouche, la referma sans répondre. Sans lui donner le temps de se ressaisir, Josie alla frapper à la double porte. De l'autre côté, les voix se turent.

— Hé, fit la secrétaire en se levant pour contourner son bureau. Vous ne pouvez pas...

La porte s'ouvrit. Un homme qui n'était pas Andrew Bowen se tenait devant Josie. Il était plus jeune que l'avocat et portait une sorte d'uniforme de livreur. De livreur de plats cuisinés, à en juger par l'odeur d'ail et d'oignon qui atteignit les narines de Josie lorsqu'il s'avança vers elle, occupant tout l'encadrement de la porte. Il avait le visage bronzé, couvert d'un début de barbe, et faisait un bon mètre quatre-vingts, avec un torse de culturiste moulé dans un t-shirt blanc et des jambes minces et musclées de coureur. Ses yeux marron étudièrent Josie de haut en bas, repérant son arme de service et son badge à la ceinture. Quand il se retourna vers l'intérieur du bureau de Bowen, elle vit d'épaisses boucles brunes qui dépassaient de sa casquette de base-ball noire.

— La police est là, annonça-t-il.

Josie entendit des pas, puis Andrew Bowen apparut derrière l'homme. Son air surpris se mua en agacement.

— Vous ? C'est vous qu'ils ont envoyée ? dit-il à Josie.

— Oui. Je suis inspectrice de la police de Denton. En général, on me confie des affaires de police. C'est un peu le principe.

Bowen s'empourpra et passa la main dans ses cheveux blond clair. Il remua les lèvres mais aucun son n'en sortit. Gretchen s'avança et se plaça devant Josie.

— Monsieur Bowen, dit-elle, je dois vous parler d'une rencontre qui a eu lieu entre votre client, Virgil Lesko, et Krystal Duncan, il y a un peu plus de deux semaines.

L'homme à côté de Bowen se tourna vers Josie, lui sourit et lui tendit la main.

— Je m'appelle Ted. Ted Lesko. Je suis le fils de Virgil.

Josie lui serra la main, remarquant le tatouage entre son poignet et la base de son pouce. Cinq points. Quatre points en carré et un point au centre.

— Inspectrice Josie Quinn, répondit-elle.

— Krystal Duncan, c'est la femme qu'on a vue à la télé, c'est bien ça ? C'est une des mamans... de l'accident de mon père.

— Elle a été assassinée, dit Josie.

Le visage de Ted Lesko se décomposa.

— Merde ! Vous êtes... vous êtes sûres ?

— La presse l'évoque déjà, dit Josie.

— Désolé. Je travaille comme un dingue depuis deux jours. La dernière fois que j'en ai entendu parler, elle avait disparu. Qu'est-ce qui s'est passé ?

— Nous ne sommes pas autorisées à divulguer les détails d'une enquête en cours, intervint Gretchen.

Ted hocha la tête.

— C'est vraiment moche. Je suis sincèrement désolé pour elle.

— Vous connaissiez Krystal Duncan ? demanda Josie.

— Non, pas personnellement. Je savais qui c'était, bien sûr. Mon père va passer en procès pour avoir tué sa gamine. Mais je ne l'ai jamais rencontrée. Puisqu'on parle de mon père... Vous devez savoir qu'il est en prison depuis deux ans, non ? Donc si vous pensez qu'il a quelque chose à voir avec son meurtre, c'est tout bonnement impossible.

— Nous le savons, monsieur Lesko, dit Gretchen. Nous ne cherchons à mettre la pression ni sur votre père ni sur vous. Nous ne sommes venues que pour discuter de la visite de Krystal Duncan à votre père, au cas où cela pourrait nous éclairer sur son assassinat.

Ted Lesko jeta un coup d'œil à Bowen, qui haussa les épaules.

— Nous n'avons absolument aucune obligation légale de dévoiler le contenu de cette rencontre. À moins que ces policières ne veuillent en faire la demande officielle, mais elles savent aussi bien que moi qu'aucun juge n'y répondra favorablement. Comme vous l'avez dit, votre père est en prison depuis deux ans. Il est impossible qu'il soit lié à la mort de Krystal Duncan.

— Si vous en êtes si sûr, vous n'avez qu'à nous montrer l'enregistrement, rétorqua Gretchen.

Bowen ne répondit pas.

— C'est vraiment comme ça que vous voulez la jouer, Andrew ? dit Josie. Quelqu'un a tué cette pauvre femme quelques semaines avant le procès de Virgil Lesko. La mère d'un des cinq enfants de West Denton. Elle se préparait à témoigner au procès. La police veut simplement interroger toutes les personnes qui lui ont parlé dans les semaines ayant précédé son meurtre, pour essayer de comprendre dans quel état d'esprit elle était et savoir si elle a pu évoquer quelqu'un avec qui elle aurait eu des ennuis. Votre client en fait partie. Comme vous et Ted l'avez dit, il est en prison, donc on ne pourrait pas le relier à ce meurtre. Nous voulons seulement lui parler. Mais son avocat refuse, il refuse de faire avancer une enquête sur le meurtre de la mère d'une petite fille victime de son client. C'est cette image que vous voulez donner à la presse, Andrew ?

Ted Lesko releva un sourcil curieux tout en la dévisageant. Ses lèvres qui s'incurvaient légèrement indiquaient qu'il s'amusait de la voir énerver Bowen.

— C'est vrai, *Andrew*, dit-il en insistant sur le prénom de Bowen. C'est cette image que vous voulez donner ? Est-ce que ça plairait à mon père ?

Les joues de Bowen s'empourprèrent encore un peu plus. La mâchoire serrée, il répondit :

— Vous ne me payez pas pour coopérer avec la police sur une enquête qui n'a aucun rapport avec votre père. J'essaie de lui obtenir la condamnation la plus légère possible.

Ted secoua la tête.

— Essayez toujours. Même avec une réduction de peine, il mourra en prison.

— Pas si je peux l'empêcher, riposta Bowen.

— Peu importe, répliqua Ted Lesko. Écoutez-moi bien. Je ne veux pas que mon père passe pour un gros connard, en plus de tout le reste. Tout le monde le hait déjà. N'empirez pas les choses. Montrez-leur la vidéo de cette visite.

Bowen secoua la tête.

— Je dois d'abord en parler à votre père.

Ted posa une grosse main sur sa poitrine.

— C'est mon père qui vient de vous donner 2 000 dollars ou c'est moi ?

— Votre père est mon client, dit Bowen, dont les rougeurs atteignaient maintenant la pointe de ses oreilles. D'ailleurs, vous me devez encore deux mois d'honoraires. Et de plus, je n'ai aucune envie de discuter de ça devant des officiers de police.

Il tourna les talons pour aller se réfugier derrière son bureau. Mais Ted Lesko le suivit, le dominant de toute sa taille, et lui dit, dans son dos :

— Montrez-leur cette foutue vidéo.

Bowen fit volte-face juste au moment où il arrivait à son bureau, et manqua se heurter à la poitrine de Ted Lesko. Il posa l'index sur la clavicule de son interlocuteur.

— Non.

Josie et Gretchen firent un pas dans la pièce.

— Maître Bowen, si vous nous montrez cette vidéo, nous vous laisserons tranquille immédiatement, et vous pourrez être à votre audition de 11 heures, dit Gretchen.

— Pourquoi faites-vous tout un plat de cette histoire alors qu'il n'y a pas de quoi ? C'est parce que vous n'appréciez pas cette personne ? renchérit Ted Lesko en désignant Josie.

— N-non, bégaya Bowen. Je ne fais que mon métier. Je...

— Alors montrez-leur cette vidéo, dit Lesko d'un ton calme, raisonnable.

— Vous ne savez pas ce qu'elle contient, objecta Bowen.

Lesko secoua la tête. Il ôta sa casquette, repoussa ses épais cheveux bruns avant de la remettre en place. Il parut fatigué, épuisé presque, tout à coup. Il reprit la parole d'une voix pleine de résignation.

— Je n'ai pas besoin de le savoir. De toute sa vie, mon père n'a commis qu'un seul crime, et il va payer pour ça. Vous aurez beau tout faire pour empêcher ça, nous prendre tout l'argent que vous voulez, il finira en prison. Et c'est normal. Quand on tue des enfants, on mérite la prison. Point final. Il l'accepte. Je l'accepte. Vous devriez l'accepter, vous aussi.

Bowen se pinça l'arête du nez entre le pouce et l'index.

— Ted, votre père me paie pour l'aider. Tout mon travail repose sur le fait que non, ce n'est pas normal qu'il meure en prison. Et si je me souviens bien, vous avez vous-même pris un avocat pour vous défendre, il y a quelques années, quand vous avez eu des ennuis judiciaires.

Ted Lesko eut une moue désapprobatrice, puis se tourna vers Josie et Gretchen avec un mince sourire. Josie repensa à son tatouage. Les cinq points. C'était un tatouage courant chez les prisonniers. Les quatre points représentaient les quatre murs d'une cellule. Le cinquième, le prisonnier lui-même.

— Votre avocat ne devait pas être très bon. Vous avez fait de la prison, dit Josie.

Ted Lesko hocha la tête.

— Oui, je suis allé en prison. Et en effet, mon avocat n'était pas très bon. Mais je n'étais pas accusé de meurtre. J'avais une petite amie. On s'est séparés, et je l'ai mal vécu. J'ai fait des conneries, et quelques années de taule. Mon père m'a remis dans le droit chemin, après ça. Maintenant, j'ai trois boulots différents pour pouvoir garder sa maison et payer ses frais judiciaires, et il prévoit toujours de finir ses jours en prison pour cet accident.

Lesko se tourna vers Bowen.

— Faites ce qu'il faut pour mon père, mais laissez ces policières voir cette foutue vidéo, d'accord ? Vous les avez entendues. Une de ces mères a été assassinée, Bowen. Mon père voudrait que vous coopériez à cette enquête, vous le savez aussi bien que moi. Et d'ailleurs, il ne peut y avoir sur cette vidéo rien qui soit pire que ce à quoi il doit faire face en ce moment.

Bowen soupira lourdement et contourna Ted Lesko.

— Très bien, dit-il. Suivez-moi.

Tous trois s'exécutèrent. Il ouvrit une porte, à droite de son bureau, qui donnait sur un couloir. Ils passèrent devant deux autres portes. Josie vit que l'une était celle des toilettes et que l'autre ouvrait sur une salle de réunion, sombre, avec des cartons empilés sur une table et le long des murs. La dernière porte donnait sur une petite pièce munie d'une table et de deux chaises. Un petit ordinateur portable était posé au milieu de la table. Bowen passa quelques instants à taper sur le clavier après l'avoir allumé. Puis il s'avança vers un écran accroché au mur d'en face. Il tendit le bras, s'empara de la télécommande glissée derrière et l'alluma. Ce qui était affiché sur l'écran de l'ordinateur y apparut. Il appuya plusieurs fois sur la touche du volume puis revint à l'ordinateur et recommença à cliquer, jusqu'à ce qu'une vidéo se lance.

Josie reconnut un des petits parloirs qu'on trouvait dans presque toutes les prisons, pour que les détenus puissent discuter en privé avec leurs avocats. Tout était d'un gris morne : murs, carrelage, même la table et les chaises. Virgil était d'un côté de la table, avec Bowen à ses côtés. Face à eux, Krystal Duncan, avec sa bosse sur le nez caractéristique. Elle était vêtue d'une jupe noire et d'un chemisier mauve en soie, comme pour aller au bureau. Ses longs cheveux bruns tombaient dans son dos. La caméra était placée de manière à ne filmer qu'elle, Virgil Lesko et Bowen, de profil. Josie devina à l'attitude de Krystal qu'elle était nerveuse. Elle avait une jambe croisée sur l'autre. Ses deux bras repliés sur sa poitrine, elle pianotait de sa main droite sur son triceps.

Sur la bande, Bowen prenait la parole pour annoncer qui étaient les personnes présentes dans la pièce, où elles étaient, la date et l'heure, et le fait que cette réunion était enregistrée. Puis il disait :

« Madame Duncan, vous avez souhaité cette rencontre.

— Attendez », disait Virgil.

Josie avait vu des photos de lui dans la presse après l'accident, et plus récemment à l'approche du procès. Il était resté bel homme, avec une sorte de prestance un peu désuète, hollywoodienne. Il était grand, large d'épaules, avec des traits anguleux et une épaisse chevelure noire. Il avait à peine plus de cinquante ans mais dans la vidéo, de ce que Josie pouvait en voir, il paraissait bien plus âgé. Il avait perdu du poids et ses cheveux étaient plus gris que bruns. Par-dessus la table, il tendait les mains vers Krystal qui reculait, repoussant brutalement sa chaise. Virgil retirait alors ses mains.

« Je suis désolé, disait-il doucement. Je n'aurais pas dû... Je ne voulais pas... Krystal, je voulais seulement vous dire que je suis terriblement désolé...

— Virgil, le coupait Bowen sèchement, comme nous en avons déjà discuté, je vous déconseille de présenter vos excuses, sous quelque forme que ce soit, pour ce qui s'est passé le jour de l'accident. »

Virgil baissait la tête avant de la relever, ce qui paraissait lui demander un gros effort.

« Krystal, je veux que vous sachiez que je n'aurais jamais fait intentionnellement du mal à quelqu'un. J'ai fait une erreur...

— Virgil ! » le coupait Bowen une seconde fois.

Krystal se mettait à trembler violemment et Virgil secouait la tête.

« J'ai un fils. Je sais que rien de ce que je pourrai vous dire ne rattrapera jamais ce que j'ai... »

Cette fois, Bowen faisait taire son client en posant une main sur son bras.

« Madame Duncan, disait-il, je dois vous demander d'aller droit au but de votre visite. »

Krystal Duncan parlait d'une voix à peine audible au début. Elle avait dû s'arrêter et s'y reprendre à deux fois avant d'arriver à articuler.

« Je pensais pouvoir parler à Virgil seule à seul.

— Je crains que ce soit impossible, répondait Bowen. Vous pouvez dire tout ce que vous avez à lui dire devant moi. »

Krystal fusillait Bowen du regard.

« Je n'ai rien à lui *dire*. »

Virgil Lesko la dévisageait avec intérêt.

« Si vous n'avez rien à lui dire, pourquoi sommes-nous ici ? disait Bowen.

— Je dois lui poser une question.

— Alors allez-y. »

Elle regardait Virgil Lesko droit dans les yeux pendant un long moment. Josie vit qu'elle resserrait encore plus les bras sur sa poitrine. Puis elle disait :

« Le jour de l'accident, avant que vous... avant que vous...

— Stop ! la coupa Bowen. Je regrette, vous ne pouvez pas poser de questions sur l'accident, sur le jour de l'accident ou les circonstances qui y ont conduit. »

Les jointures de Krystal Duncan blanchissaient sur la manche de sa chemise.

« Vous aviez dit que je pourrais lui parler. Que je pourrais lui poser des questions. Il a tué ma fille. De quoi vouliez-vous que je lui parle, bon sang, de recettes de cuisine ? »

Bowen se levait alors, la regardait d'un œil froid.

« Je suis désolé, mais cette entrevue est terminée. »

Virgil Lesko enfouissait la tête dans ses mains, et Krystal Duncan se relevait d'un bond et commençait à agonir Bowen d'injures. Sa nervosité s'était envolée. Il ne restait plus que la fureur d'une mère dont les questions sur la mort de sa fille resteraient sans réponse. Un moment, elle paraissait même à deux doigts de frapper Bowen, mais un agent de l'administration pénitentiaire arrivait et la faisait sortir. Ses cris de « salauds ! » résonnaient dans la petite pièce. Puis la vidéo était coupée.

— C'est tout ? dit Ted Lesko en riant et en tapant sur l'épaule de Bowen. Et vous avez fait tout un foin pour ça ? Mais il n'y a que vous qui avez parlé. Quelle perte de temps ! Bon, je dois repartir au boulot. Je vous paierai la semaine prochaine.

Il prit le temps de croiser les regards de Gretchen et de Josie avant d'ajouter :

— Inspectrices, je dirais presque que ça a été un plaisir de vous rencontrer, mais je n'aime pas vraiment la police. Disons simplement que j'espère que vous attraperez la personne qui a tué Krystal Duncan.

Il quitta la salle. Gretchen remercia Andrew Bowen de leur avoir accordé du temps, puis elle et Josie suivirent Ted Lesko et sortirent du cabinet, sous le regard noir de la secrétaire. Josie vit Ted se diriger vers une Prius rouge avec une publicité magnétique sur la portière, côté passager, pour Food Frenzy, un service de livraison de plats à domicile. On pouvait commander de pratiquement n'importe où avec une application, un livreur passait au restaurant de votre choix, prenait votre commande et vous l'apportait.

— Alors, tu montes ? demanda Gretchen.

S'arrachant à la vision de Ted Lesko qui se glissait dans sa Prius, Josie se tourna vers Gretchen.

— Oui, oui. Mais monte la clim, tu veux ?

Une fois en voiture, Gretchen poussa la climatisation à fond tandis que Josie allumait leur terminal de données mobiles. L'air de la soufflerie, chaud au début, se rafraîchit vite, au grand soulagement de Josie. Tandis qu'elle entrait le nom de Ted Lesko dans une base de données via le TDM, Andrew Bowen sortit de l'immeuble, en costume, mallette à la main. Il s'arrêta, se renfrogna en les voyant. Josie lui sourit et lui fit signe de la main. Il tourna les talons et s'éloigna.

— Qu'est-ce que tu en penses ? demanda Gretchen.

— J'en pense qu'il a besoin de redescendre sur terre. Sa mère est une meurtrière. Je l'ai envoyée en prison. Un jour ou l'autre, il faudra bien qu'il l'accepte.

— Je parlais de la vidéo, dit Gretchen en consultant son téléphone.

— Krystal Duncan voulait visiblement obtenir de Virgil Lesko des infos sur quelque chose qui s'est passé le jour de l'accident. Mais à propos de quoi, personne ne peut plus le savoir, maintenant. Je pense que tout ça nous apporte plus de questions que de réponses, et je ne sais même pas si ces questions ont un rapport avec son assassinat. Ah, voilà…

Gretchen se pencha sur son épaule et enfila ses lunettes de lecture.

— Un avis sur le fils ? demanda-t-elle à Josie.

— Il a l'air dévoué à son père. Et il a dit la vérité sur le temps qu'il a passé en prison. Il a purgé près de trois ans pour harcèlement. Il a été condamné à Philadelphie, il y a huit ans. Il devait donc avoir vingt-quatre ans, à l'époque.

Josie continua à scroller.

— Depuis, il n'a même pas eu une amende pour stationnement interdit.

Gretchen soupira.

— Et aucun lien avec notre affaire, en dehors du fait que son père a tué la fille de Krystal. Toutes nos pistes ne mènent à rien. Allons interroger Nathan Cammack, voir s'il a quelque chose à nous dire à propos de ce surnom, « Gémon ».

17

Nathan Cammack habitait un deux-pièces, au-dessus d'une librairie de bandes dessinées, dans le centre de Denton, non loin du commissariat. C'était le quartier commerçant de la ville, avec des rues qui suivaient un plan rectangulaire, bordées pour la plupart de gros édifices de briques plus que centenaires. Beaucoup, à l'instar du commissariat, figuraient au registre des bâtiments historiques. Gretchen et Josie trouvèrent une place de parking payante non loin de la librairie et contournèrent celle-ci pour arriver à l'entrée de derrière. Un escalier de bois menait à une porte. En arrivant devant celle-ci, Josie remarqua, sur le côté, un petit seau en fer-blanc rempli de mégots. Une feuille de papier froissée qui semblait avoir été scotchée plus d'une fois sur la vitre annonçait, en lettres tracées à la hâte : « La porte coince. Attention à bien la refermer. »

— On dirait que le divorce l'a mis sur la paille, marmonna Josie.

— En effet, dit Gretchen. Au moment de l'accident, c'était un gros bonnet du marketing. Je l'aurais plutôt vu dans un bel appartement ou dans une maison individuelle.

Elles poussèrent la porte, prirent soin de bien refermer derrière elles.

— On cherche l'appartement numéro 2, ou, comme il me l'a expliqué au téléphone, la première porte à droite, annonça Gretchen.

Au bout du couloir, un 2 en métal était vissé à une porte, juste au-dessus du judas. Ne voyant pas de sonnette, Josie frappa. La porte s'ouvrit quelques secondes plus tard. Nathan Cammack apparut face à elles, pieds nus, en short kaki et chemisette jaune. Il semblait s'être efforcé d'avoir l'air présentable malgré ses vêtements froissés, ses cheveux châtain clair longs et en bataille, et les miettes qui parsemaient sa longue barbe emmêlée. Josie savait qu'il n'avait pas quarante ans, mais il en paraissait dix de plus. Ses yeux étaient d'un bleu plus sombre que ceux de son ex-femme et semblaient enfoncés, comme s'il avait beaucoup maigri et que ses pommettes s'étaient faites plus saillantes.

— Inspectrice Palmer, bonjour, dit-il en les invitant à entrer.

Gretchen lui présenta Josie et les deux inspectrices s'assirent sur le canapé-futon de son salon. L'appartement était haut de plafond, avec des murs de brique nue, délavée. Un muret de brique surmonté de poteaux en bois blancs arrondis séparait le salon de la cuisine. Les deux pièces étaient assez grandes, mais chichement meublées. On aurait pu croire qu'il s'agissait d'un appartement d'étudiant s'il n'y avait pas eu les photos de Wallace et Frankie Cammack accrochées à un des murs du salon. Il y en avait moins que dans la maison de Gloria, ce qui les rendait encore plus poignantes. Des photos de classe des deux enfants entouraient un instantané où Nathan était avec eux sur une plage. Tous arboraient un large sourire, même Wallace. Sous les photos, il y avait un dessin d'enfant avec des empreintes de mains, roses et mauves, qui dessinaient la forme d'un cœur et deux inscriptions, l'une en haut : « Bonne fête des

Pères », et l'autre en bas : « On t'aime, papa. Wallace & Frankie. »

Frankie avait mis un cœur à la place du point sur le I de son nom.

Josie ravala la boule qui se formait dans sa gorge. Même si Nathan Cammack avait visiblement poussé la climatisation au maximum, une pellicule de sueur lui recouvrait la peau. Elle serra les mains entre ses genoux pour ne pas montrer qu'elles tremblaient.

Resté debout face à elles, Nathan Cammack se passa la main dans les cheveux.

— Je peux vous proposer de l'eau et, hum, peut-être aussi de l'eau. Je suis désolé. Je n'ai que ça. Je n'ai pas fait les courses. Je ne fais plus vraiment les courses parce que je vis seul, maintenant, et que je n'ai pas besoin de beaucoup...

— Monsieur Cammack, le coupa Gretchen avec un franc sourire, nous n'avons besoin de rien, merci. Nous voulons simplement vous poser quelques questions.

Il passa côté cuisine pour prendre une chaise. Josie remarqua qu'il n'en possédait que deux, et qu'elles étaient dépareillées. Son ordinateur portable était ouvert sur la table, à côté de quatre mugs, de deux bouteilles d'eau et d'un paquet de chips de maïs ouvert. Il déposa la chaise face à elles et s'y installa.

— Je suppose que vous êtes venues pour Krystal, c'est bien ça ? Dee m'a raconté ce qui s'était passé. Enfin, elle a dit qu'elle l'avait découverte au cimetière, morte. C'est vrai qu'elle a été assassinée ?

— Oui, répondit Gretchen.

— Et en quoi puis-je vous aider ?

— Quand avez-vous vu Krystal Duncan pour la dernière fois ? demanda Josie.

— À la dernière réunion du groupe de soutien psychologique. Enfin, pas celle qui vient d'avoir lieu, mais la précédente. Dee vous l'a déjà expliqué, non ? On se réunit les lundis.

— Oui. Vous avez parlé à Krystal, pendant cette réunion ?

— Pas en tête à tête, non. C'est un groupe. Que la docteure Rosetti anime, en quelque sorte.

— Donc vous n'avez pas parlé en privé à Krystal ce soir-là ? dit Gretchen. Avant ou après la réunion non plus ?

Il fit non de la tête.

— Non, désolé. Mais que se passe-t-il ? Vous pensez que j'ai quelque chose à voir avec son... son meurtre ?

— Monsieur Cammack, dit Josie, nous interrogeons toutes les personnes qui étaient proches de Krystal, c'est tout.

Il porta la main à sa poitrine, se redressa.

— Ah. Mais je n'étais pas proche de Krystal.

— Votre femme nous a parlé de votre liaison, dit Gretchen.

Il rejeta la tête en arrière comme si elle l'avait giflé.

— Ma liaison ? Quelle liaison ?

— Votre liaison avec Krystal Duncan, dit Josie.

Il renversa la tête, leva les yeux au plafond puis posa ses coudes sur ses genoux avant d'enfouir sa tête dans ses mains.

— Seigneur, dit-il d'une voix assourdie.

Puis il se redressa et dit :

— Qui vous a raconté que Krystal et moi avons eu une liaison ? Gloria ? Mais d'où a-t-elle sorti ça ?

— C'est Krystal qui le lui a dit, fit Gretchen.

Il bondit de sa chaise et se mit à tourner en rond.

— Quoi ? Mais quand ? C'est une plaisanterie ?

— Calmez-vous, monsieur Cammack, dit Josie.

Il s'arrêta et tendit l'index vers elle.

— Vous êtes en train de me dire que Krystal a raconté à ma femme que j'avais eu une aventure avec elle ? Mais quand ça, bon sang ?

— Votre femme ne sait plus très bien. Il y a quelques mois.

Il fit une grimace et se remit à faire les cent pas.

— Mais c'est une blague ! Que... Pourquoi a-t-elle... Mais, bon Dieu de m... Vous êtes sûres ? Krystal a dit à mon ex-femme que nous avons eu une liaison ?

— Oui, dit Gretchen. Monsieur Cammack, asseyez-vous, s'il vous plaît. Gloria dit que ça ne la trouble pas plus que ça, que votre mariage était terminé depuis un bon moment.

Il leva les bras en l'air, les laissa retomber lourdement sur ses flancs.

— Mais pourquoi Krystal aurait-elle dit ça ? Pourquoi ? Écoutez, Krystal et moi n'avons jamais eu de relation. Seigneur ! Elle dit ça à ma femme, et maintenant elle est morte ? Donc vous devez penser qu'il y a eu quelque chose entre nous et que... que c'est moi qui l'ai tuée.

Josie se leva et se planta devant lui pour l'obliger à s'arrêter.

— Monsieur Cammack, personne ne vous accuse de rien.

— Si, mon ex-femme m'accuse d'avoir eu une liaison ! s'exclama-t-il.

Josie s'empara de la chaise, la tira pour la placer derrière lui.

— Asseyez-vous, dit-elle. Votre femme ne vous a accusé de rien. Pourquoi Krystal lui aurait-elle dit cela ?

Il s'affaissa sur la chaise en soupirant. Des miettes tombèrent de sa barbe quand il la frotta à deux mains.

— Bon Dieu. Je n'en sais rien. Je ne sais absolument pas pourquoi Krystal a dit une chose pareille, surtout après tout ce temps. Et à Gloria, en plus. Seigneur. Je pensais qu'on s'entendait plutôt bien, elle et moi. Ça fait deux ans. Les enfants...

Josie alla au réfrigérateur et l'ouvrit. Nathan Cammack ne mentait pas lorsqu'il avait dit qu'il n'avait que de l'eau à leur proposer. Il y en avait deux bouteilles. Le reste des étagères était occupé par divers emballages de plats préparés, dont certains devaient être assez vieux, à en juger par l'odeur qui lui monta aux narines. Elle prit vivement une bouteille, repassa au salon et la lui tendit.

— Est-ce que vous vous êtes « moins bien entendus », Krystal et vous, après l'accident ?

Il but une longue gorgée à la bouteille et la posa au sol entre ses pieds.

— Je me suis toujours plutôt bien entendu avec Krystal. On se voyait le soir, après avoir mis les enfants au lit. Gloria passait son temps sur son ordinateur ou dans la salle de bains, pendant des heures, à faire ses étranges rituels de beauté new age. Donc je sortais. Nos jardins se touchent. Vous le saviez ?

— Oui, Gloria nous a montré, dit Gretchen. Vous alliez rejoindre Krystal chez elle, la nuit ?

— Mais non, bon sang ! répondit Nathan en secouant la tête. Elle me disait que je pouvais venir chez elle, mais je n'ai jamais voulu le faire. Si Bianca s'était réveillée et avait vu ça, elle se serait imaginé des choses.

Josie baissa les yeux sur lui.

— Quel genre de choses ?

Il soutint son regard.

— Elle aurait pensé que nous avions une liaison ! Et ce n'était pas le cas. Enfin, oui, d'accord, quand les enfants étaient vraiment tout petits, je crois que Bianca et Wallace étaient au jardin d'enfants, on a couché ensemble. Une fois. Ça n'est arrivé qu'une seule fois. Gloria était partie. Krystal avait invité Wallace et Frankie à venir dans son jardin pour jouer dans la petite cabane. Ils avaient adoré. Gloria ne les laissait jamais aller jouer dans son jardin.

— Pourquoi ? demanda Gretchen.

Il leva les yeux au ciel.

— Elle craignait toujours que Krystal ne leur fasse manger quelque chose provenant d'un fast-food quelconque. Ou, pire encore, du beurre de cacahuètes, des sucreries et du *pain de mie industriel* ! dit-il avec un faux hoquet horrifié. Vous savez que Gloria a une entreprise de produits diététiques et naturels pour toute la famille, bien sûr ?

— Oui, nous sommes au courant, dit Josie.

— Le sujet la rend dingue. Elle ne laissait jamais les enfants manger ce qu'ils aimaient. Rien qui soit fait avec des colorants, des conservateurs, pas de produits transformés. Il fallait que tout soit bio, fait avec des produits frais. C'est elle qui préparait leurs déjeuners pour l'école, tous les jours. Savez-vous que Frankie est rentrée une fois de l'école en pleurant parce qu'elle avait mangé une madeleine ? Une des gamines de sa classe fêtait son anniversaire et avait apporté des madeleines pour tout le monde. Frankie n'a pas résisté. Elle est rentrée en pleurant. Imaginez un peu ! Une petite fille de six ans, bourrelée de remords ! Elle pensait que Gloria allait la punir.

— Elle l'a fait ? demanda Gretchen.

— Non. On n'a rien dit à Gloria. Ça n'en valait pas la peine. C'est devenu un secret entre Frankie et moi, et elle a trouvé ça génial.

Il fut pris d'un sanglot incontrôlable.

Josie sentit sa gorge se serrer. Elle fit un pas en avant, posa la main sur l'épaule de Nathan Cammack. Il tremblait. Il releva les yeux sur les photos de ses enfants, essuya ses larmes du bout du pouce.

— Excusez-moi, murmura-t-il.

— Vous n'avez pas à vous excuser parce que vos enfants vous manquent, monsieur Cammack, dit Gretchen.

Il hocha la tête, inspira profondément plusieurs fois.

— C'est bizarre, vous savez. Ce sont toujours les bons souvenirs qui me font craquer. Je peux parler de l'accident, de ce jour-là. Je peux penser aux enterrements, aux premières semaines qui ont suivi et qui étaient horribles, et tout est éteint à l'intérieur. Et puis je me rappelle l'air joyeux qu'ils avaient quand on s'amusait vraiment ensemble – moi et eux, sans Gloria – et là, ils me manquent tellement que j'ai vraiment envie de mourir.

Josie lui serra l'épaule. Une autre question lui brûlait la

langue, mais elle ne parvint pas à l'articuler. Gretchen reprit la parole.

— Vous emmeniez les enfants chez Krystal, quand Gloria n'était pas là ?

Il secoua la tête.

— Non, pas à chaque fois. Et en grandissant, ils se sont peu à peu éloignés.

— Vous disiez que vous et Krystal aviez été intimes ?

— Oui, mais seulement cette fois-là. Je me suis senti très mal après, et elle aussi. Krystal était célibataire, mais elle n'était pas du genre à vouloir un homme marié. C'est simplement arrivé comme ça. Et comme je vous le disais, ça s'est arrêté tout de suite. C'était une erreur.

Josie relâcha son épaule et recula d'un pas. En essayant de prendre une voix assurée, elle demanda :

— Mais alors pourquoi alliez-vous rejoindre Krystal, le soir ?

Il soupira.

— On fumait des joints, voilà. Dans la cabane du jardin. Je l'ai surprise un soir en train d'en fumer un, et elle a paniqué. Elle a eu peur que je le répète à d'autres gens. Je l'ai rassurée en disant que les ragots, ça n'était pas du tout mon truc, et que si elle voulait fumer de l'herbe chez elle dans son jardin, ça ne me regardait absolument pas. Après ça, elle a éclaté en sanglots.

— Pourquoi ? demanda Gretchen.

— C'était à cause de son travail. Je ne me souviens pas exactement à propos de quoi, mais Krystal était toujours stressée par quelque chose. Elle disait que l'herbe était la seule chose qui calmait son anxiété. Enfin, bref, on est restés tellement longtemps à discuter qu'elle a fini par me proposer de fumer aussi. Et puis c'est devenu une sorte de rituel, vous voyez ? On se voyait dans cette cabane miniature, on partageait un joint. Elle se plaignait de son travail, moi, de mon mariage.

— Et ça a duré combien de temps ? demanda Josie.

— Je ne sais pas, deux ans, peut-être. Après l'accident, on

n'a plus jamais recommencé. Je ne lui ai plus jamais parlé en tête à tête, depuis.

— Ça n'explique toujours pas pourquoi elle aurait dit à votre femme, deux ans après l'accident, que vous avez eu une liaison, releva Gretchen.

— Je sais bien, dit Cammack. Je ne vois pas pourquoi elle a dit ça. Je ne... Je ne me l'explique pas.

— Nathan, est-ce que vous savez ce que signifie « Gémon » ?

— J'ai mon ? J'ai mon quoi ?

— Non, « Gémon », comme la combinaison des mots « gémir » et « con », dit Gretchen.

Les épaules de Cammack s'affaissèrent.

— Je n'avais pas entendu ce mot depuis longtemps. Depuis deux ans, en fait. Si vous me posez la question, c'est que vous êtes au courant, je suppose. C'est un surnom que mon fils s'était attiré à l'école.

Josie croisa brièvement le regard de Gretchen. Non seulement Gloria et Nathan étaient presque de parfaits opposés en termes de présentation de soi et de cadre de vie, mais ils voyaient aussi leurs enfants très différemment.

— « S'était attiré » ? le relança Josie. Comment Wallace avait-il pu mériter un surnom pareil ?

Nathan Cammack baissa la tête, prit une grande inspiration avant de la relever et de se tourner vers Josie pour soutenir son regard.

— J'aimais mon fils. Profondément et inconditionnellement. J'aurais pu mourir pour lui. Pour mes deux enfants, d'ailleurs. J'aurais pris leur place sans hésiter si j'avais pu. Mais la vérité, c'est que Wallace harcelait d'autres enfants à l'école, et que c'était un problème. Je n'en suis pas fier, d'accord ? Je pensais qu'il fallait travailler avec lui là-dessus, mais Gloria n'avait pas la même approche que moi. Vous voyez ces parents qui disent toujours « pas mon fils » ?

Josie savait de quoi il parlait, mais Gretchen demanda :

— Comment ça ?

— Les parents qui élèvent leurs enfants en leur faisant croire qu'ils peuvent tout se permettre, que le monde leur doit tout, et qui, quoi qu'ils fassent, refusent de croire qu'ils puissent mal agir, même s'ils en ont les preuves flagrantes sous le nez. « Pas mon fils », voilà ce qu'ils disent. Leur fils est totalement incapable de s'être soûlé avant même d'être majeur et d'avoir fauché un groupe de piétons avec une voiture... Leur fils est totalement incapable d'avoir tripoté de force une pauvre jeune fille dans une fête... Leur fils ne hurlerait jamais des insultes racistes... Parce que leur fils est parfait. Vous voyez ce que je veux dire ?

— Oui, dit Gretchen.

— Eh bien, Gloria était un peu comme ça. C'était une des choses au sujet desquelles nous nous disputions tout le temps. Évidemment, Wallace était loin de faire des choses aussi graves que les exemples que je viens de vous donner. Il n'avait que douze ans. Mais je craignais qu'il n'aille dans cette direction. Et personne ne veut que son fils devienne un salaud en grandissant.

— Comment avez-vous su qu'on l'appelait comme ça ? demanda Josie.

— C'est lui qui nous l'a dit. Il est rentré en colère de l'école, un jour. Perturbé. Il a refusé d'aller à son cours de batterie, alors même que manquer une des activités du sacro-saint planning de sa mère était un péché capital.

— Que s'est-il passé, alors ? demanda Gretchen.

Il frotta de nouveau sa barbe.

— Rien. Rien du tout. J'ai commencé à lui expliquer qu'il devait assumer ses actes et bien réfléchir à la raison pour laquelle les autres enfants le surnommaient comme ça, mais Gloria m'a immédiatement arrêté. Elle m'a accusé de prendre parti contre lui alors qu'en réalité, Wallace avait des ennuis à l'école depuis plusieurs mois parce qu'il harcelait les autres enfants. Donc en fin de compte, il ne s'est rien passé. Elle m'a fait taire. Quoi qu'il en soit, j'ai plus ou moins pensé que c'était une bonne chose. Je sais que ça paraît méchant de dire ça, mais ce surnom l'avait blessé, vous voyez ? J'espérais que ça l'obligerait à réfléchir à ce qu'il faisait et à essayer d'être plus gentil.

— Dee Tenney nous a parlé d'un incident avec sa fille, Gail, juste avant l'accident, reprit Gretchen. Votre femme nous l'a confirmé. Avez-vous pensé que, peut-être, il n'avait pas retenu la leçon ?

— Oui. Cet incident m'a vraiment troublé, mais Gloria m'a dit qu'elle avait réglé l'affaire, et elle ne voulait pas que je m'en mêle. Ça m'a agacé, c'était mon fils à moi aussi. Je voulais aller en parler à Miles, de père à père, en quelque sorte. Et puis il y a eu l'accident, et tout ça n'a plus eu aucune importance.

— Krystal était-elle au courant de l'existence de ce surnom ? demanda Gretchen.

— Je ne sais pas. Sans doute. Bianca avait dû le lui dire. Bianca lui racontait tout, elles étaient très proches l'une de l'autre.

— Qui d'autre connaissait ce surnom, selon vous ?

— Je n'en sais rien. Tout le monde, j'imagine. Tous les gamins de l'école devaient être au courant. Mais attendez un peu. Pourquoi est-ce qu'on discute du surnom de mon fils au collège, tout à coup ? C'est pour ça que vous êtes venues me voir ? Je ne comprends pas.

Elles lui expliquèrent, comme à Gloria Cammack, le plus vaguement possible, que le surnom de son fils avait surgi là où on avait trouvé le corps de Krystal Duncan.

— Ça n'a aucun sens, dit-il. Vous êtes sûres ? C'est forcément une erreur. Pourquoi le surnom de Wallace se serait-il retrouvé là où Krystal s'est fait tuer ?

— Nous n'en savons rien, reconnut Josie. C'est ce que nous essayons de comprendre. Nathan, pouvez-vous nous dire ce que vous avez fait entre jeudi soir et lundi matin ?

Son regard passa de Josie à Gretchen et il secoua la tête avec un petit rire.

— Bien sûr. J'étais ici. Je suis toujours ici. Je suis rédacteur de contenu web, maintenant. Je travaille à domicile. Je suis seulement sorti trois ou quatre fois pour acheter à manger.

— Est-ce que quelqu'un peut nous confirmer ça ? demanda Gretchen.

— Non. Je suis toujours seul.

18

Josie et Gretchen achetèrent de quoi déjeuner et reprirent le chemin du commissariat. À peine étaient-elles entrées dans la grande salle qu'Amber se leva de son bureau. Elle ne paraissait pas à sa place dans ce commissariat avec sa longue robe aux couleurs vives, ses sandales à talons couleur taupe et ses boucles auburn qui tombaient en cascade sur ses épaules. Elle leur sourit mais Josie pouvait percevoir la tension au coin de ses lèvres.

— Il faut que vous me donniez des nouvelles de l'enquête sur Krystal Duncan, déclara-t-elle. Les journalistes deviennent fous. Ils savent qu'on l'a retrouvée morte. Le chef l'a confirmé mais n'a rien voulu dire d'autre, et ça n'a fait qu'empirer les choses. Ils ont déjà annoncé au journal de midi qu'elle était morte. Mon téléphone est en train d'exploser, et ma boîte mail est presque saturée...

Gretchen tendit à Amber un sac en papier brun.

— Une salade Cobb. Tu aimes ça, il me semble, non ?

Perplexe, Amber regarda le sac comme s'il contenait une tête coupée.

— Euh... oui.

— Alors mange, dit Gretchen. Ensuite, tu donneras à la presse les détails suivants : on a retrouvé le corps de Krystal Duncan au cimetière, lundi matin. La légiste a conclu à un homicide. On n'en sait pas plus. On étudie toutes les possibilités. Si quelqu'un sait où était Krystal entre jeudi et lundi, ou a des informations sur son décès, qu'il appelle la police de Denton. Ça n'est pas grand-chose de plus que ce que les journalistes savent déjà, mais c'est déjà un début. Lance un appel à témoins.

Amber dévisagea Gretchen un court instant avant d'afficher un large sourire.

— Merci.

Josie et Gretchen s'installèrent à leurs bureaux respectifs et se mirent à manger. Josie n'avait aucun appétit. La matinée avait été plus éprouvante qu'elle ne s'y attendait. Elle songeait à aller à pied jusque chez *Komorrah's* pour prendre un café quand la porte du chef Chitwood s'ouvrit brusquement. Il s'avança dans la grande salle, posa immédiatement son regard dur sur Josie.

— Quinn, aboya-t-il.

Elle leva les yeux vers lui.

— Chef ?

Il leva un sourcil et croisa les bras sur sa poitrine creuse. Un cheveu blanc flottait au sommet de son crâne dégarni.

— Vous avez quelque chose pour moi ?

Josie mit une seconde à comprendre qu'il parlait du bracelet de prière. Il lui demandait, en réalité, si elle était prête ou non à le lui rendre. Elle ne savait pas du tout quand elle le lui rendrait, ni même si elle allait le savoir, quand le moment serait venu, mais elle était certaine d'en avoir encore besoin. Elle en sentait le poids dans sa poche.

— Non, chef, dit-elle. Pas maintenant.

Il hocha la tête avant de tourner son regard impitoyable vers Gretchen.

— Palmer, on en est où dans cette affaire Duncan ? Toute la ville est sens dessus dessous, et à juste titre. Mais je ne veux pas que la panique s'installe.

Gretchen lui résuma ce qu'elle et Josie avaient fait depuis la découverte du corps de Krystal Duncan.

— Nous devons aller interroger les employés de Gloria Cammack pour qu'ils nous confirment l'emploi du temps qu'elle nous a donné.

— Mais son alibi n'est pas très solide, ajouta Josie. Et Nathan Cammack n'en a aucun, alors qu'il était proche de Krystal Duncan. Avant l'accident, en tout cas.

— Vous pensez que ce sont les Cammack qui l'ont tuée ? dit Chitwood.

— Non, dit Josie. Mais il faut quand même qu'on vérifie.

— Les ouvriers du cimetière ? Ils ont des alibis ?

— Oui, dit Gretchen. Et j'ai passé tous leurs noms dans nos bases de données avant d'aller à la morgue. Rien à signaler.

— Et cette Dee Tenney ? demanda le chef. Vous pensez qu'elle peut être mêlée à ça ?

— J'en doute, mais son alibi n'est pas parfait non plus, répondit Gretchen. Noah a pris sa déposition hier. Elle ne travaille pas, donc elle est généralement seule chez elle. Heidi Byrne peut nous confirmer une partie de son emploi du temps, et elle a des tickets de caisse attestant de quelques courses qu'elle a faites lundi matin mais, en dehors de ça, personne ne peut nous dire si, oui ou non, elle était vraiment chez elle pendant toute la période où Krystal Duncan a disparu.

— Et puis elle semblait vraiment ignorer ce que signifiait le mot « Gémon », ajouta Josie.

— Ou alors elle a menti, objecta Chitwood.

— Bien sûr, reconnut Josie. Elle a pu mentir, mais je ne pense pas que ce soit le cas.

Chitwood secoua la tête.

— Vous êtes en train de me dire que vous avez appris que

cette femme fumait régulièrement de la marijuana et qu'elle avait eu une liaison avec ce type, ou peut-être pas, mais que rien ne vous met sur la piste de son assassin ?

Gretchen plissa le front.

— En gros, oui.

— Et il n'y a aucune trace d'ADN étranger sur la victime ? Rien du tout ?

Gretchen feuilleta son carnet.

— Je suis désolée, chef. L'équipe d'identification criminelle n'a rien trouvé.

— Et la méthode utilisée ? Intoxication au monoxyde de carbone. Ça nous mène quelque part ?

— Non, répondit Josie. La seule chose que ça nous dit, c'est que le meurtrier a accès à une pièce fermée qu'il peut remplir de monoxyde de carbone, et que Krystal Duncan y est restée enfermée assez longtemps pour en mourir. C'est sans doute un endroit suffisamment isolé pour qu'on ne puisse pas l'entendre crier ni l'aider à s'échapper avant que le gaz fasse son effet.

— Un garage, donc, répondit Chitwood. Sans doute celui d'une maison individuelle, avec assez de terrain autour pour que personne ne l'entende. Ça ne nous avance pas du tout. J'espère que l'une de vous sait faire des miracles, parce que sinon...

Il fut interrompu par la porte de la grande salle qui s'ouvrit avec fracas. Le sergent préposé à l'accueil, Dan Lamay, presque plié en deux, essayait de reprendre son souffle.

— Il y a un problème en bas, dit-il en haletant.

Josie et Gretchen bondirent de leurs sièges.

— Lamay, vous savez à quoi sert un téléphone ? gronda Chitwood. Je suis sûr qu'il y en a un en bas à l'accueil.

— Oui, rétorqua Lamay, mais il va m'en falloir un neuf. Le type a passé la main à travers l'ouverture de la vitre en plexi du guichet, l'a arraché et l'a balancé contre le mur.

Les trois autres foncèrent vers la porte, Lamay boitillant

derrière eux. Il approchait les soixante-dix ans, était en surpoids et avait un genou abîmé.

— Lamay, vous auriez dû boucler le commissariat, dit Chitwood.

— Il n'est pas dangereux, dit Lamay en les suivant dans l'escalier. Il n'est pas armé ni rien. Et il est toujours de l'autre côté de la cloison, pour l'instant. Il est hors de lui, c'est tout. C'est Sebastian Palazzo.

Josie et Gretchen s'arrêtèrent devant la porte du rez-de-chaussée et se retournèrent vers Dan, toujours dans l'escalier.

— Sebastian Palazzo, le père de Nevin Palazzo, une des victimes de l'accident de bus de West Denton d'il y a deux ans ? demanda Gretchen.

Dan hocha la tête.

— Il dit que sa femme a disparu.

— Eh merde, jura Chitwood.

Josie et Gretchen poussèrent la porte, passèrent dans le couloir du rez-de-chaussée et sprintèrent vers la réception. Comme l'avait dit Lamay, Sebastian Palazzo était de l'autre côté de la cloison de Plexiglas qui séparait le bureau de Lamay du reste de la pièce, où il avait tout saccagé. Le téléphone de Lamay était dans un coin, en miettes, le fil arraché. Les sièges gisaient, renversés. Le tableau de liège au mur ne tenait plus qu'à un clou et pendouillait, de travers. Sebastian Palazzo était grand, plus d'un mètre quatre-vingts, avec des épaules larges et d'épais cheveux bruns ondulés. Ses yeux noirs semblaient fous. Tout cela détonait avec son pantalon de costume gris anthracite, sa chemise blanche et sa cravate rouge, sous ce qui paraissait être une blouse de laboratoire. Sur sa poitrine, côté gauche, on pouvait lire, brodés, les mots « Pharmacie Palazzo » avec, juste en dessous, un badge qui affichait le nom d'une chaîne pharmaceutique nationale et son prénom. Josie crut se rappeler que cette chaîne avait racheté la pharmacie Palazzo quelques années plus tôt.

Quand il les aperçut, il fonça vers le bureau et cogna à la paroi transparente jusqu'à la faire trembler.

— J'ai besoin d'aide ! cria-t-il. Vous m'entendez ? Ma femme a disparu ! Pourquoi est-ce que personne ne réagit ?!

Josie s'avança vers la porte qui les séparait de l'accueil.

— Patronne... commença Gretchen.

Mais Josie n'avait pas l'intention de se laisser impressionner par l'apparente fureur de l'homme ni par le fait qu'il était beaucoup plus grand qu'elle. Elle passa dans l'autre pièce et enjamba les débris pour le rejoindre face au bureau.

— Monsieur Palazzo, dit-elle d'une voix ferme. Je suis l'inspectrice Josie Quinn. Je suis là pour vous aider. Si vous vouliez bien vous calmer...

Il pointa le doigt vers elle, lui touchant presque le nez, et répliqua, les dents serrées :

— Ne me dites pas de me calmer !

Josie entendit la porte s'ouvrir et se refermer dans son dos et comprit que Gretchen et Chitwood l'avaient suivie. Elle fit un pas de côté pour ne plus avoir le doigt de Palazzo devant le visage et regarda celui-ci droit dans les yeux.

— Je ne vous demanderai pas de vous calmer, mais vous devez cesser de saccager notre hall d'accueil. Si votre femme a disparu, je ne suis pas certaine que la meilleure chose à faire pour la retrouver soit d'aller en prison pour destruction de biens appartenant à autrui.

Il baissa le bras.

— Est-ce que vous allez m'aider ?

— Bien sûr.

— J'ai appelé le 911 et on m'a dit qu'on ne pouvait rien faire parce que ma femme a disparu depuis moins de vingt-quatre heures.

— Pour les adultes, oui, en général, nous attendons au moins vingt-quatre heures avant de considérer une disparition comme inquiétante mais, puisque vous êtes là, entrez dans notre salle de conférences et expliquez-nous ce qui se passe.

La folie s'éteignit dans son regard, et Sebastian Palazzo parut reprendre ses esprits. Il regarda autour de lui et se prit la tête à deux mains.

— Oh mon Dieu ! Je suis absolument désolé. Je ne... Je rembourserai les dégâts, mais je vous en prie, aidez-moi à retrouver ma femme !

Gretchen ouvrit la porte qui donnait sur le couloir du rez-de-chaussée.

— Par ici, monsieur Palazzo.

Chitwood le précéda, Gretchen et Josie fermèrent la marche. Le chef les accompagna jusque dans la salle de conférences, insista pour que Sebastian Palazzo s'asseye, et demeura près de la porte pendant que Josie et Gretchen commençaient à l'interroger.

— Votre femme se prénomme Faye, c'est bien ça ? demanda Josie.

— Oui, oui. Comment le savez-vous ?

Gretchen se pencha en avant.

— Monsieur Palazzo, vous ne vous souvenez sans doute pas de moi, mais je suis l'inspectrice Gretchen Palmer. C'est moi qui ai enquêté sur l'accident du bus.

Il l'étudia un long moment.

— Oh. Oui, bien sûr. Je suis désolé. Je ne m'en souviens pas. Tout est si flou. Il y avait tellement de monde. Policiers, avocats, journalistes, voisins. Même des gens qu'on ne connaissait pas, qui voulaient nous présenter leurs condoléances.

— Ça ne fait rien, dit Gretchen. Parlez-nous de Faye.

— Je suis rentré déjeuner et elle avait disparu. Je rentre de la pharmacie pour déjeuner tous les jours à exactement 11 heures.

— À quelle heure êtes-vous parti travailler ? demanda Josie.

— À 8 h 30. Je travaille six jours par semaine, maintenant. Du lundi au samedi. Je pars toujours à 8 h 30 précises, et je rentre déjeuner à 11 heures. C'est très tôt mais, à partir de midi, il y a trop de clients à la pharmacie pour que je puisse m'absenter. Faye et moi déjeunons tous les jours à la même heure. Enfin, depuis que Nevin est mort, en tout cas. C'est moi qui ai instauré cette habitude parce que, après l'accident, elle était tellement déprimée que je craignais vraiment qu'elle ne tente de se suicider. Après quelques mois, elle a commencé à voir la docteure Rosetti, ce qui lui a fait du bien, et puis nous avons commencé à aller aux réunions du groupe. Ça nous a beaucoup aidés aussi, mais nous avons institué le fait de déjeuner ensemble. Enfin, bref. Aujourd'-hui, je suis arrivé à la même heure que d'habitude, mais elle n'était pas là. J'ai fouillé toute la maison, le garage, le jardin. Partout.

— Vous êtes sûr qu'elle n'est pas allée marcher, ou qu'elle n'a pas pris sa voiture, quelque chose de ce genre ? demanda Josie.

Sebastian Palazzo secoua la tête. Ses yeux brillaient de larmes.

— Non, non. Sa voiture était encore au garage. Elle ne parti-rait pas comme ça subitement. Impossible. Elle ne me ferait pas ça à moi. Surtout après la mort de Nevin.

— Vous avez essayé de la joindre sur son portable ? demanda Gretchen.

Il se tourna vers elle.

— Justement, c'est une des choses qui me font dire que quelque chose cloche : son téléphone est resté sur le plan de travail de la cuisine. Son sac à main était dans le placard de l'en-trée, là où elle le range toujours, et rien ne manquait dedans. Il y avait même ses anxiolytiques, et Faye ne sortirait jamais de la maison sans ses médicaments.

Josie regarda Gretchen. Un mauvais pressentiment lui remuait l'estomac. Six jours plus tôt, Krystal Duncan avait disparu en laissant clés de voiture, téléphone portable et sac à main chez elle.

— Monsieur Palazzo, dit Gretchen, ça vous dérangerait qu'on aille jeter un coup d'œil chez vous ?

Il jaillit de son siège, l'air sincèrement empressé.

— Pas du tout, dit-il. Venez, je vous en prie. Et il y a autre chose. Quelque chose que je voudrais vous montrer. Comme je vous l'ai dit, j'ai appelé le 911 mais ils n'ont voulu envoyer personne.

Josie se leva, la colonne vertébrale parcourue de picotements d'inquiétude.

— Que voulez-vous nous montrer ?

Sebastian Palazzo se dirigea vers la porte. Le chef Chitwood s'écarta. Palazzo se retourna vers Gretchen et Josie en leur faisant signe de se dépêcher.

— Quelque chose qui n'était pas là avant, dit-il.

19

De l'extérieur, la maison des Palazzo ressemblait aux autres maisons de West Denton. C'était une grande bâtisse à deux niveaux avec une façade de brique, un garage pour trois voitures, une vaste pelouse et des parterres de plantes soigneusement entretenus sur le devant. L'intérieur était, quant à lui, bien différent. Les Palazzo avaient opté pour une décoration moderne, épurée, qui évoquait plus un appartement new-yorkais de luxe qu'une maison familiale des faubourgs d'une petite ville de Pennsylvanie centrale. Tous les meubles étaient noirs et blancs, et si petits que la maison semblait faite pour n'accueillir que deux personnes. Dans chaque pièce, le sol était en damier noir et blanc, avec d'épais tapis blancs un peu partout. Josie se demanda si la maison avait toujours été comme ça ou s'ils l'avaient refaite après la mort de leur fils. Elle avait du mal à imaginer un enfant dans ce décor.

— Je n'ai vu aucune trace d'effraction, dit Gretchen quand ils traversèrent l'entrée. La porte était-elle verrouillée quand vous êtes rentré ?

— Non. Ce qui est inhabituel, puisque Faye entre et sort

toujours par le garage. Quand elle prend sa voiture, en tout cas. Venez, je vais vous montrer l'entrée par le garage.

Tandis que lui et Gretchen s'éloignaient, Josie jeta un coup d'œil au salon. Rien ne semblait en désordre. Un canapé blanc et une causeuse étaient disposés en L, avec dans l'angle une table basse noire. Un écran de télévision était monté sur un des murs. Sur un autre, elle vit une immense photo en noir et blanc. Josie crut d'abord à un poster décoratif, mais elle s'aperçut que c'était une photo de Faye Palazzo. Elle reconnut son visage, qu'elle avait déjà vu au moment où la presse avait couvert l'accident de bus. Plus jeune, Faye Palazzo avait été un mannequin assez célèbre. À chaque fois qu'elle était apparue à l'écran, après l'accident, même en deuil, Josie l'avait trouvée splendide. La photo était un portrait d'elle en pied, grandeur nature. En hauts talons et robe moulante, elle était dos à la caméra mais tournait la tête et regardait l'objectif par-dessus son épaule. Sa robe dos-nu dévoilait une bonne partie de son corps. Ses longs cheveux bruns étaient repoussés d'un côté. La fente de sa robe laissait voir une de ses jambes, légèrement pliée. La posture ne semblait pas naturelle mais son regard ne trahissait aucun inconfort. Elle fixait l'objectif avec un sourire engageant et quelque peu énigmatique.

— C'est elle ! dit Sebastian Palazzo dans le dos de Josie. Ma Faye. Elle était mannequin, avant.

Josie se retourna, constatant que lui et Gretchen étaient revenus du garage.

— Elle est très belle, dit Josie poliment, tout en se demandant lequel d'entre eux avait décidé de faire agrandir ainsi cette photo pour l'accrocher dans leur salon.

— C'est ma photo préférée, dit-il. Elle la déteste.

— Mais elle vous a laissé la mettre au mur, lui fit remarquer Josie.

— Parce qu'elle avait perdu un pari. Passons dans la cuisine, je vais vous montrer ce que j'ai trouvé.

Josie se détourna de la photo. Dans le couloir qui menait à la cuisine, elle vit d'autres photos de Faye Palazzo à l'époque où elle était mannequin, disposées en motifs géométriques. Toutes étaient en couleurs, dans de petits cadres carrés. On la voyait porter différentes robes, défiler sur un podium, sans doute à New York – ou à Paris, peut-être. Sur une autre photo, elle était en maillot de bain, en train de souffler un baiser à l'objectif. Toutes ces images avaient été prises par des professionnels. Aucune photo prise sur le vif. Pas de moment heureux capturé par son mari. En passant devant la salle à manger, Josie aperçut une grande photo du couple Palazzo, prise le jour de leur mariage. Il y avait au moins ça.

Josie rejoignit Sebastian Palazzo et Gretchen dans la cuisine. Là aussi, les placards et les plans de travail étaient blancs, tout comme les appareils électroménagers. Seule la table était noire. Deux assiettes y étaient disposées, avec un sandwich sur chacune, sans doute pour Faye et son mari. Ils ne mangeaient pas l'un en face de l'autre. Il y avait trois cartons à l'autre bout de la table. Josie y jeta un bref coup d'œil. L'un était plein de flyers appelant à une manifestation silencieuse en mémoire des victimes de l'accident de West Denton, la veille du procès. Les deux autres contenaient de petits cierges avec des soucoupes en papier. Sur les côtés de ces deux dernières boîtes était écrit, en majuscules : « BOUGIES DE 18 CM AVEC SOUCOUPES. QUANTITÉ : 50. »

— Votre femme organisait une marche blanche ? demanda Josie.

— Oui. Elle en a organisé plusieurs depuis la mort de Nevin. Elle pensait qu'en faire une la veille du procès serait une bonne chose. Pour rappeler aux gens ce que nous avons perdu.

Josie vit que Gretchen s'était arrêtée devant une petite table, laquée de noir, dans un angle de la cuisine, sur laquelle étaient posées des photos encadrées du fils des Palazzo, Nevin. Des photos prises sur le vif d'un jeune garçon qui ressemblait beaucoup à son père, mais avec les longs cils et le nez étroit et parfaitement droit de sa mère. Sur l'une d'elles, il jouait au football. Sur une autre, il se tenait près d'un personnage de dessin animé à Disney World. Sur une troisième, il posait à Times Square, entre ses deux parents. Et sur la dernière, il souriait à pleines dents tandis que sa mère déposait un baiser sur sa joue. Il avait l'air totalement heureux.

Josie inspira profondément et se rappela qu'elle avait une mission à accomplir. Elle se retourna vers Sebastian Palazzo et lui demanda :

— Qu'avez-vous trouvé, alors ?

Il s'avança vers la table et indiqua un des couverts dressés. Sur la serviette en papier posée à côté, Josie vit deux boucles d'oreille brillantes. De petits anneaux incrustés de diamants, visiblement.

— Ça vient de chez *Tiffany & Co.*, dit Sebastian Palazzo. Ça vaut très cher.

— Et elles n'appartiennent pas à votre femme ? demanda Gretchen.

Il désigna les boucles d'oreille une seconde fois, d'un bras tremblant.

— Si, ce sont celles de ma femme ! Mais elles avaient disparu depuis près de trois ans, maintenant. Nous pensions qu'elles avaient été volées. J'avais dû aller faire une déclaration à la police.

Gretchen sortit son téléphone et envoya un SMS. Josie savait que Mettner devait avoir pris son service et qu'il pourrait retrouver la déclaration de vol, si elle existait, confirmant ainsi les dires de Sebastian Palazzo. Ce dernier poursuivit :

— Il y a eu une période où des choses se sont mises à disparaître, dans cette maison. Un de mes outils de bricolage, des articles de sport appartenant à Nevin, un collier qu'il avait offert à Faye, qui ne valait en vérité pas grand-chose mais qui semblait coûter cher. Avec de faux diamants et un médaillon où il était écrit « Maman parfaite ». Son école ouvrait un stand chaque année avant Noël pour que les enfants puissent acheter de petits cadeaux à leurs parents et les emballer eux-mêmes. Pour qu'ils puissent leur faire des surprises et se sentir indépendants, vous voyez ? Il suffisait de leur donner un peu d'argent dans une enveloppe quand ils allaient à l'école.

— Et toutes ces choses ont disparu en même temps ? demanda Gretchen.

— Oh, non. Ça s'est étalé sur près d'un an, je dirais. À chaque fois, on se disait qu'on avait mal rangé ou perdu ces choses. Jusqu'à la disparition des boucles d'oreille. Celles-là coûtaient très cher. C'est à ce moment-là qu'on s'est posé la question pour les autres objets, et qu'on s'est demandé si quelqu'un ne nous avait pas volé tout ça. Nous avons commencé à verrouiller nos voitures, à surveiller d'un peu plus près les gens qui venaient chez nous.

— Et vous avez signalé ces autres objets comme volés, aussi ?

— Non. Comme je vous le disais, on ne s'était pas rendu compte, sur le moment, que c'étaient des vols.

Josie reposa les yeux sur les boucles d'oreille.

— Est-il possible que votre femme les ait simplement retrouvées ? Et qu'elles n'aient jamais été volées, en fin de compte ?

Sebastian Palazzo secoua la tête.

— Non, non. C'est impossible. C'étaient des boucles d'oreille à 3 000 dollars. Je les avais offertes à Faye pour notre cinquième anniversaire de mariage. Elle ne les portait que dans les grandes occasions, et les rangeait toujours dans son armoire à bijoux. Toujours dans le tiroir du haut, à gauche. Après avoir constaté qu'elles avaient disparu, nous avons retourné toute la maison. Elles n'étaient vraiment nulle part. Ma femme n'est pas du tout négligente. Elle n'a pas pu les perdre.

— Et vous êtes sûr que ce sont bien celles que vous avez offertes à votre femme ? demanda Josie.

Il prit un air surpris.

— Oh... Euh, eh bien, non, évidemment, je ne peux pas en être absolument certain. Elles coûtent cher, mais elles ne sont pas uniques. Cela étant dit, combien y a-t-il de personnes qui se baladent avec des boucles d'oreille à 3 000 dollars ?

— Vous êtes certain que votre femme n'en a pas acheté une autre paire pour les remplacer ? insista Gretchen.

— Oh, oui. Elle était furieuse que je les achète. Elle disait qu'elles étaient vraiment trop extravagantes. Jamais elle n'en aurait acheté une autre paire. Et puis, nous avons envoyé la déclaration de vol à notre compagnie d'assurances. Nous avons été remboursés.

Le téléphone de Gretchen bipa. Elle le consulta et dit :

— Notre collègue confirme que vous avez fait une déclaration de vol, il y a deux ans et demi. Selon celle-ci, votre femme se préparait à sortir, elle est allée chercher ses boucles d'oreille et s'est rendu compte qu'elles n'étaient pas à l'endroit où elle les rangeait habituellement. Elle ne les avait pas portées depuis six mois, donc elle n'avait aucun moyen de savoir quand elles avaient disparu, ou quand on les avait volées.

— Ce qui explique pourquoi il n'y a jamais eu d'enquête ensuite, dit Josie.

Sebastian Palazzo écarta les mains.

— Nous savions qu'il n'y avait aucun moyen de les récupérer ni de savoir qui les avait volées. Nous avions invité des gens, et fait faire des travaux dans la maison pendant ces six mois – un plombier avait réparé les toilettes du rez-de-chaussée, des peintres étaient venus aussi. Un menuisier avait fabriqué une étagère sur mesure pour la chambre de Nevin. Ça pouvait être n'importe qui. Nous étions trop confiants, j'imagine. Quoi qu'il en soit, l'agent qui a enregistré notre déclaration nous a dit que la meilleure chose à faire était d'envoyer le dossier à notre assurance pour nous faire rembourser. C'est ce que nous avons fait. Faye n'a pas voulu que je lui achète d'autres boucles d'oreille avec l'argent de l'assurance, donc on l'a mis de côté.

Pour faire un voyage. Nevin voulait aller visiter les studios Universal. Et puis, ensuite, il est mort et...

Il n'acheva pas sa phrase. Il se figea et ses yeux se perdirent dans le vague. Parce qu'il replongeait dans le passé, ou qu'il fuyait un présent trop insupportable. Josie aurait parié que la seconde hypothèse était la bonne. Elle attendit un moment avant de lui effleurer délicatement le bras.

— Monsieur Palazzo ? dit-elle doucement.

Il secoua la tête, comme s'il émergeait d'une sorte de transe.

— Excusez-moi, dit-il. Parfois je... Tout me revient d'un seul coup. Ce jour-là. La réalité. Qui me frappe de plein fouet. Même après tout ce temps, c'est comme si je fonçais dans un mur.

— Je vous en prie, ne vous excusez pas, dit Gretchen. Il n'y a vraiment pas de quoi. Avez-vous touché à ces boucles d'oreille ?

— Non, dit-il en se tournant vers le couloir. Je suis arrivé par la porte d'entrée. J'ai trouvé bizarre qu'elle ne soit pas fermée à clé, et puis je me suis dit que Faye l'avait peut-être déverrouillée à mon intention. J'ai tiré le verrou derrière moi. Je l'ai appelée. Je suis entré dans la cuisine, et elle n'était pas là, mais le couvert était mis, donc j'ai cru que tout allait bien.

— Vous vous êtes mis à table ? demanda Josie.

— Non. Je voulais voir ma femme, déjeuner avec elle. J'ai cru qu'elle était allée aux toilettes mais, quand je suis allé voir, la porte était ouverte, et les toilettes désertes. Pas de lumière. Je l'ai cherchée dans toute la maison en l'appelant. Rien. Je suis allé voir dans le garage, dans le jardin. Rien non plus. Alors je suis revenu ici et je lui ai téléphoné – mais j'ai entendu la sonnerie de son portable.

Il indiqua le comptoir où un téléphone était posé.

— C'est là que j'ai vraiment commencé à paniquer. Je suis allé chez les voisins, des deux côtés, et chez ceux d'en face. Ceux qui travaillent ne sont pas là, évidemment. Une dame est chez elle, mais elle n'a rien vu, rien entendu.

— Est-ce que vous ou un de vos proches voisins disposez de caméras de vidéosurveillance ? s'enquit Josie.

Il secoua la tête.

— Non, je pense que personne n'en a. Il n'y en a jamais eu besoin, ici.

— Et quand avez-vous remarqué les boucles d'oreille ? demanda Gretchen.

— Je suis revenu dans la maison, et j'ai vérifié le téléphone de Faye – son code est la date de naissance de Nevin – pour voir si quelqu'un l'avait appelée ou s'il y avait quoi que ce soit qui me dise où elle était passée. Je n'ai rien trouvé dans son téléphone mais, pendant que je cherchais, je tournais en rond, et c'est à ce moment-là que je les ai aperçues, là.

Josie désigna le téléphone de sa femme.

— Vous permettez ?

— Bien sûr.

Il prit le téléphone, tapa le code et le lui tendit.

— Mais vous ne trouverez rien de plus que moi, ajouta-t-il.

Il avait raison. Josie examina tous les SMS, les mails et les réseaux sociaux de sa femme, mais ne trouva rien qui sortait de l'ordinaire. En réalité, Faye Palazzo semblait ne rien faire d'autre ou presque que rester chez elle et assister aux réunions du groupe de parents. Il y avait des échanges de mails avec les services de la procureure pour la prévenir du déroulé du procès, d'autres avec un fonctionnaire de la mairie pour l'organisation de la marche blanche, mais c'était tout. Exactement comme son mari l'avait annoncé.

— Votre femme avait-elle une ou des amies proches qu'elle aurait pu aller voir ? Ou des gens de sa famille ? l'interrogea Josie.

— Oh, non, répondit Sebastian Palazzo. Son père est professeur à l'université Duke. Ils se parlent rarement. Et sa mère est expatriée au Salvador, elles se parlent encore moins.

— Elle est fille unique ? demanda Gretchen.

— Oh, eh bien, ses parents ont été famille d'accueil un temps lorsqu'ils étaient ensemble, mais Faye n'a jamais été proche d'aucun de ces autres enfants, donc oui, je dirais qu'elle était fille unique.

— Des amis ? Vous pourriez nous en dresser une liste ? Nous pourrions peut-être les interroger.

— Faye n'a pas d'amis, dit-il.

Comme s'il venait de comprendre l'impression que pouvaient donner ses paroles, il leva les mains et se mit à se justifier.

— Je sais, je sais, ça paraît horrible, n'est-ce pas ? Quand Nevin était là, elle était très active dans l'association des parents d'élèves, et elle avait toujours quelqu'un à voir, avec qui prendre un café, aller à un cours de zumba ou ce genre de choses. Mais même ces relations-là étaient très superficielles. Et puis, après la mort de Nevin, tout s'est arrêté.

— Votre femme a choisi de ne plus voir ces autres personnes ? demanda Gretchen.

Josie vit, à ses sourcils relevés, qu'elle était perplexe, elle aussi.

— Non, non, expliqua Sebastian Palazzo. Mais vous voyez, Faye est très belle, et nous nous sommes rendu compte que sa beauté intimidait énormément les autres femmes. Il lui était difficile d'être proche des autres. C'est pourquoi elle n'avait pas d'amis. De plus, après la mort de Nevin, l'amitié n'a plus eu grand sens pour elle. Plus rien ne l'intéresse, à vrai dire.

— Comment occupe-t-elle ses journées, alors ? demanda Josie.

Il regarda la pièce autour d'eux.

— Elle les passe ici. Elle prépare le déjeuner, elle fait un peu de ménage, ou elle jardine, ou elle fait quelques courses, puis elle prépare le dîner. Ensuite, nous passons un peu de temps ensemble avant d'aller nous coucher. Les jours... se contentent de défiler.

Ça ne paraissait une vie terriblement triste que parce que Josie imaginait combien leur vie devait être plus épanouie avant la mort de leur fils. Faye Palazzo semblait être une femme qui attendait l'heure de mourir. Mais elle n'était pas là pour le dire elle-même. Pour avoir d'elle et de la vie qu'elle menait une image précise, Josie et Gretchen devaient se contenter des paroles de son mari.

— Et les autres membres du groupe de parents ? fit Gretchen. Elle leur parlait ? En dehors des réunions ?

— Euh, oui. De temps en temps. Elle a dû aller boire un café avec Dee Tenney une fois ou deux, depuis l'accident. Mais hier soir, elle m'a dit qu'elle songeait à quitter le groupe. Vous êtes évidemment au courant, pour Krystal. Dee nous en a parlé à la dernière réunion. C'est terrible. Ça a été très dur pour Faye.

— Elle était proche de Krystal Duncan ?

— Oh, non. Je veux dire, nous avions un garçon, Krystal avait une fille, et ils n'étaient pas de la même année. Faye la connaissait de vue avant l'accident grâce à l'association de parents d'élèves, mais elle n'a vraiment discuté avec elle que lors des premières réunions du groupe de soutien.

— Elles ne se parlaient pas en dehors de ce groupe ?

— Non... non. Mais la nouvelle a quand même été un très gros choc pour Faye. Pour nous deux, en fait. Nous savons tous les deux exactement ce que Krystal a enduré en perdant son enfant, et le fait qu'elle se fasse tuer ensuite... est une tragédie absolue.

— Monsieur Palazzo, demanda Josie, y a-t-il eu parfois des désaccords dans votre groupe de soutien ? Des disputes sur un sujet quelconque ?

Il réfléchit un moment.

— Non, de manière générale, non. Il y a bien eu le moment où Krystal nous a dit qu'elle était allée voir Virgil Lesko en prison. Je ne sais plus très bien quand elle nous l'a annoncé, mais c'est assez récent. Nous avons tous très mal réagi, je regrette de le dire. Mais tout le monde est à fleur de peau et ces réunions peuvent être... Eh bien, elles font remonter parfois beaucoup d'émotions. Donc vous imaginez bien qu'il peut y avoir une certaine tension. Le deuil ressemble parfois à des montagnes russes dont on ne peut pas descendre, même si on le veut vraiment. Mais non, il n'y a jamais eu de réelle animosité entre nous, si c'est le sens de votre question. Même après avoir appris que Krystal était allée voir Virgil, à la réunion suivante, nous lui avions tous pardonné. Je pense que chacun de nous, à un moment ou à un autre, a songé à aller le voir pour le confronter à ce qu'il a fait. Mais Krystal n'a pas paru très satisfaite de leur rencontre.

— Nous croyons savoir qu'à la réunion de la semaine dernière, Krystal Duncan était à cran, dit Gretchen.

Le menton de Sebastian Palazzo retomba sur sa poitrine.

— Oui, elle était très tendue, la dernière fois. Elle s'en est prise à nous tous, mais sans que ça nous atteigne vraiment. On avait été très durs avec elle, parce qu'elle était allée voir Virgil. C'était presque mérité, en quelque sorte. Personne ne s'en est offusqué.

Josie réprima un soupir. À chaque minute qui passait, les pistes à explorer s'amenuisaient. Elle ramena la conversation sur Faye Palazzo.

— Votre femme a-t-elle des hobbys ?

— Non. Nevin était toute sa vie, jusqu'à l'accident. Et depuis, ni elle ni moi n'avons vraiment envie de nous lever le matin. Et encore moins de nous lancer dans des hobbys.

— Votre femme a-t-elle explicitement évoqué des idées noires ? A-t-elle déjà parlé de se suicider ? Ou dit comment elle s'y prendrait pour passer à l'acte ?

Il secoua la tête.

— Non, non. Elle disait seulement qu'elle préférerait être morte.

— Monsieur Palazzo, dit Josie, que s'est-il passé ce matin, selon vous ?

Il écarta les mains en signe d'impuissance, le regard suppliant.

— Je pense que quelqu'un a kidnappé ma femme. Qu'on est venu ici et qu'on l'a enlevée, et qu'on a laissé ces boucles d'oreille comme une sorte de message.

— Quel genre de message ? demanda Gretchen.

— Qu'est-ce que j'en sais ? Mais ma femme a disparu. Il faut la retrouver ! Vous devez m'aider !

Josie leva la main avant qu'il ne redevienne hystérique.

— Nous allons vous aider, monsieur Palazzo, je vous le promets. Qui pourrait vouloir faire une chose pareille ? Vous avez quelqu'un en tête ?

Il se frotta le visage à deux mains.

— Non, je ne sais pas. Je n'en ai aucune idée.

— Est-ce que vous ou votre femme avez eu des ennuis avec quelqu'un, récemment ? le questionna Gretchen. Dispute, inimitié, désaccord ? Ce genre de choses ?

— Non, non. Nous ne voyons presque personne.

— Mais quelqu'un est venu ici, objecta Josie. Chez vous. Et a laissé des boucles d'oreille qu'il avait gardées pendant trois ans, ou a acheté des copies de celles qui ont été volées. Que faites-vous de cet élément ?

— Un obsédé, dit Sebastian Palazzo. C'est forcément un obsédé. Faye est une très belle femme.

— Vous nous l'avez déjà dit. Ça lui est déjà arrivé d'être suivie, harcelée par un de ces obsédés, comme vous dites ?

— Elle a eu des problèmes avec un homme, quand elle vivait à New York. Ça s'est réglé au tribunal. Et puis quand elle est arrivée ici, au début, je crois qu'un autre homme s'est intéressé à elle d'un peu trop près. À sa salle de sport. Elle l'a signalé aux gérants de la salle, et l'homme en a été exclu. On n'en a plus jamais entendu parler ensuite.

— C'était il y a combien de temps ? s'enquit Gretchen.

— Oh, quinze ans, peut-être, je dirais.

Ce qui signifiait qu'il n'y aurait plus de trace officielle de l'homme expulsé de la salle de sport de Faye Palazzo. Et il était hautement improbable que ce même homme l'ait espionnée pendant quinze ans ensuite sans que les Palazzo s'en rendent compte.

— L'un de vous avait-il des raisons de croire que quelqu'un s'était mis à suivre votre femme, récemment ? demanda Josie.

— Non, pas du tout. Elle me l'aurait dit, si c'était le cas, de son côté. J'en suis certain. Je fais toujours extrêmement attention à ce qui lui arrive, et je n'ai rien remarqué, mais quelle autre explication y aurait-il ?

Josie pressentait une autre explication possible à la disparition de Faye Palazzo, mais ne pouvait pas en faire part à son mari.

— Monsieur Palazzo, dit-elle, l'inspectrice Palmer et moi-même allons sortir quelques minutes. Pourriez-vous nous dire d'abord ce que votre femme portait quand vous êtes parti ce matin ? Était-elle encore en pyjama ?

— Non, elle s'était déjà habillée. Elle portait une sorte de combinaison. Comme un short et un chemisier, mais d'une seule pièce. En lin, rose, ample.

Gretchen prit des notes. Josie hocha la tête et dit :

— Nous allons appeler d'autres policiers, et lancer l'enquête. Si vous vouliez bien ne toucher à rien ici, dans la cuisine, jusqu'à ce que notre équipe scientifique puisse l'examiner, nous vous en serions reconnaissantes.

Son regard s'éclaira.

— Alors vous me croyez ! Dieu soit loué ! Oui, enfin non, je ne toucherai à rien. Merci. J'attendrai dans le salon.

Josie pensa à la photo agrandie, sensuelle, de Faye Palazzo sur le mur du salon.

— Peut-être pourriez-vous attendre sur le perron ? proposa-
t-elle.

20

Sebastian Palazzo faisait les cent pas devant chez lui tandis que Gretchen et Josie se tenaient près de leur voiture, quelques mètres plus loin. Elles avaient appelé deux voitures de patrouille pour inspecter le voisinage, même si elles n'en escomptaient aucun résultat. La rue était calme, la circulation quasiment inexistante, et si les voisins les plus proches n'avaient rien remarqué, il y avait peu de chances que d'autres aient quelque chose à signaler. Mais elles devaient essayer. Josie envoya une autre unité explorer les endroits ayant un lien possible avec l'affaire : le mémorial de l'accident et ses environs, ainsi que le cimetière où était enterré Nevin. Gretchen avait appelé l'équipe d'identification criminelle pour lui demander de passer au crible la cuisine et l'entrée des Palazzo.

— Ces boucles d'oreille ne te fourniront aucune empreinte, dit Josie après que Gretchen eut terminé sa conversation téléphonique avec Hummel.

— Je sais. C'est très peu probable, et si on n'avait pas retrouvé Krystal Duncan morte il y a deux jours, je n'aurais même pas fait de rapport officiel.

— Mais Krystal et Faye appartenaient au même groupe de soutien psychologique.

— Oui, répondit Gretchen.

— Et toutes les deux étaient chez elles avant de disparaître, sans prendre ni leur téléphone, ni leur sac à main, ni leur voiture.

— Oui, répéta Gretchen.

Josie jeta un coup d'œil à Sebastian Palazzo, qui continuait à tourner en rond. Tête basse, il semblait parler tout seul.

— Il a l'air un peu dominateur, non ?

— Je trouve aussi, dit Gretchen. Un peu obsédé par sa femme. Mais bon, ils ont perdu leur fils. La mort d'un enfant détruit le mariage de certains parents ; elle en rapproche d'autres. Peut-être que lui et sa femme se sont accrochés l'un à l'autre. Et que l'épreuve a modifié l'équilibre de leur couple.

— C'est vrai, reconnut Josie. Si j'avais perdu mon fils, la disparition de mon conjoint me ferait complètement paniquer. Cela dit, je ne crois pas que nous avons affaire à un harceleur.

— Non, pas au sens où il l'entend, lui, soupira Gretchen.

— C'est l'accident de bus, le lien, dit Josie. Le groupe de soutien psychologique.

— Je suis d'accord. On devrait appeler Paige Rosetti, pour savoir si elle a eu des nouvelles de Faye Palazzo.

— Et il faut toujours aller interroger les employés de Gloria Cammack pour vérifier son alibi – partiel – entre le moment où Krystal Duncan a disparu et celui où on l'a retrouvée morte, souligna Josie.

Le travail s'accumulait.

— Je vais demander à Mett de s'en occuper, dit Gretchen. Je l'appelle tout de suite. Tu n'as qu'à prendre ma voiture et passer chez la docteure Rosetti. Vois ce qu'elle a à te dire, et on se retrouve plus tard au commissariat. Je demanderai à une des patrouilles de me ramener.

Josie appela Paige Rosetti depuis son portable, pour vérifier qu'elle était disponible, avant de prendre la voiture de Gretchen. Le dernier patient de la journée était déjà parti lorsque Josie arriva, peu après 17 heures. Paige lui avait demandé de passer par le côté et de la retrouver dans son jardin. Elle franchit le large portail de bois et entra dans l'espace qu'elle n'avait pour l'instant vu que depuis la fenêtre du cabinet de consultation. Il lui sembla encore plus beau et luxuriant maintenant qu'elle en foulait le sol. Paige portait un vieux pantalon corsaire kaki et un t-shirt de l'université de Pennsylvanie. Les cheveux attachés, à genoux dans l'herbe, elle arrachait les mauvaises herbes d'une des plates-bandes et les déposait dans un sac de toile à côté d'elle.

Elle leva les yeux et, souriant à Josie, lui fit signe d'une main protégée par un épais gant de jardinage rose.

— Assieds-toi, dit-elle.

Josie vit un banc de pierre installé sous la fenêtre du cabinet, face à Paige. Elle y prit place et la regarda désherber un moment. Il faisait encore chaud mais une légère brise balayait le jardin. Les chants d'oiseaux et le parfum entêtant des fleurs étaient apaisants.

Comme si elle lisait dans ses pensées, Paige dit :

— J'aime bien venir ici en fin de journée, pour décompresser. Parfois, je me contente de m'asseoir et de contempler mon jardin, parfois j'y travaille.

— Il est splendide, dit Josie.

— Tu disais que tu voulais me parler d'une affaire de police. Je suppose que c'est en lien avec Krystal Duncan. Tu as probablement appris que c'était une de mes patientes. J'anime un groupe de soutien psychologique pour les parents des victimes de l'accident de West Denton.

— Oui. Mais en fait, je ne suis pas venue pour Krystal. Il s'agit de Faye Palazzo.

Les mains de Paige Rosetti s'immobilisèrent. Quand elle se tourna vers Josie, elle avait les yeux écarquillés d'inquiétude.

— Quelque chose lui est arrivé ? Elle n'a rien ?

— Elle a disparu.

Paige retira ses mains de la terre, ôta ses gants, se releva en époussetant son pantalon et vint s'installer à côté d'elle.

— Tu peux m'en dire plus ?

Josie lui répéta ce que Sebastian Palazzo leur avait dit, sans faire état des boucles d'oreille. Puis elle lui demanda :

— Tu as eu de ses nouvelles aujourd'hui ?

— Non, dit Paige en secouant la tête.

— Tu la vois individuellement et dans le groupe de soutien, depuis deux ans. Est-ce que tu as la moindre idée d'où elle aurait pu aller, ou vers qui elle aurait pu se tourner ?

— Tu sais que je suis tenue au secret médical, Josie.

— Oui, je comprends parfaitement. Mais si on la pensait en danger, est-ce que tu pourrais te libérer de cette obligation ?

— Vous pensez qu'elle est en danger ?

— Son mari pense que quelqu'un l'a kidnappée, peut-être un harceleur. On n'a aucune raison de ne pas le croire. Est-ce que Faye t'a déjà dit qu'on la harcelait ?

Paige secoua de nouveau la tête.

— Je ne te réponds que parce que je veux vous aider si elle est vraiment en danger. Mais non, le sujet du harcèlement n'a jamais été évoqué. Ni en séance individuelle, ni dans le cadre du groupe de soutien.

— Comment t'a-t-elle semblé, la dernière fois que tu l'as vue ? T'a-t-elle paru plus déprimée que d'habitude ?

Paige fronça les sourcils, baissa les yeux.

— Ils sont tous plus déprimés, Josie. Je peux te le dire parce que c'est une information publique : le procès du conducteur du bus approche. Ce genre de chose génère énormément de stress pour les familles des victimes. Non seulement on leur demande de revivre le traumatisme, mais le simple fait qu'il y ait un procès peut être source de colère.

— Parce que Virgil Lesko va plaider non coupable, alors

qu'il a été prouvé qu'il était soûl, et donc que, selon la loi fédérale, on aurait pu éviter ce procès ?

— Exactement. Il est difficile d'expliquer à quelqu'un en proie au deuil et au chagrin quelles sont les subtilités légales à l'œuvre, et que l'accusé a le droit d'être défendu, quelles que soient les circonstances. Faye m'a semblé peut-être un peu plus stressée qu'à l'habitude, mais si j'avais cru qu'elle pouvait se faire du mal, je l'aurais fait hospitaliser. Et je ne pense pas qu'elle en était à ce point-là.

— Je sais que tu ne peux pas violer le secret médical, mais on pense que la mort de Krystal Duncan et la disparition de Faye Palazzo sont peut-être liées. Est-ce que tu as une idée de qui pourrait en vouloir à ce point aux membres de ton groupe ?

Paige prit le temps de réfléchir. Elles regardèrent toutes les deux un merlebleu qui voletait d'une branche à l'autre au fond du jardin. Puis la psychologue dit :

— Non, je suis désolée, je ne vois pas du tout. En tout cas, il n'y a eu aucune discussion, ni en groupe, ni en thérapie individuelle, où on ait évoqué une éventuelle menace. Bien sûr, si on m'avait parlé d'une telle chose, j'aurais poussé mes patients à aller voir la police. Tu sais, Josie, ces gens sont des parents en deuil, rien d'autre.

— Deux d'entre eux m'ont parlé de tensions dans le groupe entre Krystal et les autres, parce qu'elle était allée voir Virgil Lesko en prison.

Paige balaya la chose de la main.

— Ça n'a pas duré. Les autres avaient commencé par s'énerver, c'est vrai, mais ils n'en ont même pas reparlé à la séance suivante.

— J'ai cru comprendre que Krystal était très tendue, lors de la dernière réunion à laquelle elle a assisté. Qu'elle était furieuse contre les autres membres du groupe et qu'elle a dit que Bianca n'aurait pas dû se trouver dans le bus, ce jour-là. Sais-tu ce qui a provoqué cet éclat ?

Paige se leva et retourna à sa plate-bande, s'agenouilla, mais ne fit aucun geste pour remettre ses gants. Elle semblait repenser à quelque chose.

— Je ne crois pas que ça ait un rapport avec son meurtre.

— Mais dans une affaire de meurtre, c'est souvent une chose apparemment insignifiante qui permet de faire avancer l'enquête. C'est pourquoi il nous faut le plus de renseignements possible. Tu ne veux pas me dire à quoi tu penses et me laisser juger de l'importance que ça peut avoir ? Krystal n'est plus de ce monde, il n'y a plus d'intimité à respecter.

Paige baissa les yeux vers ses mains, restées sur ses genoux. Elle soupira.

— Krystal était hors d'elle lorsqu'elle a quitté cette réunion. Il m'a paru nécessaire de vérifier comment elle allait, alors je l'ai appelée à son bureau, le lendemain. Elle est venue pour une courte séance, pendant sa pause déjeuner. Elle s'est excusée de s'être mise en colère et d'avoir crié. Je lui ai demandé pourquoi elle était autant en colère. Elle m'a répondu qu'elle ne pouvait pas me le dire. J'ai essayé d'aborder les choses sous un autre angle, en lui demandant ce qu'elle sous-entendait en disant que Bianca n'aurait pas dû être dans le bus le jour de l'accident. Elle a tenté d'éluder la question, au début, mais elle a fini par dire qu'elle avait découvert pas mal de choses, récemment...

— C'est-à-dire ? la coupa Josie. Quel genre de choses ?

— Je ne sais pas. Elle n'a pas développé. Elle a simplement dit que, le jour de l'accident, elle s'était arrangée pour que Nathan aille chercher ses enfants et Bianca quinze minutes plus tôt que d'habitude, à l'école. Apparemment, Bianca et un des enfants Cammack avaient rendez-vous chez une orthodontiste à la même heure, et Nathan avait accepté d'aller les chercher pour que Krystal n'ait pas à quitter son travail plus tôt, ce jour-là.

— Mais les enfants ont pris le bus.

Paige hocha tristement la tête.

— Oui. Nathan a envoyé un SMS à Krystal juste avant le moment où il aurait dû quitter son travail et lui a dit que l'orthodontiste avait annulé tous ses rendez-vous de l'après-midi, et qu'en plus il était coincé au boulot.

— Donc Krystal a dû accepter à ce moment-là que Bianca prenne le bus pour rentrer, comme tous les autres jours. Mais alors pourquoi, deux ans plus tard, a-t-elle dit que Bianca n'aurait pas dû prendre ce bus ? Est-ce qu'elle avait l'intention de quitter son bureau plus tôt pour aller la chercher ?

— Je ne sais pas si je devrais t'en parler, parce que ça implique un des autres parents.

— Tu as parlé de ça à cet autre parent ? Quel que soit ce « ça ».

Paige secoua la tête.

— Non, Krystal me l'a dit, mais je n'ai pas cherché à vérifier si c'était vrai. Je n'avais pas de raison de le faire. Ça n'aurait rien changé.

— Mais si c'est Krystal qui te l'a dit, tu ne violerais pas le secret professionnel en me le répétant.

— Josie, je suis certaine que ça n'a aucune importance. Rien de tout ça n'est important. Krystal avait beaucoup de mal à le comprendre, comme beaucoup de gens – comme tous les gens en deuil, en fait. Tu le sais très bien toi-même. On peut passer en revue ad nauseam toutes les microdécisions à première vue sans importance qu'on a prises le jour où on a perdu un être cher, ça ne change rien. Que Krystal ait décidé de porter une jupe rouge ou une jupe bleue ce matin-là ne change rien – Bianca est morte dans tous les cas.

Josie sentit quelque chose remuer en elle. Une image de Lisette avançant avec son déambulateur, dans l'herbe, vers la lisière du bois, surgit dans son esprit.

— Il y a une grande différence entre me demander si la couleur des vêtements que je portais le jour où ma grand-mère est morte aurait pu la sauver et me demander si j'aurais mieux fait de lui dire de ne pas s'approcher du bois et de rentrer à l'hôtel. Si je lui avais dit de rentrer à l'hôtel, elle serait encore en vie.

— Mais tu ne l'as pas fait.

Josie eut le souffle coupé. Une avalanche de sentiments s'abattit sur ses épaules. Elle vacilla, se plia en deux. Ses poumons cherchaient un air qui ne venait pas. Tout à coup, Paige fut à ses côtés et posa les mains sur ses épaules.

— Ce n'est que de la douleur, dit-elle. Respire !

Josie ouvrit la bouche pour répondre qu'elle ne pouvait pas respirer, mais ne put émettre qu'un cri étranglé.

Paige lui frotta le dos, d'un mouvement circulaire.

— Ne résiste pas, Josie.

Je ne peux pas, voulut-elle dire. *Je ne peux pas ne pas lutter.*

— Tu ne comprends pas, Josie ? Tous les jours, continuellement, nous prenons des décisions, et nous les prenons en supposant que le monde est un endroit relativement sûr. Nous évaluons en permanence des risques, et nos évaluations reposent sur une expérience et des suppositions qui ne prennent pas nécessairement en compte l'existence des tueurs ou des conducteurs ivres. Quand tu es allée avec ta grand-mère en direction du bois pour retrouver l'endroit où une petite fille s'était perdue, comment aurais-tu pu supposer qu'un tueur vous y attendait pour vous tirer dessus ? Ce n'est pas toi qui as laissé ta grand-mère mourir. C'est quelqu'un qui l'a tuée. Et quand Bianca a dû prendre le bus, le jour de l'accident, au lieu d'aller chez l'orthodontiste avec les Cammack, Krystal pouvait raisonnablement supposer qu'elle arriverait saine et sauve chez elle, comme tous les autres jours où elle rentrait de l'école. Krystal n'a pas laissé Bianca mourir. Le conducteur s'est soûlé et a choisi de prendre le volant quand même. Il est très dangereux de jouer à « et si... », Josie. Très dangereux, et totalement inutile. Si Krystal avait bu avant de conduire Bianca quelque part dans sa voiture et que sa fille était morte ainsi, alors là, oui, Krystal aurait eu un gros travail à faire pour se pardonner et tourner la page. Mais elle n'y était pour rien, tout comme tu n'es pour rien dans le meurtre de Lisette.

Josie finit par avaler une grande goulée d'air. Les scénarios – Josie et Lisette, Krystal et Bianca – étaient différents, et elle n'était pas certaine d'arriver un jour à se convaincre qu'elle n'était pas responsable de ce qui était arrivé à sa grand-mère. Lisette était morte et il ne restait à Josie qu'un sentiment écrasant, si lourd et si pénible qu'il lui paraissait physiquement impossible de le supporter. Krystal avait-elle ressenti la même chose ? Ou était-ce encore plus fort parce qu'elle avait perdu sa fille, et pas sa grand-mère ?

— Que t'a-t-elle dit ? souffla Josie. Qu'est-ce que Krystal t'a dit que tu ne veux pas me répéter ?

Paige continuait à lui masser le dos. Josie restait pliée en deux. Elle craignait de se mettre à vomir si elle se redressait.

— Nathan a menti, dit Paige. L'orthodontiste n'avait pas annulé ses rendez-vous de l'après-midi.

— Mais pourquoi aurait-il menti ?

Josie sentit que Paige haussait les épaules.

— Ça, je n'en ai aucune idée.

— Et comment Krystal l'a-t-elle appris ? Elle aurait dû le découvrir juste après l'accident, non ?

La nausée semblait passer quelque peu.

— Je ne sais vraiment pas, Josie. Je ne peux que te répéter ce que Krystal m'a dit, à savoir qu'elle venait de découvrir que Nathan avait menti à propos de l'orthodontiste, et apparemment aussi qu'il n'était pas du tout coincé au boulot. Selon elle, il est rentré chez lui, sans même passer prendre ses enfants à l'école, pour rejoindre Gloria.

— Mais pourquoi ? se demanda Josie à haute voix.

Paige soupira.

— Je suppose que c'est une histoire entre Nathan et Gloria. Je suis convaincue qu'ils se sentent extrêmement coupables.

Mais ce n'est pas à moi de conjecturer. Si l'un des deux ou les deux veulent m'en parler en thérapie, je serai heureuse d'essayer de les aider mais, en dehors de ça, je ne peux rien dire de plus.

Josie finit par se redresser. Paige reposa les mains sur ses genoux.

— Comment te sens-tu ? lui demanda-t-elle.

— Comme quelqu'un qu'on a fourré dans un broyeur à ordures mais sans terminer le boulot, lâcha Josie.

Paige se mit à rire.

— Krystal devait être furieuse contre Nathan, reprit Josie. Pourquoi ne s'en est-elle pas prise à lui directement ?

Ou peut-être qu'elle l'a fait, et qu'il a omis de nous le dire, pensa-t-elle.

— Elle t'a dit si elle lui avait demandé des comptes, ou si elle comptait le faire ? poursuivit-elle.

Paige fit non de la tête.

— Elle m'a dit qu'elle ne lui en avait pas parlé. Je ne sais pas si elle en avait l'intention ou pas.

Le téléphone de Josie se mit à sonner.

— Désolée, dit-elle en voyant qui l'appelait. C'est mon collègue, je dois répondre.

Elle décrocha.

— Mett ? Qu'est-ce qui se passe ?

L'inspecteur Finn Mettner parla d'une voix blanche. Josie entendit un homme crier derrière lui.

— Patronne ? Tu pourrais passer à la boutique *All Natural Family & Child* ? On a un problème.

La boutique de Gloria Cammack était un garage automobile reconverti, non loin du centre de Denton. Une partie était occupée par des rayons de produits vendus sur place, l'autre ressemblait à un entrepôt de vente par correspondance, où des employés préparaient des paquets envoyés dans tout le pays. Un étage avait été ajouté au garage et, en se garant sur le parking aménagé devant la boutique, Josie vit Gloria Cammack, debout à la fenêtre, qui contemplait la rue en contrebas. Elle avait les bras croisés, le visage fermé.

Une voiture de patrouille était stationnée de travers, gyrophare allumé, sur deux places de parking. Mettner et deux agents en uniforme se tenaient à quelques pas de l'entrée de la boutique, encadrant Nathan Cammack. Quand Josie descendit de voiture, elle le vit tourner en rond, presque sur lui-même, les poings crispés et les bras plaqués le long du corps. Les cheveux en bataille, il grondait, dents serrées.

— Je veux simplement voir ma femme, bordel !

Il cria ces deux derniers mots assez fort pour faire sursauter un client qui sortait de la boutique.

— Monsieur Cammack, dit Mettner, je vous ai déjà demandé deux fois de vous calmer. Mme Cammack ne veut pas vous parler. Elle nous a demandé de vous faire quitter les lieux. Je pense qu'il vaudrait mieux pour tout le monde que vous partiez de votre plein gré.

— Et faire trois pas pour descendre de ce trottoir ne suffira pas. Il faut rentrer chez vous et vous calmer vraiment, ajouta l'un des deux agents.

— Une discussion, répondit Nathan Cammack à Mettner. Je ne peux même pas avoir *une* discussion avec elle ?

Il tenta d'avancer mais Mettner posa une main sur sa poitrine.

— Elle ne veut pas vous parler pour le moment. Elle a été très claire.

Josie s'approcha d'eux.

— Monsieur Cammack ?

— Vous ! rétorqua-t-il. Je vous ai parlé ce matin. Vous êtes au courant de ce qui se passe. Je dois parler à ma femme. Il faut que je lui dise que Krystal a menti.

Josie sentit l'alcool dans son haleine.

— Monsieur Cammack... Nathan. Gloria est votre ex-femme. Si elle ne souhaite pas vous parler, nous ne pouvons rien y faire.

— Je finissais d'interroger les employés quand il a déboulé comme ça, dit Mettner. Il a coincé Mme Cammack dans son bureau et...

Nathan leva les mains.

— Je ne l'ai pas « coincée ». Voyons ! C'est ma femme !

Mettner poursuivit comme s'il ne l'avait pas interrompu :

— Elle a appelé le 911 pendant que j'étais ici et que j'essayais de le faire sortir.

— Vous n'avez pas le droit ! cria Nathan Cammack. Vous ne pouvez pas me faire partir ! J'ai tout à fait le droit d'être ici !

— Nathan, dit Josie. Je n'ai aucune envie de vous voir sur la banquette arrière d'une voiture de patrouille, entre deux agents. Venez avec moi, d'accord ? On va aller prendre un café et discuter. J'ai d'autres questions à vous poser, de toute façon.

Il parut réfléchir un moment. Puis il serra les dents et essaya de nouveau de forcer le passage. Mettner et Josie s'y mirent à deux pour le bloquer.

— Emmenez-le au commissariat, dit Mettner.

Il se mit à crier quand les agents en uniforme s'approchèrent.

— Dégagez ! Je vais voir ma femme, et vous ne pouvez pas m'en empêcher ! Je veux parler à ma femme !

Dans son dos, Josie entendit Gloria Cammack répliquer :

— Je ne suis plus ta femme, Nathan !

Nathan Cammack cessa de se débattre et tendit le cou pour mieux voir Gloria. Elle se tenait à deux mètres d'eux, en hauts talons et tailleur-pantalon impeccable, les bras croisés, une oreillette Bluetooth dans l'oreille.

— Rentre chez toi. Nous n'avons plus rien à nous dire.

— Krystal a menti, cracha-t-il. Nous n'avons jamais eu de liaison.

L'espace d'un instant, l'énervement clairement lisible sur le visage de Gloria Cammack fit place à la surprise, au désarroi. Mais elle se reprit très vite. Avec un gros soupir, elle répondit :

— Je m'en fiche, Nathan. Ça n'a pas d'importance. Plus rien n'a d'importance.

— Ça en a pour moi. Quand nous étions une famille, je te suis resté fidèle – à toi et aux enfants.

Josie savait que ce n'était pas tout à fait vrai, puisqu'il avait reconnu avoir couché une fois avec Krystal Duncan, mais elle n'intervint pas.

— Tu dis ça, et pourtant tu me remettais en cause sur tout, répondit Gloria en avançant d'un pas. Sur ce que les enfants mangeaient, les vêtements qu'ils portaient, les médicaments qu'ils prenaient, les endroits où on allait en vacances. Tout. Rien n'était jamais assez bien pour toi. Et je devrais croire que tu ne m'as pas trompée ? Puisque tu étais si malheureux, et je sais que tu l'étais, pourquoi est-ce que tu ne l'aurais pas fait ?

Nathan Cammack secoua la tête comme un chien qui s'ébroue.

— OK, dit-il. C'est vrai. Je n'étais pas heureux. Je n'aimais pas ce mode de vie bio que tu nous imposais à tous. C'était trop. Parfois, tout ce qu'on voulait, les enfants et moi, c'était un foutu hamburger. Ou des bonbons. Des bonbons trop sucrés, industriels, chimiques. Mais on voulait seulement se faire plaisir, s'amuser, Gloria !

Les larmes montèrent aux yeux de Gloria Cammack. Elle répondit d'une voix brisée :

— Et moi, je n'étais pas amusante, hein ? Après tout ce que j'ai fait pour cette famille, pour m'en occuper ? Pour qu'on ait une vie meilleure ? Je n'étais pas assez amusante pour toi, Nathan ? Est-ce que tu vas grandir, un jour ?

Elle tourna les talons et s'éloigna à grandes enjambées.

Nathan voulut s'élancer vers elle, mais Josie et Mettner l'en empêchèrent.

— Tu étais une bonne mère ! cria-t-il. Gloria ! Une super maman ! Je t'en prie, écoute-moi ! S'il te plaît !

Elle ralentit le pas, sans se retourner toutefois. Ses épaules tremblaient.

— Je suis idiot, d'accord ? reprit-il. Immature et idiot ! Je suis désolé. Je ne t'appréciais pas à ta juste valeur, je suis désolé. Mais je ne t'ai pas trompée avec Krystal ! On fumait des joints ensemble. C'est tout. Alors, qu'est-ce qui est plus crédible ? Que j'aie eu une liaison avec elle pendant des années ou que j'aille fumer de l'herbe avec elle le soir ?

Lentement, Gloria Cammack se retourna pour lui faire

face. Elle essuya les larmes qui mouillaient ses joues. Elle paraissait un peu moins tendue.

— Tu me crois ? demanda Nathan.

— Oui. Oui, je te crois. Mais pourquoi Krystal m'a-t-elle dit ça ?

Il baissa les yeux. Josie et Mettner le relâchèrent lentement pour lui laisser un peu d'espace. Quand il releva les yeux vers son ex-femme, il dit :

— C'est à cause de cette histoire débile d'élève du mois.

Gloria Cammack prit un air perplexe.

— Tu viens de fumer ou quoi ? cracha-t-elle. Qu'est-ce que tu racontes ?

Il fit un pas vers elle.

— Tu te souviens que la prof habituelle de Wallace était partie en congé maternité ? Ils ont eu une remplaçante, juste avant l'accident.

Elle hocha brièvement la tête, le pressant d'aller droit au but.

— C'est possible. Oui, je crois. Viens-en au fait.

— Tu ne te rappelles pas que Wallace est rentré à la maison en annonçant qu'il avait été désigné élève du mois ?

— Oh, dit Gloria, dont l'énervement se dissipait. Si, bien sûr. Il ne l'avait jamais été auparavant.

— Et cette fois-là non plus, bien évidemment. C'est Bianca qui devait être élève du mois. C'est elle que leur professeure avait choisie avant de partir en congé maternité. Mais Wallace avait pris son cahier et effacé le nom de Bianca pour mettre le sien à la place. La remplaçante ne s'en est pas aperçue. Elle a simplement suivi ce qui était noté dans le cahier. Toute la classe était au courant, mais personne n'a rien voulu dire. Pour ne pas passer pour des délateurs, j'imagine, mais Bianca était très contrariée.

— Je suis sûre que tu te trompes, Nathan. Mais quelle importance, de toute façon ?

— Krystal a voulu que j'aille voir la proviseure pour rétablir la vérité. Bianca avait organisé une levée de fonds pour la recherche en cancérologie pédiatrique. Elle avait mérité cette récompense. Mais personne dans la classe n'avait voulu la défendre. Krystal m'a dit qu'elle se sentait très mal à l'idée de dénoncer un gamin de douze ans, et que je, ou plutôt que *nous* devions faire les choses correctement, que nous devions demander à Wallace d'avouer la vérité et de s'excuser.

— Et pourquoi n'ai-je jamais eu connaissance de cette histoire ? Tu ne m'en as rien dit.

— Parce que je savais que tu ne me croirais pas, il fallait que Wallace te le dise lui-même. Je lui en ai parlé, mais il a refusé de reconnaître ce qu'il avait fait. Krystal m'a demandé d'aller quand même à l'école, sans toi et sans Wallace, mais je n'ai pas voulu.

Gloria Cammack posa une main sur sa hanche.

— Tu discutais de notre fils avec la femme avec qui tu fumais des joints, mais pas avec moi ?

Nathan fit un autre pas en avant, les mains levées en un geste conciliant, mais Gloria recula d'autant.

— Je ne dis pas que ce que je faisais était bien, j'essaie seulement de te dire ce qui s'est passé. Quand j'ai refusé d'aller régler ce problème d'élève du mois, Krystal m'a menacé. Elle a dit qu'elle te raconterait qu'on fumait de l'herbe ensemble puis, comme ça ne m'a pas impressionné, qu'elle inventerait quelque chose, qu'elle te dirait qu'on avait une liaison. Elle était en colère contre moi. Elle l'a sans doute toujours été, depuis cette histoire. Et c'est pour ça qu'elle t'a menti.

Gloria le dévisagea un long moment, essayant de démêler le vrai du faux. Puis elle dit :

— Elle n'aurait pas ruminé cette histoire idiote d'élève du mois pendant deux ans, après la mort des enfants. Elle ne m'a dit que récemment que vous aviez eu une liaison. Elle a voulu me blesser, Nathan. Pourquoi ? Pourquoi aurait-elle fait ça ?

Nathan baissa les bras. Il semblait rapetisser à vue d'œil. Un instant, Josie se demanda s'il n'allait pas s'effondrer. D'une petite voix abattue, il répondit :

— Je n'en sais rien.

Josie fit un pas en avant.

— Je crois que je le sais, moi.

22

Il fallut un bon moment pour convaincre les Cammack d'accompagner Josie et Mettner au commissariat. Mais la camionnette d'une chaîne d'information qui apparut devant la boutique *All Natural Family & Child* donna à Josie un argument supplémentaire. Ces deux parents en deuil n'avaient pas du tout envie de laver leur linge sale devant la presse. Josie envoya Mettner chez *Komorrah's* chercher un café pour Nathan Cammack, pendant qu'elle apportait une bouteille d'eau à Gloria. Les Cammack attendirent dans la salle de conférences du rez-de-chaussée, l'un en face de l'autre. Une éternité semblait avoir passé depuis le moment où Sebastian Palazzo avait fait les cent pas dans cette même pièce, en disant à Gretchen et Josie que sa femme avait disparu. Mais en regardant l'heure sur son téléphone avant d'entrer dans la salle de conférences, Josie constata qu'il n'était que 20 h 30. Elle n'avait pas dîné. Ses doigts voletèrent sur l'écran et elle demanda à Mettner de prendre aussi des pâtisseries, puisqu'il était chez *Komorrah's*. Ce serait mieux que rien. Elle répondit aux quelques SMS que Noah lui avait envoyés pour savoir comment elle allait, puis échangea avec Gretchen sur les progrès de leur enquête.

Faye Palazzo restait introuvable. Personne ne l'avait vue sortir de chez elle. Personne ne l'avait vue dans le quartier. Elle n'était nulle part où on l'avait cherchée, y compris au cimetière. L'équipe d'identification criminelle avait passé au crible la cuisine et l'entrée de sa maison, en vain. Son mari était tellement hors de lui que Gretchen menaçait de le faire conduire aux urgences s'il ne se calmait pas. Elles se promirent de se tenir au courant si jamais il y avait du nouveau. Quand Josie remit son téléphone dans sa poche, Mettner surgit avec des cafés pour elle et Nathan Cammack, ainsi que quelques *Cheese Danish*[1], qu'elle pourrait manger à son bureau ensuite.

— Tu es un champion, lui dit-elle à voix basse tandis qu'ils rejoignaient les Cammack dans la salle de conférences.

Josie s'assit à côté de Nathan et déposa un café devant lui tandis que Mettner s'installait face à eux, à côté de Gloria.

— Vous allez nous lire nos droits, c'est ça ? demanda Nathan.

Son ex-femme leva les yeux au ciel.

— Nous ne sommes ici que pour parler, monsieur Cammack, dit Josie. Vous n'êtes suspectés de rien, mais nous enquêtons toujours sur le meurtre de Krystal Duncan. Et Faye Palazzo a disparu ce matin.

Gloria Cammack s'étrangla presque.

— Quoi ? Comment ça ?

— Je ne peux pas le formuler autrement. Faye Palazzo a disparu.

— L'un de vous deux lui a-t-il parlé récemment ? demanda Mettner. Depuis vingt-quatre heures, disons.

Nathan et Gloria Cammack secouèrent la tête à l'unisson.

— Je l'ai vue pendant notre réunion du lundi soir, dit-il. C'est tout. Mon Dieu. Où est-elle, selon vous ?

---

1. *Cheese Danish* : viennoiserie danoise à base de pâte feuilletée et de fromage frais.

Josie ne répondit pas à sa question et enchaîna :

— Au cours de nos investigations sur le meurtre de Krystal Duncan et la disparition de Faye Palazzo, il nous a été rapporté que Krystal avait découvert des choses peu avant sa mort.

— Que voulez-vous dire ? demanda Gloria. Vous pouvez être plus précise ?

— C'est en rapport avec le jour de l'accident de bus, dit Josie.

Gloria renversa la tête en arrière, contempla le plafond et soupira lourdement.

— Encore ! Quand est-ce que ça s'arrête ? Est-ce qu'il y a une fin à tout ça ? D'abord le procès, et maintenant vous, qui revenez sur toutes ces horreurs. Vous ne pouvez donc pas laisser mes enfants reposer en paix ?

— *Nos* enfants, corrigea Nathan Cammack.

Il s'empara de son gobelet de café et en but une gorgée. Gloria le fusilla du regard.

— Que ça vous plaise ou non, dit Josie, Krystal Duncan a été assassinée, et on a retrouvé le surnom de votre fils sur place. En dehors de ses collègues, Krystal n'avait de liens qu'avec les membres du groupe de parents des victimes de l'accident. Et maintenant, un autre membre de ce groupe a disparu. La dernière fois que Krystal a assisté à une de vos réunions, elle était visiblement troublée, et a dit certaines choses avant de partir, furieuse.

— Je n'assiste pas à ces réunions, objecta Gloria Cammack. Je ne vois pas en quoi ça me concerne.

Josie poursuivit comme si elle n'avait pas été interrompue :

— Le jour de l'accident, Nathan était censé aller chercher vos enfants et Bianca Duncan à l'école un peu plus tôt, pour les conduire chez l'orthodontiste.

Silence.

— Nathan a envoyé un SMS à Krystal alors qu'elle était encore au bureau, pour lui dire que l'orthodontiste avait annulé tous ses rendez-vous de l'après-midi, que lui-même était coincé au travail, et qu'il n'irait donc pas chercher les enfants.

— Stop, dit Nathan Cammack d'une voix soudain rauque.

— Mais l'orthodontiste n'a annulé aucun rendez-vous cet après-midi-là. C'est Nathan qui a appelé le cabinet dentaire et annulé les rendez-vous. Et il n'était pas bloqué au travail.

Josie se tourna vers lui.

— Vous êtes rentré chez vous.

Il repoussa son siège et enfouit le visage dans ses mains en sanglotant. Ses pleurs résonnaient jusque dans les os de Josie, comme si elle était un diapason de chagrin. De l'autre côté de la table, Mettner baissa les yeux. Josie voulut poser la main sur le bras de Nathan mais la voix de Gloria Cammack s'éleva pour couvrir les sanglots de son ex-mari.

— C'est ma faute, dit-elle très calmement. C'est à cause de moi. Je l'ai appelé à son travail ce jour-là. J'étais à la maison. J'avais oublié mon agenda, et j'en avais besoin. J'étais passée le prendre après le déjeuner, et il y a eu un problème. J'ai appelé Nathan et lui ai demandé de rentrer. Il m'a répondu qu'il devait emmener les enfants chez l'orthodontiste. Je lui ai dit d'annuler les rendez-vous. Quand il m'a demandé ce qu'il devait dire à Krystal, je lui ai répondu que je m'en fichais. Et qu'il fallait qu'il vienne immédiatement.

Les sanglots de Nathan Cammack se muèrent en hoquets. Il ne releva pas la tête. Mettner fit glisser une boîte de mouchoirs en papier sur la table, Josie en prit deux et remua légèrement le bras de Nathan jusqu'à ce qu'il s'en saisisse.

Gloria reprit la parole d'une voix glaciale.

— C'est ce que vous vouliez entendre ? Que mes enfants sont morts par ma faute ? Que Bianca Duncan aussi est morte par ma faute ?

Josie repensa à sa discussion avec Paige Rosetti. *Il est très dangereux de jouer à « et si... ».*

— Ce qui est arrivé aux enfants dans ce bus n'est pas votre

faute, madame Cammack, dit fermement Josie. Quels que soient les choix que vous avez faits ce jour-là. Ce n'est pas votre faute.

Gloria Cammack parut surprise. Et, quand les larmes lui montèrent aux yeux, elle détourna le regard. Josie refit glisser la boîte de mouchoirs de l'autre côté de la table.

Elle laissa aux deux parents le temps de se reprendre. Puis elle poursuivit :

— Quel était ce problème, Gloria ? Que s'est-il passé pour que vous ayez besoin que Nathan rentre à la maison ce jour-là ?

— Quelle importance ça peut bien avoir ?

— Je n'en sais rien. Dites-nous ce qui est arrivé, et nous verrons s'il y a un lien ou non avec nos enquêtes.

Gloria leva les yeux au ciel avant de répondre.

— Quelqu'un avait volé la Playstation de Wallace.

Nathan s'était repris quelque peu et la contredit :

— On n'est pas sûrs qu'elle ait été volée.

— Alors où est passée cette Playstation, Nathan ? Elle a bien été volée. Tout comme la pièce de 10 cents en argent à l'effigie de Roosevelt de Frankie, ma pochette Yves Saint Laurent, et ce foutu réchaud de camping dont tu ne t'es jamais servi.

Il fit non de la tête.

— Tu as jeté ta pochette Saint Laurent et mon réchaud de camping pendant une de tes purges.

— Je n'aurais jamais jeté cette pochette, insista Gloria.

— Racontez-nous tout ça, intervint Mettner. Qu'est-ce qui a disparu, et quand ?

— C'était quatre ou cinq mois avant l'accident. En fait, ça devait être au réveillon du Nouvel An, non, Gloria ?

Celle-ci changea de position sur son siège, croisa les bras sur sa poitrine – ce qui semblait être une habitude chez elle.

— Si, c'est bien ça. Il y avait une réception à l'hôtel *Eudora*. Organisée par la chambre de commerce de Denton. Je cherchais cette pochette parce qu'elle était assortie à ma robe, et elle avait disparu.

— Vous vous êtes immédiatement dit qu'on vous l'avait volée ? demanda Josie.

— Si vous vous demandez si nous avons fait une déclaration à la police : non. J'ai d'abord cru l'avoir mal rangée. Je ne l'ai jamais retrouvée.

— Et puis un mois plus tard, deux peut-être, la pièce de 10 cents Roosevelt en argent de Frankie a disparu aussi, compléta Nathan Cammack.

— Une pièce de 10 cents Roosevelt ? demanda Mettner.

— C'est mon père qui l'avait donnée à Frankie, répondit-il. Une pièce rare de 10 cents datant de 1982, dont le poinçon est manquant. Elle la gardait toujours dans une petite bourse bleue, une sorte de petit porte-monnaie, avec ses initiales sur le devant, en lettres pailletées : « F. C. » Elle gardait cette bourse dans une boîte sur une de ses étagères. Une de ses amies est venue à la maison et elle a voulu lui montrer. Elle a ouvert la boîte, mais elle était vide – la bourse et la pièce à l'intérieur avaient disparu.

— On a cherché partout, reprit Gloria. Frankie était bouleversée. On a même démonté l'aspirateur et vidé le sac, en se disant que la pièce avait pu rouler et tomber par terre, et que je l'avais aspirée accidentellement. Je l'ai fait pour faire plaisir à Frankie, en réalité. Puisque la bourse aussi avait disparu.

— Mais il n'y avait rien dans l'aspirateur, renchérit Nathan. On ne l'a jamais retrouvée.

— Cette bourse et cette pièce, combien valaient-elles, selon vous ? demanda Josie.

— Les deux ensemble ? dit Gloria. Peut-être 600 ou 700 dollars.

— Et le réchaud de camping ? dit Mettner.

— Je ne l'ai jamais sorti de la boîte, dit Nathan. C'était un réchaud haut de gamme, donc je dirais 300 dollars ? Quand il a commencé à faire beau, je suis allé au garage pour l'installer dehors. Je pensais qu'on pourrait y faire griller des marshmallows...

Il jeta un regard à Gloria.

— ... Végétaliens, précisa-t-il. Dans le jardin. Mais le réchaud avait disparu. Gloria avait déposé quelques objets dans une boutique solidaire. J'ai cru qu'il faisait partie du lot.

— Vous avez cru qu'elle avait fait don d'un réchaud de camping tout neuf à 300 dollars, et vous n'avez rien dit ?

— Pas à ce moment-là. On s'était déjà disputés plusieurs fois au sujet du réchaud.

— Il avait dépensé beaucoup trop d'argent là-dedans, dit Gloria. D'ailleurs, il n'aime pas camper. Et il n'avait même pas de tente.

— J'aurais fini par m'y mettre, répliqua Nathan.

— Ah bon ? Comme tu t'es mis au kayak et à faire sécher de la viande ?

Elle se tourna vers Mettner pour le prendre à témoin.

— Il n'arrête pas d'acheter des trucs beaucoup trop chers pour des loisirs qu'il ne pratique jamais.

Avant qu'ils s'écartent encore plus du sujet, Josie reprit :

— Mais le jour de l'accident, vous dites que vous êtes rentrée chez vous et que la Playstation de votre fils avait disparu ?

— Oui. Elle était dans la salle de jeux, qui servait aux enfants quand ils invitaient des amis et où je pouvais garder un œil sur eux. Je suis passée devant, ce jour-là, et j'ai remarqué que la Playstation n'y était plus. Ça a été la goutte d'eau qui a fait déborder le vase. J'ai appelé Nathan et je lui ai demandé de rentrer immédiatement.

— Vous avez pensé qu'on vous volait tous ces objets ?

Gloria opina du chef.

— Oui. C'est ce que je me suis dit.

— Mais pas au début, intervint Nathan. On n'a pas cru tout

de suite qu'on nous volait des choses. On pensait qu'on devenait fous, qu'on les perdait ou qu'on s'en débarrassait et qu'on oubliait ensuite les avoir jetées.

— Et puis vous avez pensé que quelqu'un s'introduisait chez vous et prenait ces objets ? demanda Mettner.

— Ou que quelqu'un qu'on connaissait nous les volait, compléta Gloria.

— Notre quartier est très sûr. Il y a beaucoup de familles. Tous nos enfants jouaient les uns chez les autres. Et tous les parents s'occupaient un peu de tout le monde.

— Il y avait toujours un barbecue, un anniversaire, un club de lecture... Ça n'arrêtait pas, poursuivit Nathan. Il y avait toujours des invitations. Les gens n'arrêtaient pas d'aller et venir, chez nous. Même Virgil, le conducteur du bus, venait souvent. C'était un voisin sympa, il était ami avec tout le monde, avant l'accident.

Gloria lui jeta un regard noir.

— Ne prononce pas son nom, Nathan.

— Vous avez cru que le voleur était quelqu'un que vous connaissiez ? demanda Josie pour revenir sur le sujet des objets disparus.

Gloria haussa les épaules.

— On n'était pas sûrs. On n'était même pas sûrs qu'il y avait eu un vol, au début.

— Vous pourriez dresser une liste des gens qui passaient chez vous, à cette période-là ? demanda Mettner.

Nathan se mit à rire.

— Vous plaisantez ? Autant établir la liste de presque tous les voisins des dix pâtés de maisons autour de chez nous. Sans parler du fait que nous avons fait faire plusieurs fois des réparations par des entreprises.

— Impossible d'établir une liste complète, renchérit Gloria. Et si on y arrivait, elle compterait des dizaines de noms. En fait, il ne nous était jamais venu à l'idée que quelqu'un puisse voler des choses chez nous, donc nous ne faisions pas attention. C'est pourquoi je n'étais sûre de rien, jusqu'à ce que la Playstation disparaisse. Ce truc coûtait vraiment cher. Enfin, ma pochette avait plus de valeur, mais je m'en servais rarement. Tandis que Wallace passait sa vie sur sa Playstation. C'est à ça que j'ai pensé quand j'ai constaté qu'elle avait disparu : je me suis dit qu'il allait être anéanti. Il y jouait presque tous les jours après l'école. Avec des limites de temps, bien sûr. Et c'est à ce moment-là que j'ai compris que tout était lié et que quelqu'un était certainement entré chez nous pour nous voler des choses ! J'étais hors de moi, perturbée, donc oui, j'ai appelé mon mari.

Nathan hocha la tête sans croiser son regard.

— Et je suis arrivé directement. J'ai laissé tomber les enfants. Oublié mon boulot. Et je suis rentré.

— Ils auraient dû être en sûreté, dans ce bus, dit Gloria.

— Avez-vous, l'un ou l'autre, déjà raconté tout ça à quelqu'un ? La Playstation envolée, les rendez-vous annulés chez l'orthodontiste, vous deux ici pendant que les enfants finissaient leur journée d'école ? demanda Josie.

Les Cammack la regardèrent. Gloria voulut parler mais n'émit qu'un sanglot étranglé.

— Non, dit Nathan. À personne. Et puis, on était en train de discuter entre nous pour savoir s'il fallait aller signaler tout ça à la police quand on nous a appelés pour nous annoncer l'accident. On n'y a repensé que bien plus tard, et on a décidé de ne rien dire à personne. Ça semblait... ne plus avoir d'importance.

— Et vous redoutiez que quelqu'un ne vous rende responsable, dit Mettner.

Nathan hocha la tête.

— Oui. Pas seulement de la mort de nos propres enfants, mais aussi de celle de la fille de Krystal. C'était trop. Trop horrible. Gloria se faisait déjà massacrer dans la presse parce qu'elle était à la fois mère et chef d'entreprise – comme si ça avait un quelconque rapport avec le reste. On a pensé que ce détail n'avait pas besoin d'être public. L'issue restait la même.

— Mais comment Krystal Duncan a-t-elle pu l'apprendre, deux ans après les faits ? demanda Josie.

Il haussa les épaules.

— Je ne sais pas. Par l'orthodontiste, peut-être ?

— Et qu'est-ce que ça peut faire ? demanda Gloria. Quel est le rapport avec son meurtre ? Si elle venait juste de découvrir ça, elle était tout à fait en droit d'être furieuse contre nous. À sa place, j'aurais voulu nous tuer tous les deux. Alors pourquoi sommes-nous encore vivants, et pas elle ?

— C'est ce que nous essayons de découvrir, répondit Mettner.

La vraie question était : pourquoi Krystal s'était-elle mise à chercher à en savoir plus, tout à coup ? Josie repensa à ce que Paige Rosetti lui avait dit : Krystal avait découvert certaines choses. Qu'avait-elle appris d'autre qui aurait pu la pousser à aller ensuite à East Bridge demander des opioïdes à Skinny D ? Avait-elle découvert que c'était Nathan Cammack qui avait annulé les rendez-vous chez l'orthodontiste, ou était-ce autre chose ? Gloria avait raison. Découvrir qu'elle et Nathan étaient rentrés chez eux le jour de l'accident n'était en rien susceptible de mener à la mort de Krystal.

Quelque chose leur échappait, mais quoi ?

— Patronne ?

Josie se tourna vers Mettner et s'aperçut que les trois autres la dévisageaient.

— Oui ?

— On vous demandait si c'était tout, dit Gloria. On peut y aller ? Je suis fatiguée, et je voudrais rentrer chez moi.

— D'accord, dit Josie. Oui. C'est une bonne idée.

Mettner raccompagna Nathan Cammack chez lui, et Gloria repartit de son côté. Josie engloutit quelques *Cheese Danish* tout en finissant ses rapports de la journée. Quand elle rentra chez elle, il était près de 22 heures. En arrivant à la porte, elle entendit Trout griffer le vantail de l'autre côté en poussant ses habituels gémissements aigus. La fatigue le disputait aux regrets. Après une période passée chez elle avec son chien vingt-quatre heures sur vingt-quatre, elle était maintenant loin de lui presque toute la journée. De plus, c'était le jour de repos de Noah et elle n'avait même pas pu rentrer à temps pour qu'ils dînent ensemble. Leur métier était ainsi fait, et ça ne l'avait jamais dérangée jusque-là. Mais le manteau du deuil pesait lourd sur ses épaules. Non seulement les parents concernés par l'accident de bus avaient subi un traumatisme qu'elle connaissait intimement, ils lui rappelaient aussi constamment qu'elle devait chérir les êtres à qui elle tenait le plus, parce qu'ils pouvaient lui être enlevés en quelques secondes.

Noah ouvrit la porte au moment où elle tendait le bras vers la poignée. Trout lui sauta dessus et s'agrippa à ses jambes, geignant d'excitation. Elle ramena son chien tout frétillant dans l'entrée et le caressa tout en lui parlant jusqu'à ce qu'il se calme un peu. Quand elle leva les yeux, elle vit un large sourire sur le visage de Noah. Dans son dos, une lumière scintillait derrière la porte de la cuisine entrouverte.

— Qu'est-ce qui se passe ? demanda-t-elle.

— J'ai une surprise pour toi. Viens.

Une dizaine de bougies éclairaient la cuisine. Le couvert était mis, et il flottait dans la pièce un arôme envoûtant de langoustines. À l'idée de faire un vrai repas, Josie eut l'eau à la bouche. Noah tira une chaise pour la faire asseoir.

— Ce n'est pas moi qui ai cuisiné ça, bien sûr. C'est Misty. Elle se faisait du mouron pour toi, par rapport au fait que tu reprennes le travail. Alors elle est passée déposer ça. Mett m'a envoyé un texto il y a un moment pour me dire que tu finissais tes rapports, donc j'ai eu le temps de tout réchauffer.

— C'est trop gentil, dit Josie, sentant le poids sur ses épaules s'alléger quelque peu.

Noah s'assit face à elle, et c'est alors qu'elle remarqua les fleurs sauvages dans le vase au centre de la table.

Noah suivit son regard.

— Ta grand-mère, avant sa mort, m'a demandé de t'apporter des bouquets de fleurs des champs, de temps en temps.

Josie inspira avec difficulté.

— Oui, c'était quelque chose qu'on faisait, toutes les deux. Quand j'étais ado, et que je vivais chez elle. On cueillait des fleurs sauvages et chacune laissait à l'autre un bouquet sur la table de l'entrée. C'était bête. C'était…

Elle ne put achever sa phrase. Des larmes lui brûlaient les yeux.

— Je peux les jeter, si elles te font trop de peine.

— Non, non. Ne les jette pas.

Trout lui donna un coup de truffe sur la jambe et elle se baissa pour lui caresser la tête. Rassuré de voir qu'elle allait bien, le chien tourna une fois autour de sa chaise avant de s'asseoir à ses pieds.

— Elle m'a aussi demandé de te rappeler ce qu'elle t'avait dit avant de mourir, dit Noah.

Lisette avait dit un certain nombre de choses à Josie avant de mourir, mais elle savait exactement à quoi sa grand-mère pensait quand elle avait donné ses instructions à Noah.

« Il faut que tu apprennes à vivre avec les deux, ma chérie. La peine et le bonheur. Si tu ne peux pas vivre avec les deux, tu n'y arriveras jamais. » Voilà ce dont Lisette voulait qu'elle se souvienne.

Josie se pencha en avant et fit tourner le vase pour mieux admirer les fleurs.

— Celles-ci, avec ces petites boules roses en grappes, sont des persicaires. Et celles-là, avec quatre pétales blancs et un cœur jaune, sont des houstonies.

Noah la regardait attentivement tandis qu'elle identifiait chacune des fleurs. Elle désigna une minuscule fleur mauve qui semblait jaillir de sa feuille verte, et dont un pétale pendait comme une langue.

— Cette petite, là, est un lamier pourpre, et ça...

Elle passa le doigt sur des genres de bulbes d'où émergeaient de toutes parts de petites fleurs violettes.

— Ce sont des brunelles, ou petites consoudes.

Elle croisa le regard de Noah, qui pétillait à la lueur des chandelles.

— Tu connaissais leurs noms quand tu les as cueillies ? demanda-t-elle.

— Bien sûr que non, admit-il. Je n'y connais rien en fleurs sauvages, mais ta grand-mère disait que tu pouvais toutes les nommer.

— C'est vrai.

— Tu veux me raconter ta journée ?

Josie s'empara de sa fourchette.

— Non. Je veux manger et, ensuite, je veux que tu m'emmènes au lit.

23

La tête de Bianca cogna brutalement contre la vitre quand le bus fit une embardée vers la gauche. Avant qu'elle ait le temps de crier ou de vérifier qu'elle ne saignait pas, le bus fit un écart de l'autre côté. Elle fut projetée contre Gail et manqua la faire tomber dans l'allée centrale. Des cris amusés s'élevèrent. Quelqu'un meugla :

— Bravo, monsieur Lesko !

Bianca se frotta la tête et regarda par la fenêtre. Le paysage semblait défiler beaucoup trop vite. D'habitude, le trajet en bus était si lent qu'elle avait l'impression de pouvoir rentrer plus vite chez elle à pied.

— Tu t'es fait mal ? demanda Gail.

— Je crois que quelque chose ne va pas, répondit Bianca.

— Tu saignes ?

— Non, ma tête, ça va. Je veux parler de M. Lesko. Ça n'est pas normal.

Gail rit.

— Hé, allez ! Il s'amuse un peu, c'est tout.

— Comment est-ce que tu peux le savoir, d'ici ?

— Je ne sais pas. Mais tout le monde trouve ça marrant.

— Parce qu'ils sont idiots, rétorqua Bianca. Les gens ne devraient pas conduire comme ça. Surtout les adultes qui sont responsables d'un groupe d'enfants.

Gail leva les yeux au ciel.

— Arrête de faire la maman. S'il y avait un problème avec M. Lesko, tu crois que la proviseure l'aurait laissé conduire ? Détends-toi. On est presque arrivés, de toute façon.

24

Josie et Noah passèrent chez *Komorrah's* le lendemain matin avant d'arriver au commissariat et commandèrent des cafés pour Gretchen, Mettner, Amber et eux-mêmes. En se garant sur le parking municipal, Noah siffla doucement.

— Regarde-moi ce cirque.

Plusieurs journalistes attendaient près de la porte arrière du commissariat, qui était en principe réservée aux policiers. Ils entourèrent Noah et Josie, téléphones tendus à bout de bras, quand ceux-ci s'avancèrent. Les questions fusèrent de toutes parts :

— Avez-vous déjà attrapé l'assassin de Krystal Duncan ?

— Est-il vrai qu'une autre maman des victimes de l'accident de West Denton a disparu ?

— Le procès de Virgil Lesko va-t-il être décalé ?

— La population a-t-elle des raisons de s'inquiéter ?

— Le tueur vise-t-il particulièrement les mères des victimes de l'accident de West Denton ?

WYEP avait dépêché un cameraman qui suivait le mouvement du groupe de journalistes et enregistra tous les « nous ne pouvons rien vous dire » débités par Noah et Josie. À l'étage, dans la grande salle, Gretchen était assise à son bureau, penchée sur son écran. Mettner et Amber étaient debout près d'elle, tout proches, leurs têtes penchées l'une vers l'autre. Gretchen releva la sienne quand Noah leur distribua leurs cafés.

— Vous vous êtes fait coincer par les paparazzis, en bas ?

— Oui, dit Josie. Ils ont beaucoup de questions à nous poser.

Amber s'écarta de Mettner.

— Je pense qu'il faudrait tenir une conférence de presse. Ça les calmerait, ne serait-ce qu'un petit moment.

— Il faut d'abord décider si on leur annonce la disparition de Faye Palazzo ou non, dit Mettner.

— Ils sont déjà au courant, dit Noah. Officieusement. La nouvelle s'est répandue. Ils savent qu'une autre personne a disparu.

— Gretchen, c'est toi qui diriges l'enquête, dit Josie. Qu'est-ce que tu comptes faire ?

Gretchen ôta ses lunettes de lecture et se renfonça dans son siège en soupirant.

— Je ne veux pas souffler sur les braises. Si on en dit plus à la presse, ces familles seront encore plus vulnérables, et elles ont déjà beaucoup trop souffert. Et puis on risque de déclencher une vague de panique.

— Mais on protège aussi la population en l'avertissant, objecta Mettner.

Gretchen but une gorgée de son café.

— Tu as raison. C'est possible, mais je crois que la presse va surtout parler des parents de l'accident de West Denton, c'est ce qui devrait lui valoir les meilleures audiences. Et le problème, c'est qu'on n'a aucune piste de ce côté. Rien. Absolument aucune.

— Alors reprenons toute l'histoire, pas à pas, dit Noah.

À elles deux, Josie et Gretchen lui résumèrent la situation, puis Josie conclut :

— On sait maintenant pas mal de choses sur ce qui s'est

passé durant les mois et même les heures ayant précédé l'accident. Mais trouver un lien entre ça et le meurtre de Krystal Duncan ou la disparition de Faye Palazzo, c'est une autre paire de manches.

— Il semble n'y avoir absolument aucun rapport, tu veux dire, intervint Mettner. En dehors du surnom de Wallace Cammack qu'on a trouvé écrit sur le bras de Krystal Duncan. Sans ça, il n'y aurait rien du tout pour relier ça à l'accident.

— Mais deux des mères des victimes de l'accident ont disparu, objecta Noah. L'une des deux est morte, et on a découvert son corps sur la tombe de sa fille.

— Certes, dit Mettner. Ce que je veux dire, c'est que, peut-être, on se focalise trop sur l'accident de bus. Ça pourrait être un écran de fumée. Josie disait que dans les mois, voire l'année, qui ont précédé l'accident, des choses ont disparu chez les Cammack et chez les Palazzo. Mais il n'y a pas eu d'effraction. Pas de rapports de police.

— Sauf pour les boucles d'oreille de Faye Palazzo, rappela Gretchen. Qui ont d'ailleurs reparu chez elle au moment de sa disparition, pour autant qu'on sache. Ça pourrait être des copies. J'ai demandé à l'identification criminelle d'essayer de savoir si ce sont des fausses ou si elles viennent bien de chez *Tiffany & Co.*

— C'est vrai, dit Mettner. Mais on cherche quand même quelqu'un qui entrait chez les uns et chez les autres et qui avait accès à leurs objets de valeur, quelqu'un qui a volé des choses à au moins deux de ces familles. Je parie que si on passait tout leur quartier au peigne fin, on obtiendrait pas mal d'histoires du même genre.

— Tu penses qu'on a affaire à un voleur devenu assassin ? demanda Josie.

Mettner haussa les épaules.

— Parfois, les délinquants passent de délits mineurs à des

crimes plus violents. Ça n'est pas impossible, mais ce que je veux dire, c'est qu'on ne devrait pas se contenter de se concentrer sur une seule théorie, à savoir celle d'un lien avec l'accident.

— Je suis d'accord avec ça, dit Noah.

Josie et Gretchen dévisagèrent Noah, puis Mettner, puis de nouveau Noah.

— Nom de Dieu, dit Gretchen. C'est peut-être bien la première fois que vous êtes d'accord sur quelque chose, tous les deux.

Ils éclatèrent tous de rire. Puis Gretchen reprit :

— Bon, Mett, tu veux bien t'attaquer à cet angle ? Va interroger les gens de West Denton. S'il y a eu d'autres vols dans le secteur, il y a des chances que quelqu'un se rappelle quelque chose.

Josie prit la parole.

— Je pense que le voleur et l'assassin – que ce soit la même personne ou pas – connaissaient les Cammack et les Palazzo. Comme l'ont dit les Cammack, et Sebastian Palazzo aussi, d'ailleurs, il y avait beaucoup d'allées et venues chez eux, pour des invitations ou des réunions de toutes sortes. Et puis ni Krystal Duncan, ni Faye Palazzo n'ont essayé de se débattre. Il n'y a eu aucune trace de lutte. Faye Palazzo s'apprêtait à passer à table avec son mari.

— Et il y avait un verre de vin entamé sur la table basse chez Krystal Duncan. On l'a remarqué en enquêtant sur sa disparition. Avant que tu ne reprennes le boulot, dit Noah.

— On peut facilement laisser son verre de vin sur une table, ou son sac à main, ou son téléphone, si c'est juste un voisin qui passe vous voir ou qui vous demande de venir un petit moment, souligna Josie.

— Il faudrait que quelqu'un fasse un genre de schéma montrant le degré de familiarité de ces familles les unes avec les autres, dit Gretchen.

— Je m'en charge, dit Mettner. Et je peux aussi vérifier les casiers judiciaires de tous les gens que je vais interroger.

— Je vais t'aider, Mett, dit Noah. Ça va demander de frapper à pas mal de portes. Mais il reste toujours le problème de Faye Palazzo. Ah, au fait, l'identification criminelle a appelé pour nous signaler un détail d'importance, ce matin. Il y avait deux cartons de cierges pour la marche blanche sur la table de la cuisine de Faye Palazzo après sa disparition.

— Je m'en souviens, dit Josie. Il était marqué qu'il y en avait cinquante par carton.

Noah hocha la tête.

— Sauf qu'il n'y en avait que quarante-deux, dans les deux.

— Quand Faye les avait-elle reçus ? Et Sebastian Palazzo a-t-il pu expliquer pourquoi il manquait seize cierges ?

— Elle les avait reçus deux semaines plus tôt, dit Mettner. Et d'après son mari, elle n'en avait encore utilisé ni donné aucun. Il aurait dû y en avoir cinquante dans chaque carton.

— Mais ce n'était pas le cas, dit Noah. Et une première comparaison de la cire des cierges prévus pour la marche blanche de Faye Palazzo avec celle qu'on a retrouvée dans la gorge de Krystal Duncan indique que c'est très certainement la même. Évidemment, il faut envoyer des échantillons au labo de la police d'État, ou peut-être même à celui du FBI, pour une analyse plus poussée qui permettrait de le confirmer avec certitude. Mais ça risque de prendre des semaines.

— Bon, d'accord, dit Gretchen. Supposons un instant que la cire trouvée dans la gorge de Krystal Duncan vient bien des cierges commandés par Faye Palazzo. Qu'est-ce que ça signifie ? Soit Faye a tué Krystal et a mis en scène sa propre disparition, soit c'est son mari, Sebastian, qui a tué Krystal.

— Ou peut-être que Faye a découvert ce qu'il a fait, et il l'a tuée ensuite ? hasarda Josie à haute voix.

Gretchen se pinça l'arête du nez.

— C'est à n'y rien comprendre. Si Sebastian Palazzo a tué

Krystal Duncan et a ensuite fait quelque chose à sa propre femme, il vient de nous faire le meilleur numéro d'acteur que j'aie jamais vu. Il était tellement hystérique hier soir que j'ai dû le menacer de l'embarquer de force à l'hôpital, pour l'obliger à se calmer.

— Bon, ce n'est peut-être pas lui, avança Mettner. Peut-être que quelqu'un d'autre a volé les cierges de Faye Palazzo, précisément pour nous orienter vers Sebastian. Quoi qu'il en soit, si la personne qui a kidnappé Krystal Duncan est aussi derrière la disparition de Faye Palazzo, celle-ci court un grave danger.

— Mais si c'est bien la même cire que celle qu'on a versée dans la gorge de Krystal Duncan, ça veut dire que quelqu'un est entré chez les Palazzo pour voler les cierges, dit Noah. Qui ? Vous dites tous que Faye Palazzo ne voyait personne en dehors de son mari.

— Pour ce que son mari en savait, corrigea Josie. Elle était seule toute la journée, tous les jours, sauf au moment où il rentrait déjeuner. Elle a pu faire entrer quelqu'un chez eux sans qu'il le sache.

— Si c'est le cas, ça nous ramène à quelqu'un qui connaissait à la fois Krystal et Faye, dit Gretchen. Faye n'aurait pas laissé un inconnu entrer chez elle pendant que son mari était à la pharmacie.

— C'est vrai, reconnut Josie. Je pense qu'il faut s'intéresser de plus près à Krystal. C'est de là que tout part. Quelque chose l'a poussée à se pencher de nouveau sur certains aspects de l'accident de bus, et on sait qu'elle a trouvé au moins une chose qui l'a profondément bouleversée, et qu'elle a demandé à aller voir Virgil Lesko en prison, pour pouvoir lui poser des questions sur le jour de l'accident, mais on ne sait pas sur quoi exactement. Pourquoi s'était-elle remise à creuser, et qu'a-t-elle découvert d'autre ? Est-ce qu'elle a pu être tuée pour ça ?

— Je peux appeler l'orthodontiste chez qui Nathan était

censé emmener les enfants le jour de l'accident, dit Mettner. Pour lui demander si Krystal l'a contactée récemment.

Gretchen tira à elle son carnet pour noter quelque chose.

Noah indiqua une pile de documents sur le bureau de Josie.

— Ça vient du cabinet d'avocats où travaillait Krystal ? Tu n'as rien trouvé là-dedans ?

— Oui, ce sont tous les dossiers sur lesquels elle travaillait. Et non, ça n'a rien donné. Mais vous pouvez y jeter un coup d'œil si ça vous chante.

— On le fera quand on reviendra, dit Noah. Un regard neuf, ça ne peut pas faire de mal. Et puis, avec un peu de chance, d'ici là, on aura une nouvelle liste de voisins et de voleurs potentiels à éplucher.

— Je veux une équipe sur Sebastian Palazzo, et savoir exactement où il va, déclara Gretchen. Il doit être chez lui, à l'heure qu'il est. Il faut que quelqu'un l'interroge sur son emploi du temps pendant la période où Krystal a été portée disparue, puis assassinée.

— On va sur place interroger les voisins, dit Mettner. Autant qu'on se charge de ça aussi.

— Je sais qu'on veut éviter de trop se focaliser sur l'accident, dit Josie, mais je pense qu'il faut quand même s'y intéresser. Pendant que vous deux vous occupez de chercher le voleur potentiel, peut-être que Gretchen peut me détailler tout ce qu'on sait sur l'accident, puisque c'est elle qui avait dirigé l'enquête.

— Tu penses que ça peut nous aider à retrouver Faye Palazzo ? demanda Mettner.

— Non. Je pense que le meilleur moyen de retrouver Faye, c'est de le dire à la presse. Mais en attendant, on ne peut pas rester sans rien faire en espérant une avancée. Il faut bouger. Et il est logique de s'intéresser à l'accident. On passe peut-être à côté de quelque chose. Ou de quelqu'un. Qui ne semblerait lié qu'indirectement à tout ça, peut-être.

Gretchen se leva.

— La patronne a raison. Amber, on va préparer quelque chose. On le proposera au chef. Ensuite, Chitwood et toi pourrez donner une conférence de presse, pendant qu'on suit les pistes qu'on vient d'évoquer.

Amber eut un sourire narquois.

— Ah, travailler avec le chef. Quel bonheur !

25

Noah et Mettner s'éclipsèrent en prenant soin d'éviter les journalistes qui attendaient dehors, tandis que Gretchen et Amber disparaissaient dans le bureau du chef. Josie alluma son ordinateur et ouvrit les dossiers de police relatifs à l'accident de bus de West Denton. Les premiers coups de téléphone au 911 avaient été passés entre 15 h 30 et 15 h 45, quand les premiers élèves étaient descendus à leurs arrêts respectifs et avaient couru chez eux pour dire à leurs parents que Virgil Lesko bafouillait en parlant et conduisait bizarrement. À 15 h 47, un automobiliste avait téléphoné pour dire que le bus avait failli lui rentrer dedans. Le central avait envoyé les premières voitures de patrouille à 15 h 50. L'accident s'était produit avant qu'elles puissent intervenir. À 15 h 58, au moment où il devait déposer ses six derniers passagers, Heidi Byrne, Gail Tenney, Nevin Palazzo, Bianca Duncan, Wallace et Frankie Cammack, le bus avait dépassé son arrêt, dérapé, rebondi sur le trottoir, fait un tonneau, et la partie arrière était allée s'écraser contre un grand platane planté tout près, dans un jardin voisin. Les premières unités étaient arrivées sur place à 16 h 05. À ce moment-là, le propriétaire de la maison où se dressait le platane était déjà sorti de chez lui pour essayer d'extraire les enfants de l'épave du bus.

Mais il était trop tard.

Gail, Nevin, Bianca, Wallace et Frankie étaient morts sur le coup. Une ambulance avait emporté Heidi au Denton Memorial, où elle était restée une semaine. Elle avait une commotion cérébrale, plusieurs côtes cassées, une rupture de la rate que, heureusement, on avait pu réparer sans ablation. Virgil Lesko avait perdu connaissance. Gretchen était allée l'interroger ensuite à l'hôpital. Au début, les gens avaient pensé à un problème de santé, une attaque cérébrale, peut-être, mais il fut vite évident, en tout cas pour Gretchen et pour le personnel hospitalier qui le soignait, qu'il avait consommé à la fois de l'alcool et de l'oxycodone. Dans sa première déposition, il avait avoué à Gretchen avoir bu un verre pendant le déjeuner avant de prendre son service de l'après-midi, mais il avait aussi affirmé qu'il n'avait rien pris d'autre, et certainement pas un opioïde. Lorsqu'elle lui avait demandé si ça lui arrivait régulièrement de boire avant de conduire son bus scolaire, il avait répondu : « Non, bien sûr que non. » Elle lui avait ensuite demandé pourquoi il avait bu un verre ce jour-là et avait également reporté sa réponse dans le dossier : « M. Lesko dit qu'il était perturbé parce que sa mère venait d'être placée en soins palliatifs le matin même. »

D'après le reste de ses notes, Lesko avait dit que sa vieille mère vivait avec lui et qu'elle luttait contre un cancer du sein depuis plusieurs années.

Josie continua à fouiller dans le dossier. Les photos de l'accident faillirent lui faire vomir son petit déjeuner. Elle les passa rapidement pour arriver à celles de la voiture de Lesko, qu'il avait laissée au dépôt pour prendre son bus, dans l'après-midi. Elle ne contenait ni bouteille vide, ni flacon d'oxycodone. Seulement quelques vêtements de sport : sa tenue d'arbitre amateur pour les matchs de base-ball et de softball, et une casquette de base-ball. Des emballages de fast-food, un ticket froissé de la station-service, et un paquet de courrier déjà ouvert, dont une facture d'électricité et un relevé du Denton Memorial.

— Qu'est-ce que tu en penses ? demanda Gretchen, penchée sur son épaule.

Surprise, Josie leva la tête.

— Ça paraît simple. Je comprendrais pourquoi un tueur s'en prendrait à Virgil Lesko ou à sa famille, mais pas aux parents des enfants qui sont morts dans l'accident. Là, ça m'échappe totalement.

Gretchen soupira.

— Mettner a peut-être raison, et cette histoire d'accident nous éloigne de la vérité.

— Donc on a un tueur en série qui se promène ? Quelqu'un qui cible les mères endeuillées ?

— Ne dis pas ça, dit Gretchen avec un rire sans joie. Pas un tueur en série de plus.

— D'accord. Mais ça ne peut pas être une coïncidence si deux de ces mères ont disparu en une semaine.

— Il faut aussi prendre en considération le fait que presque tous les habitants du quartier connaissent les détails de l'accident. Tout le monde, dans cette partie de West Denton, connaissait ces familles, et est susceptible de savoir des choses qui n'ont pas été dévoilées dans la presse. C'est peut-être quelqu'un qui se sert de l'accident pour détourner notre attention. Qui a tué Krystal, kidnappé Faye, et qui veut qu'on s'intéresse à l'accident parce que, tant qu'on fait ça, on ne le cherche pas, lui.

— C'est vrai, reconnut Josie. Il ne faut pas nous mettre des œillères et ne nous occuper que de l'accident, au risque de louper quelque chose qui est juste sous notre nez. Mais il faut quand même s'y intéresser de près – ne serait-ce que pour écarter le lien entre l'accident et le reste.

— Tu as le dossier juste là, dit Gretchen.

— Oui, mais je voudrais refaire le trajet du bus, ce jour-là.

De bonne grâce, et peut-être parce qu'elles n'avaient aucune autre piste à suivre, Gretchen haussa les épaules et dit :

— Allons-y.

Le parking était heureusement désert, maintenant que les journalistes savaient qu'ils auraient droit à une conférence de presse une heure plus tard. Gretchen les conduisit jusqu'au dépôt des bus, un grand parking grillagé dans South Denton, plein de bus scolaires jaunes, avec un petit bâtiment à toit plat qui servait de bureau. Elle se gara devant les grilles, cadenassées puisqu'on était en été et que les écoles étaient fermées.

— Virgil Lesko rentrait généralement chez lui entre son trajet du matin et celui de l'après-midi, pour s'occuper de sa mère.

— Elle vit encore ? demanda Josie.

— Non. Elle est morte deux mois après l'accident. C'est Ted Lesko qui s'est occupé de l'enterrement, puisque son père était en prison à ce moment-là.

— Et comment ça se passait, alors, quand il travaillait ? demanda Josie. Il arrive, il se gare devant le bureau et il prend son bus ?

— Il passe au bureau pour pointer et il prend son bus, rectifia Gretchen. D'habitude, il y a un superviseur, mais il était absent cet après-midi-là. Sa femme était en train d'accoucher, donc il a laissé le dépôt vide pour l'après-midi. Il ne pensait pas que ça poserait de problème ; tous les chauffeurs savent ce qu'ils ont à faire, et il avait demandé au dernier conducteur de fermer la grille en partant.

— Il y avait quelqu'un d'autre quand Virgil a pointé ?

— Non. Il est arrivé en retard. Tous les autres avaient pointé, étaient montés dans leurs bus et étaient partis.

— Mon Dieu, dit Josie. Si le superviseur avait été là ce jour-là...

— Il aurait pu remarquer que Virgil n'était pas en état de conduire, compléta Gretchen. Oui. C'est terrible.

Josie ferma les yeux, sentit un étau lui broyer la poitrine. *Et si, et si...* Si seulement la femme du superviseur n'avait pas accouché ce jour-là. Si Nathan Cammack n'avait pas annulé les rendez-vous chez l'orthodontiste, trois de ces enfants au moins seraient toujours vivants. Si Gloria Cammack n'avait pas oublié son précieux agenda, qu'elle n'était pas repassée chez elle le chercher, elle n'aurait pas remarqué que la Playstation avait disparu, pas appelé son mari, pas insisté pour qu'il annule ces rendez-vous. Mais jusqu'où pouvait-on remonter ? Si la personne qui volait des objets chez les gens de West Denton n'avait pas pris la Playstation, ce jour-là... Si la mère de Virgil Lesko n'avait pas été admise en soins palliatifs, ce matin-là...

Si elle avait dit à Lisette de rentrer à l'hôtel, le soir où on lui avait tiré dessus...

— Patronne ? dit Gretchen. Ça va ?

Josie repoussa les visions du corps de sa grand-mère qui se tordait sous l'impact des balles et reporta son attention sur l'accident. Quelque chose lui tiraillait l'esprit.

— Et si, et si... murmura-t-elle.

Gretchen posa une main tiède sur son bras.

— Josie...

Deux pièces du puzzle se mirent en place dans la tête de cette dernière. Elle ouvrit brusquement les yeux.

— La mère de Virgil Lesko n'a pas été placée en soins palliatifs ce jour-là.

— Quoi ?

— Quand j'ai consulté le dossier, juste avant qu'on parte du commissariat, il y avait des photos de la voiture de Virgil Lesko. Il avait reçu du courrier. L'équipe d'identification criminelle avait pris des photos de ces lettres, et l'une d'entre elles était une facture du service de soins palliatifs du Denton Memorial pour le mois qui précédait l'accident.

— Tu es sûre ?

— Oui, dit Josie. On pourra vérifier à notre retour, mais j'en suis quasiment certaine.

— Pourquoi Virgil Lesko aurait-il menti sur ce qui l'a poussé à boire un verre, ce jour-là ? demanda Gretchen.

— Je ne sais pas. Parce que ça lui arrivait peut-être souvent mais que c'était la première fois qu'il se faisait prendre ?

— Il avait beaucoup d'oxycodone dans le corps.

— Mais il a nié en avoir pris, souligna Josie.

Il y eut un temps de silence, puis Josie dit :

— Allez, on continue.

Gretchen redémarra et passa devant l'école primaire-collège de West Denton.

— Il arrive à l'école, où les enfants attendent déjà le bus parce qu'il est en retard.

Elle repartit dans les rues de West Denton, vérifiant de temps à autre sur son téléphone l'emplacement des différents arrêts de bus, qu'elle avait entrés dans son GPS.

— Il y a des arrêts tous les six ou sept pâtés de maisons. Donc à chaque fois, il dépose entre trois et six gamins, qui rentrent chez eux à pied ou que leurs parents attendent. Ce jour-là, aucun des parents n'attendait son enfant à l'arrêt du bus.

Et si... se dit Josie. Si un des parents avait attendu son enfant, cette fois-là, il aurait pu se rendre compte que quelque chose n'allait pas chez le chauffeur, et il aurait pu l'empêcher d'aller plus loin.

— Ça, c'est le troisième arrêt, dit Gretchen en s'arrêtant à un énième joli coin de rue de West Denton. C'est là que les enfants sont rentrés chez eux en courant pour dire à leurs parents que Lesko n'était pas dans son état normal.

Elle longea encore quatre pâtés de maison et s'arrêta à un feu rouge.

— C'est là qu'il a failli emboutir un autre véhicule. L'automobiliste a appelé le 911.

— Il reste combien d'arrêts ? demanda Josie.

Le feu passa au vert et Gretchen traversa le carrefour.

— Deux. À l'arrêt d'après, trois enfants sont descendus. Il ne restait plus alors que Heidi, Gail, Nevin, Bianca, Wallace et Frankie. Et à l'arrêt d'encore après, le dernier : c'est l'accident.

Gretchen prit à droite, dans Tallon Street, une rue bordée de maisons sur un côté et d'un bosquet d'arbres sur l'autre. Un grand panneau annonçait « Terrain à vendre. 20 ha », avec un numéro de téléphone.

— Ce terrain est à vendre depuis une éternité, dit Gretchen. J'ai lu ça dans le journal. Les promoteurs immobiliers veulent construire des immeubles d'appartements, mais les gens du quartier veulent un espace vert. Ils se battent pour ça depuis dix ans.

Vers le bout de la rue, un petit chemin faisait comme une ouverture dans le bosquet et donnait sur une clairière, derrière le premier rideau d'arbres. Un éclair rose accrocha l'œil de Josie.

— Arrête-toi ! dit-elle.

— Quoi ?

— Fais demi-tour. Reviens à la hauteur de cette clairière.

Gretchen regarda dans ses rétroviseurs et effectua un demi-tour. Elle s'engagea sur le chemin bosselé et elles débouchèrent sur une large bande de terrain qui avait été déboisée pour ne laisser que de l'herbe et de la terre.

Le cœur de Josie bondit. À côté d'elle, Gretchen murmura :

— Oh mon Dieu !

Au centre de la clairière, à genoux, la tête rejetée en arrière, Faye Palazzo fixait le ciel de ses yeux morts.

26

Elles n'étaient pas encore descendues de voiture que Gretchen était déjà au téléphone et demandait qu'on leur envoie du renfort, une ambulance, l'équipe d'identification criminelle et Anya Feist, tout en demandant à tous de ne pas communiquer par la fréquence radio de la police. Josie s'approcha du corps de Faye Palazzo en frissonnant malgré la chaleur étouffante du mois d'août. Comme Krystal Duncan, elle avait le teint rose. Elle paraissait vivante, en bonne santé, jusqu'à ce que Josie soit assez proche pour apercevoir les gouttes de cire séchée sur ses lèvres et son menton, ses yeux laiteux et aveugles. Ses cheveux bruns tombaient dans son dos. Un petit diamant scintillait à son oreille droite, mais celui de gauche manquait. Ses mains étaient posées sur ses genoux, paumes et avant-bras vers le haut. Elle avait des contusions, des marques de doigts sous le menton.

Faye Palazzo s'était défendue.

Au creux de l'un de ses avant-bras, un nom avait été tracé au marqueur noir : « GAIL. »

— Gail Tenney, marmonna Josie en reprenant son souffle, qu'elle avait retenu inconsciemment.

Une vague de tristesse la balaya.

Gretchen s'approcha dans son dos.

— Comment as-tu fait pour la voir depuis la voiture ?

— Je ne l'ai pas vraiment vue. J'ai seulement aperçu quelque chose de rose derrière les arbres.

Elles se tournèrent dans la direction d'où elles étaient venues, se déplacèrent de quelques mètres sur la droite. De là, elles voyaient parfaitement la rue et les rares voitures qui passaient. Juste en face de l'espèce d'allée de terre qui rejoignait la chaussée, sur le côté opposé, un large espace était ménagé entre deux maisons. Faye avait été déposée dans la clairière de manière à ne pas être vue par le premier automobiliste qui passait. On ne pouvait pas non plus la voir depuis les maisons qui font face à la zone. Enfin, un des voisins aurait probablement fini par remarquer ce bout de tissu rose à travers les arbres et serait allé y voir de plus près, mais pas immédiatement.

Josie pivota lentement sur elle-même, examina la clairière. Derrière Faye Palazzo, il y avait un monticule de terre, puis d'autres arbres. Elle vit des traces de pneus dans la terre, mais il y en avait beaucoup, qui se chevauchaient les unes les autres. Aucun moulage précis n'était à espérer.

— Merde, maugréa-t-elle.

— Je ne comprends pas, dit Gretchen. Pourquoi cet endroit ?

— Peut-être qu'on n'a pas voulu la laisser au cimetière parce qu'il y avait trop de circulation ? Et puis c'était risqué. Ou alors parce que l'endroit est sur le parcours du bus ? De cette clairière, on aurait forcément vu passer le bus, ce jour-là.

— Je ne...

Gretchen fut interrompue par un grondement de moteur. Un pick-up blanc déboucha dans l'allée de terre et se dirigea vers elles en brinquebalant. Le soleil qui se reflétait sur le pare-brise empêchait de voir qui était au volant. Le pick-up dépassa leur voiture sans ralentir, fonça droit sur elles. Josie réagit sans réfléchir, se jeta sur Gretchen et la plaqua au sol. Le pick-up les dépassa, Josie roula pour se dégager et dégaina son Glock en même temps, d'un mouvement fluide. Sur le dos, tête levée, elle pointa des deux mains son arme vers le pick-up qui alla s'encastrer dans le monticule de terre, devant les arbres du fond du terrain.

Près de Josie, Gretchen avait du mal à respirer. Le choc lui avait coupé le souffle. Avant que Josie puisse s'occuper d'elle, la portière du conducteur s'ouvrit en grinçant horriblement.

— Ne bougez plus ! cria Josie en visant la cabine du pick-up. Mains en l'air !

Heidi Byrne descendit du véhicule en titubant et tomba au sol, à quatre pattes. Elle avait une plaie à la tête d'où le sang dégoulinait. Josie abaissa son arme et se releva d'un bond. Arme pointée vers le bas, elle courut jusqu'à la jeune fille.

— Heidi, qu'est-ce qui se passe ? Qu'est-ce que tu fais ?

Josie jeta un coup d'œil dans la cabine du pick-up, qui était vide. Une mince colonne de fumée s'élevait du capot en accordéon. Elle rengaina son arme, tendit le bras à l'intérieur et coupa le moteur, mit la clé dans sa poche puis posa la main sur le dos de Heidi, qui tremblait. Son sang gouttait à terre. Elle leva les yeux vers Josie.

— C'est... C'est Mme Palazzo ?

Josie posa les yeux sur le corps raide, agenouillé, mains sur les genoux et tête renversée, de Faye Palazzo. Elle se positionna entre la jeune fille et le cadavre.

— Oui, répondit-elle.

Elle tira sur le bas de son polo, s'agenouilla et l'appliqua sur le front de Heidi pour arrêter le saignement.

— Qu'est-ce que tu fais, Heidi ? À qui est ce pick-up ? Tu n'as même pas l'âge d'apprendre à conduire.

Heidi se rassit et Josie suivit le mouvement pour essayer de garder le bas de son polo contre la plaie.

— Qu'est-ce qui lui est arrivé ?

— On ne sait pas encore, répondit Josie.

Elle se tourna vers Gretchen, qui se relevait et s'approchait péniblement. Heidi leva les yeux vers elle quand elle les rejoignit.

— Je suis désolée, dit-elle. Vraiment. Je ne voulais pas... Je n'avais pas l'intention de vous écraser.

— Tu nous suivais ? l'interrogea Gretchen.

Josie relâcha le bas de son polo, soulagée de voir que le saignement diminuait. Gretchen tira un mouchoir d'une de ses poches et le tendit à la jeune fille.

— Merci, dit celle-ci en l'appliquant sur sa plaie. Oui, je vous suivais. Désolée.

— Depuis le commissariat ? demanda Josie.

— Je voulais vous voir mais, quand je suis arrivée, il y avait plein de journalistes. Et puis ils sont partis, mais je ne me sentais pas encore capable de vous parler, alors je vous ai suivies. Et puis j'ai été bloquée à un feu et je vous ai perdues. Je passais devant cette ouverture et j'ai cru voir votre voiture. J'ai braqué. Je ne voulais pas accélérer, mais j'ai vu Mme Palazzo et je n'ai pas pu... J'ai perdu le contrôle et je...

— À qui est ce pick-up ? répéta Josie.

— À mon père, répondit Heidi sans aucune émotion.

Elle retira le mouchoir de sa plaie, mais elle saignait encore. Elle le remit en place avant de poursuivre :

— Il en a deux. Il dit que l'alternateur commence à lâcher sur celui-là, mais je n'ai jamais eu de problème avec.

Gretchen et Josie s'entreregardèrent, et Josie comprit que Gretchen pensait comme elle : si Heidi n'avait « jamais eu de problème avec », cela signifiait que ce n'était pas la première fois qu'elle s'en servait.

— Heidi, tu conduis souvent le pick-up de ton père ?

Elles tournèrent toutes trois la tête en entendant d'autres véhicules s'engager sur le chemin de terre. Plusieurs voitures de police débouchèrent dans la clairière en un cortège presque identique à celui qui avait surgi au cimetière le jour où Dee Tenney et Josie avaient découvert le corps de Krystal Duncan.

— Ben... ça m'arrive, de temps en temps, répondit Heidi.

Les voitures s'arrêtèrent. Des agents de patrouille en sortirent, ainsi que Hummel et deux autres membres de l'équipe d'identification criminelle. Gretchen les rejoignit au petit trot.

Josie baissa les yeux vers Heidi.

— Et ton père le sait ?

Sous son mouchoir, Heidi leva les yeux au ciel.

— Bah, bien sûr que non.

— Mais tu as, quoi, quatorze ans ? Tu sais que conduire sans permis, avant l'âge de la conduite accompagnée, est interdit, pourtant, non ? Tu as failli nous tuer, ma collègue et moi, Heidi !

La lèvre inférieure de la jeune fille se mit à trembler.

— Je ne l'ai pas fait exprès. Je le jure. Je suis toujours hyper-prudente. Je n'ai jamais eu le moindre problème jusqu'à aujourd'hui. Et je me serais arrêtée si je n'avais pas été troublée en voyant Mme Palazzo.

Elle tendit le cou pour essayer de voir derrière Josie.

— Vous êtes sûre qu'elle est morte ?

Malgré elle, Josie se retourna vers le corps. Hummel indiquait déjà à deux agents en uniforme où dérouler la Rubalise jaune pour délimiter la zone à protéger. Derrière lui, une ambulance et la camionnette d'Anya Feist se garaient.

— Oui, répondit Josie. Je suis terriblement désolée, Heidi, mais Mme Palazzo est morte.

Heidi baissa la tête. Quelques secondes plus tard, Josie vit des larmes goutter de son menton. Ses frêles épaules trem-blaient. Josie s'agenouilla près d'elle et posa une main sur son bras.

— Hé, lui dit-elle. Tu n'y peux rien. Tu ne veux pas venir t'asseoir dans notre voiture ? Tu ne vas pas pouvoir rester ici, de toute façon. Et tu sais qu'il va falloir qu'on appelle ton père, bien sûr.

Heidi hocha la tête. En reniflant, elle releva les yeux vers Josie.

— Oui. Enfin, si vous arrivez à le joindre.

Josie jeta un coup d'œil au pick-up.

— Comment as-tu appris à conduire ?

— Mme Tenney. C'est elle qui m'a appris. Mais ce n'est pas sa faute, OK ? Je ne veux pas qu'elle ait des ennuis à cause de moi. Je lui ai déjà causé assez de soucis comme ça. Vous saviez que son mari l'avait quittée à cause de moi ?

— Quoi ?

— Oui. Elle ne l'avouera jamais, mais je sais que c'est vrai. J'ai entendu son mari lui crier dessus une fois, alors qu'il croyait que je ne pouvais pas les entendre. Il disait qu'il en avait marre de ce qu'elle faisait pour moi. Qu'elle cherchait à remplacer Gail par moi. Et il est parti pour de bon après cette dispute.

— Je suis navrée de l'entendre. Mais les gens en deuil disent souvent des choses qu'ils ne pensent pas vraiment, tu sais, Heidi. Ce n'est pas toi qui as causé leur séparation. Je suis sûre qu'ils avaient beaucoup d'autres problèmes. La plupart des mariages ne résistent pas à la mort d'un enfant.

Une nouvelle voiture déboucha dans la clairière, bien encombrée à présent. Noah et Mettner en descendirent. Gretchen leur fit signe de la rejoindre et se mit à leur parler avec animation.

— Je n'y crois pas, dit Heidi. Vous pouvez me servir votre discours d'adulte tant que vous voulez, je sais ce qui s'est passé.

Josie reporta son attention sur Heidi.

— Je ne voulais pas...

— Ça ne fait rien, la coupa Heidi. Ce que je veux dire, c'est que Mme Tenney est la seule personne qui me traite comme un être humain normal depuis l'accident. Elle ne cherche qu'à m'aider. Après l'accident, j'étais terrifiée à l'idée de remonter dans n'importe quel véhicule. Avec tous les rendez-vous chez le médecin que j'avais ! Aller, retour, aller, retour... Je ne pouvais pas rester plus d'une minute en voiture sans faire une crise de panique. Mon père ne savait plus quoi faire. Et puis, un jour, Mme Tenney nous a vus sur le bord de la route, alors qu'on revenait de chez le médecin. J'étais assise sur le trottoir, en hyperventilation. C'est là qu'elle a proposé de m'aider. Et j'ai fini par pratiquement habiter chez elle, vous voyez ?

— Oui, c'est l'impression que j'ai eue, reconnut Josie.

— Au début de l'année, j'ai fait comme d'habitude une crise de panique en voiture, et Mme Tenney s'est arrêtée. J'ai cru qu'elle allait m'obliger à descendre. Comme si elle en avait marre, ou quelque chose comme ça. Mais elle a dit : « Ça ne marche pas. On va arrêter, et essayer autre chose. » Et puis elle m'a emmenée sur un parking désert et elle m'a dit de prendre le volant.

Les larmes qui montèrent aux yeux de Josie la surprirent. Elle pensa tout de suite à Lisette. Josie avait de nombreuses phobies à cause de son enfance traumatisante, et sa grand-mère l'avait aidée à affronter chacune d'entre elles. Parfois avec succès, d'autres fois non, mais Lisette était prête à tout tenter – sans jamais s'entêter si une méthode n'était pas efficace –, quitte à enfreindre certaines règles.

Heidi poursuivit :

— Elle a essayé de m'apprendre à conduire tous les jours, jusqu'à ce que je m'en sorte à peu près bien. Et puis j'ai arrêté d'avoir peur. Elle m'a fait jurer de ne jamais le répéter, à personne. Donc il faut me promettre que vous ne l'arrêterez pas, ni rien de ce genre, d'accord ?

— Je peux te promettre de ne pas lui chercher d'ennuis si tu me promets de ne plus conduire tant que tu n'as pas le permis.

Heidi fronça les sourcils mais répondit :

— D'accord.

— Et pourquoi nous suivais-tu ? reprit Josie. Tu n'as pas pu nous le dire, encore.

Heidi se releva, regarda autour d'elle, comme si elle ne savait pas exactement où aller. Josie lui prit le bras.

— Il vaudrait mieux qu'on te conduise à l'hôpital pour que tu te fasses examiner.

— Non. Je n'ai rien. Je sens que ça va. Je peux demander à mon père de m'emmener à l'hôpital plus tard si ça vous inquiète, mais pas maintenant. Je suis venue à cause de Mme Tenney. Elle ne le dira jamais, mais elle a peur.

Gretchen les rejoignit.

— Il y en a pour plusieurs heures à tout relever, ici, annonça-t-elle. Je dois contacter le père de Heidi, et il va nous falloir une dépanneuse, je pense.

— Vous n'arriverez pas à le joindre, répondit Heidi. Il est sur un chantier quelque part. Et puis je disais à l'instant à l'inspectrice Quinn qu'il faut aider Mme Tenney.

— Pourquoi faudrait-il l'aider ? demanda Josie. De quoi a-t-elle peur ?

— Elle est vraiment bizarre. Elle passe son temps à regarder par la fenêtre et à vérifier qu'elle a bien fermé ses portes à clé. Ce matin, elle s'est affolée, quelque chose en rapport avec son compte en banque, je crois. Et puis je l'ai entendue téléphoner à Mme Cammack.

— Gloria Cammack ?

— Oui. Elle lui a dit que quelqu'un l'espionnait, et elle voulait savoir si elle pouvait rester chez elle quelques jours. Et puis elle m'a dit d'aller à mon camp de vacances et qu'elle me retrouverait chez moi, ensuite, plutôt que chez elle.

— Qui l'espionne, selon elle ?

Josie se demanda pourquoi Dee Tenney n'avait pas appelé la police. Avait-elle vu quelqu'un, ou était-elle seulement effrayée par la mort de Krystal Duncan et la disparition de Faye Palazzo ?

— Je ne sais pas. S'il y a vraiment quelqu'un qui l'espionne, il lui faut de l'aide. Mais elle n'en demandera jamais. Il faut que vous la protégiez. Et si elle finissait comme Mme Duncan ou Mme Palazzo ? Je vous en supplie ! ajouta Heidi en hoquetant.

Elle fondit en larmes. Josie s'apprêtait à lui toucher doucement l'épaule pour la réconforter, mais Heidi se précipita contre elle et pleura dans ses bras.

— Ça va aller, Heidi. On ira lui parler, dit Josie en lui rendant son étreinte et en posant le menton sur le sommet de son crâne.

Elle vit Noah qui la dévisageait, de l'autre côté de la clairière. Elle parvint à sourire faiblement.

— Heidi, dit Gretchen, voilà ce qu'on peut faire : on va demander à une des patrouilles de te conduire à l'hôpital et, pendant ce temps-là, nous, on va voir Mme Tenney. D'accord ?

Heidi releva la tête de l'épaule de Josie.

— Non, je veux venir avec vous. Je veux être sûre qu'elle va bien.

Elle restait accrochée à Josie.

— Patronne ? dit Gretchen.

Josie jeta un coup d'œil alentour.

— Tu dis toi-même qu'il y en a pour plusieurs heures. Noah et Mett sont ici. Passons-leur le relais et allons chez Gloria. Heidi peut rester avec nous jusqu'à ce qu'on ait réussi à joindre son père.

Heidi lâcha Josie et tamponna les larmes qui lui mouillaient les joues avec le mouchoir ensanglanté.

— Merci.

Josie sourit.

— Au moins, pendant ce temps-là, tu ne voleras pas de voiture.

27

Tandis qu'elles se rendaient chez Gloria Cammack, Josie laissa deux messages vocaux au père de Heidi, Corey Byrne. Heidi lui conseilla de le contacter par SMS.

— Il ne répond jamais au téléphone, dit-elle à Josie.

Le temps que celle-ci envoie plusieurs SMS, elles étaient arrivées devant la maison de Gloria Cammack. Gloria était partie travailler, mais Dee Tenney leur ouvrit. Cette fois-ci, elles passèrent au salon et Dee Tenney s'installa sur le canapé, pieds repliés sous elle. Elle prit dans ses bras Heidi, qui venait de s'asseoir près d'elle. Tandis que Josie et Gretchen lui détaillaient les événements de la matinée, entre la découverte du corps de Faye Palazzo et l'arrivée de Heidi au volant du pick-up de son père, manquant les écraser, le visage de Dee Tenney afficha une série d'émotions très diverses : stupeur, chagrin, peur, colère, inquiétude. Puis elle caressa les cheveux de Heidi, les releva doucement en arrière et effleura la plaie qu'elle avait au front.

— Chérie, ne refais plus jamais ça, d'accord ? Je t'ai appris à conduire pour que tu surmontes tes crises d'angoisse, pas pour que tu prennes le pick-up de ton père sans sa permission.

— Promis, je ne le ferai plus, répondit Heidi.

Dee Tenney lui sourit. Josie vit qu'elle était au bord des larmes. Elle déposa un baiser sur le front de Heidi.

— Je suis désolée que tu te sois tant inquiétée pour moi. Ce n'est pas à toi de t'inquiéter, ni pour moi, ni pour aucun adulte. Mais je suis touchée de ta sollicitude. Moi aussi, je t'aime beaucoup.

Heidi eut un grand sourire. Josie voulut parler, mais elle avait la gorge trop serrée. Elle sentit le regard de Gretchen peser sur elle.

— Heidi, dit cette dernière en prenant le relais, il faut vraiment qu'on discute avec Mme Tenney de notre enquête et...

— Vous pensez qu'il vaut mieux que je n'entende pas ce que vous avez à lui dire, compléta Heidi.

— Je préférerais parler en privé à Mme Tenney, en effet.

Heidi releva le menton.

— Vous savez combien j'ai vu de cadavres dans ma vie ? Six. J'ai vu cinq de mes amis mourir dans l'accident de bus et, aujourd'hui, j'ai vu le corps de Mme Palazzo. Vous ne vous rendez pas compte de ce que ça fait.

Gretchen releva un sourcil. Josie vit qu'elle se retenait de rire. Gretchen avait sans doute vu plus de cadavres que tous les autres policiers de Denton réunis. Mais elle resta sérieuse. Heidi était sincère, pleine de conviction. Elle soupira.

— Bon, je suppose que si tu es assez mûre pour te balader en ville dans le pick-up de ton père, sans permis et sans accompagnant, tu es aussi assez mûre pour entendre ce qui va suivre. À moins que vous ne vous y opposiez, madame Tenney ?

Dee Tenney fit non de la tête.

— Elle l'entendra de toute façon, quand j'expliquerai tout ça à son père.

Gretchen sortit son carnet et son stylo.

— Commençons par Faye Palazzo. On a trouvé le prénom de votre fille, sur la scène de crime.

— Ah bon ? intervint Heidi. Je n'ai rien vu !

Gretchen la regarda avec sévérité.

— Ah, oui, c'est vrai. Parce que j'allais trop vite avec le pick-up. Désolée. Je ne dirai plus rien.

Josie retrouva sa voix.

— Dee, sauriez-vous expliquer pourquoi on a retrouvé le prénom de Gail sur les lieux ?

Dee Tenney secoua la tête.

— Mon Dieu, non. Je n'en ai aucune idée.

— Gail et Nevin Palazzo étaient-ils proches ?

— Non, pas vraiment. Enfin, Gail était allée chez lui plusieurs fois, et inversement. Tous ces enfants ont grandi ensemble, mais non, ils n'étaient pas particulièrement proches.

— Quand avez-vous parlé à Faye Palazzo pour la dernière fois ?

— À la dernière réunion du groupe de parents.

— Y avait-il un conflit entre Gail et Nevin ? demanda Josie.

Dee Tenney se mit à rire.

— Un conflit ? Mais c'étaient des enfants !

— Non, intervint Heidi. Je sais, je sais, j'avais promis de me taire, mais je voyais Gail et Nevin à des moments où on n'était qu'entre enfants, et je sais qu'ils s'entendaient très bien. Nevin était gentil, tout le monde l'aimait bien. Gail pouvait être effron-tée, et très drôle, mais elle n'était absolument pas méchante. Elle ne se laissait pas marcher sur les pieds, mais elle était adorable.

Dee Tenney laissa échapper un faible hoquet. Elle porta une main à sa bouche. Heidi se tourna vers elle, pleine d'appré-hension.

— Je suis désolée, madame Tenney. Je ne voulais pas vous faire de peine. Je...

Dee Tenney ôta la main de sa bouche et prit celle de Heidi pour la serrer au point d'en avoir les phalanges toutes blanches.

— Au contraire, dit-elle. Merci. De parler d'elle. Je n'ai jamais l'occasion de parler de Gail. Personne ne me dit rien sur elle. Rien que je ne sache déjà. Bien sûr, aux réunions du groupe, nous parlons de nos enfants, mais pas de cette manière. En dehors du groupe, c'est comme si j'étais invisible. Personne ne veut vous entendre parler de votre enfant décédé.

— On peut parler de Gail quand vous voulez, madame Tenney, dit Heidi.

Josie et Gretchen laissèrent le silence s'installer, le temps qu'elles se reprennent. Puis Josie changea de sujet.

— Pourquoi vous êtes-vous installée ici, Dee ?

— Je n'ai pas voulu en faire tout un plat mais, hier, j'ai cru voir quelqu'un rôder à côté de chez moi. Par la fenêtre de la salle à manger. Je suis sortie et je me suis approchée discrètement. Je n'ai vu personne, mais j'ai entendu ou j'ai cru entendre des pas, comme si quelqu'un courait entre les arbres au fond du jardin. Et puis aujourd'hui, quand j'ai ouvert à Heidi pour le petit déjeuner, le verrou de ma porte à moustiquaire était... démoli. Comme si on avait essayé de forcer la porte.

— Pourquoi ne pas avoir appelé la police ? dit Gretchen.

— J'allais le faire, vraiment. Et puis la banque m'a appelée pour me dire que j'étais à découvert et ça m'a... Enfin, j'ai dû m'occuper de ça. Depuis que Miles et moi sommes séparés, il met de l'argent sur mon compte, et je retire des espèces au distributeur pour payer l'essence, les courses, ce dont j'ai besoin. On s'est mis d'accord là-dessus. Alors j'ai essayé de l'appeler, mais je n'ai pas pu le joindre. Je... J'ai paniqué, d'accord ? Je n'arrivais pas à joindre mon mari et je pensais que quelqu'un avait essayé d'entrer par effraction chez moi. J'ai eu peur. Je me suis dit que j'allais appeler Gloria et lui demander si je pouvais m'installer un moment chez elle et que, dès que j'aurais cinq minutes, j'appellerais la police. J'avais vraiment l'intention de le faire, honnêtement.

— Dee, dit Josie. Krystal Duncan et Faye Palazzo ont été assassinées dans la même semaine. Je n'ai pas besoin de vous rappeler qu'elles faisaient toutes deux partie de votre groupe de soutien. Si vous pensez que quelque chose ne va pas, si vous avez le moindre soupçon, vous devez nous appeler immédiatement. Et d'ailleurs, si vous voulez rester quelques jours ici, je suis sûr que le chef m'autorisera à poster des agents en surveillance devant cette maison.

Dee Tenney porta la main à sa poitrine.

— Oh ! Vous pensez que c'est vraiment nécessaire ?

— Oui, intervint Heidi.

— Je pense que nous nous sentirions tous plus à l'aise en faisant surveiller cette maison, renchérit Gretchen.

— Bon, d'accord. Je préviendrai Gloria.

— Avez-vous remarqué que des choses avaient disparu de chez vous, dernièrement ? demanda Josie.

— Non, rien.

— Et des choses qui auraient reparu ? dit Gretchen.

Dee Tenney fronça les sourcils, perplexe.

— Reparu ?

— Un objet que vous auriez perdu il y a longtemps et qui aurait ressurgi, tout à coup ? dit Josie.

— Oh, non, rien de cet ordre.

— Si ça ne vous dérange pas, je vais vous demander de me parler de la période d'avant l'accident du bus, dit Gretchen. Plusieurs personnes nous ont signalé que, entre six mois et un an avant l'accident, certains de leurs objets de valeur avaient disparu. Vous est-il arrivé une telle mésaventure ?

— Ah. Hmm, oui. Enfin, en quelque sorte. Quelqu'un a volé tous les outils de Miles dans le garage. Ça devait être quatre ou cinq mois avant l'accident. Je m'en souviens parce qu'il faisait très froid. Ça devait être après Noël. Ou juste avant, peut-être. En tout cas, Miles l'a signalé à la police.

Josie et Gretchen échangèrent des regards intrigués.

— Vous êtes sûre ? dit Josie.

— Oui, certaine. Il a dit que l'assurance allait le rembourser.

— Et elle l'a fait ?

— Je le pense, oui.

— Mais vous n'en êtes pas certaine, releva Josie.

— Vous savez, c'est Miles qui gère toutes nos finances. Nous en avons convenu dès notre mariage. Il était vendeur de voitures, en pleine réussite, il gagnait beaucoup d'argent, et il voulait que je puisse rester à la maison pour m'occuper de Gail. Quand on s'est séparés, malgré sa colère, il m'a dit qu'il ne voulait pas que ma vie soit chamboulée au point de m'obliger à déménager et de me remettre à travailler.

— Est-ce que la police est venue chez vous, ce jour-là ? demanda Gretchen.

— Non, c'est Miles qui est allé au commissariat. Il a dit qu'il ne voulait pas appeler le 911 pour une histoire qui n'avait rien d'urgent. Des outils, ça se remplace.

— Et il les a remplacés ?

Dee Tenney réfléchit un moment.

— Non, pas tout de suite. Enfin, non, pas du tout, maintenant que j'y pense. Il voulait le faire et puis l'accident s'est produit, et... Après, lui comme moi avions clairement d'autres choses en tête que ses outils. Il se servait de toute façon très peu de ceux qu'on lui avait volés.

Le téléphone de Josie bipa. C'était un SMS de Corey Byrne.

Suis sur un chantier. Impossible de parler maintenant, désolé. Passez chez moi à 17 heures.

Josie secoua la tête et remit son téléphone dans sa poche. Sa fille avait eu un accident avec son pick-up, et il était trop occupé pour lui passer un coup de fil. Ou il s'en fichait. Pas étonnant qu'elle se soit autant attachée à Dee Tenney. Josie se demanda quelle vie menait Heidi avant l'accident.

— Madame Tenney, dit Gretchen. Et si je vous disais que votre mari n'a jamais signalé ce vol ?

— Comment le sauriez-vous ?

— Nous venons de passer en revue tous les rapports de police concernant ce quartier, en remontant trois ans en arrière. Votre mari n'a jamais déclaré le vol.

— Je ne suis pas au courant. Il faudrait lui poser la question directement. Je vais vous donner son numéro. Il vous répondra peut-être. Je vais aussi vous donner son adresse. Si vous arrivez à le joindre, dites-lui de m'appeler.

— Pour en revenir à Faye Palazzo, dit Josie après que Gretchen eut noté les coordonnées de Miles Tenney, son mari dit qu'elle n'avait plus d'amies, mais que vous êtes allées plusieurs fois prendre un café ensemble. C'est vrai ? Et savez-vous si elle voyait d'autres personnes ? Ou si elle était en mauvais termes avec qui que ce soit ?

Dee Tenney pinça les lèvres. Elle se pencha en avant, déplia ses jambes et jeta un regard à Heidi, comme si elle regrettait de lui avoir permis de rester. Puis elle dit :

— On allait boire un café de temps en temps, oui. Mais avant l'accident ; beaucoup moins après. Nous étions toutes deux mères au foyer, et toutes deux très investies dans l'association de parents d'élèves. Faye est – était – une très bonne organisatrice. Elle était toujours occupée à monter quelque chose.

— Comme ces marches blanches ? dit Josie.

— Oui, tout à fait. C'est elle qui les a organisées après l'accident. Je sais qu'elle en planifiait une pour la veille du procès, mais on n'en avait parlé qu'aux réunions du groupe de soutien. Et les rares fois où je suis allée prendre un café avec elle après l'accident, ça a été pour discuter de ces marches blanches.

— Y a-t-il une raison pour que vous ayez cessé de vous fréquenter – en dehors des réunions du groupe de soutien – après l'accident ? demanda Gretchen.

Dee Tenney se tourna une nouvelle fois vers Heidi, qui se rongeait consciencieusement les ongles de la main gauche. Elle baissa la voix, même si la jeune fille pouvait toujours l'entendre.

— Je ne suis pas censée vous le dire. Et je ne le souhaite pas. Ça... Je pense que ça n'a plus d'importance, maintenant.

— S'il vous plaît, dit Josie. Dites-le-nous, et nous verrons bien si c'est important pour notre enquête ou pas.

Dee ferma les yeux et inspira plusieurs fois profondément, comme si elle se préparait mentalement. Puis elle rouvrit les yeux et déclara :

— Faye avait un amant.

Il y eut un temps de silence. Heidi tourna les yeux vers Dee Tenney, sans s'arrêter de se ronger les ongles. Elle ne paraissait ni surprise, ni choquée, nota Josie.

— Comment le saviez-vous ? demanda Gretchen.

— Elle me l'avait dit.

— Quand ça ?

— Quelques semaines avant l'accident. On était allées prendre un café pour préparer une réunion de parents d'élèves, comme on le faisait régulièrement. Elle était distraite, tendue. Je l'ai bombardée de questions pour qu'elle me dise ce qui n'allait pas. Et elle m'a dit qu'elle avait une liaison, mais qu'elle voulait y mettre fin. Qu'elle était rongée de remords. Sebastian lui est entièrement dévoué. Elle pensait – et je dois reconnaître que j'étais de son avis – que s'il l'apprenait, ça le tuerait.

— Vous êtes sûre que ce sont ses paroles ? demanda Josie. Est-il possible qu'elle ait plutôt dit que s'il l'apprenait, il la tuerait, elle ?

— Oh, non. Sebastian n'est pas du tout comme ça. D'ailleurs, il suffit de lui parler deux secondes pour se rendre compte qu'il la vénère. Ça a toujours été le cas. À vrai dire, certaines des autres mamans et moi avons toujours trouvé ça un peu pathétique. Elle l'aimait aussi, bien sûr, c'était une certitude. Mais ses sentiments à elle semblaient toujours un peu moins passionnés que ceux de Sebastian.

— Aimer quelqu'un passionnément n'empêche pas forcément de commettre des violences conjugales – voire un féminicide, objecta Gretchen.

— Oui, je sais. Mais je vous le dis, Sebastian n'est pas comme ça.

— Il est faible, intervint Heidi.

Tous les regards se posèrent sur elle. Elle leva les yeux au ciel.

— Désolée, mais c'est la vérité. C'est une vraie chiffe molle. Même nous, les enfants, on ne comprenait pas ce que Mme Palazzo lui trouvait. Elle avait été top model à New York, et lui, il était pharmacien, hypertimide, et il parlait à peine.

— Heidi, fit Dee Tenney d'un ton sévère. C'est méchant, de dire ça.

— Pourquoi ? rétorqua Heidi. Je ne dis pas qu'il n'est pas gentil. Au contraire, il est super gentil. Par exemple, quand il nous a accompagnés en sortie scolaire, il a payé une glace à tout le monde. Mais une fois, quand il nous ramenait chez nous, Nevin et moi, après un entraînement – Nevin faisait du baseball, et moi du softball –, un type l'a embouti par l'arrière. M. Palazzo est sorti pour faire le constat amiable, et l'autre l'a pourri. Il lui criait dessus, alors que c'était lui qui nous était rentré dedans ! On a cru qu'il allait frapper M. Palazzo. Nevin s'est même mis à pleurer. Et puis M. Palazzo est remonté dans la voiture et on est repartis. Il n'a jamais eu les coordonnées de l'autre type. Il n'a pas appelé la police pour porter plainte. Il n'a rien dit du tout. Il est rentré chez lui comme s'il ne s'était rien passé, alors que la moitié de son pare-chocs était déglinguée.

— On dirait plutôt que l'autre conducteur était ingérable et que M. Palazzo a bien fait de ne pas aller au conflit avec lui, surtout avec vous deux dans la voiture, la corrigea Dee.

Josie tenta de réorienter la conversation.

— Dee, savez-vous avec qui Faye Palazzo entretenait une liaison ?

— Désolée, non, je n'en sais rien.

— Même si vous n'en êtes pas sûre, auriez-vous une vague idée de qui ça pouvait être ? insista Gretchen.

— Non, je ne vois vraiment pas. Mais je peux vous dire que ça n'a pas duré après l'accident. Elle avait déjà l'intention d'y mettre fin et, après avoir perdu Nevin, elle et Sebastian étaient, comme nous tous, totalement dévastés. Je pense que, contrairement à certains d'entre nous, le deuil les a plutôt rapprochés.

Gretchen hocha la tête.

— Nous allons sortir un instant pour passer quelques coups de fil. Je vais demander à une voiture de patrouille de garder l'œil sur vous, madame Tenney. Vous voulez bien que Heidi reste auprès de vous jusqu'à ce que nous allions voir son père, tout à l'heure ?

— Oui, bien sûr.

Josie suivit Gretchen dans l'allée. Elles se postèrent près de la voiture de cette dernière, et Josie appela Noah et Mettner en activant le haut-parleur.

— On est passés chez tous ceux qui habitent en face de la clairière, dit Noah. Personne n'a de caméras de vidéosurveillance, et personne n'a rien vu. Anya Feist dit que Faye Palazzo est en pleine rigidité cadavérique, tout comme l'était Krystal Duncan, mais que, dans son cas, les lividités sont fixées. La cause de la mort est sans doute identique, même s'il y a quelques contusions sur la figure de Faye Palazzo.

— Oui, je les ai vues, dit Josie.

— On ne connaîtra pas le moment de sa mort avant que la légiste ne la mette sur sa table d'autopsie, ajouta Mettner. Mais je pense qu'on peut affirmer qu'elle a été tuée suivant un mode opératoire similaire à celui du meurtre de Krystal Duncan, d'après les premières observations de la docteure Feist. La couleur rose de la peau qui indique l'intoxication au monoxyde de carbone, la cire dans la bouche, le nom écrit au marqueur sur le bras. Vu l'état du corps et la chaleur qu'il fait, on l'a sans doute déposé ici tôt ce matin, avant le lever du soleil, semble-t-il, mais, comme je le disais, Anya Feist va essayer de nous donner une fenêtre temporelle plus précise après l'autopsie.

— Et vous avez pu avancer dans vos interrogatoires avant qu'on vous appelle ? demanda Gretchen.

— Pas beaucoup, répondit Noah. Mais on a quand même pu interroger Sebastian Palazzo. Comme Gloria et Nathan Cammack, comme Dee Tenney, son emploi du temps est plein de trous. Il ne peut prouver que partiellement où il était sur la période pendant laquelle Krystal Duncan a disparu. Et puis sa femme aurait pu lui fournir un alibi pendant une bonne partie de ce temps mais, maintenant qu'elle est morte, elle ne pourra plus nous confirmer ce qu'il dit.

Gretchen soupira et secoua la tête.

— C'est noté. Il faut quand même continuer à interroger les voisins, comme on l'a dit.

— Je vais rentrer au commissariat pendant que Noah reste ici, à la clairière, répondit Mettner. Ça ne sert à rien qu'on soit deux. Et l'équipe d'identification criminelle en a encore pour une heure ou deux, au moins.

— Parfait, dit Gretchen. On va aller demander à Miles Tenney s'il a la moindre idée de pourquoi on a écrit le prénom de sa fille sur le cadavre de Faye Palazzo.

Josie se tourna vers la porte d'entrée de la maison des Cammack qui s'ouvrait. La tête de Heidi apparut.

— Attends un peu, dit-elle à Gretchen.

— Bon, on vous tient au courant, dit Gretchen à Noah et Mettner avant de raccrocher.

Heidi avait déjà parcouru la moitié du chemin pour les rejoindre.

— Tout va bien ? demanda Josie.

— Je sais quelque chose, déclara Heidi tout à trac.

Elle se tourna vers la porte, qui demeurait close.

— Mais je ne sais pas si je dois vous le dire...

— Tu sais quelque chose à propos de quoi ?

— De l'amant de Mme Palazzo.

— On t'écoute, dit Gretchen.

— Mais je ne veux causer d'ennuis à personne. Enfin, je ne veux pas que mon père ait des ennuis.

— Tu penses que c'est ton père qui avait une liaison avec Mme Palazzo ? dit Josie.

— Je *sais* que c'est lui. Mais ça ne veut pas dire que c'est lui qui l'a tuée, d'accord ? Il est incapable de faire une chose pareille. Ils étaient... Je crois qu'ils étaient amoureux. Mais ils ont arrêté de se voir après l'accident. Là-dessus, Mme Tenney a raison.

— Comment sais-tu que ton père et Faye Palazzo avaient une liaison ?

Heidi leva les yeux au ciel.

— Je ne suis pas idiote, vous savez ! Tout le monde me traite comme si je l'étais, mais je ne suis pas bête. J'entends tout. Depuis toujours. Les adultes croyaient soit que j'étais trop bête pour comprendre, soit que je m'en fichais parce que j'étais trop jeune. Mon père travaille tout le temps, vraiment tout le temps, et c'était déjà le cas avant l'accident. C'étaient toujours les autres parents qui me conduisaient ici ou là, qui me faisaient manger, ou qui me gardaient jusqu'à ce qu'il rentre. C'est comme si j'avais été élevée par tout le quartier. Comme si j'étais une enfant abandonnée, alors que mon père a plein d'argent. Enfin, il devrait en avoir plein, parce qu'il travaille tout le temps et qu'il n'a jamais le temps de le dépenser.

— Et tu as entendu ton père et Faye Palazzo parler de leur liaison ? demanda Gretchen.

— Non. Ils se servaient de mon cartable pour se faire passer des mots.

— Quoi ?

— Mais oui. Dans mon sac, il y a une poche minuscule, dans laquelle on ne peut vraiment rien mettre. Enfin, on pourrait peut-être y mettre une gomme, un truc comme ça, mais sinon, c'est une poche qui ne sert vraiment à rien. Et les jours où j'allais chez Mme Palazzo après être descendue du bus, en attendant que mon père rentre à la maison, il glissait un mot dans cette petite poche. Et pendant que j'étais chez eux à jouer avec Nevin, elle sortait le mot, le lisait, écrivait une réponse dessus et le remettait dans la petite poche.

— Comment sais-tu ça ?

— Bah ! Parce que je les ai vus faire. Enfin, la première fois que j'ai trouvé le mot, je ne savais pas qui l'avait écrit. J'étais à l'école. Et ça parlait de se retrouver à « notre endroit » à « 14 heures ». Je n'ai pas compris ce que ça voulait dire. Je me suis dit que c'était peut-être un mot de mon père qui était arrivé par hasard dans mes affaires. Je ne sais pas, je n'étais pas très maligne, à l'époque. J'avais l'intention de lui demander ce que c'était, le soir en rentrant, et puis j'ai oublié. Et quand je suis allée chez les Palazzo, à un moment, je suis passée devant la cuisine alors que Mme Palazzo croyait qu'on était dans le jardin, Nevin et moi. Et je l'ai vue prendre le mot dans mon sac. Je l'ai vue le lire, écrire quelque chose dessus et le remettre où il était.

— Et tu ne leur as pas posé la question – ni à l'un, ni à l'autre ?

— Eh bien, non. Comme je vous l'ai dit, petite, je n'étais pas très maligne. J'ai lu le mot avant mon père, bien sûr. Elle avait seulement répondu « OK ». Je ne comprenais toujours pas très bien, donc je n'en ai pas parlé. Mais après, j'ai lu tous les mots qu'ils se faisaient passer. Il n'y avait jamais rien d'intéressant. Ça ne parlait que de l'endroit où ils pouvaient se voir. Sauf le dernier.

— Et que disait le dernier mot ? demanda Josie.

— Qu'elle voulait arrêter, répondit Heidi. Je l'ai gardé, celui-là. Vous voulez le voir ?

— Où ? demanda Gretchen. Où as-tu gardé ce mot ?

— Chez moi. Je peux vous y amener, c'est à une rue d'ici.

28

La maison de Corey et Heidi Byrne ressemblait aux autres maisons du quartier. C'était un bâtiment bien entretenu à deux niveaux, avec une grande pelouse sur le devant et un garage pour deux voitures. Le jardin était simple, avec des buissons sempervirents qui ne demandaient qu'un entretien réduit. Pour quelqu'un qui semblait travailler autant que Corey Byrne, c'était le jardin idéal. Heidi sortit une clé de sous un pot de fleurs à proximité de la porte d'entrée et les fit entrer.

— Waouh ! s'exclama Josie en entrant dans l'immense espace qui s'ouvrait devant elle.

Partout, de grosses poutres remplaçaient les cloisons. Le parquet luisait. La pièce principale était divisée en quatre zones : un coin salon, un coin salle à manger, un espace cuisine et ce qui semblait être une partie bureau, avec un secrétaire sur lequel s'empilaient des papiers.

— Oui, fit Heidi en les voyant admirer la pièce. Tous ceux qui entrent ici pour la première fois ont la même réaction. Mon père fait des travaux dans la maison depuis que je suis née. Parfois on a de vrais murs, parfois il fait ça. Il n'arrête pas de changer. Au début, je pensais qu'il n'arrivait pas à se décider, mais je crois plutôt que s'il n'a pas un chantier en cours, il devient fou. Venez.

Elle leur fit signe de la suivre jusqu'à une porte. Josie et Gretchen s'engagèrent derrière elle dans un petit couloir et entrèrent par une seconde porte dans un grand garage. Aucun véhicule ne s'y trouvait, mais les murs étaient presque entièrement couverts d'outils suspendus.

— Quel est le métier de ton père, en fait ? demanda Gretchen.

— Il fait tout, répondit Heidi sans aucune fierté. Bon, non, pas tout. Il ne fait pas la plomberie. Il dit qu'il est très mauvais plombier. Mais il construit des maisons. Il sait faire la charpente, l'électricité, la peinture, tout ça. Je croyais qu'il travaillait énormément parce qu'il avait besoin de beaucoup d'argent pour m'élever et rester dans ce quartier chic. Mais je pense plutôt, maintenant, qu'il préfère travailler que s'occuper de moi.

— Je suis sûre que tu exagères, dit Josie.

Celle-ci haussa les épaules et se dirigea vers une étagère avec plusieurs caisses en plastiques marquées à son nom.

— Bof. Vous n'êtes pas obligée de faire comme tous les adultes et de mentir pour essayer de me rassurer. Avant l'accident, quand j'avais des copains, je voyais bien comment les autres parents traitaient leurs enfants. Je sais que mon père m'aime, mais je ne pense pas qu'il avait vraiment envie d'être père.

Elle parlait sans émotion, comme si elle s'était résignée à la chose depuis bien longtemps. Josie fut soudain contente que Heidi puisse désormais compter sur Dee Tenney. À quatorze ans, elle-même avait été confiée à sa grand-mère après des années de maltraitance et de négligence, et ça avait tout changé. Certes, Heidi ne présentait aucun signe de maltraitance, mais il était clair que son père ne s'intéressait pas vraiment à elle. Ses besoins physiologiques étaient satisfaits, mais Corey Byrne ne s'occupait pas de sa fille au-delà de ceux-ci.

Heidi se hissa sur la pointe des pieds pour prendre sur l'étagère une caisse en plastique jaune moutarde. Elle la laissa tomber sur le sol de ciment où elle atterrit avec un bruit sourd. Elle en retira le couvercle et en sortit un sac à dos bleu et blanc, avec par endroits des taches brunes ou couleur rouille. Du sang, comprit Josie.

Heidi déposa le sac à dos à leurs pieds.

— C'est le sang de mes amis, dit-elle d'une voix sombre. Ceux qui sont morts dans l'accident du bus. Il avait déjà séché quand j'ai récupéré mon sac. Je ne sais pas qui l'a rapporté chez nous mais, quand je suis sortie de l'hôpital, il était là.

— Ton père n'avait pas essayé de le nettoyer ? demanda Gretchen.

— Non, en fait, il l'avait jeté. Je l'ai trouvé dans la poubelle. Il ne sait même pas que je l'ai gardé. Je crois qu'il ne voulait pas que je le revoie, parce qu'il pensait que ça me rendrait triste. Mais un vieux sac à dos, même avec les taches de sang, ce n'est rien à côté des images de l'accident que j'ai en permanence dans la tête, vous comprenez.

— Oui, souffla Josie. Je vois très bien ce que tu veux dire.

— Vous n'êtes pas obligées d'y toucher, dit Heidi.

Elle s'agenouilla et leur montra une petite fente, en haut, entre les deux bretelles du sac. En y glissant les doigts, elle finit par en sortir une feuille de papier pliée. Elle la déplia et la lissa soigneusement avant de la tendre à Josie.

Il y avait deux écritures différentes sur la feuille, dont les encres pâlies par le temps disparaissaient à l'endroit des plis. Une série de messages était rédigée en script, presque toujours en majuscules. L'autre, en cursive, fine, avec de jolies boucles. Il n'y avait nulle part de nom ou d'initiales. Uniquement de brèves instructions, comme Heidi le leur avait annoncé : *Retrouve-moi à notre endroit, à 14 heures. Jeudi.* Et au-dessous, un simple *OK*, ou parfois : *À très vite.* Ces échanges couraient sur une demi-page. Puis les réponses brèves en cursive changeaient :

Il faut que ça s'arrête. Je n'en peux plus. Ça n'en vaut pas la peine. Ils nous ont vus.

En dessous, un autre message en script disait :

ON N'EST PAS SÛRS QU'ILS NOUS ONT VUS. NE FAIS PAS ÇA.

Il y avait ensuite un message en cursive :

Si on les a vus, c'est qu'ils nous ont vus. Je ne peux plus prendre ce risque. J'ai trop peur. Il faut que ça cesse.

Et enfin :

DISCUTONS-EN EN FACE. NOTRE ENDROIT.
À 14 HEURES.

Et c'était tout.

Heidi désigna les parties en script.

— Ça, c'est l'écriture de mon père.

Par-dessus l'épaule de Josie, Gretchen étudia la feuille. Puis elle dit doucement :

— Ça ne ressemble pas à ce qu'on a retrouvé sur les scènes de crime.

— Non, reconnut Josie avec un léger soupir de soulagement. Tu as raison.

Elle n'osait imaginer ce que ressentirait la pauvre Heidi si, après tout ce qu'elle avait déjà traversé, elle apprenait que son père était un assassin.

— Mais on va quand même devoir vérifier son alibi, chuchota-t-elle à Gretchen.

— Tout à fait, approuva Gretchen, qui se tourna ensuite vers Heidi. Tu es sûre que, ça, c'est l'écriture de Faye Palazzo ?

— Oui. Enfin, presque sûre. Je l'ai vue écrire sur le papier, et le remettre dans mon sac.

— Tu sais qui sont ces « ils » dont ils parlent ?

— Non.

— Et tu as une idée d'où est cet endroit auquel ils font allusion ? demanda Josie.

Heidi secoua la tête.

— Non plus. Désolée. Je suis à l'école à 14 heures. Je ne sais pas où ils se voyaient.

— Tu as déjà vu Mme Palazzo chez toi ?

— Seulement quand elle venait chercher Nevin, s'il passait à la maison, ce qui était rare.

— Heidi, reprit Josie, nous avons rendez-vous avec ton père ici, à 17 heures, pour lui parler. Nous allons devoir l'interroger sur cette histoire.

— Je sais, répondit Heidi. Mais ne vous inquiétez pas, je n'aurai pas d'ennuis à cause de ça. Ce n'est pas du tout son genre.

29

Josie et Gretchen redéposèrent Heidi Byrne chez Gloria Cammack, la laissant sous la garde de Dee Tenney jusqu'à ce que son père rentre du travail. Une voiture de patrouille était déjà garée devant la maison. Elles commandèrent leur déjeuner dans un fast-food, se garèrent sur le parking pour manger sur le pouce tout en discutant des derniers développements de l'affaire.

— Que penses-tu de Corey Byrne ? dit Gretchen.

Josie engloutit une frite.

— Difficile d'en parler sans l'avoir vu, mais je ne suis pas sûr que ce soit un bon candidat pour ces meurtres.

— À cause de son écriture ? Il a pu essayer d'en adopter une autre pour écrire sur le bras de ses victimes.

— C'est vrai, reconnut Josie. Mais pourquoi se mettrait-il à tuer les mères des enfants morts dans l'accident ? Ça n'a aucun sens. Sa fille a survécu et, visiblement, il compte depuis long-temps sur toutes ces mamans pour s'occuper de Heidi puisqu'il passe quatre-vingt-dix pour cent de son temps à travailler.

Gretchen buvait son soda à la paille.

— Oui, tu as raison. À moins qu'il n'ait voulu tuer Faye

Palazzo parce qu'il ne supportait pas qu'elle ait mis fin à leur histoire. Et il aurait tué Krystal pour brouiller les pistes, en quelque sorte.

— Ça me paraît assez tiré par les cheveux. Et je n'ai pas l'impression que Corey Byrne soit le genre d'homme prêt à tout, même pour ceux qui lui sont chers. Mais je vois ce que tu veux dire. Et il ne faut écarter aucune possibilité, blablabla... On lui demandera son emploi du temps, tout à l'heure, et on vérifiera auprès de ses collègues de chantier. Quoi d'autre ?

Gretchen prit son téléphone posé sur la console centrale.

— Mett est toujours dans le quartier, sur la piste du voleur. Je pense qu'on devrait rendre visite à Miles Tenney. Je lui ai laissé deux messages vocaux aujourd'hui, et il ne répond toujours pas. Allons chez lui.

Elles achevèrent leur repas, Gretchen entra l'adresse de Miles Tenney dans son GPS et elles partirent vers l'un des quartiers les moins reluisants de la ville, dans le Sud-Ouest de Denton. L'appartement que louait Tenney était au rez-de-chaussée d'un bâtiment de trois étages, coincé entre deux immeubles beaucoup plus hauts et plus grands. Tous étaient en mauvais état. Les façades étaient lépreuses, certaines fenêtres dans les étages avaient été obturées par des planches de bois ou du carton. Gretchen et Josie descendirent de voiture et louvoyèrent entre les mauvaises herbes qui poussaient dans les fissures du trottoir, les tessons de verre, les ordures et même quelques seringues hypodermiques. La porte d'entrée était vitrée, comme si ç'avait été autrefois une entrée de boutique. Un rideau de couleur claire accroché de l'autre côté du verre empêchait de voir à l'intérieur, mais une note griffonnée et scotchée à hauteur d'œil indiquait que l'entrée de l'immeuble se faisait par l'arrière.

Une unique allée menait à l'arrière du bâtiment. Des cafards se dispersèrent à leur approche quand elles le contournèrent. Ce qui avait été un petit jardin était désormais une cour jonchée de débris de parpaings, de vieux meubles cassés et de quelques gros appareils électroménagers cabossés qui avaient au moins l'âge de Josie. Un grillage séparait la cour d'un parking où étaient stationnées trois voitures. En revoyant mentalement le plan de Denton, Josie se souvint qu'il y avait une boutique de prêt sur gage, une rue plus loin, à laquelle le parking devait appartenir.

— Ça pue, ici, grogna Gretchen.

— Miles Tenney a quitté sa femme pour venir vivre dans un endroit pareil ? s'étonna Josie en s'avançant vers l'unique porte qui s'ouvrait à l'arrière de l'immeuble.

À côté, une grande poubelle débordait. L'odeur, amplifiée par l'intense chaleur estivale, lui retournait l'estomac.

— En comparaison, l'appartement de Nathan Cammack ressemble à un palace, dit Gretchen.

— L'appartement de Cammack n'était pas si laid, dit Josie. Plutôt moderne. Et ça ne puait pas autant, c'est sûr.

La porte était pleine, avec une simple poignée ronde. Pas de serrure. Gretchen jeta un coup d'œil à Josie, qui haussa les épaules comme pour lui dire : « Essaie quand même. »

La poignée tourna sans peine dans la main de Gretchen. Elles franchirent le seuil pour entrer dans un couloir sombre, étroit, avec un plancher de bois. Une odeur désagréable de moisi envahit les narines de Josie.

— Dee Tenney t'a donné un numéro d'appartement ?

Gretchen secoua la tête.

— Seulement le numéro de l'immeuble, et « rez-de-chaussée gauche ».

— Redis-moi ce que fait Miles Tenney, dans la vie ?

— Il vend des voitures, répondit Gretchen tandis qu'elles s'enfonçaient au cœur de l'immeuble. En tout cas, c'est ce qu'il faisait quand j'ai enquêté sur l'accident du bus.

— Il ne doit pas être très doué.

Elles dépassèrent une porte, sur la droite, et continuèrent.

Presque au bout du couloir, une autre porte était entrouverte. Gretchen s'immobilisa, et Josie l'imita.

— Ça, ça n'est jamais bon signe.

— Pas dans notre métier, en effet, approuva Josie.

Elle porta la main à son holster, le dégrafa.

Par-dessus l'épaule de Gretchen, Josie aperçut ce qui ressemblait à un petit salon. Un vieux canapé marron, avachi au centre, faisait face à une table basse renversée. Un téléviseur gisait, écran contre le sol, à côté d'un lampadaire à l'abat-jour déformé qui éclairait faiblement la pièce d'une lueur jaune. Le lambris sur le mur en face d'elles était en bois sombre, pas assez foncé cependant pour masquer l'arc de gouttes de sang qui le maculait. Josie perçut une odeur de sang et de tabac. Elle sortit son arme de son holster, en sentit le poids rassurant dans sa paume. Elle la pointa vers le bas et tapa sur l'épaule de Gretchen, qui dégaina son arme, elle aussi. De sa main libre, elle frappa à la porte.

— Monsieur Tenney ? appela-t-elle d'une voix claire. Inspectrices Palmer et Quinn, de la police de Denton. Monsieur Tenney ? Pouvons-nous entrer ?

Josie compta les secondes et les battements de son cœur.

Cinq secondes. Dix.

— Miles Tenney, cria Gretchen, plus fort cette fois-ci. C'est la police. Nous devons vous parler.

Cinq secondes. Dix.

— S'il y a quelqu'un, sortez immédiatement avec vos mains bien en vue.

Pas de réponse. Le silence était total. Josie tapa de nouveau sur l'épaule de Gretchen, lui fit signe d'avancer. Elles entrèrent ensemble, Josie légèrement en retrait, chacune balayant un côté de la pièce avec son arme, à l'affût du moindre mouvement. Rien. Le salon et la cuisine ne constituaient qu'une seule pièce. Seul le canapé les séparait. Une table tout juste assez grande pour deux personnes était couverte d'emballages de plats à emporter. Deux chaises étaient renversées à proximité. L'une avait perdu deux de ses pieds, et de grosses échardes de bois jaillissaient là où ils s'étaient brisés. Le sol carrelé du coin cuisine était jonché de feuilles de papier, de documents divers. Josie vit d'autres gouttelettes de sang. Au pied du réfrigérateur, il y avait un téléphone portable en miettes, lui aussi taché de sang. Josie reporta son attention sur Gretchen, qui lui indiquait le côté gauche de la pièce, où deux portes, dans un angle, étaient ouvertes. La première était visiblement celle de la salle d'eau, à peine plus grande qu'un placard. Il n'y avait même pas la place pour une baignoire. Elle ne contenait qu'une douche sans rideau, des toilettes et un lavabo, tassés dans cet espace réduit. L'autre porte donnait sur une chambre. Des draps froissés étaient roulés en boule sur un matelas posé à même le sol. Des cartons s'alignaient le long des murs. Des rangées et des rangées de cartons, qui montaient presque jusqu'au plafond. Il n'y avait aucun placard.

— La voie est libre, dit Gretchen.

Elles rengainèrent leurs armes et repassèrent dans la première pièce.

— Je pense qu'on est sur une scène de crime, dit Josie.

Elle sortit son téléphone et appela Noah. Il enverrait l'équipe d'identification criminelle faire les relevés dans tout l'appartement sans passer par le canal radio de la police, pour tenir la presse à l'écart.

— S'il restait le moindre doute quant au fait que les meurtres de Krystal Duncan et Faye Palazzo sont liés à l'accident du bus, il n'y en a plus, maintenant, dit Josie après avoir raccroché. Trois parents des victimes de l'accident en une semaine...

Gretchen se posta près de la porte d'entrée de l'appartement, toujours ouverte, et étudia la scène.

— La victime n'est pas partie de son plein gré, cette fois-ci.

Miles Tenney s'est battu. Le tueur l'a blessé. Ou il a blessé le tueur, peut-être. On ne sait pas encore à qui appartient ce sang.

— Je suis sûre que Dee peut nous donner son groupe sanguin. Et l'identification criminelle pourra nous donner une réponse à ce sujet immédiatement, sur place. On verra si les deux correspondent.

En retournant avec précaution vers le coin cuisine, Josie aperçut une minuscule tache bleue au niveau du sol, entre le lambris et le réfrigérateur d'un vert terne. Un objet pailleté s'était logé là, comme s'il était tombé du haut du réfrigérateur et s'était coincé entre sa base et la plinthe. En se penchant, elle vit que le reflet qui avait attiré son œil provenait d'une lettre argentée collée sur une petite bourse bleue. Un F majuscule. Josie n'y toucha pas. Elle ne voulait pas contaminer la scène de crime, mais elle était convaincue qu'une fois que l'équipe d'identification criminelle aurait retiré la petite bourse bleue de derrière le réfrigérateur, elle constaterait que ce F était suivi d'une autre lettre. Un C majuscule.

F. C., Frankie Cammack. La bourse dans laquelle la petite Frankie gardait sa précieuse pièce de 10 cents à l'effigie de Roosevelt. Mais que pouvait bien faire cette bourse dans l'appartement délabré de Miles Tenney, au milieu d'un des quartiers les plus louches de la ville ? Josie se redressa et commença à ouvrir la bouche pour attirer l'attention de Gretchen, mais celle-ci la devança.

— Pasta.

Josie mit une fraction de seconde à comprendre le mot, totalement hors contexte. C'était leur mot secret. Fait pour les moments de trop grande émotion, pas pour indiquer un danger physique, mais elle perçut immédiatement le sens du message. Elle tourna la tête et vit Gretchen, face à la porte ouverte de l'entrée, les mains en l'air. Le canon d'un pistolet était pointé sur son front. De là où elle était, Josie ne voyait que la main épaisse qui en serrait la crosse. Un poignet nu, hormis le bracelet noir d'une montre. Le reste du corps de l'homme armé était caché par la porte – ce qui voulait dire que lui non plus ne pouvait pas voir Josie.

— Quoi ? dit l'homme.

Le cœur de Josie se mit à tambouriner dans sa poitrine et elle passa à l'action. Sans un bruit, en deux grandes enjambées, elle se glissa derrière la porte, puis releva le canon de son Glock.

— Vous avez dit « pasta » ? dit l'homme.

— J'ai dit : « Ne faites pas ça. »

Josie vit Gretchen replier lentement les doigts de sa main pour n'en garder que deux levés. Il y avait deux hommes.

— Je suis de la police, dit Gretchen.

Rires.

— C'est ça, ma belle !

— Baissez vos armes, dit Gretchen.

— Où est Miles ? demanda l'homme.

— Mes collègues ne vont pas tarder.

— Mais oui, c'est ça. Tu es flic, et tous tes petits copains vont débarquer ici. Si je baisse mon flingue, ils vont faire demi-tour et rentrer au commissariat, peut-être ?

— Vous n'avez qu'à essayer, dit Gretchen calmement.

Nouveaux rires.

— Elle est bonne, celle-là. Tu es une vraie comique, toi, tu sais ? Mais on est venus pour Miles, et puisqu'il n'est pas là, c'est toi qu'on va embarquer.

Une autre voix d'homme, plus grave et plus rauque, se fit entendre :

— Elle ne ressemble pas à sa femme.

— C'est que c'est sa maîtresse, alors. On l'embarque quand même.

Le canon pointé sur le front de Gretchen se détourna un court instant pendant que l'homme parlait à son comparse. Gretchen en profita pour croiser le regard de Josie. Celle-ci ôta une main de la crosse de son arme pour lui faire un signe, priant pour qu'elle le comprenne. Elles avaient déjà connu des situations délicates, et avaient toujours été sur la même longueur d'onde. Gretchen hocha imperceptiblement la tête et regarda droit vers le canon qui pointait de nouveau sur son front.

— Et si elle était vraiment flic ? fit l'homme à la voix rauque.

— Je suis vraiment flic, confirma Gretchen.

Josie inspira profondément et cria :

— Police ! Lâchez vos armes !

Comme elle s'y attendait, il y eut un moment d'hésitation de l'autre côté de la porte. Le pistolet frémit. Gretchen plongea et roula sur sa gauche, loin de l'embrasure. Josie leva la jambe et donna un coup de pied dans la porte, de toutes ses forces. L'homme au pistolet hurla quand son poignet fut écrasé entre le battant et l'encadrement de la porte. Josie donna encore deux coups de pied, et l'arme tomba au sol. Avant qu'elle ait le temps de rouvrir la porte, une détonation retentit dans le couloir. Puis une deuxième, et une troisième. La porte vola en éclats. Une balle alla se loger dans le mur opposé. Mais Josie s'était déjà baissée. Gretchen se releva derrière elle, arme au poing. Un autre tir résonna, suivi d'un grognement. La porte s'ouvrit en grand et un gros homme tomba en avant. T-shirt blanc, jean, baskets noires. Une tache de sang s'élargissait dans son dos. Son comparse avait-il tiré sur lui délibérément ou par accident ? Elle n'avait pas le temps d'y penser. L'écho des tirs résonnait à ses oreilles. Ce ne fut qu'en entendant une porte claquer qu'elle comprit que le tireur, l'homme à la voix rauque, était sorti du bâtiment.

Elle se tourna vers Gretchen.

— Fonce, lui dit celle-ci. Je m'occupe de celui-là et j'appelle des renforts. Je les préviens qu'on a un tireur qui se balade à pied.

Josie bondit, arme pointée vers le sol, sauta par-dessus l'homme à terre et sortit en courant dans le couloir. Elle ouvrit la porte de derrière d'un coup d'épaule, momentanément aveuglée par la lumière du soleil. L'odeur de la poubelle était toujours aussi atroce. Elle essaya de se repérer, balaya la cour du regard et aperçut le tireur qui traversait en courant le parking du prêteur sur gage, pistolet glissé à la ceinture, dans son dos. Il était plus grand et plus mince qu'elle ne l'aurait cru, vêtu d'un pantalon cargo kaki et d'un t-shirt noir.

— Police ! Ne bougez plus ! hurla Josie.

Il ne se retourna même pas. Elle traversa rapidement la cour, sauta par-dessus le grillage. Pendant ses quatre mois de suspension, elle était allée courir tous les jours, parfois même deux fois par jour, martyrisant son corps pour s'empêcher de penser au meurtre de Lisette. Cet entraînement avait porté ses fruits, et elle gagnait rapidement du terrain sur l'homme, mais il était tout de même beaucoup plus grand qu'elle. Encore quelques foulées et il aurait quitté le parking. Il venait de dépasser une vieille Honda Civic stationnée là. Sans ralentir, Josie rengaina son arme, sauta sur le capot de la Honda, bondit sur le toit et s'élança pour retomber sur le dos de l'homme. Il tomba face contre terre avec un grognement. Josie se mit à califourchon sur lui, s'empara du pistolet glissé à sa ceinture et le jeta hors de portée.

— Vous êtes dingue ? cria-t-il tandis qu'elle lui bloquait les bras dans le dos.

— Vous êtes en état d'arrestation, dit-elle en lui glissant des menottes aux poignets.

Elle lui récita ses droits pendant qu'il se tortillait sous elle.

— Vous m'avez cassé le nez, espèce de salope ! geignit-il.

Il releva la tête. Du sang coulait de ses narines.

— Je vais vous aider à vous relever, pour que vous puissiez pencher la tête en arrière et ralentir le saignement, dit-elle.

— Allez vous faire foutre !

— Allez, on y va, ordonna Josie. Mettez-vous d'abord à genoux, et relevez-vous ensuite.

Il se tortillait toujours pour lui échapper.

— Lâchez-moi ! Vous n'êtes pas vraiment flic ! Vous mentez !

Josie entendit du bruit dans son dos, dans la cour de l'immeuble de Miles Tenney. Elle leva les yeux et vit Noah sauter par-dessus le grillage pour les rejoindre au pas de course. Il baissa les yeux sur l'homme et grimaça.

— Désolé, mon gars, mais c'est une vraie policière, et tu ferais mieux de lui obéir.

30

Après avoir rédigé leur rapport, au commissariat, Josie et Gretchen furent renvoyées chez elles pour la soirée. Chitwood leur ordonna de repousser leur entretien avec Corey Byrne au lendemain. Leurs deux agresseurs étaient à l'hôpital sous surveillance policière, et l'équipe d'identification criminelle allait mettre plusieurs heures à effectuer tous les relevés possibles dans l'appartement de Miles Tenney, qui était désormais une scène de crime à double titre – par rapport à ce qui était arrivé à Miles Tenney, et aux coups de feu sur Josie et Gretchen. Noah et Mettner étaient restés sur place pour interroger les voisins et voir si d'éventuelles images de vidéosurveillance permettaient de déterminer ce qui était arrivé à Miles Tenney. Une fois rentrée chez elle, Josie se plongea dans un bain brûlant tandis que Trout se couchait devant la baignoire. Elle passa en revue tout ce qu'elle devait entreprendre pour faire avancer l'enquête, en essayant de ne pas trop penser à ce qui s'était passé.

On lui avait déjà tiré dessus auparavant, mais c'était la première fois que cela arrivait depuis la mort de Lisette. Dans son esprit, des flashs du meurtre de Lisette entrecoupaient ceux de la scène de l'appartement. Encore et encore, ce premier coup de feu, inattendu, résonnait dans sa tête. Quand l'image de Lisette tombant en avant dans l'appartement de Miles Tenney s'imposa à son esprit, elle sursauta, projetant des éclaboussures d'eau désormais tiède sur le sol. Trout gémit et se redressa. Il posa la tête sur le rebord de la baignoire, oreilles dressées, ses grands yeux marron pleins d'inquiétude.

— Désolée, mon gars, dit-elle. Je m'étais endormie.

Josie décida qu'elle s'était suffisamment mise en danger pour la journée. Une fois sortie de la baignoire, séchée et rhabillée, elle s'assit sur le lit et consulta son téléphone pour voir si Noah avait du nouveau. Toujours rien. En soupirant, elle remit son téléphone à charger. Elle voulait attendre Noah mais, quand Trout sauta sur le lit et blottit son petit corps chaud contre sa hanche, elle s'endormit instantanément. Ses rêves furent emplis de coups de feu, d'images du corps de Lisette à ses pieds. Parfois, elles se trouvaient à la lisière de la forêt où le meurtre avait vraiment eu lieu, parfois dans le parking du prêteur sur gage, derrière l'immeuble de Miles Tenney. À chaque fois, juste au moment où Josie prenait le corps inerte de Lisette dans ses bras pour aller chercher du secours, un mur d'eau s'écrasait sur elles, venu de toutes les directions à la fois, comme un tsunami qui aurait balayé la côte Est et été assez gigantesque pour atteindre Denton, au centre de la Pennsylvanie. Sous l'eau, Josie cherchait désespérément à respirer sans lâcher Lisette, mais en vain.

Elle s'éveilla en hoquetant, porta la main à sa gorge. Trout était au-dessus d'elle, lui donnait des coups de patte sur le bras et lui léchait la figure. Le soleil illuminait la chambre. Après avoir repris son souffle et rassuré son chien, Josie regarda son réveil. Il était près de 10 heures. La place de Noah, dans le lit, était vide. Mais elle avait dormi une nuit entière pour la première fois depuis quatre mois. Les cauchemars étaient nouveaux, différents, mais cette fois-ci, au moins, elle avait pu se reposer un peu. Elle s'empara de son téléphone et vit que Noah lui avait laissé un message :

Rentré tard. Tu dormais déjà. Pas voulu te réveiller. Quand tu seras levée, viens au commissariat. Il y a du nouveau.

Elle se prépara en hâte et arriva sur le parking municipal derrière le commissariat une demi-heure plus tard. Des journalistes se pressaient devant l'entrée, quatre fois plus nombreux que la veille. À cause des coups de feu chez Miles Tenney, ou était-il arrivé autre chose pendant la nuit ? Son cœur cognait dans sa poitrine quand elle se gara et descendit de voiture. Elle remarqua alors plusieurs voitures siglées « FBI » sur le parking. Elle se précipita et se fraya un chemin parmi les journalistes qui lui lançaient des questions.

— Est-il vrai qu'on a retrouvé Faye Palazzo assassinée hier ?

— Pensez-vous qu'un tueur en série s'en prend aux parents des victimes de l'accident de bus de West Denton ?

— Avez-vous pris part à la fusillade qui a eu lieu hier dans le Sud-Ouest de Denton ?

— Est-il vrai qu'on a retrouvé Miles Tenney assassiné dans son appartement ?

— Qui sont les hommes que vous avez arrêtés ? Est-ce en rapport avec le meurtre de Krystal Duncan ?

— Pourquoi cette présence de véhicules du FBI ?

— Quelle incidence sur le procès de Virgil Lesko ?

— Les autres parents des victimes de l'accident du bus sont-ils menacés ? La population doit-elle s'inquiéter ?

Josie se contenta de répéter « Je ne ferai aucun commentaire », comme un disque rayé, jusqu'à ce qu'elle passe la porte. Elle monta l'escalier en trombe et déboucha dans la grande salle où elle découvrit l'équipe au grand complet, Amber et le chef Chitwood inclus, regroupée autour des bureaux des inspecteurs, en compagnie de l'agent du FBI Drake Nally, élégamment vêtu d'un costume gris et d'une cravate bleue.

— Ça alors, s'exclama Drake. Mme Noah Fraley en personne !

Il la rejoignit à grandes enjambées et la serra dans ses bras, la soulevant de terre. Josie lui rendit son étreinte, contente de le voir comme toujours, malgré les circonstances.

— Ça fait plaisir de te voir, ajouta-t-il. Comment vas-tu ?

Drake était venu depuis New York. Il vivait à Manhattan et sortait avec la sœur jumelle de Josie, Trinity Payne, célèbre journaliste de télévision. Josie parvint à sourire lorsqu'il la relâcha.

— Bien, dit-elle.

Drake était grand et mince, et il dut se pencher pour l'observer attentivement. À voix basse, il insista :

— Vraiment ?

— De toute façon, si ça allait mal, je ne te le dirais sûrement pas, lui répondit-elle sans cesser de sourire.

Il éclata de rire et lui serra l'épaule.

— Trinity m'avait prévenu que tu dirais ça.

— Qu'est-ce que tu fais ici ? demanda Josie en allant à son bureau.

Noah l'embrassa sur la joue et lui offrit un siège. Quand elle fut assise, il lui tendit un gobelet de café.

— Je savais que j'avais une bonne raison de t'épouser, lui dit-elle.

En face d'elle, Gretchen la salua d'un hochement de tête. Mettner était au téléphone mais lui adressa un petit signe de la main. Amber tapait sur le clavier de son ordinateur portable. Chitwood se tenait un peu à l'écart, telle une sentinelle silencieuse.

Drake s'assit sur le rebord de son bureau et croisa les bras.

— Les deux types sur qui vous êtes tombées, toi et Gretchen, hier, font partie d'une assez grosse organisation criminelle basée à New York. Elle se fait appeler Cerberus.

— J'en ai entendu parler.

— Ça fait deux ans qu'un de nos détachements spéciaux s'intéresse à Cerberus. Ils ont commencé comme usuriers, puis ils se sont diversifiés : tripots clandestins, prostitution, et maintenant ils se lancent dans le trafic de drogue. Ils trempent dans à peu près tout ce qui se passe au sein de la zone entre Boston et Washington D. C.

— On ne les avait pas vus dans la région jusqu'à maintenant, intervint Chitwood.

Drake hocha la tête.

— Ils sont à Philadelphie. Nous pensons que c'est là que Miles Tenney est entré en contact avec eux.

— Les cartons que vous avez trouvés chez Miles Tenney sont pleins d'objets qu'on pense volés, dit Noah. Il y a de tout, électronique, bijoux, outillage électrique. Tout et n'importe quoi, du moment que ça peut se revendre ou se mettre en gage.

— La bourse trouvée derrière le réfrigérateur, dit Josie. Vous avez la confirmation qu'elle appartenait bien à Frankie Cammack ?

Mettner raccrocha et répondit :

— J'ai vu Gloria Cammack à son bureau hier soir et je lui ai montré les photos. Elle a confirmé.

— Et la pièce de 10 cents était toujours à l'intérieur ?

Noah secoua la tête.

— Non.

— C'est Miles Tenney qui volait ses amis et ses voisins, et revendait le tout, ajouta Gretchen.

— On dirait bien, dit Mettner. Il va falloir du temps pour retrouver les propriétaires de tout ce qu'on a découvert chez lui et contacter les revendeurs d'objets d'occasion pour savoir si c'est lui qui leur avait apporté les objets signalés comme ayant été volés.

Il indiqua une épaisse pile de feuilles sur son bureau.

— C'est la liste de tout ce que les résidents de West Denton, dans un rayon de quinze pâtés de maisons autour de chez les Tenney, nous ont dit, depuis hier, qu'on leur avait volé dans les deux ans ayant précédé l'accident. Presque aucun vol n'avait été déclaré à la police sur le moment.

— On a entendu la même histoire à chaque fois, ajouta Noah. Ils croyaient avoir perdu ces objets, ou les avoir jetés par inadvertance, ou prêtés à quelqu'un qui ne les avait pas rendus, mais personne ne s'en souvenait assez clairement pour dire que oui, ils étaient sûrs qu'il y avait eu vol. Ils ne s'étaient pas rendu compte tout de suite de leur disparition, parce qu'ils ne s'en servaient pas très souvent, voire jamais.

— Comme la pochette de Gloria Cammack, dit Gretchen. Ou le réchaud de camping de Nathan.

— Exactement.

— Bon, on sait maintenant que Miles volait tout ça. Mais vous pensez qu'il s'est arrêté après l'accident ? demanda Josie.

— Non, fit Noah. Vu tout ce qu'on a trouvé dans son appartement... Il a simplement changé de quartier. On pense qu'il a arrêté de voler les gens qu'il connaissait pour s'attaquer à des inconnus.

— Mais je croyais que Miles Tenney était un très bon vendeur de voitures ? Leur maison est plutôt jolie, et doit valoir pas mal d'argent.

— Je viens d'avoir son ancien patron au téléphone, déclara Mettner. Miles Tenney s'est fait virer six mois après l'accident.

— Pour vol ?

— On l'a soupçonné de vol, oui. Une importante somme d'argent avait disparu de la caisse du concessionnaire. Et des objets personnels appartenant à des employés, avant ça. Donc le propriétaire avait fait installer des caméras. Ils ont attrapé Miles en train de se servir dans le coffre.

— Et ils ne nous ont pas appelés, ils n'ont pas porté plainte ?
demanda Chitwood.

— Ils n'ont pas voulu le faire, parce que sa fille venait de
mourir. Ils lui ont dit que s'il rendait l'argent sous vingt-quatre
heures, ils ne le signaleraient pas à la police. Ils l'ont licencié,
bien sûr. Mais il a rendu l'argent, et ça s'est arrêté là.

— Je ne crois pas que sa femme sache tout ça, dit Josie.

— Elle n'est pas au courant, confirma Noah. On est allés
chez Gloria Cammack lui parler, hier soir. On devait la prévenir, de toute façon. Le sang retrouvé sur place correspond au
groupe sanguin de son mari, et il fallait bien qu'on lui dise qu'il
avait disparu, qu'il était sans doute blessé, d'autant plus que la
presse en a déjà eu vent, d'une manière ou d'une autre. Officiellement, ils sont toujours mariés. Et on devait lui demander si
elle avait une idée d'où il aurait pu aller, ou de qui aurait pu le
kidnapper – en dehors de Cerberus. Elle ne savait rien. Tout ce
qu'on lui a appris l'a stupéfiée.

— Son mari lui mentait.

— Et dans les grandes largeurs, renchérit Mettner. Apparemment, depuis trois ou quatre ans maintenant, Miles Tenney
a développé une assez grave addiction au jeu. Et il n'a pas eu
beaucoup de chance. Il a fini par avoir beaucoup de dettes, et il
a du mal à s'en sortir depuis.

— Et c'est comme ça qu'il a fini par contacter Cerberus,
compléta Drake.

— Le FBI avait déjà Miles Tenney dans le collimateur ?
demanda Josie.

— Lui, non, mais les deux types que vous avez croisés hier,
Leon Tartaglia et Joseph Bruno, oui. Quand ils ont été mis en
cellule, on nous a avertis.

— Donc vous n'êtes pas là pour Miles Tenney, dit
Gretchen.

Drake sourit.

— Non. J'espère en retourner un des deux.

— Vous voulez dire qu'ils sont intouchables pour nous, maintenant ? demanda Chitwood.

— On les a interrogés tous les deux ce matin, dit Drake. L'un des deux coopère, l'autre non.

— Ils sont vivants tous les deux, alors, constata Josie.

— Oui, intervint Noah. Bruno s'est mis à tirer quand tu as désarmé Tartaglia, et il a touché son petit copain dans le dos. Tartaglia a passé quelques heures sur la table d'opération hier soir, mais son état est stable.

— Ils cherchaient Miles Tenney, dit Gretchen. Ils ne savent pas où il est, j'en suis sûre. Mais ils projetaient de kidnapper sa femme.

— On a détaché une équipe pour surveiller Dee Tenney, et on va continuer la surveillance pour le moment, dit Chitwood.

— Bruno nous a dit que Miles devait plus de 300 000 dollars à Cerberus. Il était censé déposer l'argent en liquide la semaine dernière dans un bar de Philadelphie qui leur sert de couverture. Et ce n'était pas la première fois qu'il leur posait un lapin ou qu'il ne rendait pas ce qu'il devait. Bruno et Tartaglia ont été envoyés pour le coincer et l'amener devant leur patron. S'ils ne le trouvaient pas, ils avaient ordre de kidnapper sa femme. Ils l'auraient enlevée pour obliger Miles à se montrer.

— Mais Miles a disparu, dit Josie. Soit il s'est enfui, soit quelqu'un d'autre que Cerberus l'a enlevé. Sa femme est toujours en danger, et je ne suis pas certaine qu'on ait ici les ressources suffisantes pour la protéger longtemps d'une organisation criminelle comme Cerberus.

Drake plissa le front.

— Je ne peux pas la faire entrer dans le programme de protection des témoins, puisqu'elle n'a été témoin de rien.

— C'est une cible trop facile, Drake. Et elle est innocente !

Josie regarda les autres, en pensant à Heidi et à l'affection qu'il y avait entre elle et Dee Tenney.

— On ne peut pas rester sans rien faire.

Tous restèrent muets. On n'entendait que le cliquetis du clavier d'Amber – qui finit par cesser également. Puis celle-ci prit la parole :

— Puis-je faire une suggestion ?

Tous les visages se tournèrent vers elle. Elle se leva, s'appuya d'une main à son bureau.

— Ce baron du crime, il ne veut Dee Tenney que pour atteindre son mari, c'est bien ça ?

Drake opina du chef.

— Donc si on lui fait savoir que Miles a disparu, il n'aura aucune raison de s'en prendre à sa femme.

— En théorie, oui. Mais ces gens-là, les gens qui dirigent Cerberus, n'ont pas forcément un code d'honneur. Ils pourraient l'enlever quand même et la tuer, juste pour le plaisir. Ou, s'ils pensent que Miles s'est enfui, s'en servir comme appât pour l'attirer, lui, dans un piège.

— Mais, intervint Mettner, on pourrait réduire ce risque en faisant ce que propose Amber, et en disant à la presse que Miles a disparu, et qu'on pense qu'il est mort.

— Rien ne dit qu'il le soit, objecta Gretchen.

— Non, mais on a retrouvé son sang sur les lieux. On sait au moins qu'il est blessé. Et il est *peut-être* mort.

— Il avait perdu beaucoup de sang ? demanda Noah. Est-ce qu'on peut dire qu'il a perdu trop de sang pour avoir survécu ?

— Je ne suis pas sûre que ce soit nécessaire, dit Amber. On pourrait se contenter de dire qu'on a découvert sur place du sang correspondant à celui de Miles Tenney, et laisser les gens imaginer le reste. Pas besoin de mentir sur ce qui lui est arrivé, on ne le sait vraiment pas, et on peut le dire honnêtement. L'important, c'est de faire comprendre à Cerberus qu'il a disparu, et qu'il a été enlevé de force. Mais si vous voulez vraiment protéger sa femme, il faut tout dire : qu'il lui a menti, qu'il l'a laissée sans un sou et qu'elle n'avait aucune idée de ce dans quoi il trempait.

— Tu veux que toute la ville soit au courant de la vie privée de Dee Tenney ? demanda Gretchen.

— C'est notre seule chance de la protéger, dit Josie.

Elle et Heidi, ajouta-t-elle in petto.

— Si on lui parle et qu'on lui explique la situation, je suis sûre qu'elle nous donnera son accord.

— Je veux bien lui parler, dit Drake, et lui dire tout ce qu'on sait sur Cerberus. Elle comprendra peut-être à quel point c'est sérieux. En tout cas, le FBI prend l'affaire Miles Tenney en main, à partir de maintenant.

— Merci, dit Josie. Mais il ne s'agit pas que de protéger Dee Tenney. Est-ce que les autres t'ont expliqué ce qui se passait ici ?

— Les parents des victimes de l'accident de bus qui meurent les uns après les autres ? dit Drake. Bon. Je sais qu'on a l'impression d'une récurrence, mais il faut aussi envisager que ce qui est arrivé à Miles Tenney n'a aucun rapport avec le reste.

— Tu ne penses pas que sa disparition soit liée aux meurtres des deux mamans ? dit Josie.

— Il y avait beaucoup de documents dans l'appartement de Tenney, fit Mettner. L'équipe d'identification criminelle est encore en train de les analyser et de les verser au dossier mais, vu la teneur de ceux que j'ai vus, déjà, il faut envisager la possibilité qu'il n'y a pas que Cerberus qui cherche à se venger de Miles Tenney.

Gretchen eut un geste du menton à l'adresse de Noah.

— Vous avez trouvé quelque chose, sur Miles ? Vidéosurveillance ? Voiture ?

— Il y a bien une caméra à la boutique de prêt sur gage, répondit Noah, mais il n'apparaît pas sur les images. On a retrouvé sa voiture à quelques rues de là. C'est tout. Les voisins disent qu'ils n'ont rien vu, rien entendu.

— Évidemment, maugréa Josie.

Dans ce quartier de Denton, c'était la réponse habituelle. Il valait mieux faire semblant de ne rien savoir plutôt que de se coller une cible sur le dos en dénonçant les délinquants.

— Vous n'avez pas trouvé de cierges dans son appartement, par hasard ?

— Non, répondit Mettner.

— On ne peut pas être certains que sa disparition soit liée aux meurtres de Krystal Duncan et Faye Palazzo, rappela Gretchen.

— Si on ne retrouve pas son cadavre d'ici un jour ou deux avec de la cire dans la bouche et un nom écrit sur le bras, dit Noah.

Chitwood se racla la gorge, faisant sursauter tout le monde. Josie avait presque oublié sa présence.

— Que la disparition de Miles Tenney soit liée aux meurtres de Duncan et de Palazzo ou à d'autres ennuis dans lesquels il se serait fourré, nous avons un tueur, ici, à Denton, en ce moment même. Quelqu'un qui s'en prend à des parents en deuil, qui essaie visiblement de faire passer un message.

— Alors, dit Gretchen, laissons Miles Tenney de côté pour l'instant et occupons-nous des meurtres.

— Non, objecta Josie. Nous étions en route pour l'interroger. Et nous étions toutes proches de découvrir son secret.

— Comment ça ? demanda Mettner.

Josie leva les yeux de sa tasse de café et constata que tout le monde la regardait.

— Réfléchissons un peu. Le corps de Krystal Duncan nous a menés à Gloria et Nathan Cammack. Quels étaient leurs secrets ?

— Que Nathan Cammack a fumé de l'herbe pendant des années avec Krystal à l'insu de sa femme. Qu'il a couché avec Krystal au moins une fois. Et que le jour de l'accident, il a annulé les rendez-vous de ses enfants et de Bianca Duncan chez l'orthodontiste pour retrouver sa femme chez lui.

— Ça, ce sont ses secrets à lui, souligna Noah.

— Non, dit Josie. Le secret de Gloria, c'est qu'elle a demandé à Nathan de rentrer plus tôt et de laisser les enfants à l'école ce jour-là, ce qui a fait qu'ils ont pris le bus.

— Et Faye Palazzo, assassinée ensuite ? dit Chitwood.

— Le nom de Gail Tenney était écrit sur son bras, indiqua Noah.

— Ce qui nous a d'abord conduits à Dee, continua Josie. Mais elle n'a pas de secret ou, en tout cas, on ne l'a pas encore découvert.

— Elle nous a quand même révélé que Faye avait eu une liaison, remarqua Gretchen. Il ne s'agit peut-être pas nécessairement de secrets personnels, mais de choses qu'ils savent sur les autres parents.

— Oui, dit Josie, c'est tout à fait possible. Mais pour l'instant, suivons la piste laissée par le tueur. La prochaine personne à interroger, logiquement, était Miles Tenney.

— Son secret, ce sont ces années passées à voler, ses dettes de jeu, son licenciement, même, dit Mettner. Sa propre femme n'était pas au courant.

— Vous en êtes sûrs ? demanda Chitwood. Sûrs que Dee Tenney ne ment pas pour sauver la face ?

— Selon Heidi Byrne, quatorze ans, qui vit pratiquement avec elle maintenant, Dee a paniqué, le matin où on a découvert le corps de Faye Palazzo, parce que son compte était à découvert, dit Gretchen. Je pense qu'on peut dire que Heidi est un témoin impartial. Si Dee Tenney mentait, elle pourrait faire semblant devant des policiers, mais je ne crois pas qu'elle jouerait la comédie devant Heidi. D'après ce que Heidi nous a dit, Dee ne se doutait pas du tout que son mari avait des problèmes d'argent. Quand on l'a interrogée hier, elle nous a dit qu'il alimentait son compte en banque, et qu'elle ne s'en occupait pas plus que ça.

— Mais s'il n'y avait pas eu les traces de sang dans son appartement ni les deux abrutis envoyés par Cerberus, comment auriez-vous découvert le grand secret de Miles Tenney ? Il vous l'aurait dit, comme ça ? s'interrogea Noah.

Et si, et si... se répétait Josie.

— On ne le saura jamais, répondit Gretchen. Mais il avait bien un secret. En creusant un peu, on aurait peut-être fini par le révéler. Ou bien, avec le temps, ses mensonges auraient atteint un point critique, comme hier soir, quand les deux types sont venus chez lui.

— Quand on a des emmerdes aussi grosses, elles finissent toujours par vous rattraper, fit Chitwood. On aurait découvert, tôt ou tard, ce que Miles Tenney cachait.

— Mais ça nous mène à quoi ? demanda Mettner. Il y en a un qui annule des rendez-vous médicaux. Une qui fume de l'herbe. Une autre qui a un amant. Et un qui doit de l'argent à une organisation criminelle d'usuriers. Quel est le rapport avec l'accident du bus ?

Et si, et si...

— Si Miles Tenney n'avait pas volé toutes ces choses chez ses voisins, le jour où Gloria Cammack est rentrée chez elle pour récupérer son agenda, la Playstation de son fils n'aurait pas disparu. Gloria n'aurait pas appelé Nathan sur son lieu de travail pour lui dire de rentrer à la maison. Il n'aurait pas annulé les rendez-vous chez l'orthodontiste. Il serait allé chercher les enfants à l'école – trois d'entre eux, en tout cas – et ils seraient encore vivants.

— Tu penses que c'est une sorte de vengeance ? demanda Noah.

— Si c'est ça, pourquoi tuer Krystal et Faye, et pas Nathan, Gloria et Miles ? demanda Gretchen.

— Parce que ce ne sont pas les seuls secrets. Il y en a d'autres. Et puis Faye avait bien un secret. Sa liaison avec Corey Byrne.

— Dont la fille a survécu à l'accident, releva Mettner.

Chitwood soupira d'agacement et agita la main.

— On ne se pose pas les bonnes questions, là. Si quelqu'un s'en prend aux parents des victimes de l'accident du bus, à qui leur mort profite-t-elle le plus ?

— À personne, dit Noah. Virgil Lesko était ivre le jour de l'accident. L'analyse toxicologique l'a prouvé, et il l'a reconnu. Les parents ne devaient même pas venir témoigner au procès. Tuer ces gens ne lui servirait à rien. Qu'ils soient vivants ou morts, il est coupable.

— Mais il a menti, dit Josie. Il a menti sur la raison pour laquelle il avait bu, ce jour-là. Dans sa première déposition, il a dit qu'il avait bu un verre parce que sa mère, malade, avait été placée en soins palliatifs ce jour-là, alors qu'elle y était depuis au moins un mois. Dans le dossier de l'affaire, il y a la photo d'une facture du service de soins intensifs, qui a été retrouvée dans sa voiture. Elle datait d'un mois plus tôt.

Elle se pencha et, avec sa souris, ouvrit le dossier de l'accident pour retrouver la photo. Elle la fit passer en plein écran et désigna deux lignes du document qu'elle lut à voix haute :

— « Patient : Luray Lesko. Facture pour la période du 1er au 30 avril. » L'accident a eu lieu le 18 mai, ajouta-t-elle.

Gretchen et Mettner se levèrent pour mieux voir la facture. Chitwood s'approcha aussi et examina la photo.

Assis sur le rebord du bureau de Josie, Noah voyait parfaitement l'écran.

— Pourquoi a-t-il menti ? Il a reconnu avoir bu. Pourquoi mentir sur la raison ?

Gretchen recula d'un pas, releva ses lunettes de lecture sur son front.

— Parce qu'il était bien considéré dans le quartier. Il prenait son métier à cœur, et il ne buvait jamais avant de conduire son bus. Il me l'a dit. Il en était fier.

— Alors qu'est-il arrivé d'assez grave pour qu'il boive ce jour-là et qu'il mente là-dessus ensuite ? demanda Mettner en s'écartant à son tour.

Silence.

— On pourrait demander à son fils, Ted, dit Josie. Il s'est montré plutôt coopératif quand on l'a croisé au cabinet d'Andrew Bowen.

— À propos de son fils... dit Mettner qui jeta un coup d'œil en coin à Chitwood et prit une grande inspiration avant de poursuivre. Je sais que le chef pense que ces meurtres sont intéressés, mais est-il possible que Noah ait raison, et qu'il ne s'agisse pas d'un quelconque intérêt à ce que ces gens meurent, mais simplement de vengeance ? La personne qui doit avoir le plus envie de se venger de ces parents, ça devrait être Ted Lesko, vous ne pensez pas ?

Ils attendirent que Chitwood se mette à brailler mais il demeura silencieux, les bras croisés.

— Ça se tient, dit Gretchen. Mais il est impossible que Ted Lesko connaisse tous ces détails intimes, comme le surnom que les autres gamins avaient donné à Wallace Cammack, ou le fait que Nathan Cammack a annulé les rendez-vous chez l'orthodontiste et menti à Krystal Duncan à ce sujet. Il faut chercher quelqu'un qui connaissait bien ces familles, quelqu'un qui aurait pu recueillir toutes ces informations.

— Ce qui nous ramène au groupe de soutien, alors, releva Noah. Ou à quelqu'un d'autre du quartier.

Chitwood frappa dans ses mains pour attirer leur attention.

— D'accord, d'accord. Convoquons quand même Ted Lesko, et voyons ce qu'il a à nous dire. Quelqu'un ira interroger Corey Byrne. Je sais qu'il ne va pas aux réunions du groupe, mais il sait peut-être des choses que les autres ignorent. Mettner et Fraley, je sais que vous avez des pistes à explorer, comme les dossiers de travail de Krystal Duncan et l'orthodontiste, mais ajoutez-y tout ça. Drake, je vous prête Amber pour la journée. Allez voir Dee Tenney et essayez de monter une histoire pour la presse qui permette de la mettre un peu à l'abri. Quinn, dans cette histoire de secrets qu'ils auraient tous, il reste qui ? Qui a des secrets qu'on ignorerait ?

— Dee Tenney et Sebastian Palazzo, répondit Josie avant de se tourner vers Mettner. D'ailleurs, puisqu'on parle de lui... qui lui a annoncé la mort de sa femme ?

Elle comprit, en voyant Mettner et Noah grimacer, qu'ils s'en étaient chargés.

— Ça a été dur, dit Mettner. Vraiment dur.

— On a failli le conduire aux urgences pour le faire hospitaliser, qu'il soit surveillé pendant soixante-douze heures pour l'empêcher de se suicider, mais une collègue de la pharmacie est venue. Elle a promis de rester auprès de lui et d'appeler le 911 s'il recommençait à s'agiter.

— Mais comme on a des gars postés devant chez lui, j'ai recommandé à la collègue d'aller tout de suite les voir, plutôt que de téléphoner, reprit Mettner. Palazzo n'est pas sorti de chez lui depuis que sa femme a disparu.

— Et nous, qu'est-ce qu'on fait, chef ? demanda Gretchen. On fait venir Dee Tenney et Sebastian Palazzo ici pour leur demander de but en blanc s'ils ont un secret, eux aussi ?

— Pas encore. Ils sont tous les deux sous surveillance policière, donc si l'un des deux est le kidnappeur-tueur, il ne pourra faire de mal à personne pour l'instant. Concentrons-nous sur le reste pour aujourd'hui, et voyons si on avance.

Le téléphone sur le bureau de Josie se mit à sonner. Elle décrocha.

— Quinn à l'appareil.

C'était Anya Feist.

— Josie, j'ai terminé l'autopsie de Faye Palazzo. Tu as cinq minutes pour passer me voir ?

31

À la morgue, Josie et Gretchen eurent l'impression de revivre leur passage du début de semaine, à cela près que c'était maintenant le corps de Faye Palazzo qui était étendu sur la table d'examen, couvert d'un drap remonté jusqu'au menton. Anya Feist passa la porte qui reliait son bureau à la salle d'autopsie. Cette fois-ci, sa blouse était rose saumon. Elle accueillit Josie et Gretchen d'un geste de la main et retira sa charlotte, secouant sa chevelure blond argenté. Elle leur adressa un petit sourire et leur fit signe d'approcher du cadavre.

— Je sais que c'est vous qui l'avez trouvée, dit-elle. Donc vous avez déjà remarqué la couleur rose de la peau, indiquant une intoxication au monoxyde de carbone, la cire sur ses lèvres et le nom écrit sur son bras.

Josie et Gretchen hochèrent la tête.

La légiste indiqua les bleus au niveau de la mâchoire du cadavre, que Josie avait notés également.

— Vous avez vu ça ?

— Oui, dit Josie. Elle s'est débattue.

— Elle s'est débattue, mais je n'ai rien trouvé sous ses ongles, et il n'y a pas d'autres contusions ailleurs sur le corps.

— Ce qui veut dire qu'elle était immobilisée et qu'elle ne pouvait bouger que sa tête ? demanda Gretchen.

— Je ne crois pas. Si elle avait été immobilisée, il y aurait sûrement des traces. Des marques d'adhésif, ou de liens, sur les poignets et sur les chevilles. Je pense plutôt qu'au moment où le tueur lui a versé la cire dans la bouche, elle était très faible. Elle s'est débattue, mais pas assez pour que ça laisse des traces. Au vu des brûlures à l'intérieur de la bouche et dans la gorge, le tueur n'a pas calculé son temps aussi bien qu'il l'a fait avec Krystal Duncan.

— On lui aurait versé la cire dans la bouche avant qu'elle meure ? dit Josie.

— Oui. Je crois qu'elle a instinctivement essayé de détourner la tête, même affaiblie comme elle l'était par le monoxyde de carbone, et que le tueur a dû la lui maintenir en place.

Le ventre de Josie se tordit. Elle ne put s'empêcher de penser à Sebastian Palazzo. Il finirait par apprendre les détails du meurtre de sa femme. Ce serait une torture supplémentaire pour lui, qui semblait déjà à l'agonie. Il avait maintenant perdu son fils et sa femme à deux ans d'intervalle. Comment allait-il survivre à ça ? Faye était visiblement tout pour lui. Comment affrontait-on un deuil pareil ? Comment Josie surmontait-elle le deuil de Lisette ? Comment quatre mois avaient-ils pu passer depuis qu'elle l'avait vue rendre son dernier souffle ? Comment pouvait-elle continuer à marcher, à parler, à vivre, alors qu'on lui avait arraché une aussi grande part de son âme ?

— Josie ?

Elle cligna des yeux et, relevant la tête, s'aperçut que Gretchen et Anya la dévisageaient. Elle ne savait pas laquelle des deux avait prononcé son nom. Lentement, comme si elle craignait de lui faire peur, Gretchen leva la main vers elle. Elle lui tendait un mouchoir, que Josie ne prit pas. Elle porta plutôt la

main à sa joue. Quand elle la retira, elle était humide. Doucement, presque avec respect, Anya dit :

— Je ne crois pas t'avoir déjà vue pleurer.

— Je ne...

Mais les larmes se remirent à couler. De mauvaise grâce,
elle prit le mouchoir que lui tendait Gretchen et s'essuya le
visage.

— Ça m'arrive de pleurer, tu sais, dit la légiste.

Josie cligna de nouveau des yeux, agacée par la pression qui
montait dans ses orbites. Elle voulait laisser couler ses larmes —
pour se libérer de son émotion, au moins.

— Quoi ?

— Moi aussi, je pleure, répéta Anya Feist. Tout le temps. En
privé, bien sûr.

Josie la fixa sans comprendre. La légiste lui sourit avec
chaleur.

— Tu crois que je peux faire ce métier tous les jours sans
être bouleversée ? Je dois autopsier des enfants, des nourrissons,
parfois. J'ai autopsié le fils de cette femme, et la fille de Krystal
Duncan. Je ne sais pas ce qui est pire : le fait que l'être humain
est capable d'infliger cela à ses semblables ou celui que, même si
on empêchait toute cette violence, les gens continueraient de
mourir, et ceux qui les aiment continueraient de vivre sans eux,
avec d'immenses trous dans leurs cœurs et dans leurs vies.

Anya Feist fixait le corps de Faye Palazzo, l'air sombre.
D'un doigt, elle effleura les contusions visibles sur sa mâchoire.

— Alors je pleure, reprit-elle. En voiture, sous la douche,
dans les toilettes. Parfois, un bon vieux couloir ou un ascenseur
suffisent. Je ne pleure pas parce que j'ai besoin de réconfort. Il
n'y a pas de réconfort face à ça. Je pleure parce que ça fait
baisser un peu la tension. Ça me permet de me libérer un peu
de la tristesse, du chagrin. Ça me rappelle que je suis humaine.

La gorge de Josie était pleine de glaires. Elle toussa pour
l'éclaircir un peu et demanda :

— Et ça marche ?

Anya haussa les épaules.

— Pour moi, oui. Je n'accepterai jamais le meurtre, la mort, la perte et le deuil, mais ça m'aide à surmonter les journées les plus dures.

Josie voulut de nouveau s'essuyer les joues, mais le mouchoir était trempé. Gretchen lui en tendit un second. Elle se détourna, se tamponna les yeux, tenta de se ressaisir mais plus elle essayait, plus les larmes coulaient.

— Mon Dieu, marmonna-t-elle.

Elle n'aurait su dire combien de minutes passèrent mais, après avoir trempé quelques mouchoirs de plus, les larmes refluèrent suffisamment pour qu'elle se retourne vers ses collègues. Anya Feist lui sourit gentiment.

— On ne le dira à personne, Josie.

Gretchen approuva d'un signe de tête.

Josie aspira maladroitement une goulée d'air et revint à la table d'examen.

— Ça va mieux, dit-elle. Remettons-nous au travail.

— OK, dit la légiste. Je peux vous dire qu'elle est morte d'asphyxie due à la cire dans ses voies respiratoires mais, vu la couleur rouge cerise des viscères, comme pour Krystal Duncan, même si le tueur n'avait pas versé cette cire, elle serait morte d'une intoxication au monoxyde de carbone. Pas de trace d'agression sexuelle. Rien d'autre de notable à l'examen ou à l'autopsie. C'était une femme en bonne santé. Un peu maigre, peut-être, mais en pleine forme physique.

— Et qu'est-ce que tu voulais nous montrer ? demanda Josie.

— Deux choses.

Elle se plaça devant les pieds de Faye Palazzo et remonta lentement le drap, le repliant à hauteur des genoux pour exposer les tibias de la morte. Josie vit qu'ils étaient zébrés de ce qui ressemblait à des traces de coups de fouet rouges, puis elle se rendit compte que ce n'en étaient pas. C'était quelque chose qui s'était imprimé sur la peau.

— Je sais ce que vous pensez, dit Anya Feist. Ces marques rouges à l'horizontale laissent penser qu'on lui aurait fouetté les jambes. Mais vous vous souvenez de ce que je vous ai dit sur les lividités cadavériques ?

— Que le sang migre vers les parties basses du corps, et donne à la peau une couleur violette ou noire...

— Ou rouge cerise, dans le cas d'une intoxication au monoxyde de carbone. Les lividités surviennent quand le sang se fixe, et déplacer le corps ne change alors plus rien. Le rouge que vous voyez ici est l'endroit où le sang a migré.

— Et les marques blanches, alors ? demanda Josie. On dirait presque qu'elle a des rayures rouges et blanches en travers des jambes.

— Le blanc, c'est l'absence de lividités due à une pression. Ses jambes étaient appuyées sur quelque chose qui a empêché le sang de se fixer dans cette zone. Ça ressemble effectivement à des rayures qui pourraient, je pense, correspondre à un genre de lattes. Les lividités étaient fixées quand vous l'avez trouvée, ce qui indique qu'elle est morte huit à douze heures avant d'avoir été déposée dans la clairière.

— Et donc qu'elle a été tuée assez vite après avoir été kidnappée, dit Gretchen. En tout cas, dans les douze heures qui ont suivi son enlèvement.

— Le tueur ne l'a pas gardée longtemps, dit Josie. Il ne voulait rien d'elle. Il voulait seulement la tuer.

Gretchen hocha la tête.

— Mais il voulait obtenir quelque chose de Krystal. Des infos. C'est pour ça qu'elle a disparu si longtemps, et qu'elle s'est connectée à la base de données de son cabinet. Ou qu'il l'a forcée à se connecter.

Josie sortit son téléphone et envoya un SMS à Noah.

— Je demande à Noah si Mettner et lui ont déjà eu le temps

de repasser chez l'employeur de Krystal. Je vais lui dire de chercher au-delà des dossiers qu'on lui avait confiés. Si tu ne te trompes pas, Gretchen, le tueur voulait quelque chose qui se trouve dans les dossiers de son cabinet d'avocats.

Gretchen acquiesça et reporta son attention sur la légiste.

— Tu nous dis que Faye Palazzo est morte à genoux sur une sorte de caillebotis ?

— Oui.

— Où est-ce qu'on trouve un sol dans ce genre ? demanda Josie. Une terrasse quelconque ? Un atelier de réparation automobile ?

— Ou une grange, suggéra Anya Feist. Venez voir.

Elle recouvrit les jambes de Faye Palazzo, se planta devant le plan de travail au fond de la pièce et leur fit signe d'approcher. Son ordinateur portable était posé à côté de plusieurs sachets de preuves. En général, à ce stade, quand elles discutaient d'une autopsie, elle ouvrait son ordinateur et leur montrait des radios ou leur lisait des résultats d'examen. Mais cette fois, elle ignora son ordinateur et prit un des petits sachets en papier qu'elle avait déjà étiquetés.

— Hummel ne va pas tarder à passer les chercher. Je dois rester ici jusqu'à ce qu'il les verse officiellement au dossier. Mais avant de vous montrer pourquoi je pense qu'elle a été enfermée dans une grange ou un endroit de ce genre, je voudrais attirer votre attention là-dessus. Dans ce sachet, il y a un clou d'oreille en diamant. Un seul.

— J'avais remarqué qu'elle n'en avait plus qu'un, dit Josie.

— L'autre a été arraché ? supposa Gretchen. Dans la lutte avec son ravisseur, peut-être ?

La légiste secoua la tête.

— Non. Le lobe de l'autre oreille n'a pas du tout été abîmé. Je pense qu'elle a retiré elle-même la boucle d'oreille. Soit ça, soit elle l'a perdue, mais il y a de grandes chances qu'elle l'ait retirée et laissée là où elle était enfermée.

— Qu'est-ce qui te fait dire ça ? demanda Gretchen. Ça m'arrive tout le temps, de perdre mes boucles d'oreille.

Anya leva un doigt, comme pour leur demander de patienter. Puis elle enfila des gants de latex et saisit un autre sachet. Elle en extirpa le contenu avec précaution et le déposa sur le plan de travail en inox. C'était une paire de ballerines marron.

— Ce sont les chaussures qu'elle portait quand on l'a retrouvée. Elles sont plates, donc il n'y avait rien sur la semelle qui puisse nous donner quelque chose, mais j'ai trouvé des poils à l'intérieur.

Gretchen plissa le front.

— Des poils ?

D'un troisième sachet, la légiste tira deux pochettes en plastique contenant chacune plusieurs touffes de poils jaune pâle. Chaque touffe mesurait entre cinq et dix centimètres, et formait des boucles irrégulières. Josie se pencha, approchant son visage à quelques centimètres des pochettes pour mieux voir.

— Des poils d'animaux ?

— Je crois, oui. Il faut l'envoyer au labo pour analyse, mais je suis presque sûre que ce sont des poils d'animaux.

— Elle les a fourrés dans ses chaussures, dit Josie. Elle savait qu'elle allait mourir. Elle a retiré sa boucle d'oreille et l'a laissée sur place, et elle a mis des poils d'animaux dans ses chaussures.

— Le tueur devait savoir qu'il fallait frotter ses vêtements, sa peau, renchérit Gretchen. Il l'a probablement fait. Ce qui expliquerait pourquoi l'équipe d'identification criminelle n'a rien trouvé sur les vêtements de Krystal et de Faye, et que ton examen n'a rien donné, Anya. Le tueur les a en quelque sorte nettoyées, toutes les deux.

— Mais il n'a pas pensé à leur enlever leurs chaussures, dit Josie. Il n'avait pas vraiment de raison de le faire.

— Elle a pris un risque, pourtant, fit Gretchen. Les ballerines, ça tombe facilement.

— Même si le tueur avait découvert ces poils dans ses chaussures, objecta Josie, elle serait déjà morte, de toute façon. Le seul risque qu'elle a pris, c'est qu'on ne les découvre pas.

— De quel genre d'animal s'agit-il, d'après toi ? demanda Gretchen à la légiste.

Anya Feist secoua la tête.

— Je ne suis pas zoologue, mesdames les inspectrices. J'ai seulement vu quelque chose d'étrange en enlevant ses chaussures. J'ai pratiqué beaucoup d'autopsies, et je n'ai encore jamais vu ça.

— Ce sont peut-être des poils de chèvre, proposa Josie. Ou de mouton ? C'est trop long pour être du poil de vache.

— Des poils d'alpaga, peut-être ? suggéra Anya Feist.

Gretchen hocha la tête. Elle sortit son carnet et se mit à prendre des notes.

— Le seul problème, dit Josie, c'est qu'on est en plein centre de la Pennsylvanie. Vous avez une idée du nombre de granges qu'il y a, ne serait-ce qu'aux alentours de Denton ? Du nombre de fermes ?

Gretchen leva les yeux vers le plafond en faisant mine de réfléchir.

— Beaucoup, je dirais.

Anya se mit à rire.

— Plus que beaucoup, même.

Gretchen consulta l'heure sur son téléphone.

— Tous les autres sont en train de travailler sur cette affaire. Il nous reste encore à interroger Corey Byrne. Mett, à moins que ce ne soit Noah, doit être à la recherche de Ted Lesko. Faire le tour de toutes les granges des environs, ça va nous prendre des heures.

— Demande à Lamay de s'en occuper, dit Josie.

Dan Lamay était le sergent préposé à l'accueil, au commissariat.

— Il peut commencer à dresser une liste sans bouger de son poste. Il le fera, si on le lui demande.

— Bonne idée, dit Gretchen en composant le numéro du commissariat.

Pendant qu'elle donnait ses instructions à Lamay, Josie se tourna vers Anya Feist et lui adressa un grand sourire.

— C'est génial, lui dit-elle. Merci.

La légiste hocha la tête.

— Espérons que ça vous aidera à débusquer votre tueur. Je ne veux plus jamais revoir des mortes comme ces deux-là.

32

À l'approche de l'arrêt suivant, le bus fit une nouvelle embardée. Les enfants étaient moins nombreux. Personne ne poussa de hourras. Gail jeta un coup d'œil à Bianca, qui ne disait plus rien. Elle ne l'avait jamais vue aussi pâle. Elle serrait les poings sur son sac à dos, posé sur ses genoux. Gail entendit un de ceux qui s'apprêtaient à descendre à cet arrêt dire à un autre :

— Mon pote, je crois que je vais vomir.

Elle se redressa un peu sur son siège pour voir l'arrêt du bus. Pas de parent en vue. Les autres descendirent, s'égaillèrent en courant pour rentrer chez eux. Un horrible grincement se produisit, quelque part sous ses pieds. Tout le bus vibrait.

Derrière elles, Nevin dit :

— Qu'est-ce qu'il fabrique ? Le bus est en panne ?

Gail sentit un frisson monter depuis ses jambes et lui traverser tout le corps. Ce n'était pas drôle, et elle n'aimait plus du tout ça.

— On ferait peut-être mieux de descendre, dit-elle à Bianca.

— Descendre du bus ? Ici ? Mais ce n'est pas notre arrêt.

— Tu disais que M. Lesko n'était pas dans son état normal.

Tu as peut-être raison. On devrait descendre. Je peux téléphoner à ma mère.

Bianca ne répondit pas. Elle était aussi immobile qu'une statue.

— On pourrait peut-être rentrer à pied d'ici, dit Nevin. Ce n'est pas si loin.

Ils furent projetés en avant, puis en arrière quand le bus repartit, en accélérant si vite que, par les fenêtres, tout leur parut flou.

— C'est trop tard, maintenant, dit Nevin.

33

Gretchen était arrivée au commissariat plusieurs heures avant Josie ce matin-là et avait pu parler à l'employeur de Corey Byrne, à la fois pour vérifier à quels moments Byrne était allé travailler pendant la période où Krystal Duncan avait disparu, et pour savoir sur quel chantier précisément il se trouverait aujourd'hui. Elle prit de nouveau le volant, naviguant dans les rues de Denton comme si elle y avait vécu toute sa vie. Un air glacé fouettait le visage de Josie, séchant la sueur qui s'était accumulée au-dessus de ses lèvres le temps de traverser le parking de l'hôpital. Elle essaya d'en vouloir à Noah de l'avoir laissée dormir si tard, mais elle ne s'était pas sentie aussi reposée depuis quatre mois. Elle avait l'impression de ne pas avoir eu l'esprit aussi clair depuis la mort de Lisette. Et pour la première fois, elle pouvait – du moins pendant un instant – penser à sa grand-mère sans que cela l'anéantisse totalement. Elle voyait le sourire complice de Lisette, l'entendait lui dire : « Je sais, je sais. Tu dois repartir travailler. Vas-y. Va ! »

Corey Byrne travaillait à la construction d'un nouvel immeuble d'appartements, dans la partie nord du campus de l'université de Denton. Gretchen se gara sur un rectangle de terre battue, au milieu d'une rangée de pick-up que Josie devina être ceux des ouvriers du chantier. Le squelette du bâtiment était achevé, et les murs étaient montés sur un côté. L'autre était encore ouvert. Elles contournèrent l'édifice et virent un panneau indiquant que l'immeuble était destiné à accueillir des étudiants. Elles traversèrent le chantier, durent demander leur chemin à trois personnes différentes et monter quatre étages avant de trouver Corey Byrne, qui fixait du placo dans une pièce, sur le côté le plus avancé de l'immeuble. Il commença par leur dire qu'elles n'avaient pas le droit d'être là mais Gretchen lui montra sa plaque.

Il déposa ses outils et s'essuya les paumes sur son jean avant de leur serrer la main.

— Je ne savais pas que vous veniez, dit-il. Mon patron...

— Nous a autorisées à vous parler, compléta Gretchen.

Il retira le casque de chantier jaune qu'il avait sur la tête, dévoilant une épaisse chevelure blonde. Josie pensa immédiatement qu'il n'avait pas du tout l'air d'être le père d'une adolescente. Il ne semblait pas assez vieux pour avoir un enfant de quatorze ans, mais Josie se rappela ce que Heidi leur avait expliqué : sa mère n'avait que dix-neuf ans à sa naissance. Corey Byrne devait avoir à peu près le même âge, et était donc sensiblement plus jeune que les autres parents de son quartier de West Denton. Et il ne ressemblait pas non plus aux autres habitants de cette partie de la ville. La plupart avaient fait des études, avaient la trentaine bien sonnée voire la quarantaine – la cinquantaine, même, dans le cas de Virgil Lesko – et travaillaient dans le secteur tertiaire. Corey Byrne était un cas à part ; il était jeune, beau, avec un travail physiquement exigeant. Les heures interminables passées sur les chantiers avaient sculpté son corps, lequel aurait fait rêver pas mal d'abonnés des salles de sport. Son t-shirt blanc moulant, humide de sueur, mettait en valeur ses muscles, biceps, pectoraux, abdominaux en tablette de chocolat, qui roulaient au moindre de ses mouvements. Josie comprit pourquoi Faye Palazzo l'avait trouvé attirant.

Faye Palazzo, mannequin à succès, aurait probablement pu choisir parmi les hommes les plus séduisants, physiquement, de la planète. Elle avait pourtant préféré épouser Sebastian Palazzo. Sebastian ne manquait pas de charme, mais il était l'exact opposé de Corey Byrne. Était-ce pour cela qu'elle avait mis en péril son mariage et eu une liaison avec Byrne ?

— Heidi m'a averti, dit-il en tenant son casque de chantier à deux mains. Je suis vraiment désolé pour Krystal et, euh, Faye. Alors... C'est vrai ? Elle est vraiment morte ?

— J'en ai bien peur, monsieur Byrne, dit Josie.

Il baissa les yeux. Les muscles de sa mâchoire se contractèrent. Entre ses doigts, le plastique du casque de chantier craqua.

— Monsieur Byrne, voulez-vous que nous vous laissions un moment ? offrit Gretchen.

Il secoua la tête sans répondre. Doucement, Josie dit :

— Nous savons que vous étiez attaché à Faye Palazzo. Nous sommes au courant de votre liaison.

Il ferma les yeux et renversa la tête en arrière. Sa pomme d'Adam se mit à faire du yoyo et il déglutit plusieurs fois. Il jeta son casque dans un coin de la pièce, se frotta les yeux, les rouvrit et soutint le regard de Josie.

— Son mari est au courant ?

— Non. Pas qu'on sache. Nous l'avons appris par d'autres voies.

— D'autres voies, hein ? dit-il, dubitatif. C'est Heidi, alors.

Il secoua la tête avant d'ajouter :

— Bon Dieu. Cette gamine comprend vraiment tout...

— Elle a bien agi en nous le disant, monsieur Byrne, fit Gretchen. Il y a un assassin dans cette ville, et il semble s'en prendre aux parents des enfants de l'accident de bus de West Denton.

Il fourra les mains dans les poches de son jean.

— D'accord, mais pourquoi avez-vous besoin de m'interroger, dans ce cas ? Ma fille a survécu à cet accident.

— Pour enquêter sur le meurtre de Faye Palazzo, nous devons nous intéresser à tous les aspects de sa vie. Quand l'avez-vous vue pour la dernière fois ?

— Aux enterrements, répondit-il immédiatement. Je suis allé aux enterrements de tous les gamins.

— Vous ne l'avez pas revue, vous ne lui avez pas reparlé depuis ? demanda Gretchen.

— C'est exact. J'en avais envie – j'en avais très, très envie. Mais ça n'aurait pas été bien. Elle voulait mettre fin à notre histoire avant l'accident, de toute façon. Et je savais à quel point Nevin comptait pour elle. J'ai compris qu'il n'y avait plus de place pour moi dans sa vie après ça. Et puis, ça aurait été trop étrange, vous voyez ? J'étais le seul qui n'avait pas perdu son enfant. J'ai dit à Heidi qu'on pouvait déménager où elle voulait. Mais elle a préféré rester ici. La seule qui me parle encore, c'est Dee. Heureusement qu'elle est là.

— Et avant les enterrements, quand avez-vous vu Faye pour la dernière fois ? demanda Josie.

— Le jour de l'accident.

— Vous vous êtes retrouvés à « votre endroit » ? supposa Gretchen.

Il cilla.

— Oui. Comment savez-vous ça ?

— Nous avons en notre possession une feuille de papier que vous et Faye Palazzo utilisiez pour communiquer, pendant votre liaison. Vous y parlez plusieurs fois de cet « endroit ».

Corey Byrne eut un demi-sourire.

— Heidi, là aussi, hein ? Oui, nous nous sommes retrouvés à notre endroit, ce jour-là. À 14 heures, comme d'habitude. D'ailleurs... on a vu le bus passer devant nous, et je me suis dit qu'il zigzaguait un peu. J'ai dit à Faye qu'on ferait peut-être bien de le suivre, mais elle a refusé, parce qu'on ne pouvait pas prendre le risque d'être vus ensemble. Que ça soulèverait trop de questions. Je lui ai répondu : « Qu'est-ce que ça peut faire ? Et les enfants ? On dira qu'on s'est croisés par hasard, et que je t'ai prise en voiture. » Mais elle n'a pas voulu. On s'est disputés, ce jour-là. Elle me larguait. On est restés plus longtemps que d'habitude et puis, eh bien, nos deux téléphones ont sonné presque en même temps quand on nous a appelés pour nous annoncer l'accident. C'était... C'était horrible.

Son regard se perdit au loin, comme s'il revenait dans le passé, qu'il revoyait les événements de cette journée se dérouler, encore et encore.

Elles lui laissèrent le temps de reprendre ses esprits, puis Gretchen demanda :

— Monsieur Byrne, où était cet endroit ?

Il secoua légèrement la tête, se forçant à revenir au présent.

— Oh, c'était un terrain vague, pas très loin de chez nous, en réalité. Inoccupé depuis des années. À chaque fois qu'un projet de construction est lancé dessus, la municipalité le bloque. Il y a des maisons, en face, mais aussi assez d'arbres pour pouvoir se garer derrière sans être vu. On se retrouvait là, dans mon pick-up. Faye n'a jamais voulu qu'on aille chez moi ni chez elle. C'était toujours dans mon pick-up.

Gretchen regarda Josie. Elles pensaient toutes les deux à la rue dans laquelle elles avaient trouvé le corps de Faye Palazzo.

— Dans Tallon Street ? demanda-t-elle.

— Oui. C'est là. Hé, comment vous savez ça ?

Josie répondit par une autre question :

— Qui d'autre était au courant de votre liaison ?

— Personne. Faye faisait tout pour que ça reste un secret. Son mari est un peu cinglé, vous comprenez ?

— Elle avait peur de lui ? demanda Gretchen.

— Un peu, oui, je pense. Mais elle disait toujours qu'elle ne voulait pas divorcer parce que Nevin avait besoin de son père.

— Et vous, vous avez parlé à quelqu'un de votre liaison ? Avant ou même après qu'elle a pris fin ?

— Non, jamais. Je l'avais promis à Faye.

— Dans la note en notre possession, elle dit que quelqu'un vous a vus, lui indiqua Josie. Que voulait-elle dire ? Quelqu'un vous avait surpris ensemble ?

Corey Byrne rejeta de nouveau la tête en arrière, fixa le plafond un moment. En soupirant lourdement, il reposa les yeux sur Josie.

— Je ne suis pas sûr qu'on nous ait vus. Faye pensait que oui mais, moi, j'ai toujours eu un doute. Je pensais que ça n'avait pas d'importance, de toute façon.

— Dites-nous ce qui s'est passé, suggéra Gretchen.

Il haussa les épaules.

— Nous étions à notre endroit, on... on faisait l'amour dans la cabine de mon pick-up. On se garait toujours au fond, derrière les arbres, comme ça, si quelqu'un arrivait, on n'était pas immédiatement visibles. Et personne n'est jamais venu se garer à cet endroit. Sauf cette fois-là.

— Quand était-ce ?

— Je ne sais pas, deux mois avant l'accident, peut-être ?

— Qui est arrivé dans la clairière ?

— Deux hommes. Dans deux voitures. Ils se sont garés côte à côte, ils sont sortis et ont commencé à faire passer des trucs d'un coffre à l'autre. On a reconnu Miles tout de suite, et Faye s'est mise à paniquer. En voulant se rhabiller le plus vite possible et se planquer, elle a accidentellement appuyé sur le Klaxon. C'est là qu'ils se sont tournés vers nous. On est restés là, complètement paralysés. Et puis, très lentement, Miles et l'autre type ont refermé leurs coffres, sont remontés en voiture et ils sont partis. Faye était sûre qu'ils nous avaient vus et que Miles nous avait reconnus, tous les deux, mais je n'ai même pas croisé leurs regards. Je veux dire, je sais qu'ils ont vu mon pick-up, mais je ne sais pas s'ils nous ont reconnus ni s'ils ont compris ce qu'on faisait. J'ai croisé Miles deux ou trois fois après ça, en déposant Heidi chez eux ou en allant la chercher, et il ne m'a jamais rien dit.

— Vous n'avez pas reconnu l'autre homme ?

Corey Byrne se gratta la nuque.

— Son allure me disait quelque chose, pourtant, mais non, je ne l'ai pas reconnu. Si j'avais été plus près, peut-être, mais on était garés loin. J'ai su que c'était Miles tout de suite parce que je le voyais souvent, qu'il avait le crâne rasé et qu'il conduisait une Lexus gris métallisé que lui louait son garage.

— Est-ce que Faye a reconnu l'autre homme ? demanda Gretchen.

— Je crois que oui, mais on ne s'est pas attardés là-dessus. Ça n'avait pas vraiment d'importance, vous comprenez ? L'important, c'était que quelqu'un nous avait vus ensemble. Et puis elle voulait rompre, l'accident est arrivé et je n'ai plus jamais reparlé à Faye.

— Que faisaient-ils passer d'une voiture à l'autre ? dit Josie.

— Je ne sais pas. Je n'ai pas vraiment fait attention à ça. Comme je vous l'ai dit, Faye était en panique.

— Et la voiture de l'autre homme, vous vous souvenez du modèle ? l'interrogea Gretchen.

— Je me rappelle qu'elle était rouge. Petite et rouge. Je ne sais pas... Peut-être une Prius, ou quelque chose comme ça. Mais je ne peux pas en être certain.

Quelque chose se mit à clignoter au fond du cerveau de Josie. Elle se tourna vers Gretchen.

— Je connais quelqu'un qui a une Prius rouge.

— On y va, dit Gretchen.

34

Vingt minutes plus tard, Josie et Gretchen se tenaient dans une des salles de vidéosurveillance du commissariat de Denton, le regard fixé sur les images retransmises en direct depuis une des salles d'interrogatoire. Sur l'écran, Ted Lesko, visiblement décontracté, était assis devant une table en bois et dévorait un gros sandwich au thon. Puis il but d'un trait la canette de soda que Mettner était allé lui chercher et lâcha un rot de satisfaction.

— Ça ne peut pas être aussi simple, dit Gretchen.

— Ça ne l'est pas, répondit Mettner. Si on voulait lui mettre les meurtres sur le dos, il a des alibis pour la majeure partie des périodes concernées. Pendant les trois heures où Faye Palazzo a pu être kidnappée, donc entre le moment où Sebastian est parti travailler et celui où il est rentré déjeuner, il livrait des commandes à l'autre bout de la ville. J'ai les coordonnées GPS de ses clients, les reçus, et même une vidéo où on le voit arriver à l'une des adresses pour déposer un repas. Il travaille aussi pour l'épicerie *Downey's* et il est chauffeur chez WheelShare, l'appli de VTC. Ses horaires de travail couvrent presque la totalité des périodes sur lesquelles Faye Palazzo et Krystal Duncan ont disparu.

— Mais la seule chose dont on est vraiment sûrs, c'est qu'il n'a pas pu enlever Faye. Il pourrait avoir un complice. Et il y a quand même, pendant ces périodes où Faye et Krystal étaient introuvables, des moments où personne ne peut confirmer ce qu'il faisait.

— C'est vrai, reconnut Mettner. Mais sa voiture est équipée d'un GPS et elle était bien là où il dit qu'elle était, à chaque fois.

— C'est la seule voiture déclarée à son nom ? demanda Josie.

— Oui. On a aussi fouillé chez lui. Il nous en a donné l'autorisation. Il a un garage, comme tout le monde, mais un arbre est tombé dessus il y a quelques mois. Le toit est endommagé et il n'a pas les moyens de le faire réparer pour le moment. Il ne pourrait pas enfermer quelqu'un là-dedans et rendre l'endroit assez étanche pour l'empoisonner au monoxyde de carbone.

— Merde.

Quelque chose irritait Josie, comme un petit caillou dans sa chaussure. Mais elle ne savait pas quoi.

— Il nous a autorisés à fouiller sa maison, sa voiture, et même à faire intervenir l'équipe d'identification criminelle et à embarquer tout ce qu'on voulait.

— Ils n'auraient pas trouvé des cierges, par hasard ?

— Des bougies parfumées, oui, mais pas de cierges.

— Et il n'a pas demandé d'avocat ? intervint Gretchen.

— Non. Mais je ne lui ai pas encore lu ses droits.

— J'ai l'impression que tu n'auras pas besoin de le faire. Demandons-lui ce qu'il fabriquait avec Miles Tenney il y a deux ans et, ensuite, on le laissera partir.

Josie quitta la salle de vidéosurveillance et passa dans la salle d'interrogatoire.

Un grand sourire illumina la figure de Ted Lesko quand il la vit.

— Ravi de vous revoir, dit-il. Vous savez que vous êtes la seule personne à pouvoir énerver Andrew Bowen plus que moi ?

Josie rit et s'installa sur le siège qui lui faisait face.

— Ah bon ? Vous n'aimez pas Bowen ?

— Est-ce qu'il y a une seule personne qui aime ce type ?

— Vous marquez un point. Dites-moi, Ted, l'inspecteur Mettner vous a-t-il expliqué pourquoi nous vous avons demandé de venir aujourd'hui ?

— C'est assez évident, vu les questions qu'il m'a posées. C'est au sujet de l'affaire Krystal Duncan. Et il m'a dit qu'un autre parent avait été assassiné, aussi. Un beau merdier.

— Ça ne vous inquiète pas, d'être convoqué ici pour un interrogatoire ?

Il secoua la tête et s'appuya contre le dossier de sa chaise, s'étira, puis posa les coudes sur la table.

— Non. Je n'ai tué personne. Je n'ai aucune raison de m'en faire.

Josie inclina la tête, le dévisagea d'un air sceptique.

— Vous ne craignez pas qu'on essaie de vous mettre ces meurtres sur le dos ? Qu'on fabrique de fausses preuves ? À notre connaissance, vous êtes la seule personne qui pourrait en vouloir aux parents des victimes de l'accident du bus.

Il se pencha en avant, remonta les épaules.

— Je ne suis pas du genre confiant, si c'est ça, votre question. Mais je connais la musique. Je sais comment ça marche. Peu importe ce que vous cherchez à faire, vous, les flics, je sais que le mieux pour moi, c'est de jouer la transparence totale. Prenez ça comme vous voulez.

— Très bien, dit Josie. Je dois vous interroger sur quelque chose qui a eu lieu avant l'accident.

— Allez-y.

— Vous avez rejoint Miles Tenney au moins une fois sur le terrain vague de Tallon Street. Vous avez transféré des choses

entre vos deux coffres de voiture. Qu'est-ce que vous faisiez ?
Comment connaissez-vous Miles ?

Surpris, il ouvrit de grands yeux. Puis il se mit à rire.

— Ça fait un bail. Miles est mort, lui aussi ?

— On n'en sait rien.

— Si vous ne le savez pas, c'est qu'il est sans doute mort.
Parce que ce mec avait de gros ennuis avec de vrais sales types.
Il devait un sacré paquet de fric. Je lui donnais un coup de main
parce qu'il ne voulait pas qu'on le voie revendre des trucs. Un
bon vendeur de voitures qui était censé gagner beaucoup d'argent, vous comprenez... Mais il arrivait tout juste à rembourser
son crédit. J'ai dû lui prêter de l'argent plusieurs fois pour qu'il
fasse le plein. Incroyable, non ?

Comme Josie ne répondait pas, Ted Lesko poursuivit.

— Ça le gênait trop d'aller lui-même dans les boutiques
d'occasion pour revendre ses trucs, donc il m'avait demandé de
le faire pour lui. On se voyait de temps en temps et il me
donnait la camelote qu'il voulait vendre. Je la prenais, je la
refourguais dans toutes les boutiques possibles entre ici et Philadelphie. Je gardais un petit pourcentage et je lui donnais le
reste. Ça n'a rien d'illégal.

— Mais les objets qu'il vous donnait étaient des objets volés.
Il vous l'avait dit ?

Ted Lesko ne se démonta pas.

— Non, il ne m'a pas dit d'où ça venait, et je ne lui ai pas
posé la question. Vous pouvez essayer de me coincer pour recel
d'objets volés, puisque la prescription pour ça est de cinq ans,
mais, pour que ça tienne debout, il faudrait connaître la valeur
des objets que j'ai récupérés, et pouvoir prouver que je savais
qu'ils étaient volés.

Josie savait qu'une accusation de recel d'objets volés, sans
témoin sérieux et sans détails irréfutables, était presque impossible à prouver. Mais arrêter Ted Lesko, à ce stade, ne l'intéres-

sait pas. Elle cherchait en fait des renseignements sur Miles Tenney, et il les lui donnait de bon gré.

— Pourquoi Miles vous a-t-il demandé de l'aider ?

Ted se mit à rire.

— Enfin, inspectrice ! Vous avez vu le quartier où vivait Miles, celui où je vivais avec mon père. Vous pensez que ces gens-là ont déjà mis les pieds chez un prêteur sur gage ou dans un dépôt-vente ? Quand je suis sorti de prison et que je me suis réinstallé chez mon père, il m'a emmené à toutes les petites fêtes et aux barbecues où il était invité, pour me tenir à l'œil. Quand il a compris que je n'allais pas faire n'importe quoi s'il me laissait tout seul, je n'ai plus été obligé de m'asseoir à table et de m'empiffrer avec des inconnus pendant des heures. Mais j'ai rencontré Miles à un de ces barbecues, donc il savait qui j'étais. Et puis j'ai livré des repas à sa concession auto plusieurs fois. On a discuté un peu. Il connaissait l'histoire, il savait que j'avais fait de la prison. Il m'a demandé si je savais comment mettre des trucs en gage, ou les revendre au noir. J'ai dit que oui, s'il était prêt à me donner une commission.

— Combien de temps avez-vous fait ça, vous et Miles ?

— Je ne sais pas, deux ans ? Trois, peut-être ?

— Et ça s'est arrêté après l'accident ? À cause de l'accident ?

Ted la toisa froidement.

— Ça aurait été sacrément bizarre. « Mon père a tué ta gamine, tu veux toujours que je t'aide à refourguer tes trucs ? » Évidemment que ça s'est arrêté après l'accident. Je ne lui ai plus jamais reparlé.

— Et vous n'avez jamais vu quelqu'un, sur le terrain vague où vous retrouviez Miles Tenney ? Est-ce que quelqu'un vous a déjà vus ensemble ?

— Je ne crois pas. Une fois, on a entendu un coup de Klaxon, mais on n'a pas vu d'où ça venait, donc on a tout remballé et on est partis.

— Miles n'a vu personne ? Il n'en a jamais reparlé ?

Ted Lesko se frotta la mâchoire.

— Il a dit qu'il pensait avoir vu quelqu'un qu'il connaissait garé au fond du terrain vague, et qu'il voulait aller jeter un coup d'œil. Je me suis retourné, mais je n'ai rien vu. Et pour ne pas prendre de risques, on n'est pas restés. Après, j'attendais plutôt qu'il fasse nuit pour aller chez lui. Je l'attendais près de son garage, dans le jardin.

Josie changea de sujet :

— Vous avez déjà parlé avec votre père du jour de l'accident ?

— Vous vous foutez de moi, là, non ? Bowen ferait une attaque s'il apprenait que vous abordez le sujet de l'accident. Je ne suis pas autorisé du tout à parler de ce truc.

— Dites-moi au moins pourquoi votre père a menti sur ce qui l'a poussé à boire ce jour-là, insista Josie malgré tout.

— Qu'est-ce que vous insinuez ?

— Il a déclaré aux enquêteurs qu'il avait pris un verre parce qu'il était chamboulé par l'admission de sa mère en soins palliatifs, ce matin-là. Mais la décision avait été prise au moins un mois plus tôt, votre grand-mère était déjà en soins palliatifs depuis un bon moment. Pourquoi a-t-il menti sur ce point ?

— Sincèrement, je n'en sais rien. Écoutez, ça reste entre nous, mais je lui ai demandé plusieurs fois ce qui s'était passé ce jour-là. Genre, pourquoi il avait foutu sa vie en l'air comme ça. Je sais qu'il avait autre chose que de l'alcool dans le sang. Bowen me l'a dit, et c'était aux infos. J'ai dit à mon père : « Tu étais tout le temps sur mon dos pour t'assurer que je reste dans le droit chemin et toi, tu gobes un paquet de pilules, tu bois et tu tues une bande de gamins ?! Pourquoi ? » Mais il refuse d'en parler. Même à moi.

— Ted, dit Josie, j'ai une dernière question. Est-ce que vous ou votre père êtes propriétaire d'un autre lieu que la maison où vous résidez ? Un endroit à la campagne ? Un héritage de votre grand-mère, peut-être ? Une ferme ou quelque chose de ce genre ?

Josie n'aurait eu aucune difficulté à consulter le registre des propriétés pour le découvrir elle-même, mais elle voulait savoir comment Ted Lesko allait lui répondre.

— Une autre propriété ? reprit-il en s'esclaffant. Vous rigolez. Tout ce qui pouvait être vendu l'a été pour payer l'avocat de luxe de mon père. Donc non, nous ne possédons rien d'autre que la maison. Et j'arrive tout juste à payer les traites, parce que Andrew Bowen me prend jusqu'au dernier centime.

35

De retour dans la grande salle, Josie, assise à son bureau, égrenait d'une main son bracelet de prière, tandis que Gretchen, Mettner et le chef Chitwood se tenaient en demi-cercle, un mètre derrière elle. Gretchen résuma à Chitwood le résultat de l'autopsie de Faye Palazzo et l'interrogatoire de Ted Lesko. Dan Lamay leur apporta une liste, partielle, des fermes et des propriétés disposant d'une grange dans les environs. Les noms de leurs propriétaires ne disaient rien ni à Josie, ni à Gretchen, ni au chef, mais ce dernier envoya Mettner commencer à les visiter toutes, à la recherche de celles ayant un plancher à claire-voie et abritant des animaux à poils jaune clair.

— Presque toutes les granges vont répondre à ces critères, chef, dit Gretchen.

Chitwood souffla, la fixa d'un œil mauvais.

— Vous avez une meilleure idée, Palmer ?

Sans répondre, Gretchen s'assit à son poste de travail et alluma son ordinateur pour rédiger des rapports.

— Je chercherai aussi un clou d'oreille en diamant, déclara Mettner.

— Et signalez tous ceux qui ne veulent pas vous laisser jeter un coup d'œil à leur grange, c'est compris ?

— Compris, dit Mettner qui se dirigea au petit trot vers l'escalier.

Chitwood se réfugia dans son bureau en faisant claquer la porte derrière lui. Le téléphone de Josie bipa, annonçant l'arrivée d'un SMS.

— C'est Noah, dit-elle à Gretchen. Il nous apporte de quoi dîner, et il dit qu'il est allé au cabinet où travaillait Krystal Duncan et qu'il a commencé à farfouiller dans les dossiers qu'ils ne nous avaient pas encore donnés – ceux dont Krystal ne s'occupait pas directement. Apparemment, il a trouvé quelque chose.

— Eh bien, j'espère que c'est du solide, grommela Gretchen. La piste, pas le dîner. Quoique. Les deux ont intérêt à être solides.

La porte de l'escalier s'ouvrit et Josie entendit un sifflement bref. Elle se tourna et vit que Drake lui faisait signe.

— Salut, dit-il. Dee Tenney est en bas, si tu veux lui parler. À propos d'un quelconque secret qu'elle détiendrait, par exemple ?

Josie se mit à rire, le rejoignit et le suivit dans l'escalier.

— Ce n'est pas si simple, en général. Les gens n'aiment pas trop partager leurs secrets avec la police.

Drake la guida jusqu'au rez-de-chaussée. Il s'arrêta devant la porte de la salle de conférences et se tourna vers Josie.

— Amber est avec elle, pour fignoler les détails de ce qu'on va dire aux journalistes.

— Elle a accepté de rendre public ce que faisait son mari ?

Drake hocha la tête.

— Ça n'a pas été facile de la convaincre. Elle a toujours du mal à croire qu'il ait pu laisser les choses tourner si mal sans qu'elle se rende compte de rien. Et elle n'a aucune envie de parler à la presse. Elle dit qu'après l'accident, tous les parents ont beaucoup trop eu affaire aux journalistes.

Josie prit un air dubitatif.

— Comment as-tu fait pour la convaincre, alors ?

— C'est ta merveilleuse attachée de presse qui a fait tout le boulot. Elle a expliqué à Dee que c'était uniquement pour des raisons de sécurité, pour qu'il ne lui arrive rien, ni à elle, ni aux personnes qui lui sont proches.

— C'est Heidi, hein, dit Josie en repensant aux nombreuses fois où Corey Byrne avait prononcé ces mêmes mots pendant qu'elle l'interrogeait.

Drake rit.

— Oui. Un sacré numéro, cette môme. Elle ne lâche pas Dee Tenney d'une semelle. Elle a tout écouté. Et elle n'a pas la langue dans sa poche.

Son sourire montrait qu'il ne trouvait pas Heidi agaçante du tout. Josie décela même une certaine admiration dans son ton.

— En toute sincérité, poursuivit-il, si Dee n'était pas aussi attachée à cette gamine, je pense qu'elle ferait le planton devant chez elle en attendant que Cerberus vienne la tuer.

— Oui, dit Josie, j'ai eu la même impression. Heidi est aussi à l'intérieur ?

— Non, elle a dû aller à son camp de vacances pour la journée. Elle a dit qu'elle passerait voir Dee chez Gloria Cammack ce soir.

La porte de la salle de conférences s'ouvrit et Amber s'avança, ordinateur portable sous le bras.

— Elle est à vous, leur dit-elle.

— Après toi, dit Drake à Josie en lui faisant signe d'entrer.

Dee Tenney était assise dans un des fauteuils de la salle de conférences, frêle, diaphane presque. Elle avait le teint terne, les cheveux sales. Josie se demanda si elle avait seulement dormi ou pris une douche depuis qu'elle l'avait vue. Elle leva vers elle un regard plein d'espoir.

— Vous avez retrouvé Miles ? Il va bien ?

Josie vint s'asseoir près d'elle tandis que Drake restait près de la porte.

— Non, pas encore, Dee. Mais les gens du FBI sont à sa recherche, et ils ont beaucoup plus de moyens que nous.

L'espoir s'éteignit dans les yeux de la femme. Elle jouait nerveusement avec son alliance.

— Je ne sais même pas si j'ai envie de le revoir. Nous n'étions plus ensemble, mais pas parce que j'avais cessé de l'aimer. C'est seulement qu'après la mort de Gail, tout s'est écroulé.

— Hélas, c'est très souvent le cas après le décès d'un enfant, dit Josie. Je suis désolée, Dee.

— Vous me croyez ? demanda Dee d'une voix subitement agressive. Parce que si vous ne me croyez pas, personne ne me croira. La presse, le grand public, cette... organisation criminelle.

— Vous croire à propos de quoi ?

Dee se pencha vers Josie.

— Est-ce que vous me croyez quand je dis que je ne savais ni ce que trafiquait Miles, ni à quel point les choses allaient mal, financièrement ?

— Dee, ce n'est pas à moi de...

— Personne ne croira que je ne savais rien, mais vous devez bien comprendre que j'ai été femme au foyer tout le temps que Gail a vécu. Miles travaillait. Il gérait toutes nos finances. C'était son job, son rôle. Le mien était d'être la maman de Gail. Je n'ai jamais manqué de rien. Gail non plus. Miles faisait en sorte que nous ayons tout ce que nous désirions. Nous étions heureux. Je n'avais aucune raison de me méfier, de soupçonner...

Elle se tut, laissa échapper un sanglot et enfouit le visage dans ses mains. Drake fit glisser une boîte de mouchoirs sur la table.

— Vous faisiez confiance à votre mari, Dee, déclara Josie. Je ne pense pas qu'on puisse vous critiquer pour ça. On n'épouse pas quelqu'un en qui on n'a pas confiance, en général.

Dee releva la tête avec un petit rire rauque, prit un mouchoir en papier et s'essuya les joues.

— Oui, vous devez avoir raison.

Josie se creusait en vain la tête pour trouver une façon subtile de demander à Dee si elle détenait un secret quelconque qu'un tueur voudrait voir étalé au grand jour. Elle décida d'essayer d'aborder le sujet via celui des choses que Miles lui avait cachées.

— Pendant que j'y suis, commença Josie, je voulais aussi vous poser des questions sur Ted Lesko. Quelqu'un nous a dit avoir vu Ted et votre mari ensemble, avant l'accident. Et quand nous avons interrogé Ted, il a reconnu qu'il aidait Miles à revendre des objets ou à les mettre en gage pour récupérer de l'argent. Vous aussi, vous connaissiez Ted ?

Dee Tenney posa les mains sur ses genoux et renifla.

— Non, non, Ted n'aidait pas Miles. Mais, bien sûr, je savais qui c'était, parce que Virgil l'avait amené deux ou trois fois chez nous lors de petites fêtes, après sa sortie de prison. Vous savez qu'il a fait de la prison ?

— Oui, il nous l'a dit, confirma Josie.

— Ça, je n'en doute pas. Il vous a raconté qu'il y était allé pourquoi, parce qu'il avait traversé en dehors des clous ? À moi, Virgil me l'a dit, vous savez. Il y a des années, juste avant que son fils ait fini de purger sa peine. Il était tellement gêné, et il avait tellement peur que Ted soit pire qu'avant quand il sortirait de prison. En fait, Ted était obsédé par une fille avec qui il était allé à l'université, à Philadelphie. Il l'espionnait derrière ses fenêtres, comme un voyeur. Il la suivait partout, la harcelait sur les réseaux sociaux. Il harcelait même ses amies. C'était vraiment très moche. Il volait des choses chez elle, aussi.

— Virgil vous a-t-il dit comment Ted l'avait rencontrée ? Si c'était une fille avec qui il sortait ?

Dee eut un geste vague.

— Je ne sais pas. Virgil ne me l'a pas dit. Mais je sais que c'était moche. Répugnant, même. Ted Lesko est répugnant, reprit-elle en frissonnant. J'ai encore du mal à croire qu'on ne l'ait pas inscrit au registre des délinquants sexuels – même si je sais que ça a énormément soulagé Virgil qu'il y échappe. Je me suis toujours demandé s'il n'allait pas passer du harcèlement à l'agression sexuelle. Mais c'était le fils de Virgil, et on veut toujours le bien de ses propres enfants, quoi qu'il arrive. Toujours est-il que Ted me donnait la chair de poule.

— Mais donc vous savez qu'il a fait de la prison, nota Josie. Qu'est-ce qui vous fait penser qu'il n'aidait pas Miles ?

Dee la dévisagea comme si elle passait complètement à côté de quelque chose d'évident.

— Il a fait de la prison pour harcèlement, pas pour recel.

Josie entendit Drake, près de la porte, réprimer un rire. Elle resta impassible.

— Les délinquants se diversifient, parfois, dit-elle.

Dee Tenney secoua la tête.

— Non, non. Il avait repris ses vieilles habitudes. Je... Je n'ai rien voulu dire à personne parce que c'est fini, maintenant, que ça n'a pas d'importance et que ça s'est arrêté après l'accident, mais je l'ai vu. J'ai vu Ted.

— Que voulez-vous dire ? Vous l'avez vu où ? Et faire quoi ?

— Je l'ai vu près de chez nous. Le soir. Il était là, à rôder. J'ai envoyé Miles lui parler, dehors, plusieurs fois. Je ne voulais pas appeler la police à cause de Virgil. Mais Ted s'en allait toujours dès que Miles sortait. L'autre jour, quand j'ai entendu du bruit dehors, j'ai cru un moment que c'était Ted qui recommençait, mais je n'ai vu personne. Le FBI pense que ça devait être un des types de cette bande criminelle, là, Cerberus. Mais je vous dis qu'avant l'accident, Ted m'espionnait régulièrement.

— Dee, répondit Josie, Ted ne vous espionnait pas, vous. Il attendait votre mari. Quelqu'un les a surpris en train de s'échanger des objets, à l'endroit où ils le faisaient habituellement. Donc ils ont arrêté de le faire là-bas. C'est Miles qui demandait à Ted de venir chez vous.

Dee Tenney croisa les bras.

— Qui vous a dit ça ? Ted ? Et vous le croyez, lui, plus que moi ? Je sais très bien ce que j'ai vu, et d'ailleurs, Virgil m'a dit que j'avais raison.

— Comment ça ?

— Comme je le disais, je n'ai jamais voulu appeler la police, pour que Ted n'ait pas d'ennuis. Virgil faisait tout ce qu'il pouvait pour qu'il arrête, qu'il mène une vie normale. J'avais un enfant, moi aussi. Je le comprenais très bien. Quand j'ai vu que Ted rôdait autour de la maison, je suis allée voir Virgil plutôt que la police. Je lui ai raconté ce qui se passait, et il m'a dit qu'il s'en occuperait. Il m'a même remerciée d'être venue le voir d'abord. Une semaine plus tard, je lui ai parlé, à l'arrêt de bus. Il m'a demandé de rester une minute. Les enfants sont descendus, j'ai dit à Gail de rentrer à pied jusque chez nous et je lui ai parlé. Il était tracassé. Vraiment perturbé. Il m'a dit qu'il avait la preuve que ce que je disais était vrai. La preuve que Ted s'était remis à suivre des gens.

— Quel genre de preuve ?

— Je ne sais pas. Je ne lui ai pas posé la question. Je n'avais pas envie de savoir, pour tout vous dire. Il m'a seulement dit qu'il allait régler ça lui-même et que s'il n'y arrivait pas, alors oui, il ferait appel à la police. Je lui ai fait confiance. Et puis l'accident est arrivé, et... Et ce que Ted Lesko pouvait me faire, à moi ou à n'importe qui d'autre, n'a plus eu aucune importance.

Le cœur de Josie s'emballa.

— Quand était-ce ? À quel moment avez-vous eu cette discussion avec Virgil Lesko ?

Dee Tenney prit le temps de réfléchir. Puis elle déclara :

— La veille de l'accident.

36

Josie, remontée dans la grande salle, résuma à Gretchen sa discussion avec Dee Tenney. Noah arriva avec leurs repas à emporter et les déposa sur leurs bureaux, tout en l'écoutant. L'odeur de la nourriture qui montait à ses narines fit gronder l'estomac de Josie. Dès qu'elle eut fini de parler, elle se mit à manger, laissant Gretchen réfléchir à cette dernière avancée.

— Soit Ted Lesko ment sur ce qu'il faisait chez Dee Tenney ces soirs-là, soit Dee Tenney n'a rien compris à ce qui se passait, dit Gretchen.

— C'est ce que j'ai cru, répondit Josie. Mais dans ce cas, qu'est-ce que Virgil Lesko a bien pu trouver pour qu'il pense que Ted s'était remis à espionner des femmes ?

Noah s'affala sur son fauteuil et posa les pieds sur son bureau.

— Nous avons un témoin impartial, Corey Byrne, qui confirme que Ted Lesko donnait un coup de main à Miles Tenney, et Ted lui-même l'a reconnu. Sinon, pourquoi aurait-il rôdé autour de chez les Tenney ?

— Parce que, au fond, il n'a pas cessé d'être un voyeur ? dit Gretchen avec un haussement d'épaules. Vous savez, il est tout à fait possible qu'il aide Miles dans ses trafics tout en continuant de son côté à espionner des femmes.

— C'est vrai, dit Josie.

— Et sa condamnation ? demanda Noah. Il me semble que Ted Lesko t'avait dit que tout ça était le résultat d'une rupture ? Et là, tu dis que Dee Tenney affirme qu'il espionnait « une fille ». On devrait pouvoir vérifier ça assez facilement, et savoir s'il a menti sur le fait que c'était son ex-petite amie ou pas.

— Dans tous les cas, il l'a harcelée, dit Gretchen.

— Certes, reconnut Noah. Je ne dis pas que c'est bien, mais quelqu'un qui harcèle son ex-petite amie n'ira pas forcément faire la même chose à une étrangère ou à une vague connaissance. Il est tout à fait possible que Dee Tenney ait eu un préjugé contre Ted à cause de tout ce que Virgil lui avait raconté sur son passé de délinquant. Et elle ne savait pas que son mari passait par Ted pour revendre des objets volés. Elle a peut-être mal interprété ce qu'elle a vu, et son mari n'est pas là pour lui expliquer que Ted ne venait pas du tout chez eux pour l'espionner, elle. Quoi qu'il en soit, ça vous sera utile de savoir si Ted a menti sur l'origine du harcèlement qui lui a valu une peine de prison.

— J'aimerais bien aussi savoir ce que Virgil Lesko avait découvert, dit Josie. Il a eu cette conversation avec Dee la veille de l'accident. Il était troublé. Est-il possible que ce qu'il a appris soit la chose qui l'a poussé à boire, le jour de l'accident, et qu'il ait menti là-dessus pour ne pas incriminer son fils ?

— Je pense que c'est non seulement possible, mais probable, dit Gretchen. Je vais appeler Andrew Bowen et exiger un entretien avec Virgil Lesko.

— Ça m'étonnerait qu'il accepte, dit Josie en riant.

Gretchen était déjà en train de composer le numéro du cabinet de l'avocat. Après un échange bref et sec avec la secrétaire d'Andrew Bowen, elle raccrocha. Josie se tourna vers Noah.

— Alors, qu'est-ce que tu as trouvé dans les dossiers du cabinet qui employait Krystal Duncan ?

Le lieutenant retira les pieds de son bureau et posa les coudes sur le plateau.

— Quelque chose à propos de l'orthodontiste qui voyait Bianca Duncan et les petits Cammack. Son cabinet a dû fermer. Il y a un gros procès en vue pour faute professionnelle, et devine qui s'occupe du dossier ?

— Gil Defeo, dit Josie.

Noah secoua la tête.

— Non, son associé, Richard Abt. C'est pour ça que Krystal ne travaillait pas dessus directement.

— Mais elle pouvait y avoir accès en passant par la base de données du cabinet, dit Gretchen.

— Oui. Un mois environ avant sa disparition, Krystal a déjeuné avec des collègues, qui ont évoqué cette affaire. Apparemment, elle n'est pas simple, il y a beaucoup de clients concernés, mais pas assez pour un recours collectif. En tout cas, quand Krystal a entendu le nom de l'orthodontiste, elle a dit aux autres secrétaires que c'était celle qui suivait Bianca, avant. Et elle s'est même demandé si, s'il n'y avait pas eu l'accident, Bianca aurait pu être concernée par ces fautes professionnelles.

— Et elles lui ont montré le dossier ? demanda Josie. Où veux-tu en venir ?

— Elles n'ont pas parlé de lui montrer, non, mais le cabinet, pour préparer le procès, a obtenu une copie de tous les dossiers des patients de l'orthodontiste. Krystal aurait pu y avoir accès si elle l'avait voulu. Très facilement. Je l'ai fait quand j'y suis allé. Carly m'a laissé utiliser ses identifiants pour me connecter au serveur du cabinet. J'ai pu accéder aux fichiers des patients de l'orthodontiste, et j'ai regardé ce qu'il y avait au nom de Bianca Duncan. Devinez ce que j'ai trouvé ?

Josie sentit des picotements sur sa nuque.

— L'annulation des rendez-vous prévus le jour de l'accident.

— Exact. Rendez-vous annulés par les parents. Pas par l'orthodontiste.

— Ce qui veut dire, intervint Gretchen, que quand Krystal l'a consulté, elle a su que Nathan avait menti sur la raison de l'annulation des rendez-vous, qui a fait que les enfants sont montés dans le bus, cet après-midi-là. Et cette découverte aurait pu la pousser à aller à East Bridge chercher une drogue plus forte que de l'herbe pour se calmer ?

— On ne le saura jamais, dit Josie, mais tu dis que ses collègues lui ont parlé de ce dossier plus d'un mois avant sa disparition, c'est bien ça ? Et ça ne l'a pas suffisamment perturbée pour aller tout de suite demander à Skinny D autre chose que de l'herbe, puisqu'elle ne l'a fait que deux jours avant de disparaître. Donc je crois qu'elle a découvert autre chose. Quelque chose de plus dérangeant encore.

— Mais qu'est-ce qui peut être pire que de savoir que c'est à cause de ton voisin et ami que ton enfant est monté dans ce bus ?

Josie secoua la tête.

— Je n'en ai aucune idée, mais je suis convaincue que ce n'était pas que ça. Il y avait forcément autre chose.

Noah se releva et s'étira.

— Je vais retourner chez Abt & Defeo. Tout ce petit monde devrait être au travail jusqu'à tard ce soir, ils préparent un procès pour un accident impliquant plusieurs véhicules. Si Krystal a trouvé autre chose dans les dossiers du cabinet, je mettrai peut-être le doigt dessus. Je vais chercher si le nom des autres parents apparaît dans les dossiers de l'avocat associé, ça nous mettra peut-être sur la voie. Ça ne t'embête pas de rentrer seule à la maison ? ajouta-t-il en se tournant vers Josie.

Elle lui sourit.

— Je vais survivre.

37

Nevin avait la banquette pour lui tout seul. Il avait essayé de parler à Gail et à Bianca, mais elles ne disaient plus rien du tout. D'ailleurs, un silence lugubre régnait dans le bus. L'espace d'un instant, Nevin se demanda si tout le monde n'était pas mort, ou quelque chose comme ça. Mais c'était une idée bizarre, se dit-il. Il dut tendre le cou pour jeter un coup d'œil à tout le bus. Les autres étaient bien vivants, mais ils étaient tout pâles. Il ne restait plus qu'eux, maintenant : lui, Gail, Bianca, Wallace, Frankie et Heidi. D'habitude, les filles parlaient entre elles, ou Wallace les embêtait, mais pas aujourd'hui.

Nevin regarda par la fenêtre. Il reconnut le terrain vague situé un peu avant leurs rues. Une tache de couleur attira son regard. Il y avait un camion ou quelque chose comme ça garé derrière les arbres. Il se demanda s'ils allaient finir par construire quelque chose ici. Il aurait bien aimé qu'ils installent un skate park, mais sa mère disait toujours que si on y bâtissait quelque chose, ce seraient des maisons.

Tout à coup, une secousse ébranla le bus. Nevin fut projeté d'un côté, puis de l'autre. Un drôle de bruit, comme un grincement de métal, lui parvint du dehors. Puis le bus reprit de la vitesse.

— Bon Dieu, les gars, dit Wallace. Je crois que M. Lesko vient de rentrer dans quelqu'un.

38

Josie passa le reste de la soirée à rédiger des rapports et à écouter Gretchen argumenter avec Andrew Bowen au téléphone pour essayer d'obtenir une entrevue avec Virgil Lesko. Ensuite, Gretchen appela ses connaissances de la police de Philadelphie pour essayer d'obtenir des détails sur l'affaire de harcèlement qui avait valu à Ted Lesko trois ans de prison. Après une heure de « oui » et de « hmm » au téléphone, elle raccrocha et se tourna vers Josie.

— Ted Lesko disait bien la vérité. C'était une ex.

— Mais Dee avait raison aussi, il s'est plus que mal comporté, dit Josie. Sinon, il ne serait pas allé en prison.

— Oui, je crois qu'après ce que Virgil avait dit à Dee sur Ted, elle avait toutes les raisons de s'inquiéter. À sa place, je l'aurais fait, en tout cas.

— Bon, alors qu'est-ce qu'on fait ?

— On rentre à la maison, dit Gretchen. On est sur le pont depuis ce matin, il est presque 20 heures, et Mett et Noah suivent encore des pistes, donc ça avance toujours.

Josie ne pouvait ignorer la fatigue qui alourdissait ses

membres et l'idée de s'allonger sur son canapé en survêtement était plus que séduisante.

Mais bien sûr, une fois sur ledit canapé, elle ne sentit plus la fatigue. Comme s'il sentait son agitation, Trout se précipita vers elle, posa ses pattes avant sur le rebord du canapé et déposa sa balle en plastique sur ses genoux. Puis il la fixa intensément.

En riant, Josie se redressa et prit la balle.

— Je suis sûre que si tu pouvais parler, tu dirais quelque chose comme : « Tu crois que cette balle va se lancer toute seule ? »

Il aboya bruyamment en réponse, puis se mit à sautiller sur place, attendant fiévreusement que le jeu démarre. Josie se baissa et fit rouler la balle dans la pièce. Trout la lui ramena, encore et encore, jusqu'à ce qu'ils adoptent un rythme régulier. Josie se remit à penser à Krystal Duncan et à Faye Palazzo, tournant et retournant dans sa tête tout ce qu'elle avait appris. Il leur manquait encore des éléments.

Krystal Duncan avait cherché à en savoir plus sur l'accident, et était même allée jusqu'à rendre visite à Virgil Lesko en prison. Que cherchait-elle ? Plus important encore, qu'avait-elle découvert pour qu'on l'assassine ensuite ? Avait-elle parlé à Faye Palazzo de ce qu'elle avait appris ? Et était-ce pour cette raison que Faye était morte, elle aussi ? Mais si on avait tué les deux femmes pour les faire taire, pourquoi écrire le nom des enfants morts dans l'accident sur leurs avant-bras ? Si on les avait tuées afin de préserver des secrets que Krystal avait mis au jour, pourquoi se donner tant de mal pour révéler ceux des autres parents ?

Et si, et si...

Quelqu'un jouait-il à « et si... » avec les parents des cinq victimes de West Denton ? Dans ce cas, où le jeu commençait-il, où s'achevait-il ? Josie tenta de remonter en pensée le chemin tortueux de ces « et si... », en partant de ce que Krystal avait découvert.

Si Nathan Cammack n'avait pas annulé les rendez-vous chez l'orthodontiste ce jour-là, Bianca et les enfants Cammack ne seraient pas montés dans le bus. Si Gloria Cammack n'avait pas appelé son mari pour exiger qu'il rentre à la maison, il n'aurait pas annulé ces rendez-vous. Et si Miles Tenney n'avait rien volé chez ses voisins, la Playstation de Wallace Cammack aurait été à sa place quand Gloria, ayant oublié son agenda, était repassée chez elle le chercher. Alors, elle n'aurait pas appelé Nathan, et il n'aurait pas annulé les rendez-vous.

Josie ne voyait pas de lien entre Krystal, ou les Cammack, et Faye Palazzo, mais c'était bien Faye qui avait été assassinée ensuite. Elle avait vu le bus faire des embardées ce jour-là, ou plutôt, Corey Byrne l'avait vu et ils en avaient discuté. Mais elle avait préféré ne pas intervenir parce qu'elle ne voulait pas être vue en sa compagnie. Si elle s'était moins préoccupée de cacher leur liaison, elle aurait accepté de partir pour intercepter le bus. Corey aurait peut-être pu faire signe à Virgil de s'arrêter, ou il l'aurait coincé à un des arrêts de bus, et ils auraient pu empêcher l'accident de se produire.

Qui restait-il ?

Dee Tenney et Sebastian Palazzo, comme Josie l'avait dit au chef Chitwood. Josie ne savait pas quel secret détenait Sebastian Palazzo – s'il en avait un –, mais Dee avait dit à Josie quelque chose qu'elle n'avait jamais dit à personne, qui concernait Ted Lesko. Et si Dee s'était trompée sur Ted ? Si ce dernier disait la vérité ? Il allait chez les Tenney non pour jouer les voyeurs avec Dee, mais parce qu'il était complice du petit trafic de Miles. Dans ce cas, comme Josie et son équipe l'avaient relevé, pourquoi Virgil avait-il cru que Ted s'était remis à espionner les gens ? Qu'avait découvert Virgil ?

La réponse était si évidente que c'en était risible.

— Les objets volés, dit-elle à haute voix.

Trout dérapa et s'immobilisa sur le tapis du salon, la boule de plastique dans la gueule, les oreilles dressées, la tête inclinée comme pour faire signe à Josie de poursuivre. Elle se mit à rire.

— Les objets volés, répéta-t-elle à l'adresse du chien.

Imperturbable, Trout déposa la balle à ses pieds une fois de plus. Elle la relança puis prit son téléphone et appela Noah.

— Miles Tenney donnait à Ted des objets volés pour qu'il les revende, dit-elle lorsqu'il décrocha.

Il y eut un temps de silence avant que Noah réponde :

— Oui. Continue.

— Des objets que Miles avait dérobés chez ses voisins, et entre autres des bijoux. Ted habitait chez Virgil. Dee a vu Ted rôder autour de chez elle et a envoyé Miles dehors pour le chasser, alors qu'il était bien venu chercher des objets volés par Miles.

— Objets qu'il rapportait chez lui jusqu'à ce qu'il puisse les refourguer, dit Noah. OK. Je vois où tu veux en venir. Dee a dit à Virgil qu'elle pensait que Ted l'espionnait. Virgil a fouillé de son côté et il a sans doute trouvé des bijoux de femme dans les affaires de Ted.

— Oui, renchérit Josie. Virgil n'a pas imaginé un seul instant que Ted se contentait de se faire un peu d'argent en aidant Miles Tenney à revendre des objets volés. Et s'il a trouvé les boucles d'oreille de Faye Palazzo ou la pochette de Gloria Cammack, par exemple, immédiatement après que Dee a accusé Ted de l'espionner, il a « logiquement » conclu que son fils avait recommencé à harceler quelqu'un.

— Virgil avait fait tout ce qu'il pouvait pour le remettre dans le droit chemin. Il a été déstabilisé. Suffisamment troublé pour boire un verre le midi, compléta Noah.

— Si seulement Dee n'avait pas mal interprété la présence de Ted près de chez elle, marmonna Josie. Elle n'aurait pas dit à Virgil qu'elle pensait qu'il l'espionnait, Virgil n'aurait pas fouillé dans les affaires de Ted et trouvé quelque chose qui semblait l'incriminer. Et Virgil ne se serait pas senti le besoin de boire un verre, ce jour-là.

— Et donc l'accident ne se serait pas produit ?

— Oui. Je le pense.

Elle prit le temps de lui expliquer ce que Paige Rosetti appelait le jeu du « et si… ».

Quand elle eut fini, Noah réfléchit un moment. En fond sonore, Josie entendit des froissements de papier, le cliquetis d'un clavier. Puis il dit :

— Mais tu oublies les médicaments. Virgil Lesko avait absorbé une grande quantité d'oxycodone, ce jour-là. Et effectivement, la consommation d'un verre d'alcool – même deux, ou trois ou quatre – n'aurait pas suffi à expliquer une conduite aussi erratique, avant même l'accident. Il était complètement défoncé, ce jour-là.

— C'est vrai. Mais il a dit à Gretchen qu'il n'avait pas pris d'oxycodone.

— C'est qu'il a menti. On sait déjà qu'il ne nous a pas donné la vraie raison qu'il avait de prendre un verre, le jour de l'accident. Il a aussi pu mentir à propos de l'oxycodone, non ?

— Mais il a reconnu avoir bu. Pourquoi reconnaître l'alcool, et pas les médicaments ? Ça ne lui servait à rien. Les labos ne mentent pas. À moins…

Elle n'acheva pas sa phrase. D'autres pièces du puzzle se mirent en place dans son esprit.

— À moins que quoi ? Josie ?

Elle refit mentalement deux fois le raisonnement avant de répondre.

— De tous les parents qui ne sont ni morts, ni disparus, le seul qui n'ait pas encore de pion dans le jeu du « et si… », c'est Sebastian Palazzo.

— Et alors ? Il ne savait peut-être rien. Il n'a pas forcément de secret. Ce type est plutôt pitoyable, Josie.

— Peut-être. Mais ça ne veut pas dire qu'il n'a pas de secret.

Noah, Sebastian Palazzo est pharmacien. Il possédait sa propre pharmacie jusqu'à assez récemment – une grande chaîne la lui a rachetée il y a deux ans, à peu près.

— Tu penses que c'est Sebastian Palazzo qui a donné l'oxycodone à Virgil ? Ce serait ça, son secret ? Et s'il ne lui avait pas donné ça, le chauffeur n'aurait pas été défoncé ce jour-là, et n'aurait peut-être pas eu d'accident ? Mais pourquoi Palazzo aurait-il donné de l'oxycodone à Lesko avant qu'il prenne son service ?

— Je ne sais pas, reconnut Josie. Mais ça cadrerait avec la logique générale de l'affaire. Si Krystal Duncan a découvert, d'une manière ou d'une autre, que c'est Palazzo qui a fourni à Lesko les médicaments qui l'ont conduit à avoir cet accident, ça a pu la faire craquer. Tu ne crois pas ?

— Et elle aurait essayé de ne pas devenir complètement folle en demandant à son dealer le même genre de produits ? dit Noah avec un petit rire.

— Pas nécessairement, rétorqua Josie. Elle a dit à Skinny D qu'elle avait besoin de quelque chose pour oublier. Je pense qu'elle se fichait de ce que pouvait être le produit en question. Noah, concentrons-nous sur Sebastian Palazzo. Tu peux chercher son nom dans les dossiers chez Abt & Defeo ?

— C'est déjà fait. Son nom n'apparaît nulle part. Ni comme client, ni comme accusé, ni comme témoin.

— Attends une seconde, dit Josie.

Abandonnant Trout au salon, elle courut dans la cuisine et ouvrit son ordinateur portable. Elle tapa du pied sur le carrelage avec impatience en attendant qu'il s'allume. Puis, dans son moteur de recherche, elle tapa « pharmacie Palazzo » et parcourut les résultats.

— Il semblerait que Sebastian Palazzo ait vendu sa pharmacie à cette grosse chaîne il y a deux ans et demi, et qu'il en ait tiré un joli bénéfice, tout en continuant à travailler là-bas en tant que salarié. Mais l'année dernière, la pharmacie a eu des ennuis parce qu'un des préparateurs a mal lu une ordonnance et a failli tuer une femme.

Josie entendit un cliquetis à l'autre bout de la ligne. Puis :

— Ça doit rentrer dans la catégorie « dommages corporels ». Attends, je vais chercher ce qu'il y a au nom de la chaîne.

Quelques instants s'écoulèrent.

— Gagné. Richard Abt a été le représentant légal de cette femme contre la chaîne.

— Ce qui veut dire que Abt & Defeo ont eu accès à toutes les archives de la pharmacie pendant l'instruction du litige.

— Oui. Et même si Krystal n'a pas travaillé dessus, elle aurait pu accéder à ce dossier.

— Elle a trouvé quelque chose là-dedans, Noah. J'en suis certaine.

— Dans ce cas, je ne rentrerai pas tant que je n'aurai pas trouvé la même chose qu'elle. Mais tu sais, Josie, ça ne nous avance pas beaucoup pour retrouver le tueur.

— Le tueur pourrait bien être Sebastian Palazzo, répliqua-t-elle. Si on trouve ce que Krystal a découvert et qu'on lui met la preuve sous le nez, on...

— Attends, la coupa Noah. J'ai un appel de Mett.

Josie entendit le bip d'un autre appel sur son propre téléphone. En l'écartant de son visage, elle vit que c'était le chef Chitwood.

— Et moi, j'en ai un du chef, dit-elle à Noah. Je te rappelle.

Mais Noah avait déjà raccroché.

— Chef ? dit-elle après avoir accepté l'appel.

— Quinn, aboya Chitwood. Amenez vos fesses chez Gloria Cammack, illico !

Son estomac se noua. Sa première pensée ne fut ni pour Gloria, ni pour Dee, mais pour la petite Heidi.

— Quelqu'un est blessé ?

— Blessé ? Non, Quinn. Elles ont disparu. Toutes les trois, disparues. Volatilisées.

La rue de Gloria Cammack baignait dans la lumière bleu et rouge des gyrophares. Josie se gara aussi près de la maison que possible. Elle vit qu'il y avait déjà sur place le van du chef, la voiture de Gretchen et un pick-up d'entreprise, qu'elle se rappelait avoir vu sur le chantier où travaillait Corey Byrne. Des voisins s'étaient regroupés sur le trottoir d'en face pour assister au spectacle. Une camionnette de WYEP, la chaîne d'information locale, se rangea derrière Josie. Vivement, avant que les journalistes ne l'aperçoivent, elle remonta l'allée des Cammack au petit trot. Un policier en uniforme montait la garde devant l'entrée, un porte-bloc à la main. Josie sentit des fourmillements dans sa poitrine.

— C'est une scène de crime ? demanda-t-elle.

— Je ne sais pas. Le chef a donné l'ordre de ne laisser entrer que des policiers. Et je dois noter les noms de tous ceux qui entrent et sortent, ajouta le planton en agitant son porte-bloc.

Josie hocha la tête. Le policier nota son nom et la laissa passer. À l'intérieur, toutes les lumières étaient allumées. Elle ne vit personne de l'équipe d'identification criminelle mais, au salon, Corey Byrne était assis sur le canapé, les yeux levés vers Gretchen. Son jean et son t-shirt étaient tachés, sales.

— Que s'est-il passé ? demanda Josie en tirant une chaise près de Gretchen.

— Je passais prendre Heidi, répondit Byrne. Je suis entré parce que la porte était ouverte. Il n'y avait personne dans la maison.

— Il est près de 23 heures, releva Josie.

— J'ai eu une longue journée. Et je suis arrivé ici il y a une heure. Comme je vous le disais, il n'y avait personne. Ni Heidi, ni Dee, ni Gloria.

— Il a essayé de les appeler, toutes les trois, ajouta Gretchen. Mais leurs téléphones sont dans la cuisine.

Une vague de nausée tordit le ventre de Josie.

— Les sacs à main ? Le sac à dos de Heidi ?

Gretchen hocha la tête.

— Dans la cuisine. Elles ont tout laissé. Sacs à main, téléphones, ordinateurs portables. L'agenda de Gloria, aussi.

Comme Krystal Duncan, comme Faye Palazzo.

— Il y avait du pop-corn tout juste éclaté dans le micro-ondes, ajouta Corey Byrne. Et un film qui passait à la télé. C'est comme si elles s'étaient levées d'un coup pour partir.

— Et nos gars postés devant la maison ?

— Ils n'ont rien vu. Ils ne se sont rendu compte qu'elles avaient disparu que quand M. Byrne est ressorti pour leur dire qu'il n'y avait plus personne dans la maison.

— Ce qui veut dire qu'elles sont parties par le jardin.

— Exact. Le chef fait examiner l'arrière de la maison en ce moment même. L'équipe d'identification criminelle est dans le jardin de Krystal Duncan. Ils cherchent tout ce qui peut se trouver de l'autre côté du grillage. Ils ont déjà inspecté la cuisine. On a deux voitures qui patrouillent dans le quartier, et des gars qui interrogent les habitants de la rue de Krystal Duncan, pour savoir si quelqu'un a vu quelque chose.

— Où est ma fille, bon sang ? dit Corey Byrne.

Sans lui répondre, Josie demanda à Gretchen :

— Quelqu'un a jeté un coup d'œil à leurs téléphones ? L'une d'elles a peut-être envoyé un SMS à quelqu'un, ou laissé un indice quelconque sur son portable. Quelqu'un a vérifié où était Nathan Cammack ? Et Ted Lesko ?

— Rien sur les téléphones. Nathan Cammack est chez lui. On a envoyé une patrouille le chercher. On a demandé à Mett de laisser tomber la liste des maisons avec grange pour l'instant et de retrouver Ted Lesko. Il n'avait qu'une liste incomplète, de toute façon. Dan Lamay n'a pas encore fini de relever les noms de tous les propriétaires de granges du comté.

— Où est ma fille ? répéta Corey Byrne. Je ne comprends rien à ce qui se passe, ici !

Josie tournait lentement en rond, comme si la pièce pouvait lui fournir des réponses.

— Est-ce que c'est Miles ? Ou Cerberus ? Pourquoi seraient-elles parties toutes les trois avec quelqu'un ?

— Une arme, proposa Gretchen. Elles ont pu partir avec quelqu'un si ce quelqu'un était armé.

— Vous êtes en train de me dire que quelqu'un est venu ici et a enlevé ma fille sous la menace d'une arme ? explosa Corey Byrne en se levant du canapé.

— On n'en sait rien, répondit Josie. Ce ne sont que des suppositions. Elles ont aussi pu partir avec quelqu'un qu'elles connaissaient.

— Comme qui ?

— Sebastian Palazzo, peut-être ? dit Josie. Quelqu'un a-t-il vérifié où il se trouvait ?

— Il y a toujours une patrouille devant chez lui, dit Gretchen.

— Devant. Mais ici, ça n'a servi à rien...

— Merde, dit Gretchen. Monsieur Byrne, je suis désolée, je

dois vous demander de rentrer chez vous et d'y rester jusqu'à ce qu'il y ait du nouveau.

— Vous vous foutez de moi ? Quelqu'un a enlevé ma fille, et vous voulez que je rentre sagement chez moi ? cria-t-il.

— Les Palazzo n'habitent qu'à un pâté de maisons de chez Krystal Duncan, dit Josie.

— Fonce. Je reste ici et je m'occupe du reste.

La porte des Cammack se referma en claquant derrière Josie. Elle se mit à courir, dans la direction opposée au groupe de journalistes et de caméras qui avaient rejoint la camionnette de WYEP. Elle passa devant le coin de la rue de Krystal Duncan et de Dee Tenney. D'autres voitures de police étaient stationnées devant chez Krystal. Josie aperçut la voiture de l'équipe d'identification criminelle et le chef Chitwood qui, au milieu de la rue, donnait des ordres à ses troupes. D'autres journalistes les entouraient et les assaillaient de questions.

Josie tourna à gauche à l'angle suivant. Une seule voiture de police était garée devant chez les Palazzo. Josie la rejoignit et frappa à la vitre pour attirer l'attention de l'agent à l'intérieur.

— Je vais voir si tout va bien chez M. Palazzo, l'informa-t-elle. Quelqu'un est entré chez lui ?

L'agent secoua la tête.

— Une de ses amies y a passé presque toute la journée. Elle est partie il y a quelques heures. Aucune activité depuis. Je sais que l'inspectrice Palmer redoutait qu'il ne tente de mettre fin à ses jours. Je lui ai demandé l'autorisation de rester avec lui à son domicile, mais il a refusé.

Josie sortit son téléphone et appela le portable de Sebastian Palazzo. Pas de réponse. Aucune réponse non plus sur la ligne fixe. Elle rempocha son téléphone.

— Je vais voir à l'intérieur.

— Vous voulez du renfort ?

— Non, dit-elle. Tout le monde est très occupé. Je vous appellerai si j'ai besoin d'aide.

Josie courut jusqu'à la porte d'entrée et frappa. Elle appela Sebastian Palazzo plusieurs fois, mais n'obtint aucune réponse. Elle réessaya plusieurs fois son numéro de portable et sa ligne fixe, en vain. Il n'y avait aucun bruit dans la maison, mais elle pouvait voir que des lumières étaient allumées, à l'étage.

— Hé !

Josie fit volte-face et vit Noah qui accourait vers elle. Sa voiture était garée derrière celle de l'agent en faction. Elle ne l'avait même pas entendu arriver.

— Qu'est-ce que tu fais là ? demanda-t-elle.

Il se posta de l'autre côté de la porte d'entrée et ouvrit son holster d'épaule.

— J'ai trouvé ce que Krystal avait découvert. Je suis revenu ici, j'ai parlé à Gretchen. Elle a de quoi s'occuper : Corey Byrne est sorti de chez les Cammack et a tout balancé aux journalistes.

— Génial, grogna Josie.

— Tu ne devrais pas entrer là-dedans toute seule.

Elle allait lui demander ce qu'il avait trouvé exactement quand, de l'intérieur, un cri étranglé leur parvint. On aurait dit un animal pris au piège.

— On y va, dit Josie.

Elle dégaina son arme en même temps que Noah. Le bouton de la porte tourna facilement sous ses doigts. Sebastian n'avait pas fermé à clé. Ils entendirent de nouveau des gémissements, plus forts, une fois la porte ouverte. Josie balaya de son arme un côté de l'entrée, tandis que Noah faisait de même de l'autre.

— Le salon, lui dit Josie.

Il lui fit signe de passer la première. Josie s'avança le long du mur de droite jusqu'à la séparation entre l'entrée et le salon noir et blanc des Palazzo. La pièce était totalement dévastée. Les meubles avaient été renversés, les lampes et les tables basses étaient en miettes, il y avait des trous dans les cloisons, et même un au plafond. La seule chose intacte était la photo grandeur nature de Faye Palazzo. Sebastian se tenait à genoux devant son portrait. Son épaisse chevelure noire en bataille, il fixait le portrait de sa femme en gémissant, comme un animal mortellement blessé. Sa poitrine se soulevait comme un soufflet de forge sous son t-shirt blanc. Son pantalon kaki était déchiré le long de sa cuisse gauche.

— Monsieur Palazzo, dit Josie en parlant assez fort pour couvrir ses gémissements.

Il se tut. Puis il leva la main gauche vers Josie. Trop tard, elle s'aperçut qu'il tenait un revolver. Elle fit un pas en arrière, se cognant à Noah qui était juste derrière elle. Mais aucun coup de feu ne retentit.

— Revolver, dit-elle à l'intention de Noah avant de s'adresser de nouveau à l'homme : Sebastian ! Je suis l'inspectrice Josie Quinn. Je suis avec mon collègue, le lieutenant Fraley. Nous sommes venus vous parler.

— Allez-vous-en, ou je tire !

— Je vous en prie, Sebastian, lâchez votre arme. On veut juste discuter.

— Je ne vous veux aucun mal ! cria Palazzo. Je voulais me suicider mais si vous essayez de m'en empêcher, je vous tuerai aussi !

— J'appelle du renfort, chuchota Noah à son oreille. La police d'État peut nous envoyer son groupe d'intervention en vingt minutes.

— Je ne suis pas sûre qu'on ait tout ce temps, marmonna Josie, mais vas-y.

Des sanglots faibles leur parvinrent du salon. Josie jeta un coup d'œil à la porte et vit que Sebastian Palazzo avait abaissé son arme, mais la gardait à la main. Elle s'adressa à lui le plus calmement possible :

— Sebastian, je voudrais entrer dans cette pièce et vous parler, mais il faut que vous lâchiez votre arme et que vous la fassiez glisser vers moi. Vous pouvez faire ça pour moi ?

— Vous me prenez pour un idiot ? meugla-t-il.

— Non, absolument pas. Mais je m'inquiète pour vous. Je ne veux pas qu'il vous arrive quelque chose.

— Et pourquoi pas ? Je n'ai plus aucune raison de vivre. Mon fils, ma femme... J'ai tout essayé, et ça n'a pas suffi ! Elle m'a menti, vous savez. Malgré tout ce que je lui avais donné, elle m'a menti. Elle m'a trahi !

— J'en suis terriblement désolée, dit Josie. Mais, monsieur Palazzo, sincèrement, je me sentirais beaucoup mieux si je pouvais vous voir en vrai. Si nous pouvions discuter, face à face. Sans arme.

Il leva la main mais, cette fois, pointa son arme vers le portrait de sa femme et appuya sur la détente. Le coup de feu résonna dans la maison, l'onde de choc rebondit entre les murs. Pendant quelques secondes, Josie fut assourdie, puis l'ouïe lui revint. Sebastian Palazzo marmonnait quelque chose qu'elle ne comprit pas.

— Sebastian ! l'appela-t-elle une nouvelle fois.

Derrière Noah, un policier en uniforme surgit, arme à la main. Noah lui fit signe de s'arrêter.

Josie se retourna vers le salon et vit Sebastian Palazzo relever son arme et vider son chargeur sur la photo de sa femme, jusqu'à ce que le sourire mystérieux ne soit plus qu'un trou béant. Lorsqu'il se rendit compte qu'il n'avait plus de balles, il jeta son revolver et commença à se balancer d'avant en arrière. Lorsque les sifflements dans ses oreilles refluèrent, Josie comprit enfin ce qu'il disait.

— Elle a eu ce qu'elle méritait... Elle a eu ce qu'elle méritait ! Elle a eu ce qu'elle méritait...

De l'index, Josie désigna le salon, faisant signe à Noah d'avancer. L'agent en uniforme les suivit. Elle se précipita sur l'arme de Sebastian Palazzo, y donna un coup de pied pour la mettre hors d'atteinte.

— Les mains en l'air, ordonna Noah.

Lentement, Sebastian Palazzo leva les mains. Quelque chose d'argenté brillait dans sa main gauche. Noah garda l'arme pointée sur lui tandis que Josie se penchait pour mieux voir. C'était un collier avec un médaillon où étaient gravés les mots « Maman parfaite ».

— Votre fils avait offert ce collier à votre femme pour Noël, n'est-ce pas ? Vous m'avez raconté qu'il l'avait acheté à la boutique éphémère de l'école. Vous avez aussi dit qu'on vous l'avait volé...

Pendant qu'elle parlait, Noah fit signe à l'agent de s'approcher. À eux deux, ils remirent Sebastian Palazzo debout et le menottèrent, mains dans le dos. Il dodelinait de la tête. Le collier tomba à ses pieds.

— Oui, on nous l'avait volé, répondit-il.

Josie le ramassa.

— C'est une copie ?

— Non, c'est bien le même. Je l'ai trouvé chez Virgil Lesko. Peut-être une semaine avant l'accident de bus. J'étais allé chez lui pour déposer des médicaments pour sa mère, qui était mourante – je l'avais déjà de nombreuses fois, pour lui rendre service... J'avais pitié de lui, parce que sa mère allait mourir.

— Où était le collier ?

— Dans sa chambre. Sa mère... souffrait beaucoup. Elle s'était vomi dessus. Je suis arrivé juste à ce moment-là. Je savais qu'on lui avait prescrit des antiémétiques, mais Virgil ne les retrouvait pas... Il m'a demandé d'aller les chercher dans la salle de bains, mais ils n'y étaient pas. Je lui ai dit que je ne les trouvais pas et il m'a répondu d'aller voir sur la commode de sa chambre à elle. J'étais nerveux, parce qu'elle était très mal, et j'ai ouvert une porte au hasard. Je n'ai compris que c'était la chambre de Virgil, et pas celle de sa mère, qu'en voyant qu'il n'y avait pas de médicaments sur la commode. Mais il y avait un porte-monnaie, une ceinture, des pièces de monnaie et, avec les pièces, le collier. Là, au milieu de ses affaires ! C'est là que j'ai compris ! J'ai su que c'était lui... Je ne savais pas quoi faire, j'ai juste repris le collier. Je suis passé dans la chambre voisine – la bonne, cette fois –, j'ai trouvé les médicaments. Virgil était tellement occupé à prendre soin de sa mère, à la laver, que je n'ai pas eu l'occasion... Je n'ai pas pu lui en parler. Je ne savais pas quoi dire...

Il balbutiait. Josie se dit qu'il avait peut-être bu – mais elle n'avait pas remarqué qu'il sentait l'alcool. Il avait peut-être pris autre chose. Quelque chose pour trouver le courage de se suicider ?

— Appelle une ambulance et asseyons-le là, dit-elle à Noah.

L'agent en uniforme redressa ce qui restait du canapé, en testa la solidité. Satisfait du résultat, il aida Josie à y asseoir Sebastian Palazzo.

— Sebastian, dit-elle. Qu'avez-vous avalé ? Quels médicaments avez-vous pris, ce soir ?

Un faible sourire releva le coin des lèvres du pharmacien.

— Je ne... vous dirai rien.

Noah rempocha son téléphone en déclarant :

— Dix minutes.

Du menton, Sebastian Palazzo indiqua le collier que Josie avait enroulé autour de sa main.

— Gardez-le. Vous avez des enfants ?

— Sebastian, qu'avez-vous avalé, ce soir ?

— Si vous aviez des enfants... vous sauriez, poursuivit-il sans l'écouter.

Josie se tourna vers le policier.

— Fouillez la maison, cherchez ce qu'il a pu prendre comme médicaments.

L'agent hocha la tête et sortit en courant.

— Quand vous avez des enfants et que votre femme a un amant... c'est pire, reprit Palazzo. Bien pire... Et Virgil Lesko ! Un conducteur de bus, en plus ! Qu'est-ce qu'elle pouvait bien trouver à un conducteur de bus ? Alors que j'avais mon entreprise... ma pharmacie à moi. C'est parce que je l'avais vendue ? Je crois qu'elle a pris un amant après ça... Je l'ai toujours su. Je l'avais deviné. Elle se comportait différemment... Elle pensait que je ne faisais pas suffisamment attention à elle, mais je remarquais tout ! Tous les minuscules détails... Je n'avais juste pas réussi à savoir qui c'était – jusqu'à ce que je retrouve le collier. Avant ça, j'espérais même me tromper... Je lui avais dit ce qui se passerait si jamais elle prenait un amant !

— Que se serait-il passé ? demanda Noah.

Palazzo leva les yeux vers lui.

— Je lui ai dit que si jamais elle me trompait, ce serait la fin de tout... De tout ! Je lui ai dit que je ne supporterais jamais une chose pareille. Pas ça ! Elle était tout pour moi ! Je faisais tout ce qu'elle me demandait ! Je l'adorais, comme on adore une déesse. Je lui ai donné ma vie, et elle disait que c'était ce qu'elle voulait... Qu'elle en avait assez de New York. Qu'elle en avait marre de ces crétins superficiels, avec de beaux abdos mais rien dans la cervelle. Qu'elle voulait une vie normale. Une vie ordinaire. Une famille ! Et je lui ai donné tout ça ! Mais je lui ai dit... J'ai dit qu'elle ne devait jamais me tromper. Que si elle faisait ça, ce serait la destruction totale... L'apocalypse !

— Et c'est pour ça que vous l'avez tuée ? Et Krystal aussi ? l'interrompit Josie.

Il s'immobilisa totalement, avant de lever les yeux vers elle. La perplexité qui se lisait sur sa figure semblait réelle.

— Quoi ?

— Vous dites « destruction totale ». Vous parlez donc de tuer Faye, et qui d'autre ? Toutes celles qu'elle considérait comme des amies ? Krystal Duncan ? Et Gloria, Dee et Heidi ? Où sont-elles, Sebastian ?

— Quoi ? répéta-t-il en clignant des paupières. Non ! Non, non, non ! Je ne... Comment pouvez-vous penser que je pourrais... Je serais bien incapable de tuer quelqu'un. De faire du mal à quelqu'un...

— Et pourtant, c'est ce que vous avez fait, dit Noah.

Palazzo se tourna vivement vers lui.

— Qu'est-ce que vous racontez ?

— Le jour de l'accident. Vous avez fait du tort à quelqu'un, n'est-ce pas ?

Josie vit le visage de Sebastian Palazzo se décomposer en faisant peu à peu le lien entre ses souvenirs et l'accusation de Noah. Il fut pris d'un sanglot.

— Je n'ai jamais voulu ça ! Je ne voulais pas qu'il prenne le volant ! Je voulais seulement qu'il se fasse virer, qu'il se sente humilié comme je l'étais, moi... Je savais qu'il irait pointer au dépôt des bus... Je n'ai pas pensé une minute que le superviseur le laisserait conduire dans cet état !

Josie se tourna vers Noah, qui lui expliqua :

— Les archives d'Abt & Defeo montrent que, le jour de l'accident, Sebastian a rédigé une ordonnance d'oxycodone pour Virgil Lesko. Le médecin qui avait prétendument prescrit cet oxycodone était mort quelques jours plus tôt et n'avait pas encore été rayé de l'ordre des médecins. Sebastian s'est servi de son en-tête pour rédiger l'ordonnance. Et les médicaments ont été délivrés.

— Je ne voulais faire de mal à personne ! cria Palazzo. Ma femme me trompait avec Virgil ! Ça faisait des mois que je lui apportais les médicaments pour sa mère. J'ai été bon avec lui, et il m'a trahi !

— Est-ce que Virgil était en train de boire quand vous y êtes allé ? demanda Noah.

Palazzo releva la tête, les yeux pleins de larmes.

— Non. Pas du tout ! Mais j'ai bien vu qu'il était perturbé... Je voulais mettre l'oxycodone dans son café, ou quelque chose comme ça, mais il était visiblement inquiet. J'ai essayé de le faire parler, pour qu'il ne remarque pas ce que j'allais faire, et il a commencé à me raconter que son fils était une sorte de voyeur, de pervers. Il m'a fait promettre de ne pas le répéter. Je lui ai dit que je comprenais... Que je ressentais aussi ce sentiment de trahison, parce que Faye avait un amant. Il n'a même pas cillé ! Il a fait semblant, il m'a dit qu'il était désolé pour moi, que je pouvais venir lui en parler à tout moment. Quel toupet ! Je n'arrivais pas à y croire... Il avait toujours de la vodka, chez lui. C'était son alcool préféré. J'ai proposé qu'on boive un verre ensemble. Que je pouvais lui faire une vodka-orange. Il avait toujours du jus de fruit, pour sa mère...

— Mais il devait conduire le bus scolaire, cet après-midi-là, dit Josie.

— Oui. J'ai eu beaucoup de mal à le convaincre, mais j'ai fini par y arriver. J'ai préparé les verres, versé l'oxycodone dans le sien... Mais je vous le jure, je voulais seulement qu'il se fasse prendre, soûl, par son superviseur, et qu'il se fasse virer. C'est tout ! Aucun superviseur digne de ce nom ne l'aurait laissé conduire dans cet état...

— Mais le superviseur n'était pas là, ce jour-là, parce que sa femme était en train d'accoucher, dit Josie.

— Je l'ignorais ! Je n'en savais rien du tout !

Une sirène retentit au-dehors. L'ambulance. Josie regarda Noah. Leur échange silencieux ne dura que quelques instants. Ils pouvaient dire à Sebastian qu'il s'était trompé de personne. Que l'amant de Faye n'était pas Virgil Lesko, mais Corey Byrne.

Et si, et si...

Si Sebastian Palazzo ne s'était pas trompé, il n'aurait pas persuadé Virgil Lesko de boire un verre, ne lui aurait pas administré de l'oxycodone avant de l'envoyer prendre son service de l'après-midi. Mais quelle différence cela ferait-il si Sebastian Palazzo apprenait la vérité ? Qu'avaient-ils à gagner à le lui dire ?

— Monsieur Palazzo, où sont Gloria, Dee et Heidi ? demanda Noah.

Palazzo secoua la tête.

— Je ne vois pas de quoi vous parlez !

— Que leur avez-vous fait ? insista Josie. Où les avez-vous emmenées ?

— Mais... nulle part ! Je n'ai emmené personne !

L'agent revint au salon, un flacon de médicaments orange à la main.

— J'ai trouvé ça dans la pièce entre la maison et le garage. Un anxiolytique, apparemment, prescrit à sa femme. Le flacon est vide.

La porte d'entrée s'ouvrit brutalement et deux ambulanciers apparurent avec un brancard. Josie et Noah leur résumèrent la situation et attendirent qu'ils embarquent Sebastian Palazzo. Une fois dehors, sur la pelouse de devant, Noah se tourna vers elle.

— Je ne suis pas certain que ce soit lui.

Josie ressentait le fourmillement désagréable qui la démangeait quand les pièces de puzzle d'une enquête ne s'emboîtaient pas correctement.

— Moi non plus.

Noah lui montra son téléphone, qui affichait un appel de Mettner, et décrocha. Le volume était assez fort pour que Josie puisse entendre Mettner de là où elle était.

— Je suis dans le Sud-Ouest de Denton, où Ted Lesko devait prendre son poste de nuit. Il n'est pas là. Il n'est pas venu du tout. Son patron l'a appelé, mais il ne décroche pas. Et le patron dit que ça ne ressemble pas à Ted de faire ça, parce qu'il doit beaucoup d'argent à l'avocat de son père.

Josie croisa le regard de Noah.

— Dis à Mett qu'on le retrouve chez Lesko.

40

Josie sauta sur le siège passager. Il fallut près de dix minutes à Noah pour se frayer un passage, avec la voiture, parmi la foule composée par les journalistes, les curieux et la brigade d'intervention de la police d'État qui s'était regroupée devant la maison de Sebastian Palazzo. La maison des Lesko n'était qu'à quelques rues de là, comme Gloria Cammack l'avait dit à Josie et Gretchen lorsqu'elles l'avaient interrogée pour la première fois. La voiture de Mettner était déjà garée devant. Il en sortait lorsqu'ils se rangèrent derrière lui. Contrairement aux autres maisons du quartier, celle des Lesko n'avait qu'un seul niveau. Bâtie sur un vaste terrain, avec un bardage gris, elle disposait d'une petite véranda et d'un garage pour une voiture dont, comme le leur avait dit Mettner, le toit était en partie enfoncé et couvert de bâches bleues. Une unique ampoule près de la porte d'entrée projetait une faible lumière qui peinait à éclairer toute la véranda mais, même du trottoir, Josie put voir que la porte était entrouverte. À l'intérieur, une obscurité absolue régnait.

À ses côtés, Noah soupira :

— Eh bien, il ne manquait plus que ça. Prenons nos torches.

Et vu ce qui vient de se passer chez Palazzo, on devrait sans doute enfiler nos gilets pare-balles, aussi.

Ils dénichèrent le matériel voulu dans les coffres de leurs voitures. Heureusement, depuis leur mariage, Josie et Noah avaient toujours leur équipement en double dans chacune de leurs voitures. Il prit le gilet pare-balles de Josie au fond de son coffre et le lui tendit, ainsi qu'une lampe torche. Une fois équipés tous les trois, ils traversèrent la pelouse en silence, en file indienne, jusqu'à la porte d'entrée. Mettner, qui ouvrait la marche, les annonça et appela Ted Lesko. Sans obtenir de réponse.

Josie vit le faisceau de la torche de Mettner balayer le couloir, puis il entra. Elle le suivit, tenant sa torche juste sous son arme, et éclaira l'autre côté de l'entrée. La première chose qu'elle décela fut une odeur de sang et de vomi, mêlée à quelque chose d'autre. L'odeur de la mort, comprit-elle tandis que Noah se glissait à côté d'elle et lui indiquait un espace ouvert, sur le côté gauche. Josie sut ce qu'ils allaient découvrir avant même de lui emboîter le pas.

— Cadavres, dit-il.

Josie et Mettner suivirent Noah, enjambant deux formes immobiles, puis tous trois fouillèrent la maison. Une fois certains qu'il n'y avait plus de danger immédiat, ils enfilèrent des gants et retraversèrent chaque pièce en y allumant les lumières. Quand ils revinrent dans celle où étaient les deux corps, Josie dit :

— Il faut appeler l'identification criminelle.

Mettner sortit son téléphone, pianota sur son écran et le porta à son oreille. En fixant le tableau macabre devant eux, son visage vira au verdâtre. Josie lui fit signe de passer dans la pièce voisine et, en déglutissant, il obéit immédiatement. Elle l'entendit parler au téléphone juste après.

Elle s'approcha des cadavres. C'étaient ceux de deux

hommes, face contre terre, les mains liées dans le dos avec de l'adhésif. On leur avait tiré une balle dans la tête, à la base du cerveau, et des marques noires entouraient la plaie, signe que le coup avait été tiré à bout touchant. Noah la rejoignit et désigna l'homme aux boucles brunes maculées de sang et de matière cervicale.

— C'est Ted Lesko, non ?

— Je crois, oui.

— Et lui ?

Noah montrait l'autre homme, plus grand, plus mince, dont le crâne rasé était couvert d'éclaboussures sanglantes.

— Je parierais que c'est Miles Tenney, mais ça va être à la légiste de l'identifier formellement.

— Ce n'est pas ce tueur-là qu'on cherche. Ça, c'est du travail de professionnel, dit Noah.

Josie acquiesça.

— On dirait bien. Miles Tenney est peut-être venu chez Ted en espérant pouvoir se cacher et Cerberus, ou une autre organisation à qui il devait de l'argent, l'aura rattrapé. Je vais réveiller Drake et demander à son équipe de venir.

— Bonne idée, dit Noah. La nôtre croule sous le boulot, en ce moment.

— Mettner, dit Josie en passant à la cuisine. Dis à notre équipe d'identification criminelle de ne pas venir, finalement. On va appeler les spécialistes du FBI. On pense qu'un des deux morts est Miles Tenney.

Elle se tut quand elle vit que Mettner s'était immobilisé, le téléphone à la main, et qu'il fixait un sac isotherme vide sur la table. Ted devait sans doute l'utiliser quand il livrait pour Food Frenzy, afin de garder les produits aussi chauds, ou frais, que possible jusqu'à l'arrivée chez ses clients. Josie prit un air interrogateur.

— Mett ? Qu'y a-t-il ?

— Viens voir, dit-il. Je ne vais toucher à rien puisque c'est une scène de crime, mais il faut que tu voies ça.

Josie le rejoignit et découvrit ce qu'il y avait dans le sac isotherme, qui n'était pas vide, en fin de compte. Il contenait quatre cierges.

41

Il était près de 4 heures du matin quand ils se retrouvèrent tous au commissariat : Josie, Noah, Mettner, Gretchen, le chef, et même Amber, qui avait une tempête médiatique sur les bras à cause des événements de la soirée dans West Denton. Pour une fois, elle ne pianotait pas sur son clavier. Elle était assise à son bureau, le menton dans une main. Elle portait encore les vêtements qu'elle avait enfilés près de vingt-quatre heures plus tôt, désormais tout froissés. Les quatre autres étaient à leurs postes de travail et buvaient le café que quelqu'un avait préparé dans la salle de repos dans de vieux mugs. Tous se taisaient. Il s'était passé tellement de choses, ils avaient tous l'impression de n'avoir pas dormi depuis des jours.

Le chef Chitwood émergea de son bureau, les rejoignit, le visage rouge. Ses cheveux blancs flottaient autour de son crâne.

— Je viens d'avoir Nally au téléphone. Ils ont identifié les cadavres trouvés chez Lesko. Quinn, Fraley, vous aviez raison, ce sont bien Ted Lesko et Miles Tenney. Et oui, Nally pense que c'est Cerberus qui les a tués. Miles Tenney avait des blessures aux bras et à une épaule, qui semblent dater d'un peu avant sa mort, et il avait le visage tuméfié. Nally pense qu'il s'est fait tabasser – mais pas par Cerberus – juste avant que vous et Palmer n'entriez chez lui. Ce qui expliquerait les traces de sang sur place. Il a dû s'enfuir ensuite, mais on dirait que Cerberus l'a rattrapé.

— Ou une autre organisation du même genre, murmura Noah.

— C'est possible, en effet, reconnut le chef. Quoi qu'il en soit, le FBI prend en charge les meurtres de Miles Tenney et de Ted Lesko.

— Et Gloria, Dee et Heidi ? demanda Josie.

— Nally dit que Ted et Miles n'étaient pas morts depuis longtemps. Les tueurs de Cerberus ont dû arriver en fin de soirée, ont fait leur boulot et sont repartis très vite. Ils voulaient Miles Tenney, ils l'ont eu. Ils n'avaient aucune raison de s'en prendre à sa femme, et encore moins d'enlever aussi Gloria Cammack et Heidi Byrne.

— Mais Gloria, Dee et Heidi ont disparu plusieurs heures avant les meurtres de Lesko et de Tenney, releva Noah. Les types de Cerberus les ont peut-être enlevées pour les empêcher d'alerter la patrouille postée devant chez Gloria Cammack, et les ont exécutées quelque part ailleurs ?

— Dans ce cas, on les aurait retrouvées, à l'heure qu'il est, intervint Gretchen. Ils ne se seraient pas encombrés de deux femmes et d'une adolescente. Ils les auraient abattues tout de suite et auraient abandonné leurs corps. Je pense que c'est la personne qui a tué Krystal Duncan et Faye Palazzo qui a enlevé les trois femmes.

— Et cette personne n'est pas Sebastian Palazzo ? demanda Chitwood.

— À notre avis, non, ce n'est pas lui, dit Josie.

— Qu'est-ce qui vous fait croire ça ?

— Mon instinct.

— Je me fiche de votre instinct, Quinn, rétorqua Chitwood. J'ai trois disparues sur les bras, à l'heure qu'il est. Il faut absolument les retrouver – si elles ne sont pas déjà mortes.

— Je ne suis pas sûr que ça change grand-chose pour vous, mais je crois que l'inspectrice Quinn a raison, dit Noah.

— Vous êtes mariés, Fraley ! Évidemment que vous pensez qu'elle a raison. Mais j'ai besoin d'éléments tangibles, vous comprenez ? Il me faut du solide. Vous n'êtes pas des perdreaux de l'année. Alors, qu'est-ce que vous avez de concret ?

Sans se démonter, Noah reprit :

— Sebastian Palazzo a craqué sous nos yeux, tout à l'heure. Il a reconnu avoir poussé Virgil Lesko à boire un verre de vodka, dans lequel il avait versé des médicaments, le jour de l'accident. L'accident qui a tué son propre fils. Je pense que s'il avait eu d'autres choses à avouer, il l'aurait fait. Il pensait qu'il allait mourir d'overdose.

— Eh bien, il s'est trompé, répondit Chitwood. J'ai appelé l'hôpital. Il est toujours vivant. Peut-être que, quand il sera réveillé, vous pourrez l'interroger de nouveau. Il faut qu'on retrouve ces femmes !

Mettner s'éclaircit la gorge et tous se tournèrent vers lui.

— J'ai cherché dans les registres du comté si Sebastian et Faye Palazzo possédaient d'autres biens immobiliers que leur domicile, mais ils n'ont que cette maison. Pas de ferme, pas de grange, pas d'autre propriété. J'ai même vérifié les registres des comtés adjacents, au cas où.

— Tu oublies qu'on a trouvé des cierges chez Ted Lesko, dit Josie.

— Mais ça ne veut pas dire que Sebastian Palazzo n'est pas coupable, répondit Chitwood. Ils ont peut-être agi ensemble.

— Je pense en effet que Ted Lesko avait un complice, poursuivit Gretchen. Ce qui serait logique. Il avait un alibi pour le moment où Faye a disparu.

— Mais pas pour celui où Krystal a disparu, releva Mettner. Et puis, son alibi repose sur les données GPS de sa voiture. En dehors de ses heures de travail, il aurait pu la laisser chez lui et trouver un autre moyen de transport.

— Oui, renchérit Josie. Se faire conduire par un complice, par exemple.

— Son complice habite le même quartier, alors, nota Chitwood. Ce qui est votre théorie depuis le début : le tueur est quelqu'un qui connaît ces familles, ou même un membre de ces familles. Sebastian Palazzo correspond à ce critère. Il a aussi eu accès aux cierges, puisque c'est sa femme qui les avait achetés.

— Mais ce n'est pas lui.

Josie fit pivoter son siège et alluma son ordinateur.

— Vous nous avez demandé de chercher des éléments tangibles, c'est bien ça ? Alors qu'avons-nous d'autre, dans cette affaire ? Quoi d'autre ?

Elle se mit à parcourir les documents du dossier. Noah se pencha par-dessus son épaule et regarda les pages défiler sur l'écran : rapports, photos, relevés d'indices matériels. Quand elle releva la tête, Josie vit que personne d'autre n'avait bougé.

— Allez, reprenons tout ce qu'on a appris depuis le début, les exhorta-t-elle.

— Tout ce qu'on a appris ne nous dira pas où sont Gloria, Dee et Heidi. Ni qui les a enlevées. On a déjà tout passé en revue. Rien n'a changé depuis la dernière fois qu'on a ouvert ce dossier, fit Mettner.

— Mais on a envoyé des demandes officielles, dit Noah. Vérifiez vos boîtes mail pour voir si on a eu des réponses.

Mettner ne bougea pas, mais Gretchen s'empara de sa souris. Quelques instants plus tard, elle dit :

— J'ai quelque chose. Les résultats de la localisation de l'adresse IP utilisée par Krystal Duncan pour se connecter à la base de données du cabinet Abt & Defeo, le samedi précédant son meurtre.

— Imprime-les, s'il te plaît, dit Josie.

Gretchen cliqua deux fois et l'antique imprimante à l'autre

bout de la salle se mit à ronronner. Gretchen chaussa ses lunettes de lecture et se pencha sur son écran.

— Qu'est-ce que ça dit ? demanda Josie.

Gretchen leur lut une adresse à haute voix. Mettner bondit de son siège.

— Bon Dieu de merde !

Le cerveau fatigué de Josie cherchait encore pourquoi cette adresse lui disait quelque chose quand Noah dit :

— C'est l'adresse d'*All Natural Family & Child*. La boutique de Gloria Cammack !

42

Le soleil pointait à l'horizon. Josie, suivie d'un cortège de voitures, fonçait vers la boutique d'*All Natural Family & Child*, faisant crisser ses pneus à chaque virage. À près de cent kilomètres-heure, avec peu de circulation, ils y arrivèrent en moins de dix minutes. Ils sortirent deux par deux de leurs véhicules, Josie et Noah, Gretchen et Mettner, suivis de Chitwood et de trois patrouilles de policiers en uniforme. L'adrénaline enflammait les veines de Josie tandis qu'elle enfilait, pour la seconde fois, son gilet pare-balles. Une fois que tous furent équipés, Chitwood les réunit autour du capot de sa voiture. Mettner avait réussi à tirer du lit un des employés de Gloria, qui les retrouva de bonne grâce devant la boutique. Josie l'observa dessiner un schéma de l'intérieur du bâtiment sur une feuille, puis il tendit à Chitwood la clé d'une des portes de derrière.

— J'espère que vous ne vous trompez pas, dit l'homme. Sinon Gloria va me tuer – oh, merde ! Désolé, je ne voulais pas dire ça...

Josie peinait à se concentrer sur les ordres donnés par Chitwood. Elle ne pouvait s'empêcher de repenser à toutes les interactions qu'elle avait eues avec Gloria Cammack, de chercher les signaux qu'elle avait manqués. Pourquoi ne s'était-elle pas intéressée de plus près à Gloria ? C'était la seule, parmi les parents, à ne pas fréquenter le groupe de soutien. Même Miles Tenney allait de temps à autre aux réunions. Elle était organisée, efficace, déterminée à toujours tout contrôler et dotée d'une volonté de fer. Orchestrer les meurtres ne lui aurait pas posé de grandes difficultés, et impliquer Ted dedans non plus. D'ailleurs, en attirant l'attention de la police sur elle-même après le premier meurtre, elle avait fait en sorte d'être rayée de la liste des suspects. Et elle avait pu influencer l'enquête pratiquement depuis le début, en évoquant une rivalité entre elle et Krystal. Mais comment avait-elle appris les secrets de tous les autres ?

— Quinn, aboya Chitwood, vous m'écoutez ?

— Désolée, chef. Oui, je suis prête.

Chitwood prit un air plus que dubitatif.

— Foutaises. Allez, on reprend !

Cette fois, elle écouta leur plan avec attention. Elle faisait équipe avec Gretchen. Au signal de Chitwood, elles allèrent à la porte qui leur avait été assignée, et attendirent qu'une des autres équipes leur ouvre pour inspecter toutes les pièces. L'endroit était bien plus vaste que Josie ne l'avait imaginé. Pendant qu'elle et Gretchen fouillaient les pièces dans la partie du bâtiment qu'on leur avait attribuée, elle entendait les autres policiers crier « Vide ! » à intervalles réguliers. Au bout de quelques minutes, il n'y eut plus que le silence. Josie comprit qu'ils n'avaient rien trouvé. Se repérant à la voix de Chitwood, elles rejoignirent les autres dans le hall d'accueil. Le chef était juste devant la porte d'entrée, en compagnie de l'employé. Sous les néons qui éclairaient l'intérieur, Josie vit que celui-ci n'avait pas trente ans, qu'il devait même tout juste sortir de l'université, à en juger par son t-shirt « Penn State ». Un short léger et des sandales complétaient sa tenue.

— Comment t'appelles-tu ? lui demanda-t-elle.

Il recula d'un pas et ils formèrent un cercle autour de lui. Josie comprit ce qu'il devait ressentir, entouré d'une dizaine de policiers en tenue d'intervention et armés. Elle se retourna et dit aux autres :

— Cherchez partout ce qui pourrait nous aider à retrouver l'endroit où Gloria les a enfermées. Bureaux, armoires, classeurs. Tout.

Seuls Gretchen et Chitwood restèrent. Tous les autres se dispersèrent.

— Vous ne trouverez rien, dit l'employé. Tout est numérique et les ordinateurs sont protégés par des mots de passe.

— Il faut quand même qu'on fouille, dit Josie. Comment t'appelles-tu ?

— Mason Brock.

— Bon. Mason, mon équipe a cherché dans les registres de propriété de ce comté et des comtés voisins pour savoir si Gloria, son ex-mari Nathan ou sa société possèdent d'autres bâtiments ou d'autres terrains que cet endroit-ci. On n'a rien trouvé. Toi, ça ne te dit rien ?

Il haussa les épaules.

— Je ne sais pas. Je n'ai jamais entendu parler d'un autre endroit que celui-ci.

— Et tu travailles ici depuis combien de temps ? demanda Gretchen.

— Un an, à peu près.

— En un an, tu n'as jamais entendu Gloria mentionner un endroit où elle se serait rendue, en dehors de cette boutique et de son domicile ?

— Non, je suis désolé. Je ne sais pas du tout où elle allait.

Josie fit un tour sur elle-même, observa les étagères remplies de produits bio. Elle pensa au bâtiment. Il était grand, et abritait des garages où Gloria Cammack aurait pu tuer quelqu'un en l'empoisonnant au monoxyde de carbone, mais il n'y avait aucune surface à claire-voie, et aucun endroit avec des poils d'animaux en abondance. Où Gloria Cammack avait-elle donc emmené Krystal, Faye, puis Dee et Heidi ? Ils pouvaient recommencer à visiter toutes les fermes et les granges des environs, mais cela laissait à Gloria tout le temps de tuer Dee et Heidi.

Son regard s'arrêta sur une étagère où étaient posés des bonnets pour enfants, de différentes couleurs. Elle alla en prendre un mais, bien sûr, n'y vit aucune étiquette. Les bonnets étaient faits à la main.

— Mason, dit-elle, quelle est la matière utilisée pour ces bonnets ?

Il s'avança vers elle.

— Ceux-là ? C'est de l'alpaga. Oui, c'est ça, de l'alpaga.

Gretchen les rejoignit.

— Vous les fabriquez ici ?

— Moi, personnellement, non, mais il y a une dame qui vient pour les tricoter. Je peux vous montrer son poste de travail, si vous voulez.

— Ce ne sera pas nécessaire, dit Josie. D'où vient votre laine d'alpaga ?

— Je ne sais pas. Gloria la rapporte ici une fois par semaine. C'est une production locale.

— Est-ce que le nom du fournisseur figure dans votre système informatique ?

— Je peux vérifier. Venez avec moi.

Elles le suivirent dans une autre pièce où plusieurs bureaux étaient disposés. Il se dirigea vers celui qui trônait au centre de la salle et ouvrit un ordinateur portable. Au bout de quelques instants, il fronça les sourcils.

— Apparemment, elle a eu un fournisseur dans l'État de New York jusqu'à l'année dernière, à peu près. Et puis les livraisons se sont arrêtées. Je ne vois plus rien après. Gloria n'a pas rentré le nouveau vendeur dans le système.

— Combien d'élevages d'alpagas peut-il y avoir dans les environs ? demanda Gretchen.

— Pas beaucoup, dit Josie. Mais on n'a pas le temps de les visiter tous. Heidi et Dee sont peut-être déjà mortes à l'heure qu'il est. Il ne faut pas longtemps pour mourir d'une intoxication au monoxyde de carbone.

La voix de Chitwood retentit derrière elles.

— Vous prenez la chose par le mauvais bout, Quinn.

— Pardon, chef ?

— Gloria Cammack achète sa laine à quelqu'un. Elle ne peut pas, à elle toute seule, faire tourner en même temps cette boutique et un élevage d'alpagas. Mais si elle se sert d'un des bâtiments de cette ferme pour tuer des gens, elle n'a aucune envie qu'elle soit à son nom ni qu'une facture montre qu'elle y achète sa laine.

— Mais il faut bien qu'elle paie quelqu'un, à moins que ce ne soit un complice, dit Gretchen. Et j'ai du mal à imaginer un éleveur d'alpagas qui n'a aucun lien avec l'accident de bus être le complice de Gloria et de Ted. En supposant que le fait d'avoir trouvé les cierges chez Ted Lesko signifie réellement qu'il était impliqué.

— Mais...

Josie n'alla pas plus loin. Les pièces du puzzle se mettaient en place. Elle se tourna vers Mason et dit :

— Peux-tu chercher si Gloria payait un quelconque loyer à une autre personne, ou s'il existe quelqu'un d'enregistré comme employé ou comme sous-traitant, mais qui ne vient jamais ici ?

— Bien sûr.

Mason cliqua encore quelques fois avant de leur dire :

— Elle paie un loyer mensuel à une femme qui s'appelle Marylin House.

— Est-ce qu'on sait pourquoi ? demanda Gretchen.

— Non. Mais j'ai l'adresse, là.

43

Marylin House était une habitante de Denton, gaillarde malgré ses quatre-vingts ans, qui possédait plusieurs parcelles agricoles au sud-est de la ville. Elle ne s'affola pas le moins du monde quand Josie et les autres policiers débarquèrent devant chez elle à 7 h 30. Elle était sur la terrasse de sa grande ferme blanche et buvait un café, un gros chat gris sur les genoux.

— Gloria Cammack ? dit-elle quand ils l'interrogèrent sur le loyer qu'elle touchait. Oui, elle me loue une vieille maison avec grange, derrière mon élevage d'alpagas, à cinq kilomètres d'ici. Il ne me reste plus beaucoup de bêtes, mais elles donnent encore un peu de laine. D'habitude, Gloria m'achète toute la production. Et elle paie comptant.

— C'est vous qui élevez les alpagas vous-même ? demanda Josie.

Marylin House se mit à rire.

— Mon Dieu, non ! J'ai toujours quelques jeunes gars pour s'en occuper. Ils se relaient, en fonction des horaires qui les arrangent. Du moment que mes bêtes sont soignées, je me fiche de savoir qui vient quand. Mais il y en a un que je n'ai pas vu depuis des semaines. Ça m'embêterait d'avoir à le licencier.

— Comment s'appelle-t-il ? demanda Gretchen.

— Teddy. Teddy Lesko.

Mettner eut un hoquet de surprise. La vieille dame tendit le cou dans sa direction.

— Quelque chose ne va pas, jeune homme ?

— Non, dit Mettner. Je... Est-ce que Teddy travaillait déjà ici quand Gloria a commencé à louer la maison, ou est-ce que c'est l'inverse ?

— Vous voulez savoir qui est arrivé en premier, c'est ça ? C'est Teddy. Il travaillait ici depuis quelques années déjà quand Gloria est arrivée pour me louer la vieille maison et la grange. Je lui ai demandé pourquoi elle la voulait. Elle m'a dit qu'elle voulait avoir son propre élevage d'alpagas, plus tard. Son projet, c'était d'apprendre en regardant mon petit troupeau, et de se lancer elle-même ensuite. Elle m'a demandé si elle pouvait effectuer des travaux dans la grange. J'ai accepté. Rénover ces vieux bâtiments, ça ne peut leur faire que du bien. Du moment que ce n'est pas moi qui paie, ça ne me dérange pas.

— Quel genre de travaux ? demanda Noah.

La vieille dame haussa les épaules.

— Elle a fait mettre la climatisation, ça, c'est sûr. En dehors de ça, je ne suis pas au courant de tout. J'ai vu Teddy arriver avec du placo, plusieurs fois. Je crois qu'ils ont doublé de vieux murs. Pour tout vous dire, je soupçonne Gloria d'avoir voulu l'endroit pour s'y réfugier de temps à autre. J'ai remarqué qu'elle passait la nuit dans la maison, de temps en temps.

Gretchen mit son téléphone, sur lequel elle avait ouvert Google Earth, sous le nez de Marylin House.

— Vous pouvez nous montrer où est l'élevage d'alpagas par rapport à ici ? Nous sommes au niveau du petit point rouge.

La vieille dame dut zoomer et dézoomer plusieurs fois, obligeant Gretchen à recentrer la carte, mais elle finit par leur donner les indications voulues. Quelques secondes plus tard, tous étaient remontés en voiture. Ils foncèrent jusqu'à arriver au carrefour dont elle leur avait parlé et longèrent ensuite plusieurs champs sur un chemin de terre bosselé et sinueux. Josie s'accrochait à la planche de bord pour résister aux cahots du chemin. Enfin, l'élevage d'alpagas apparut.

— Continue, dit-elle à Noah. L'endroit loué par Gloria devrait être derrière ce bosquet d'arbres, sur la gauche.

Le chemin de terre fit place à de l'herbe. Sur leur gauche, il y avait une grande grange, moderne, flanquée de deux bâtiments plus petits et d'un enclos où paissaient quelques alpagas. Deux vieux pick-up étaient garés près de la grange, floqués des mots « Fermes House », en lettres fanées. Personne ne sortit des bâtiments quand les voitures de police passèrent devant en file indienne pour se diriger vers le bosquet, plus éloigné, que Marylin House leur avait indiqué. En contournant le petit bois, Josie comprit pourquoi Gloria et Ted avaient choisi cet endroit. Il était extrêmement reculé. Personne n'avait de raison de venir jusqu'ici, pas même les gens employés par Marylin House pour s'occuper de ses animaux.

— Là ! dit Noah en tournant sur la gauche.

La maison dont leur avait parlé la vieille dame n'était guère qu'un bungalow d'une seule pièce aux murs de bois rendus ternes par le temps et la saleté. La grange, derrière, avec ses murs blancs et son toit rouge, semblait à l'abandon. Une clôture de grillage courait de la maison à la grange. En face, deux noyers morts tendaient leurs branches noueuses vers le ciel.

— Elle est là ! s'exclama Noah.

Josie suivit son regard et vit Gloria Cammack sortir de la grange. Les cheveux en bataille, elle portait un pantalon de survêtement, un t-shirt « Food Frenzy » trop grand pour elle et de grosses chaussures. En apercevant les deux voitures de police, elle se mit à courir le long du grillage, vers l'arrière de la maison.

— Il ne faut pas qu'elle ait le temps d'entrer. Elle a peut-être une arme à l'intérieur.

Noah enfonça l'accélérateur. Le terrain était si bosselé que Josie se cogna au plafond. Mais ils arrivaient trop tard. Quand ils débouchèrent à hauteur de la maison, Mettner et Gretchen dans leurs roues, Gloria Cammack était déjà entrée par la porte de derrière. Noah arrêta la voiture en biais, devant le bungalow. Gretchen et Mettner firent de même. En descendant de voiture, Noah leur cria :

— Abritez-vous derrière votre voiture, elle est peut-être armée !

Josie, accroupie derrière la voiture de Noah, surveillait la porte d'entrée.

— Il faut que j'arrive jusqu'à la grange, dit-elle. C'est là qu'elle a enfermé Dee et Heidi.

— Mais tu ne sais pas si elle est armée ou non, Josie ! Si tu cours jusqu'à la grange, elle va t'abattre comme un lapin.

Derrière l'autre voiture, Mettner se mit à crier qu'ils étaient de la police et ordonna à Gloria Cammack de sortir, les mains en l'air. Une minute passa. Puis deux. Puis trois. Le cœur de Josie battait à tout rompre. Était-il trop tard ? Heidi et Dee étaient-elles déjà mortes, dans la grange, à genoux, la gorge pleine de cire ? Elle essaya de repousser cette vision.

Au bout de cinq minutes, Mettner recommença ses sommations mais, avant qu'il termine, Gloria Cammack sortit par la porte de devant, se campa fièrement face à eux, un pistolet à la main, et leur sourit.

— Je suis là ! C'est moi que vous cherchiez ?

— Lâchez cette arme ! cria Gretchen.

Gloria Cammack baissa les yeux vers son pistolet comme si elle le voyait pour la première fois.

— Oh, ça ? Je ne vais pas vous tirer dessus, vous savez. Ne vous en faites pas.

— Jetez votre arme le plus loin possible, reprit Noah.

— Impossible, je le crains. C'est comme ça que ça va se terminer. Si vous êtes ici, c'est que vous avez compris mon projet : étaler au grand jour le rôle qu'ont joué tous ces fumiers dans la mort de mes enfants. Mais je n'ai jamais eu l'intention de m'en sortir indemne, vous savez. Tout ce que je voulais, c'était les faire payer.

— Gloria, ne faites pas ça. On peut vous aider, dit Josie.

Gloria Cammack rejeta la tête en arrière et éclata de rire.

— À l'aide ! cria-t-elle. À l'aide !

— Lâchez cette arme, et on parlera, dit Mettner.

Elle l'ignora.

— Personne ne m'aidera. Vous avez déjà dû vous en apercevoir, non ?

Une expression fugace de tristesse apparut sur son visage.

— Mon Teddy n'est pas venu, donc je suppose que vous l'avez déjà attrapé. Il vous a dit comment on avait échafaudé tout ça ? Et comment ça s'est fait ? Il était venu livrer à manger chez moi ! Incroyable, non ? Le fils de Virgil Lesko, face à la mère d'une des victimes de l'accident. Ça a été pénible. Mais il y a aussi eu... une étrange attraction. Nous n'étions absolument pas censés être ensemble. Ça n'a fait que renforcer notre attirance.

— Est-ce qu'on lui dit que Ted s'est fait tuer ? chuchota Noah à l'intention de Josie.

— Non, dit celle-ci. Pas maintenant. Il faut qu'on lui prenne son arme et qu'on la neutralise pour pouvoir aller dans la grange.

— Mais elle ne donne pas l'impression de vouloir se taire.

Effectivement, Gloria Cammack ne s'arrêtait plus :

— ... évidemment, il m'a raconté ce qu'il trafiquait avec Miles. C'était quand même fou. Et il m'a dit aussi qu'il avait surpris Faye avec Corey Byrne. La salope. Elle qui jouait toujours les grandes dames aux réunions de parents d'élèves, à parader parce qu'elle avait été mannequin, tout ça. Cela dit, l'idée de les tuer ne nous est venue que quand je me suis disputée avec Krystal, un jour, dans le jardin. À cause de cette foutue cabane de jeux, comme je vous l'ai dit, mais elle m'a aussi reproché toute cette histoire d'orthodontiste, et le fait que moi et Nathan étions à la maison, le jour de l'accident. J'étais énervée mais, surtout, je voulais savoir comment elle l'avait appris. On avait juré de ne jamais rien dire à personne, mais peu importe. Krystal l'a su parce qu'elle avait accédé à certains dossiers, dans le cadre de son travail. Alors j'ai décidé de m'en faire une alliée, et non une ennemie. Ça a mis pas mal de temps mais, finalement, je l'ai même présentée à mon Teddy, et on a eu cette idée de découvrir tous les secrets des uns et des autres. Krystal et moi en avions ras le bol de les voir tous se comporter comme s'ils étaient parfaits...

Josie donna un coup de coude à Noah et chuchota :

— Elle cherche à gagner du temps. Dee et Heidi sont là-dedans. Je parie qu'elle venait d'allumer la source de monoxyde de carbone dans la pièce qu'elle a aménagée à l'intérieur. C'est pour ça qu'elle sortait de la grange. Si elle parle trop longtemps, elles vont mourir.

— Mais est-ce qu'on peut prendre le risque qu'elle tue l'un de nous, ou qu'elle se suicide ? dit Noah.

— ... et bien sûr Krystal a refusé de participer à un meurtre, quand on a commencé à en parler. Elle s'est dégonflée, donc on s'est dit que ce serait elle, notre première victime. Elle voulait appeler la police pour dénoncer notre petit projet. On ne pouvait pas la laisser faire. Alors mon génial Teddy a construit deux pièces qui communiquent entre elles, une pour les enfermer et une pour la voiture. C'est très malin, en fait. J'étais passée par hasard chez Faye au moment où il construisait ces deux pièces, parce qu'elle voulait me parler de la marche blanche, et j'ai eu l'idée de prendre quelques cierges. Plutôt subtil, non, de leur sceller les lèvres ? Teddy avait encore ses boucles d'oreille, celles que Miles lui avait demandé de revendre à l'époque. On s'est dit que ça serait une bonne idée de les laisser sur place. À ce moment-là, on avait découvert le secret de Sebastian. Enfin, c'est Krystal qui l'a découvert, grâce aux dossiers du cabinet. Ou plutôt, elle l'a deviné en voyant qu'il avait donné de l'oxycodone à Virgil le jour de l'accident. Elle était complètement bouleversée, quand elle a compris ce que ça voulait dire. Elle a vraiment perdu la tête et a menacé d'aller tout raconter au commissariat, donc on a dû la kidnapper. Et on l'a forcée à se connecter à sa base de données professionnelle, pendant ce temps-là, juste pour être sûrs. Je voulais voir ça moi-même... Hé !

Elle releva son arme, la pointa vers le véhicule le plus proche.

— Vous m'écoutez ? Je ne veux pas vous tirer dessus mais, au stade où j'en suis, je n'ai plus rien à perdre. Je pourrais tuer l'un d'entre vous avant de mourir. Ou même vous tuer tous, qu'est-ce que vous en dites ?

— On vous écoute, Gloria, lui répondit Mettner. Mais vous n'avez pas besoin de ce pistolet. Lâchez-le et on écoutera tout ce que vous avez à nous dire.

Elle remuait son pistolet de droite et de gauche, comme si elle cherchait une cible, mais ils restaient hors de vue, derrière les voitures.

Gloria Cammack se remit à rire, comme si elle s'enfonçait dans la folie, puis recommença à parler :

— Ça a été tellement facile de les emmener. Faye, Dee, Heidi. Elles avaient confiance en moi. Il m'a suffi d'inventer une urgence, et elles m'ont toutes suivie.

— On ne peut plus attendre, Noah, souffla Josie. Vous, vous allez la distraire, et moi, je vais courir jusqu'à la grange.

Elle se rapprocha prudemment de Gretchen et de Mettner pour leur expliquer son plan. Gretchen hocha la tête et cria à l'intention de Gloria :

— Donc votre projet, c'était de venger la mort de vos enfants en tuant encore plus de gens ?

— Ce n'étaient pas simplement des gens, insista Gloria. Ils

l'avaient cherché. Ils étaient tous en partie responsables de ce qui est arrivé ce jour-là...

Josie n'écouta pas la fin de la phrase. Courbée, aussi près du sol que possible, elle se mit à courir le long de la clôture jusqu'à la grange.

Elle était presque à la porte quand un coup de feu résonna dans la vallée.

44

Sans se retourner, elle pria pour que Gloria Cammack n'ait blessé personne. Elle ne s'arrêta que devant la porte de la grange qui, heureusement, n'était pas verrouillée. Josie poussa la double porte, trébucha et roula à l'intérieur. Un air froid lui picota le visage. Une odeur d'étable et de gaz d'échappement emplissait ses narines. Elle se releva immédiatement, regarda autour d'elle, jaugeant les lieux. Une série de stalles bordait les deux côtés de la grange. Toutes avec un sol en caillebotis, comme l'avait prédit Anya Feist. Et toutes jonchées de paille et de poils d'animaux. On y avait visiblement parqué des alpagas, ou des animaux de ce genre, à un moment donné. Les stalles étaient toutes ouvertes, sauf deux, à l'autre extrémité de la grange, qui avaient été réunies et fermées avec deux portes de garage, des cloisons de placo, et même un plafond – comme si on avait construit une grande boîte à l'intérieur de la grange. Josie colla l'oreille au métal de la première porte. Elle entendit le faible ronronnement d'un moteur de voiture. Elle tendit le bras et agrippa la poignée. Poussant sur ses jambes, elle tira de toutes ses forces. Rien ne bougea. Elle courut à la seconde porte. Silence.

C'est alors qu'elle remarqua une épaisse bande d'adhésif entre le bas de la porte et le sol de ciment. Tout l'intérieur était scellé. C'était là que Dee et Heidi étaient enfermées. Elle tenta d'ouvrir la porte avec l'énergie du désespoir, mais en vain. Elle frappa du poing sur la porte.

— Dee, Heidi, vous êtes là ?

Toujours rien. Étaient-elles bâillonnées ? Ou Josie arrivait-elle trop tard ?

Elle cogna de nouveau sur la porte, de tout son corps.

— Heidi ! Dee ! Répondez !

Rien.

Elle tomba à genoux et entreprit de retirer l'adhésif. L'interstice entre le ciment et la porte n'était pas plus épais qu'une feuille de papier. Josie posa la tête au sol. Quelque chose scintillait de l'autre côté du battant. La boucle d'oreille de Faye Palazzo, sans doute.

— Dee ! Heidi ! Vous êtes là ? C'est Josie Quinn, l'inspectrice !

Enfin, une voix faible lui répondit.

— Il y a… quelqu'un ?

Le son était très ténu, mais elle crut reconnaître la voix de Heidi.

— Heidi ! cria-t-elle par l'interstice. Heidi !

Elle entendit quelque chose racler le sol, puis un choc sourd contre la porte. Heidi était là, tout près. Elle était derrière cette porte, et elle était en vie. Josie bondit sur ses pieds, agrippa la poignée, tenta de la relever jusqu'à en avoir mal aux mains. Elle était en nage. La porte se souleva très légèrement, de moins d'un centimètre, et retomba dès que Josie relâcha la poignée.

— Merde !

Il lui fallait quelque chose à coincer sous la porte. Alors peut-être, Heidi pourrait essayer de respirer par l'interstice jusqu'à ce qu'elle trouve le moyen de forcer l'ouverture. Elle chercha autour d'elle, mais elle ne vit rien d'assez fin dans la grange. Elle passa en revue son équipement, mais elle n'avait rien qu'elle pouvait glisser sous la porte.

— Heidi, tiens bon ! cria-t-elle.

Elle retira son gilet pare-balles, le jeta au sol. Soulevant la poignée à deux mains, elle voulut le faire glisser sous la porte en le poussant du pied, mais il était trop épais. La sueur dégoulinait sur son visage, lui piquait les yeux. Ça ne pouvait pas se terminer comme ça. Elle ne pouvait pas échouer si près du but. Où étaient les autres ? Ils pourraient peut-être trouver un moyen, enfoncer l'autre porte avec une voiture, et au moins couper le moteur qui tournait, couper la source de monoxyde de carbone. Josie palpa ses poches à la recherche de son téléphone, mais ses doigts rencontrèrent une bille ronde, dure.

Le bracelet de prière. Ses grains étaient plus gros que ceux d'un rosaire ordinaire, mais ils pouvaient peut-être passer sous la porte. Josie laissa tomber le bracelet au sol, à côté de son pied. Elle tira une nouvelle fois sur la poignée de toutes ses forces et, du bout de sa basket, le poussa sous la porte. Les perles s'y insérèrent facilement. Josie lâcha un soupir de soulagement et se remit à quatre pattes. Elle pouvait à présent glisser le petit doigt sous la porte.

— Heidi ! cria-t-elle de nouveau. Heidi !

La voix faible lui répondit :

— Je suis... là.

— Mets-toi sur le ventre, colle ton nez et ta bouche contre le bas de la porte ! Il faut que tu respires par l'interstice.

Un instant plus tard, la voix se fit de nouveau entendre :

— Je suis là...

Elle était plus proche, mais toujours aussi faible.

— Respire autant que tu peux, lui ordonna Josie. Est-ce que tu peux dire à Dee de te rejoindre ?

— Elle s'est évanouie. Je ne crois pas pouvoir la bouger.

— Essaie quand même. Mes collègues seront bientôt là. Je

vais essayer de vous sortir de là, toutes les deux. Tiens bon, Heidi !

Un autre coup de feu retentit au-dehors. Josie ferma les yeux, priant pour que personne ne soit blessé. Elle les rouvrit en entendant la porte de la grange s'ouvrir avec fracas. Mettner apparut dans l'encadrement, arme à la main, l'air hagard.

— Noah ! glapit Josie. Il n'a rien ?

— Tout le monde va bien. Gloria a essayé de se suicider. Gretchen lui a sauté dessus et a réussi à l'en empêcher, mais l'autre est devenue hystérique, elle donnait des coups de pied, des coups de poing. Gretchen et Noah s'y sont mis à deux pour l'immobiliser.

Le soulagement de savoir que son mari n'avait rien ne dura pas : presque immédiatement, l'esprit de Josie fut de nouveau accaparé par l'urgence de la situation de Dee et de Heidi.

— La voiture est dans ce box, Mett. Le moteur tourne. Et elles sont dans ce box-ci, enfermées. Elles sont en train de mourir. Je n'arrive pas à ouvrir ces portes.

Il la rejoignit en courant, examina la porte qui retenait Dee et Heidi, en suivit le contour des yeux.

— Plus vite, Mett ! hurla Josie.

Il rangea son arme et indiqua les deux angles supérieurs.

— Il y a des goupilles, dit-il. Lesko a mis des goupilles pour bloquer les portes. Si l'un de nous deux peut les atteindre et les retirer, on pourra ouvrir la porte. J'ai une pince dans ma voiture.

— Fonce, alors !

Il détala. Elle s'allongea au sol pour poser des questions à Heidi, l'obliger à répondre. Elle parlait lentement, d'une voix presque inaudible. Enfin, après ce qui sembla une éternité à Josie, Mettner revint, une pince à la main. Il leva le bras vers l'angle en haut à droite de la porte, mais il n'était pas assez grand.

— Tiens, dit-il en tendant la pince à Josie. Grimpe sur mon dos, tu es plus légère que moi.

Avant que Josie puisse réagir, il se mit à quatre pattes pour lui servir de marchepied. Elle posa le pied sur le bas de son dos, se redressa, en équilibre précaire. Au bout de plusieurs essais, elle parvint à déloger la goupille, et ils s'attaquèrent à l'autre côté. Noah déboucha à son tour dans la grange pile au moment où Josie extrayait la seconde.

— Aide-nous ! cria-t-elle.

À eux trois, ils parvinrent à relever la porte. Heidi était roulée en boule. Un peu plus loin, Dee Tenney était allongée, sur le dos, immobile, sur le plancher à claire-voie. Les gaz d'échappement du box voisin entraient en sifflant par un conduit qui reliait les deux espaces clos. Il était bien trop haut pour que Heidi ou Dee aient pu l'atteindre et essayer de le boucher.

— Je tiens la porte, dit Noah. Sortez-les d'ici.

Josie et Mettner agirent rapidement, emportant d'abord Dee, puis Heidi et les déposant dans l'herbe, devant la grange. Noah les rejoignit.

— Je sens son pouls, dit Mettner avec animation, les doigts posés sur le cou de Dee Tenney.

— Elle va... Est-ce qu'elle... va se... remettre ? balbutia Heidi.

Josie et Noah s'agenouillèrent près d'elle. Josie repoussa délicatement les cheveux qui lui mangeaient le visage et la regarda droit dans les yeux tandis que Noah posait deux doigts au creux de son poignet, pour vérifier son pouls à elle.

— Le sien est bon, dit-il à Josie.

La vague de soulagement fut si forte que Josie en eut presque le souffle coupé.

— Oui, hoqueta-t-elle. Dee va se remettre. Vous allez toutes les deux vous remettre.

— Le chef arrive, indiqua Noah en désignant le bosquet qui séparait la petite maison et la grange de l'élevage d'alpagas.

Josie se tourna vers la voiture de Chitwood qui s'avançait

vers eux en brinquebalant sur l'herbe. Il était resté à la boutique de Gloria Cammack, avec les agents en uniforme, pendant que ses inspecteurs allaient interroger Marilyn House.

Des cris leur parvinrent de la maison vers laquelle les autres se dirigeaient. Josie fouilla la scène du regard, et vit Gretchen, à terre, entre la maison et les voitures. Elle se tordait de douleur. Et Gloria Cammack avait disparu.

45

— Mett, reste ici ! dit Noah.

Il se releva d'un bond et courut vers la maison. Josie jeta un dernier coup d'œil à Heidi et s'élança à sa suite. Noah arriva le premier auprès de Gretchen, la tira à l'abri d'un des véhicules et l'adossa à une portière. Elle était blanche comme un linge et dégoulinait de sueur. Elle se tenait le genou gauche à deux mains.

— Elle m'a eu, souffla-t-elle. Elle a vomi sur la banquette arrière de ma voiture. Comme elle était malade, je l'ai fait sortir, et c'est à ce moment-là qu'elle m'a écrasé le genou.

Noah se baissa et voulut relever la jambe de son pantalon, mais elle le repoussa.

— Non, ne vous occupez pas de moi. Attrapez-la. Elle est menottée, elle n'ira pas très loin. Retrouvez-la !

— Que se passe-t-il ici ?

Le chef Chitwood était venu jusqu'à eux, mains sur les hanches, l'air interrogateur. Josie, sans lui répondre, demanda à Gretchen :

— De quel côté ? Tu as vu de quel côté elle était partie ?

— Par le bois. Vers l'élevage d'alpagas. Il y a peut-être des voitures, là-bas. Foncez ! Attrapez-la avant qu'elle puisse s'enfuir.

Josie repartit en courant. Sans son gilet pare-balles en Kevlar, elle était légère, rapide. Elle contourna le bosquet en direction de la ferme. Gloria ne pouvait pas se cacher entre les arbres. La police la localiserait rapidement, ou se contenterait de cerner le bois en attendant qu'elle en sorte. Gloria était trop intelligente pour ne pas s'en rendre compte. Quand elle arriva en vue de l'enclos des camélidés, Josie aperçut Gloria qui courait le long de la clôture, les mains toujours menottées dans son dos, sans se retourner. Josie ne savait pas exactement si elle se dirigeait vers un des véhicules ou vers les bâtiments, ni ce qu'elle comptait faire, mais elle n'allait pas la laisser s'échapper.

Une fois de plus, tout ce qu'elle s'était infligé depuis quatre mois en allant courir chaque jour, même quand la chaleur était insupportable, s'avéra profitable, car elle gagnait rapidement du terrain. Quand elle ne fut plus qu'à quelques mètres de Gloria Cammack, elle cria :

— Gloria, arrêtez-vous !

Gloria se retourna, aperçut Josie, accéléra et obliqua vers les deux pick-up. Josie se demanda un instant si elle avait oublié qu'elle n'avait pas les clés de ces véhicules, et qu'elle ne pouvait de toute façon pas conduire avec les mains menottées dans son dos. Au moment où Gloria atteignait la portière du pick-up le plus proche, Josie la saisit au col, l'obligea à pivoter et la coinça, dos à la carrosserie.

— Stop ! ordonna-t-elle.

Les yeux bleus de Gloria Cammack étaient comme fous. Elle inclina la tête en arrière puis la projeta vers l'avant, mais Josie s'écarta juste assez pour éviter le coup. Gloria plongea, tête la première, pour lui donner un coup d'épaule à la hanche. Josie recula encore d'un pas, hors de portée. Elle agrippa Gloria par les épaules et la força à se redresser.

— Gloria, arrêtez-vous ! répéta-t-elle.

— Tuez-moi ! grinça Gloria en se débattant et en essayant de lui donner un nouveau coup de tête. Vous êtes armée, je le sais. Tuez-moi !

— Non ! cria Josie pour couvrir les gémissements gutturaux de Gloria Cammack.

— Tuez-moi ! Tuez-moi ! Si vous ne me tuez pas, c'est moi qui vous tuerai ! Je tuerai tout le monde !

Gloria se démenait si violemment qu'elle faillit lui échapper, mais Josie la ceintura, la serrant contre son ventre. Elle sentait la sueur et le vomi, se débattait comme une furie, mais l'inspectrice tint bon.

— Arrêtez. Je ne vais pas vous tuer.

— Je vous en supplie ! l'implora Gloria. Par pitié !

Josie resserra encore son étreinte. Peu à peu, Gloria cessa de lutter, jusqu'à n'être plus qu'un poids mort entre ses bras. Ses larmes coulaient sur l'épaule de Josie, mouillaient son t-shirt.

— Je vais vous lâcher, dit Josie. Vous allez vous asseoir, d'accord ?

Gloria ne protesta pas quand elle la libéra et l'aida à s'asseoir, dos au camion. Elle leva les yeux vers elle.

— Je ne peux plus continuer comme ça. Je ne peux pas. Je ne le supporterai pas. Est-ce que vous pouvez imaginer ce que c'est ? De voir le monde s'écrouler ? D'être tellement anéantie que vous seriez prête à tout pour que la douleur cesse ? Pour éviter de souffrir ?

Josie soupira.

— Oui. Oui, je sais ce que c'est, répondit-elle.

Une voiture s'arrêta derrière elles. Josie se retourna et vit le chef Chitwood en sortir. Il les rejoignit et posa les yeux sur Gloria Cammack.

— Il n'y a plus de danger, ici, Quinn ?

Josie souffla longuement, baissa les yeux sur son t-shirt mouillé de larmes et maculé de vomi après sa lutte avec Gloria Cammack.

— Non, chef.

— Les renforts arrivent. L'équipe d'identification criminelle et les ambulances aussi.

— Merci, chef.

Josie regardait Gloria Cammack, dont les épaules étaient secouées par des sanglots muets.

— Quinn... l'appela Chitwood.

Elle releva les yeux. Il tendit vers elle une main au creux de laquelle se trouvait le bracelet de prière.

— Vous avez laissé ça, dans la grange.

— Oh, merde. Je suis désolée, chef. Je... Je m'en suis servi pour...

— Ne dites rien, Quinn. Taisez-vous, et reprenez ça.

— Chef ?

— Vous en avez encore besoin. Vous n'êtes pas prête à me le rendre.

Josie prit le chapelet, le serra dans son poing. Les perles étaient tièdes, lisses. Familières. Apaisantes.

— Mais comment saurai-je quand je dois vous le rendre ?

Des sirènes ululaient au loin.

Un sourire se dessina sur le visage de Chitwood.

— Ça n'est pas à moi d'en décider pour vous, Quinn.

Il se tourna vers Gloria Cammack et son sourire s'effaça. Presque pour lui-même, il ajouta :

— Nous sommes tous différents.

Puis il tourna les talons pour aller à la rencontre des véhicules d'urgence qui débouchaient sur le chemin bosselé.

46

DEUX SEMAINES PLUS TARD

Josie fixait Paige Rosetti, dont le stylo ne bougeait plus depuis un bon moment. Elle était sûre que la fin de la séance approchait, mais Paige n'avait consulté ni sa montre, ni son téléphone. Elle se contentait de regarder Josie.

Celle-ci s'attendait à ce qu'elle l'interrompe mais, comme elle ne le faisait pas, elle poursuivit :

— Gloria Cammack a déjà négocié un aménagement de peine en échange d'un plaider-coupable. Elle va faire un très long séjour en prison. Sebastian Palazzo est mis en examen pour avoir drogué Virgil Lesko le jour de l'accident. Il va perdre sa licence de pharmacien. Bien sûr, il compte se défendre, il a déjà pris un avocat. Le procès de Virgil Lesko a été ajourné. Andrew Bowen et la procureure vont se mettre d'accord sur des chefs d'inculpation moins graves, d'autant plus que, sans la drogue administrée à son insu par Sebastian Palazzo, il aurait pu conduire le bus. Bien sûr, il n'aurait pas dû boire cette vodka, mais un seul verre n'aurait pas altéré ses facultés au point d'avoir un accident. Dee et Heidi vont bien. Dee a dû vendre la maison pour payer une partie des dettes accumulées par son mari, mais Corey Byrne a proposé qu'elle s'installe chez lui et

Heidi, le temps qu'elle retombe sur ses pieds. Le FBI travaille toujours sur le lien avec Cerberus et les meurtres de Ted et de Miles...

— Josie, la coupa Paige. Tu ne me paies pas pour parler de tes enquêtes.

— Ah. Mais je pensais seulement...

— Tu as une liste à me donner, l'interrompit de nouveau Paige. Tu as manqué la séance de la semaine dernière, mais je n'ai pas oublié.

Josie se tortilla sur son siège, croisa et décroisa les jambes.

— Tu l'as écrite, cette liste ? insista Paige.

— Non. Je n'ai pas besoin de l'écrire.

Tout ce qui lui avait donné l'impression de perdre le contrôle depuis quelques semaines était gravé dans son esprit. Et ce fut alors un torrent qui jaillit de sa bouche, précipitamment, violemment.

Quand elle eut fini, Paige releva les sourcils.

— Eh bien, quelle liste !

— Je sais, tu ne m'en avais demandé que trois, dit Josie. Mais la vérité, c'est que j'ai rarement l'impression de maîtriser les choses. Presque jamais, même.

— Et que signifie pour toi « ne pas maîtriser les choses » ? demanda Paige.

— C'est bien une question de psychologue, ça, rétorqua Josie.

Paige sourit.

— Ne détourne pas la conversation. Dis-moi ce que c'est de ton point de vue, à toi.

Josie dirigea son regard vers le jardin, où le merlebleu était revenu et voletait dans les branches du cornouiller, au fond.

— Ça ressemble à... C'est quand je laisse mes émotions monter, ou s'exprimer... Monter, oui. Je ne sais pas. C'est quand je me laisse traverser par elles. Elles me font peur.

— Ce ne sont que des émotions, Josie. Si tu les laisses te traverser...

— Je vais mourir. Voilà ce que je ressens. Quand je pense à ma grand-mère, alors que je ne la reverrai plus jamais. Alors que je vais devoir vivre toute ma vie sans elle. Alors que je l'ai vue se faire tuer. Alors que j'étais là quand elle a rendu son dernier soupir et que je ne pouvais absolument rien y faire. Alors que c'est sans doute ma faute si on lui a tiré dessus. Tout me retombe dessus, et j'ai l'impression de ne pas pouvoir survivre à ça.

Des larmes lui embuèrent les yeux. Malgré tous ses efforts, quelques-unes finirent par rouler sur ses joues.

— Je sais que je peux marcher, parler, manger et même dormir depuis que ma grand-mère est morte, mais vraiment vivre sans elle ? En sachant qu'elle n'est plus là ? À long terme, ça me paraît impossible de survivre à ça. Je ne sais même pas comment je fais pour être là, en face de toi, en ce moment même.

— On peut y survivre, Josie.

Josie essuya ses larmes, mit la main sur sa poitrine.

— « On », oui, mais moi ? Est-ce que *moi*, je peux y survivre ?

Paige sourit de nouveau.

— Tu peux y survivre, si tu acceptes tes émotions, Josie. Je ne vais pas te mentir, ça va être pénible. Perdre son père ou sa mère – et c'est ce que Lisette était pour toi, au fond – est toujours très douloureux. Ça demande du temps et du travail pour arriver à un stade où on sent qu'on se remet à fonctionner à peu près normalement, mais tu peux y arriver, Josie.

— Je n'en suis pas sûre.

Paige posa son carnet. Elle contourna son bureau et s'installa sur le fauteuil à côté de Josie.

— Je vais rester assise à côté de toi et, pendant cinq minutes, tu vas laisser tes émotions survenir, puis tu vas les laisser refluer. Je serai juste à côté de toi. Tu veux bien essayer ?

Le cœur de Josie battait si fort qu'elle crut qu'il allait jaillir de sa poitrine. Elle serra les poings sur ses genoux. Elle sentait ces atroces émotions, à la lisière de son esprit, de son cœur, qui pulsaient comme un gros blob informe prêt à l'avaler entièrement. Elle avait affronté dans sa vie plus de tueurs qu'elle ne pouvait en compter. Pourquoi était-ce si difficile ? Lisette, elle, l'avait fait de nombreuses fois. Elle avait fait le deuil de quelqu'un qu'elle aimait. Josie s'en émerveillait encore. En un éclair, le sourire de sa grand-mère, ses boucles argentées qui s'agitaient lui revinrent. Un souvenir. Elles étaient à la plage. Josie était déjà adolescente, mais elle n'avait encore jamais été à la plage, jamais vu l'océan. Et Lisette voulait qu'elle entre dans l'eau. Les vagues qui déferlaient la terrifiaient.

Lisette lui tendait la main.

« Allez, viens, Josie.

— Je ne peux pas.

— Mais si, tu peux, disait Lisette en riant. Il suffit d'essayer. »

— Josie ? dit Paige en l'arrachant à sa rêverie.

— OK. Essayons.

UNE LETTRE DE LISA

Merci beaucoup d'avoir choisi de lire *Son Contact mortel*. Si vous l'avez aimé et que vous souhaitez être tenus au courant de mes dernières publications, inscrivez-vous en suivant le lien ci-dessous. Votre adresse mail ne sera communiquée à personne, et vous pouvez vous désinscrire à tout moment.

france.bookouture.com/subscribe/

C'est comme toujours un grand plaisir que de publier une nouvelle aventure de Josie Quinn. Si vous lisez celle-ci, je suis heureuse que vous soyez revenus après ce qui est arrivé à Lisette dans *Chut, ma puce*. Ce fut un livre très difficile à écrire, non seulement à cause du sujet, mais aussi parce que mon père est décédé subitement et de manière inattendue pendant que je l'écrivais. Le deuil de Josie est le mien. Mais, comme toujours, j'ai essayé de vous donner un roman susceptible de vous distraire et de vous tenir en haleine quelques heures. Mon but n'a pas changé ! J'espère l'avoir atteint.

J'adore avoir des retours de mes lecteurs. Je ne m'en lasserai jamais ! Vous pouvez me contacter via mes réseaux sociaux, y compris mon site internet et ma page Goodreads. Si vous en avez envie, vos chroniques sont les bienvenues, et n'hésitez pas à recommander *Son Contact mortel* à d'autres lectrices et lecteurs : critiques et bouche à oreille m'aident énormément à en gagner de nouveaux. Une fois encore, merci de votre soutien et de votre enthousiasme pour cette série. Votre passion pour Josie m'épate et me touche beaucoup ! J'espère vous retrouver au prochain tome !

Merci,

Lisa Regan

 facebook.com/LisaReganCrimeAuthor

REMERCIEMENTS

Chers lectrices et lecteurs enthousiastes : merci d'avoir lu ce livre. Mon père est mort alors que je l'avais rédigé aux deux tiers. Et il était pour moi ce que Lisette était pour Josie. Il m'a aimée farouchement dès le jour de ma naissance, et s'est toujours battu pour moi, m'a toujours défendue. Il était, comme Lisette, drôle, espiègle et sage. C'était mon repère, mon étoile Polaire, et la personne sur laquelle je pouvais toujours compter, quelles que soient les circonstances, quels que soient les démons contre lesquels je luttais, à l'instar de ce que Lisette était pour Josie. Il était et il reste, à jamais, ma petite voix intérieure. Alors même que le deuil m'accable encore, et que j'étouffe, engluée dans une épaisse couche d'émotions, je l'entends me dire : « Remets-toi au travail. » Et ce travail, ce fut d'achever ce livre pour vous, mes merveilleux lecteurs et lectrices. Il n'aurait pas accepté que je vous laisse tomber. Il n'aurait pas voulu que, à cause de lui, je cesse de faire ce que je fais avec passion depuis mes onze ans. Ceci est donc la douzième aventure de Josie, et mon livre le plus personnel à ce jour. J'espère qu'il vous a plu.

Merci, comme toujours, à mon mari, Fred, et à ma fille, Morgan, qui m'ont aidée à traverser la pire période de ma vie, avec courage et constance. Merci à mes premières lectrices, Dana Mason, Katie Mettner, Nancy S. Thompson, Maureen Downey et Torese Hummel. Merci à Matty Dalrymple et Jane Kelly, deux humaines et amies écrivaines parmi les plus merveilleuses que je connaisse ! Merci à mes grands-mères, Helen Conlen et Marilyn House ; à Donna House, Joyce

Regan, Rusty House et Julie House. Merci à mes frères et belles-sœurs, Sean et Cassie House, Kevin et Christine Brock, Andy Brock ; et à mes charmantes sœurs, Ava et Melissia McKittrick. Merci aussi à tous ceux qui font passer le mot : Debbie Tralies, Jean et Dennis Regan, Tracy Dauphin, Claire Pacell, Jeanne Cassidy, Susan Sole, les Regan, les Conlen, les House, les McDowell, les Kay, les Funk, les Bowman et les Bottinger ! Comme toujours, merci à tous les blogueurs et blogueuses, chroniqueurs et chroniqueuses qui continuent de soutenir Josie, ou qui l'ont découverte en cours de série et qui l'encouragent aussi bruyamment ! Je suis très touchée !

Merci à Katie Mettner et Carrie Butler pour ce cadeau si particulier qui m'a aidée à surmonter l'obstacle que je devais affronter, et qui restera sur mon bureau jusqu'à la fin de mes jours.

Merci beaucoup au sergent Jason Jay qui a répondu si précisément à toutes mes questions idiotes, encore et encore. Merci à l'équipe de Coroner Talk qui a répondu à mes questions ardues sur la baisse de la température des corps après la mort.

Merci à Jenny Geras, Kathryn Taussig, Noelle Holten, Kim Nash et à toute l'équipe de Bookouture, en particulier mon incroyable relectrice, correctrice, et surtout éditrice, Jessie Botterill. Tu as rendu facile ce qui aurait pu être un des processus les plus pénibles au monde : écrire un livre qui, au fond, parle du deuil alors que je traversais le pire deuil de toute ma vie. Merci pour ta gentillesse. Merci d'avoir accepté mes incessants changements de programme. Merci d'avoir pris soin de moi, mais aussi de m'avoir laissé de l'espace. Merci de m'avoir écoutée. De m'avoir encouragée. D'avoir cru en ce livre. Je ne pourrais souhaiter d'éditrice plus compréhensive, ou de famille éditoriale plus merveilleuse.